国家社科基金
GUOJIA SHEKE JIJIN HOUQI ZIZHU XIANGMU
后期资助项目

梁实秋的创作与翻译

Liang Shiqiu's Writing and Translation

严晓江 著

北京师范大学出版集团
BEIJING NORMAL UNIVERSITY PUBLISHING GROUP
北京师范大学出版社

图书在版编目(CIP)数据

梁实秋的创作与翻译／严晓江著．—北京：北京师范大学出版
社，2012.3
　(国家社科基金后期资助项目)
　ISBN 978-7-303-13743-5

Ⅰ．①梁…　Ⅱ．①严…　Ⅲ．①梁实秋（1902～1987）－文
学创作研究②梁实秋（1902～1987）－文学翻译－研究
Ⅳ．① I206.6 ② I046

中国版本图书馆 CIP 数据核字(2011)第 220822 号

营销中心电话　010-58802181 58805532
北师大出版社高等教育分社网　http://gaojiao.bnup.com.cn
电　子　信　箱　beishida168@126.com

LIANGSHIQIU DE CHUANGZUO YU FANYI

出版发行：北京师范大学出版社 www.bnup.com.cn
　　　　　北京新街口外大街 19 号
　　　　　邮政编码：100875
印　　刷：北京市易丰印刷有限责任公司
经　　销：全国新华书店
开　　本：165 mm × 238 mm
印　　张：16
字　　数：380 千字
版　　次：2012 年 3 月第 1 版
印　　次：2012 年 3 月第 1 次印刷
定　　价：32.00 元

策划编辑：曾忆梦　　　　　责任编辑：曾忆梦
美术编辑：毛　佳　　　　　装帧设计：毛　淳　毛　佳
责任校对：李　菡　　　　　责任印制：李　啸

国家社科基金后期资助项目
出 版 说 明

后期资助项目是国家社科基金设立的一类重要项目，旨在鼓励广大社科研究者潜心治学，支持基础研究多出优秀成果。它是经过严格评审，从接近完成的科研成果中遴选立项的。为扩大后期资助项目的影响，更好地推动学术发展，促进成果转化，全国哲学社会科学规划办公室按照"统一设计、统一标识、统一版式、形成系列"的总体要求，组织出版国家社科基金后期资助项目成果。

全国哲学社会科学规划办公室

序

　　著者严晓江，英文博士，系南通大学外国语学院副教授。其治学也，求真务实，其思维也，深邃缜密，吾于其近著《梁实秋的创作与翻译》中见之。梁氏前后耗时 38 载，独擘翻译《莎士比亚全集》40册，洋洋数百万言，为人羡称，其译莎成就之大，享誉之盛，无出其右者。严沉潜于梁之译莎，得其奥旨，先为《梁实秋中庸翻译观研究》，获有佳评，继而作《梁实秋的创作与翻译》，又显身手。吾循览其书，分"主情论""崇真论""益智论""局限论"四类，若网在纲，有条而不紊。其述作经过，"绪论"中言之详矣。观之，此书既考证钩稽，又评述阐释；多见旁搜远绍，又不乏烛幽索隐。披读严之新著，处处可见其探究发现之精神，与穷治其事之韧劲。选题有空白填补之质，立论有学术拓荒之功，举述有车载斗量之富，关照有体大虑周之宏。质言之，可谓博采众长，集纳众说。理益明，说益坚，令人倾心悦服，吾无间然。

　　严君系英文科班出身，教授英文兼治译学已数年矣。其著以中文作，然言语归化、文字平实，虽日习外文，中文未染浮漂之病，与坊间遍纸西方术语挟洋气以自重者比，自显其上乘之境界，实属难能可贵。依吾之见，此"小言"娓娓道来，比之于空洞无物之"大言"，其言简意赅亦且翔实明了。临末再赘数语，此作可读性甚佳，可飨不同读者——有相当造诣之译家，可获诸多新启示；初入门径之爱好者，又可得指点迷津、步入畦径之开悟性滋养；译坛圈外人士偶尔翻阅，亦可受译学、美学之感染和熏陶，陶然自适、怡然而乐！

　　今日幸先睹为快，如逢益友，为之欢然。会作者索余一言，谨缀微文以赞之。

张柏然
庚寅隆冬于金陵龙江寓所

目　　录

第一章 绪 论：人生复调，文坛沉浮

梁实秋先生具有"跨文化"的学术背景、"跨学科"的研究视野以及"跨地域"的生活阅历，是中国现代文学史上集"文学家"与"翻译家"于一身的著名代表人物之一。他始终坚持创作与翻译并重，一生著译作品颇丰。梁实秋的文学活动体现着温柔敦厚的儒家诗学传统、自然超脱的道家风骨以及理性节制的绅士品格。创作需要养分，翻译需要土壤，梁实秋的这两种文学活动相互渗透、相互影响。

本章探讨梁实秋创作与翻译活动中的"雅舍现象"与"译莎丰碑"，"文学家梁实秋"和"翻译家梁实秋"研究模式述评以及本书的研究意图、研究方法、研究内容等问题。

第一节 "雅舍现象"与"译莎丰碑"

梁实秋 1903 年 1 月出生于北京，1915 年考入清华留美预备学校，1923 年赴美国留学，先后在科罗拉多大学(Colorado University)、哈佛大学(Harvard University)、哥伦比亚大学(Colombia University)学习。1926 年夏回国后相继任教于东南大学、暨南大学、青岛大学、北京大学、北京师范大学。1949 年 6 月移居台湾地区，先后任台湾省立师范大学、台湾师范大学、台湾大学教授以及"台湾编译馆"馆长。1987 年 11 月 3 日病逝于台北。

梁实秋一生的文学活动有两项"特大工程"：一项工程是散文创作，尤其是"雅舍"系列散文的创作；另一项工程是《莎士比亚全集》(*The Complete Works of Shakespeare*)的翻译，这也是耗时最长、花费精力最大的一项工程。① 20 世纪 20 年代初梁实秋在清华留美预备学校读书期间

---

① 根据梁实秋之女梁文蔷的回忆，梁实秋翻译《莎士比亚全集》开始于抗日战争之前。除了翻译本身的艰苦之外，他还要承担与莎士比亚研究有关的许多活动，难怪在译完《莎士比亚全集》出版以后，他声言与莎士比亚"绝交"了。(参见梁文蔷：《三十八年莎氏缘》，《梁实秋与程季淑：我的父亲母亲》，天津，百花文艺出版社，2005，第 1 版，第 143～145 页。)

　　除了翻译《莎士比亚全集》之外，梁实秋还翻译了 10 多部西方文学名著、选译了 120 多万字的《英国文学选》等，并且编撰了 30 多种英汉、汉英字典和数十种英语教材。(参见鲁西奇：《梁实秋传》，北京，中央民族大学出版社，1996，第 1 版，第 277～281 页；参见余光中：《文章与前额并高》，陈子善编：《回忆梁实秋》，长春，吉林文史出版社，1992，第 1 版，第 124 页。)

就开始写散文，他在《清华周刊》上曾经发表过《南游杂感》《清华的环境》等文章，初步显露散文创作的才华。1927 年，梁实秋执编《时事新报》的《青光》副刊，有一段时间他几乎每天都要撰写一篇短小的散文，后来经过筛选编成一本《骂人的艺术》，由新月书店出版。①直至 1987 年梁实秋病逝绝笔，总共出版了散文集 20 多种，洋洋洒洒百万余言，其中大多数以"雅舍"冠名，在中国现代文学史上影响深远。梁实秋散文的成名之作是他于 1940 年至 1947 年在重庆北碚暂居期间应《星期评论》周刊之邀所写的"雅舍小品"散文专栏②，1949 年由台湾正中书局结集出版。在这之后的几十年期间，该出版社又陆续推出《雅舍小品续集》(1974)、《雅舍小品三集》(1981)、《雅舍小品四集》(1986)。另外，以"雅舍"冠名的还有台湾九歌出版社出版的《雅舍谈吃》(1985)、《雅舍散文一集》(1985)、《雅舍散文二集》(1987)等书。《雅舍小品》于 1960 年被翻译成英文以后，远销北美洲和东南亚等地，并且已经风行全球，印出有 300 多版了，创中国现代散文发行的最高纪录。③ 1999 年《雅舍小品》还被中国文学界列入"百年百种优秀中国文学图书"，至今仍然很受欢迎。可见，梁实秋的散文创作成就是和"雅舍"两个字紧密联系在一起的。"雅舍"不仅是抗日战争时期梁实秋客居重庆北碚的陋室之名，更是他一生文学风骨的象征，也是他创作理念的体现。梁实秋因"雅舍"而名扬海内外，"雅舍现象"成为中国现代文学史上的一道独特风景线。梁实秋在对生活琐事、人情世故和社会现象的描摹当中彰显了一种民族情怀、家园之恋和人格魅力，昭示出他的"人性"立场、理性精神和情感力量，他在中国传统文化底蕴和西方现代文化精髓的契合点上构筑起自己的"雅舍"世界。关于梁实秋及其"雅舍现象"的历史地位，中国著名的文学评论家杨匡汉是这样评价的："梁实秋被公认为华语世界中散文天地的一代宗师之一……应当说，他的《雅舍小品》及其'续集'、'三集'、'四集'和'合集'，奠定了他在中国现代文学史上的独特地位……直至今日，我们尚未能发现在小品写作上有

---

① 参见卢今：《梁实秋的散文艺术》，卢济恩编：《梁实秋散文鉴赏》，太原，北岳文艺出版社，1991，第 1 版，前言第 1 页。

② 梁实秋说："我的朋友刘英士在重庆主办《星期评论》，邀我写稿，言明系一专栏，每期一篇，每篇二千字，情不可却，姑漫应之。每写一篇，业雅辄以先睹为快。我所写的文字，牵涉到不少我们熟识的人，都是真人真事，虽多调侃，并非虚拟。"(梁实秋：《〈雅舍小品〉合订本后记》，梁实秋著，陈子善编：《梁实秋文学回忆录》，长沙，岳麓书社，1989，第 1 版，第 64 页。)

③ 参见杨匡汉：《深文隐秀的梦里家园——〈雅舍文集〉总序》，梁实秋：《雅舍小品》，北京，文化艺术出版社，1998，第 1 版，前言第 3~4 页。

梁实秋那样的功力、实力和创力。在现代文学史上，梁实秋及其《雅舍小品》的出现，可谓一种'雅舍现象'或'雅舍精神'。"①"雅舍现象"的主要内涵与特征是：反对以功利世俗的眼光看待文学，而是以永恒的"人性"为散文描写的视角，在琐细的人情世态上精雕细琢，从中透出情采与智慧的微光。贯之以理节情的心态，于艰难时世中领受人生意趣，以旷达人格叙事抒情。行文走笔放收适度，寓绚烂于平朴之中。② 对于梁实秋来说，"'雅舍'正是民族深重灾难的一幅侧影，也是灵台摆脱痛苦的一种折射。他追求以人欲为出发点的淡泊恬适的尘世生活和艺术生活，本身也是对呕呕于功名利禄、孜孜于富贵荣华的反拨。他玩味人生，但对各种世相人相留意观察，刻绘剖析……梁实秋即便躲进'雅舍'，但于世事始终没有遗忘和冷淡，只不过他的态度自然得多，也因用了另一付笔墨而呈现别一番景象罢了"③。

梁实秋的顽强毅力与持之以恒的精神令人敬佩，他创作"雅舍"系列散文，前后坚持近 50 年。与此同时，梁实秋耗费了近 40 年（1931～1968）独立翻译了 40 卷本的《莎士比亚全集》，约 400 多万字④，这是中国现代翻译史和中国莎学研究史上的一件盛事。著名戏剧家曹禺在 1984年为中国莎士比亚学会研究会会刊《莎士比亚研究》撰写的发刊词中这样写道："有史以来，屹立在高峰之上，多少文学巨人们教给人认识自己，开阔人的眼界，丰富人的贫乏生活，使人得到智慧、得到幸福、得到享受、引导人懂得'人'的价值、尊严和力量。莎士比亚就是这样一位使人类永久又惊又喜的巨人。"⑤这位文艺复兴时期的英国文学巨人是在 19 世纪之初即莎士比亚逝世以后近 300 年才逐渐被中国读者所认识的。莎剧的翻译经历了从片剧、整剧到全集的过程。梁实秋的汉译《莎士比亚全集》第一版 40 册于 1968 年由台湾远东图书公司出齐，当时轰动了整个台湾地区，中学生、大学生以及其他不同层次的读者几乎人手一册，许多

① 参见杨匡汉：《深文隐秀的梦里家园——〈雅舍文集〉总序》，梁实秋：《雅舍小品》，北京，文化艺术出版社，1998，第 1 版，前言第 3～4 页。

② 参见杨匡汉：《深文隐秀的梦里家园——〈雅舍文集〉总序》，梁实秋：《雅舍小品》，北京，文化艺术出版社，1998，第 1 版，前言第 3～4 页。

③ 杨匡汉：《闲云野鹤，亦未必忘情人世炎凉》，杨匡汉编写：《梁实秋名作欣赏》，北京，中国和平出版社，1993，第 1 版，前言第 8 页。

④ 梁实秋在《关于莎士比亚的翻译》一文里说他从 1931 年开始翻译《莎士比亚全集》。（参见梁实秋：《关于莎士比亚的翻译》，林以亮、梁实秋、余光中等：《翻译的艺术》，台北，晨钟出版社，1970，初版，第 93 页。）

⑤ 中国莎士比亚研究会编：《莎士比亚研究》，杭州，浙江文艺出版社，1984，第 1 版，发刊词。

学校甚至还将其指定为必读书籍。①翻译《莎士比亚全集》不仅是梁实秋人生中的一件大事，也是海峡两岸文艺界的一件大事。早年徐志摩、闻一多、叶公超、陈西滢在胡适的建议下曾经计划与梁实秋一起用 5 年至 10 年译完全集，可是后来因为种种原因，遂使翻译工作全部由梁实秋一人担当。至于田汉、曹禺、卞之琳、孙大雨等人过去所翻译的只是零星莎剧；著名翻译家曹未风、朱生豪倒是有梁实秋一样的雄心壮志译完莎著，可惜均未完成或接近完成而撒手人寰。在中国，只有梁实秋一人以超凡的毅力和锲而不舍的精神完成了这一重任。②梁文蔷对父亲译莎的辛劳体会极深。她回忆说："爸爸给自己规定每日译两千字，两月一本，一年可以译五六本。但事实上是很难办到的，他有太多的杂事缠身，诸如每年大专联考出试题改卷子，出席各种会议。家务事有时也迫使他停笔，如妈妈生病、佣人问题、窃盗问题……经常打扰他。台湾夏季的炎热常是许多人怠工的借口。爸爸很胖，非常怕热，但是从来没有因为热而自行放假。如果因事未能做好预计的工作，则第二日加班，把拖下的工作补做，以达预定日程。这种恒心与毅力是完成任何工作所必需的。"③由于某些历史原因，梁实秋翻译的《莎士比亚全集》于 2001 年才由中国广播电视出版社以中英文对照的形式首次在中国大陆出版发行。梁实秋曾经系统学习、研究和教授英美文学，对莎士比亚作品理解透彻，并且把自己多年潜心研究莎剧的心得体会运用到翻译《莎士比亚全集》的实践当中，渗透着深厚的中西文化学养。他以"异化"策略为主、"归化"策略为辅进行翻译，尽量传达莎剧在语言、文学和文化等方面的"原汁原味"，努力促进本土文化对异域文化的接受和借鉴。他的"异化"策略不仅体现在文化内容方面，也体现在语言形式这一层面，其译文具有一定的"欧化"色彩，展现了英国文学作品刚直、严谨的特点。虽然梁实秋翻译的《莎士比亚全集》也有一些对原文理解的偏差而误译之处，但是他的译文对莎士比亚作品在中国的传播、接受与研究做出了不朽贡献。梁实秋倾注大半辈子心血翻译《莎士比亚全集》，于字里行间洋溢着热情、辛劳和才情。在

---

① "梁实秋在翻译出版《莎士比亚全集》过程中，与远东图书公司老板浦家麟结下了深厚的友谊，他们约定，莎氏全集译好后全部交给远东，远东出资一次买断，所以至今《莎士比亚全集》梁译本的版权仍归远东图书公司所有。"（宋培学：《梁实秋与〈莎士比亚全集〉》，《中华读书报》2002 年 6 月 26 日。）

② 参见古远清：《雅舍主人在台湾——记梁实秋的后半生》，《武汉文史资料》2002 年第 9 期，第 53 页。

③ 梁文蔷：《三十八年莎氏缘》，《梁实秋与程季淑：我的父亲母亲》，天津，百花文艺出版社，2005，第 1 版，第 144 页。

庆祝梁实秋 80 寿辰时，有学者曾经这样写道："秋公八十看不老，敦厚温柔国之宝。雅舍文光重宇宙，窗前喜伴青青草。"①

可以说，"雅舍"系列散文与梁译《莎士比亚全集》奠定了梁实秋"散文大师"与"翻译大师"的地位，其著译作品的贡献在中国现代文学史上功不可没。关于创作与翻译风格的问题，"雅舍"系列散文是中西合璧的佳作，行文通俗流畅，其笔法类似于西洋文学的"essay"（随笔），而文章中谈吐的气蕴，却彰显着中国传统文化的特质。相比之下，梁实秋翻译的《莎士比亚全集》学术气息较浓，在中国台湾地区流传较广，在中国大陆的普及性不广，以至于许多读者认为其译者不是写"雅舍"系列散文的那位作者。梁实秋也回忆了这样一件事情，他说："《雅舍小品》刊出之后，引起一些人的注意。我用的是笔名'子佳'二字。有不少人纷纷猜测这子佳到底是谁。据英士告诉我，有一天他在沙坪坝一家餐馆里，听到邻桌几位中大教授在议论这件事，其中有一位徐仲年先生高声说：'你们说子佳是梁实秋，这如何可能？看他译的莎士比亚，文字总嫌有点别扭，他怎能写得出《雅舍小品》那样的文章？'又有我的北大同事朱光潜先生自成都来信给我，他说：'大作《雅舍小品》对于文学的贡献在翻译莎士比亚的工作之上。'"②杨匡汉则认为：翻译莎剧可由他人承担，但撰写《雅舍小品》则鲜有"替人"③，由此可以管窥梁实秋在散文创作方面的光芒，多多少少遮蔽了他的译莎成就。其实，对于创作与翻译，梁实秋都是尽全力而为，创作与翻译风格的差异性并不能简单地从语言方面分析其原因，而是渗透着主体的著译策略，这正是梁实秋独特的文学个性，也是本书需要重点挖掘的地方。

客观地说，如果一位作家同时从事翻译活动的话，那么他的译文风格和创作风格多少要相互影响。有创作经历的译者进行翻译更加得心应手，单从语言文字的功底来看就具有很大优势。梁实秋的汉译《莎士比亚全集》正是体现了译者扎实的中文功底和英文功底。显而易见，梁实秋的创作与翻译是"洋为中用"与"古为今用"的结合，在某种程度上折射出一些中国现代文学巨匠们著译并举、相互渗透的重要特征。

———————————

① 参见陈漱渝：《今我来思 雨雪霏霏——访梁实秋公子梁文骐》，《鲁迅研究月刊》1993年第 3 期，第 44 页。

② 梁实秋：《〈雅舍小品〉合订本后记》，梁实秋著，陈子善编：《梁实秋文学回忆录》，长沙，岳麓书社，1989，第 1 版，第 64 页。

③ 参见杨匡汉：《深文隐秀的梦里家园——〈雅舍文集〉总序》，梁实秋：《雅舍小品》，北京，文化艺术出版社，1998，第 1 版，前言第 3 页。

第二节　海纳百川述文豪

梁实秋给人最突出的印象首先是一位"散文大师"，其次是他翻译的《莎士比亚全集》以及编纂字典、文学批评等方面的贡献。① 学术界对梁实秋的看法主要涉及他的散文创作与文学翻译方面的成就、他的文艺思想对中国新文学发展的贡献、他对"抗战文学"的态度、他在"鲁、梁"(鲁迅、梁实秋)论战中的观点以及为人处世的淡泊胸怀等。在梁实秋去世以后的一段时间内，台湾地区各大报纸副刊都纷纷刊出了相关的纪念文章，其中台湾《联合报》副刊在 1987 年 11 月 4 日以"春华秋实"为特辑，对这位大文豪的离世表示深切的哀悼与敬意。1987 年 11 月 18 日刊出了道别专辑，该报特别委请郑树森教授代表《联合报》副刊，以越洋电话专访国际学术界的一些现代中国文学知名学者，对梁实秋的文学贡献和历史地位，作进一步的透视和评价。②

关于梁实秋的文学创作与文学翻译的成就，马悦然（Goran Malmqvist）、白先勇、林怀民等人认为：梁实秋的汉译《莎士比亚全集》促进了东西方文化的理解和交流，他的散文创作风格独树一帜，二者相得益彰。瑞典斯德哥尔摩大学（Stockholm University）汉学教授马悦然说："在现代中国文坛，梁先生的大量翻译，成为沟通中西的桥梁。他在这方面的重大贡献，我还没有想到一位可以和他相提并论的。由于一般人老觉得翻译工作者只是原文的奴仆，而不少读者也未能充分体会优秀翻译的价值，因此，与其赞扬梁先生其他方面的成就，我宁愿特别强调他在这方面的功业。最后，我还想指出，由于梁先生是一位散文家，风格自成一家，对他的译事帮助很大，因为，只有母语运用自如，文章漂亮，才能成为卓越的翻译家。"③台湾地区当代著名作家白先勇说："我觉

---

① 杨匡汉总结了社会各界人士对梁实秋的印象和评价。他说："江流世变，不同年龄和不同文学观念的人们对梁实秋的记忆，也许并不相同。上了年纪的人记得他在'五四'新文化运动中与闻一多、朱湘等组织过'清华文学社'，后来在兵乱中尖锐抨击时政而得罪过当局，也在关于文学阶级性论争中被骂作'丧家的资本家的乏走狗'；稍年轻一些的人记得他应邀上庐山参加过'学界名流谈话会'，也曾被定为资产阶级文学的代表，想去解放区看看却不受欢迎；更年轻的今日之读者，随着他的散文行时走红，又把他视作'出土文物'一般，甚至抬高到'国宝'的地位，等等。一个完整的梁实秋似乎并不存在。人们印象中的这位老先生被不无缺憾的文学史撕碎成了残片，即便拼合起来，梁实秋大概也只是文坛上'半是魔鬼半是神仙'的是非曲直待辨的人物。"(杨匡汉：《闲云野鹤，亦未必忘情人世炎凉》，杨匡汉写：《梁实秋名作欣赏》，北京，中国和平出版社，1993，第 1 版，前言第 3 页。)

② 参见郑树森专访：《国际学界看梁实秋》，《联合报》1987 年 11 月 18 日。

③ 郑树森专访：《国际学界看梁实秋》，《联合报》1987 年 11 月 18 日。

得梁先生最值得钦佩的是，他有一贯的文学主张。从三十年代与鲁迅打笔战开始，他就强调文学的艺术性之重要；在文学的路上他一直没停过，每一个阶段都有贡献。翻译《莎士比亚全集》，推展英语教学，是了不得的成就，在中国古典文句里加入纯粹白话，则是他在散文创作上的一大建树。"①台湾地区"云门舞集"创办人林怀民也有同样的感受。他说："当我初习写作时，他的《雅舍小品》给了我很多启发和学习；他所翻译的文星版《莎士比亚全集》，使我在一个资讯比较匮乏的时代，满足了对文艺的好奇与渴望。长大以后，更让我觉得，梁先生对文学的执着以及在人与事中的进退，处处都给年轻辈如我树立了一种风范和鼓励。"②

关于梁实秋的文艺思想对中国新文学发展的贡献，以色列耶路撒冷希伯来大学（Hebrew University）中国文学教授兼东亚研究系主任伊爱莲（Irene Eber）认为：梁实秋的文艺思想是中国新文学中的一脉支流，为中国现代文学多元化局面的形成做出了贡献。他说："当年梁先生在《新月》和其他报刊发表的文字，都是现代中国文艺思潮的重要文献，企图建立一个新方向。在现代中国文坛，他个人的言论活动，加上他与朋友的各种联系合作，使他成为重要的人物……梁先生的重要性可以分为两方面来讲。首先，他意图在新文学传统树立某种秩序和规律。其次便是他对现代中国文学的走势和方向的努力……梁先生是他那一代的最后一位代表人物。他的逝世也标志一个时代的终结。"③

关于梁实秋对"抗战文学"的态度，德国海德堡大学（University of Heidelberg）汉学教授华格纳（Rudolf Wagner）理解并且赞同梁实秋关于"抗战文学"的看法。他说："梁先生在抗战期间，并没有完全追随当时流行的各种国防文学或抗战文学的口号，认为文学除了反映抗战之外，也可以写一点其他什么。这并不是反对抗战文学，而是呼吁文学的多元性……这种不强求一致性，希望同中存异的态度，在那个年代没能得到应有的了解。而在一九四九年后，他因为当时和较早的言论，受到大陆文学史及文学研究不断攻击，付出了很大的代价。一九四九年到一九七九年的三十年间，他在大陆的现代中国文学史上，被批判的情况大概仅次于胡适，也和胡适一块，列入'资产阶级反动文人'……梁先生当时的言论自有他的道理。"④

关于评价梁实秋在"鲁、梁"论战中的观点，挪威奥斯陆大学（Uni-

---

① 陈义芝访问整理：《梁实秋印象 海内外学者谈梁实秋》，《联合报》1987 年 11 月 4 日。
② 郑树森专访：《国际学界看梁实秋》，《联合报》1987 年 11 月 18 日。
③ 郑树森专访：《国际学界看梁实秋》，《联合报》1987 年 11 月 18 日。
④ 郑树森专访：《国际学界看梁实秋》，《联合报》1987 年 11 月 18 日。

versity of Oslo)中国文学教授杜博妮(Bonnie McDougall)指出："鲁、梁"论战是中国现代文学史上的大事，时过境迁，研究者们应该重新思考梁实秋的观点。他说："鲁迅并不公平，论辩也欠逻辑，文字上很不客气，还有人身攻击。相比之下，梁实秋就理性得多，公平而且有耐心。这场笔战的结果，就我的印象而言，是鲁迅得胜，但并不是他有理，而是因为他的文笔比较犀利。不过，道理是在梁实秋这边的。"①

此外，关于梁实秋为人处世的态度，他的好友聂华苓、梁锡华等人都感到梁先生是一个富有人情味、生性淡泊、乐于助人的人。美籍华裔作家聂华苓这样写道："他不喜酬酢，很少外出，也很少有客人，对外界的事也似乎没兴趣……我到美国的路费，就是梁先生借给我的。我到美国后申请到一笔研究金，才还给了在西雅图的文蔷。我和梁先生通信多年，信虽不多，但一纸短笺，寥寥数语，却给我这海外游子无限鼓励和温暖，我也对至情至性的梁先生多了点认识。"②香港学者梁锡华也有很深的感受。他回忆说："他有胡适之先生的温厚亲切、闻一多先生的严肃认真、徐志摩先生的随和风趣。他晚年愈来愈谦让宽慈，而更难得的，是他坚守文学岗位数十年如一日，即使有机会，也不屑下手攫夺名利和权势，他孜孜不倦，善用生命给他的时光，直到最后一刻，才放下手边的书本与笔头。总的来说，先生的道德、文章、学问熠熠生辉，可为典范的地方不少。他配得我们后一辈人的怀念和景仰。"③梁实秋的子女则认为父亲的爱国、爱家情怀对他们的影响颇深。长女梁文茜回忆起她十岁那年父亲打算去后方参加抗日工作时说："中国的知识分子绝大部分是爱国的，爸爸也不例外。小时候的事情不容易忘，爸爸的举动对我教育深刻，作为父母他爱孩子，作为一个中国人，他更爱自己的国家，对此我深深受益。"④梁实秋之子梁文骐指出：父亲梁实秋具有深厚的中国传统文化情结。他说："父亲学了一辈子英文，教了一辈子英文。晚年尚写了《英国文学史》与《英国文学选》。14岁入清华读书8年，留美3年。退休后又居美7、8年。似乎应该西化颇深。其实不然。父亲还是一个传统的中国读书人。中学为体，西学为用，在父亲身上，似乎得到成功。"⑤

①　郑树森专访：《国际学界看梁实秋》，《联合报》1987年11月18日。
②　聂华苓：《怀念梁实秋先生》，刘炎生编：《雅舍闲翁——名人笔下的梁实秋　梁实秋笔下的名人》，上海，东方出版中心，1998，第1版，第110页。
③　梁锡华：《一叶之秋——梁实秋先生逝世一周年》，刘炎生编：《雅舍闲翁——名人笔下的梁实秋　梁实秋笔下的名人》，上海，东方出版中心，1998，第1版，第129页。
④　梁文茜：《怀念先父梁实秋》，刘炎生编：《雅舍闲翁——名人笔下的梁实秋　梁实秋笔下的名人》，上海，东方出版中心，1998，第1版，第134页。
⑤　梁文骐：《我所知道的父亲》，李正西、任合生编：《梁实秋文坛沉浮录》，合肥，黄山书社，1992，第1版，第203页。

梁实秋的幼女梁文蔷在《梁实秋与程季淑：我的父亲母亲》一书中详细记录了梁实秋与程季淑的生活剪影，父母的人情味给了她永生难忘的记忆。例如，梁文蔷在该书的《天伦之乐》一文中阐明了自己对"含饴弄孙"这个成语的理解。在她看到父母当时对他们的孙子君达这样一个两岁娃儿的宠爱之后，她深深体会到这个成语背后的一幅有声有色的温馨画面，使她对人生、亲情更多了一层认识。① 在《爸爸的性格》一文中，梁文蔷生动地向读者展示了梁实秋性情的丰富与细腻。她回忆道："我若说爸爸很风趣，我曾见过他严肃的一面。若说他开通，我可以举例证明他有时也很顽固。若说他慈祥，他也有冷峻、令人不寒而栗的片刻。若说他勇敢，他胆怯时也不少。若说他旷达，我知道他有打不开的情结。他曾及时行乐，也曾忧郁半生。他为人拘谨，有时也玩世不恭。他对人重情，也可以绝情。我想这就是我对爸爸性格的最忠实的描绘了。也许在许许多多人们心中爸爸是一位可敬的教授，学者，作家，长者，而对他有某种框框式的期许，但是所有世界上的教授，学者，作家，长者都是有血肉之躯的人，也正因为如此，他们才能体会人生，享受人生，创造人生，忍耐人生。"②

可见，学术界充分肯定了梁实秋的著译成就、文学思想以及人品学养。然而，由于某些历史原因，梁实秋的著译作品以及"梁实秋研究"在中国大陆曾经长期处于空白状态，风格独具的"雅舍"系列散文被遗忘，梁实秋"散文大师"和"翻译大师"的身份也被遮蔽。中国台湾地区著名作家、文学评论家余光中于 1987 年在《文章与前额并高》一文中说："1978年以后，大陆的文艺一度曾有开放之象。到我前年由港返台为止，甚至新月派的主角如胡适、徐志摩等的作品都有新编选集问世，唯独梁实秋迄今尚未'平反'。梁先生和鲁迅论战于先，又遭毛泽东亲批于后，案情重大，实在难为他'平反'。梁实秋就是梁实秋，这三个字在文艺思想上代表一种坚定的立场和价值，已有近 60 年的历史。"③1987 年 11 月 18 日台湾《联合报》副刊也刊载了国际学术界几位教授指出的过去大陆出版的现代中国文学史有偏颇之处，这些意见无疑反映出我们在"梁实秋研究"问题上的缺陷。④ 事实上，直到 20 世纪 80 年代初，中国大陆才开始陆

① 参见梁文蔷：《天伦之乐》,《梁实秋与程季淑：我的父亲母亲》，天津，百花文艺出版社，2005，第 1 版，第 156 页。

② 梁文蔷：《爸爸的性格》,《梁实秋与程季淑：我的父亲母亲》，天津，百花文艺出版社，2005，第 1 版，第 85 页。

③ 余光中：《文章与前额并高》，刘炎生编：《雅舍闲翁——名人笔下的梁实秋 梁实秋笔下的名人》，上海，东方出版中心，1998，第 1 版，第 95 页。

④ 参见郑树森专访：《国际学界看梁实秋》,《联合报》1987 年 11 月 18 日。

续出版了梁实秋的一些散文作品集，由此引起了广大读者的关注。20 世纪 80 年代中期以后，研究者们陆续发表有关文章，主张从新的历史角度客观地对梁实秋其人、其文进行重新审视和评价。① 从这以后，诸如梁实秋等曾因某些政治原因而遭受冷落的学者们逐渐恢复了应有的文学史地位。1988 年出版的《中国现代散文史》肯定了梁实秋《雅舍小品》的艺术价值。从 20 世纪 90 年代中后期开始，"梁实秋研究"逐渐形成了方法论上的多元化视角，呈现出不同的研究模式，其中具有代表性的研究模式大致可分为传记研究模式、文论研究模式和评价研究模式。

第一，传记研究模式。

这种模式对梁实秋的人生经历与心路历程进行纵向研究。研究者们通过描述梁实秋在少年时期所受的传统教育、留学美国以后接触的欧文·白璧德（Irving Babbitt）②的"新人文主义"思想、"新月"时期与"左翼"文人的论战、抗日战争时期在重庆的文学活动以及去台湾地区以后的著译生涯等，展示其生活态度、处世哲学、思想嬗变以及情感经历等问

① 例如，现代文学界关于鲁迅、梁实秋当年的"公案"也不再简单套用过去的结论；在当前人教版的中学语文教材里，梁实秋的《记梁任公先生的一次演讲》被收录其中。（参见刘茜、姚晓丹：《鲁迅仍是教材选收篇目最多的作家》，《光明日报》2009 年 8 月 26 日。）

杨匡汉对梁实秋的评价则更加客观与中肯。他说："如今，他在台湾的墓碑面向隔海相望的大陆，一代散文家灵魂的故园之思得以聊慰。他自然有过失误，有过偏颇，作品也不那么平衡，但他实实在在是以毕生的劳作拥有了一个别人无法替代的世界。评论他和鉴赏他的作品，尽管不同的论者和读者可以仁者见仁、智者见智，但今天我们对他已抱有更多的尊重、倾听、理解和汲取，前嫌乃至玷辱没有必要在墓碑上留下痕迹。闲云野鹤将会临风寄意，让逝者继续在冥界的'雅舍'里安息。"（杨匡汉：《闲云野鹤，亦未必忘情人世炎凉》，杨匡汉编写：《梁实秋名作欣赏》，北京，中国和平出版社，1993，前言第 8～9 页。）

② 欧文·白璧德（Irving Babbitt，1865～1933），美国文学评论家，"新人文主义"思想的代表人物，哈佛大学比较文学教授。他的著作主要包括：《文学与美国大学》（*Literature and the American College*，1908）、《新拉奥孔》（*The New Laocoon*，1910）、《卢梭与浪漫主义》（*Rousseau and Romanticism*，1919）、《民主与领袖》（*Democracy and Leadership*，1924）、《论创造性》（*On Being Creative*，1932）。白璧德认为现代社会危机的根源在于培根的"功利主义"倾向和卢梭的"浪漫主义"倾向，二者泯灭了"人律"与"物律"的界限。要改变这种状况，必须博采东西方文明的精髓，即吸取西方的柏拉图、亚里士多德的观点和东方的释迦牟尼、孔子的观点，这样才能达到"经世救人"的目的。白璧德谈的是文学批评，实际上牵涉整个人生哲学。白璧德曾教授过梅光迪、汤用彤、吴宓、梁实秋等中国学生，他的学说与中国的儒家思想有多方面的认同，并且在 20 世纪 20 年代至 30 年代的中国思想界和文学界产生过一定影响。白璧德等人引领的"新人文主义"运动历时 20 多年，虽然时间不长，但是涉及历史、文学、政治、教育、伦理等领域。半个多世纪以来，在"科学主义"与"物质主义"的双重作用下，在以欲望和消费为主导的现代社会里，"新人文主义"思想向被异化的"人性"复归提供了凝聚力，如今在美国又形成了研究热潮，也再次引起中国学者的重视，这说明白璧德的学说对如今的社会同样有着重要意义。

题。代表著作有大陆学者陈子善的《梁实秋文学回忆录》①、徐静波的《梁实秋——传统的复归》②、鲁西奇的《梁实秋传》③、叶永烈的《倾城之恋——梁实秋与韩菁清》④、宋益乔的《梁实秋传——笑到最后》⑤、刘炎生的《才子梁实秋》⑥以及刘聪的《古典与浪漫：梁实秋的女性世界》⑦，等等。香港凤凰杂志社执行主编师永刚等人在《命运与乡愁：移居台湾的九大师》一书中总结出："梁实秋是将西风带进台湾的浪漫干将。"⑧

　　这些著作具有较高的文学史料价值，概括出梁实秋的人生轨迹大致有如下特点：①徘徊在"宅门文化"的"雅"与"俗"之间。梁实秋出生在一个家境殷实、比较开明的书香家庭，他的父亲梁咸熙是中国近代教育史上最早的新式学堂同文馆的学生之一，不仅推崇中国传统文化的精髓，而且十分欣赏西方世界的现代文明。梁实秋从小生活在古都北京（北平）的宅门庭院里，虽然家教甚严，但是他却过着一种相对自由与闲适的生活。"宅门文化"对梁实秋的影响不容忽视，它是雍容典雅的贵族气质和普通俗常的平民气质的结合。梁实秋感受到"宅门"生活的礼法森严与亲情温暖，他对卷轴盈室的旧式家庭比较依恋，经常在"雅舍"系列散文中回忆起小时候闲逸与悠然的成长环境。梁实秋不仅自觉接受了中国传统士大夫文化，而且逐渐形成了中国古代君子的儒雅气质。出身和门第为他以后的文学活动、性情品质以及为人处世等奠定了基调。文与人同，"雅舍"系列散文中贯穿的雅致风格就是这种积淀的外显，展现出一种"俗"中透"雅"的生存状态；②从对"浪漫主义"的追寻转向对"古典主义"的守望。梁实秋作为中国现代"古典主义"文学思潮的倡导者之一，最初是热衷于"浪漫主义"的文艺青年，"但是美国之行把他带到'新人文主义'的门下，博学慎思的白璧德把他从浪漫的热血提升到古典的清明。这位留学生三年后回国，从此转头批评外来的浪漫倾向，成了古典的砥

---

①　参见陈子善编：《梁实秋文学回忆录》，长沙，岳麓书社，1989，第1版。

②　参见徐静波：《梁实秋——传统的复归》，上海，复旦大学出版社，1992，第1版。

③　参见鲁西奇：《梁实秋传》，北京，中央民族大学出版社，1996，第1版。

④　参见叶永烈：《倾城之恋——梁实秋与韩菁清》，乌鲁木齐，新疆人民出版社，2000，第1版。

⑤　参见宋益乔：《梁实秋传——笑到最后》，太原，北岳文艺出版社，1994，第1版。

⑥　参见刘炎生：《才子梁实秋》，南昌，百花洲文艺出版社，1995，第1版。

⑦　参见刘聪：《古典与浪漫：梁实秋的女性世界》，郑州，河南人民出版社，2003，第1版。

⑧　参见师永刚、杨素、方旭：《命运与乡愁：移居台湾的九大师》，南昌，百花洲文艺出版社，2008，第1版。

柱"①。事实上，白璧德推崇一种超越两极对立、融合东西文化的"多元"文化价值观。他赞同孔子及其学说，认为孔子学说所蕴涵的道德准则具有重要的现代价值意义，孔子的"克己复礼"和"中庸"精神正是白璧德所极力主张的。应该说，梁实秋不仅崇拜白璧德个人，而且佩服他的思维方式和宏阔视野，因此他对融合中西智慧的"新人文主义"思想有了一份更自觉的认同。独特的家庭教育和个人气质决定了梁实秋选择了白璧德的"新人文主义"思想。1926 年从美国留学归来的梁实秋已经从昔日追寻"浪漫主义"文学转向对"浪漫主义"文学的批评，并且构建了其以"人性"为主体内容的"古典主义"文学观念，《浪漫的与古典的》《文学的纪律》《文艺批评论》以及《偏见集》等批评文章就记载了这一时期的思想。由于他的观点与"左翼"文学思潮相去甚远，从而引发了中国文学界 20 世纪 20 年代至 30 年代关于"人性论"与"阶级论"的大论战；③寻觅战乱年头的心灵栖居。抗日战争时期，梁实秋客居重庆北碚的美其名曰"雅舍"的陋室，作为"北碚八年"心灵写照的《雅舍小品》，梁实秋艺术地抒写了战乱年头爱国文人颠沛流离的辛酸感受以及苦中求乐、"俗"中求"雅"的人生境界。这种在特殊情境中形成的"雅舍精神"一直贯穿于他后来陆续出版的 20 多本散文集之中；④于持之以恒的著译活动中实现自己的文学理想。梁实秋 1949 年移居台湾地区以后，一心一意从事教学工作并且勤勉致力于笔耕生活，他为了安心写作和翻译曾多次辞去烦琐的行政职务。梁实秋在自己的文字世界里构筑对情感、道德与社会的思索，渴望提升现代人的精神品位。他从 1958 年 3 月到 1987 年 10 月去世的前一个月，一共给小女儿写过家书一千余封，平均每周写一封信。②近 30 年每周一封信而不间断、近 40 年坚持独立翻译《莎士比亚全集》、近 50 年坚持创作"雅舍"系列散文。这"三个坚持"成为中国现代文学史上的美谈，也正是梁实秋之所以能够成为一代"散文大师"与"翻译大师"的重要原因之一；⑤从"槐园梦忆"到"夕阳恋情"。1974 年，梁实秋在携手相伴大半辈子的妻子程季淑去世以后，细腻地、深情地写下了《槐园梦忆》一文，缅怀夫妻二人的风雨人生和相濡以沫的情感，缠绵哀婉，感人至深。但是，年逾 70 岁的梁实秋又很快陷入爱河之中，与明星韩菁清热恋并且结婚。由于两人

---

① 余光中：《金灿灿的秋收》，徐静波编：《梁实秋批评文集》，珠海，珠海出版社，1998，第 1 版，第 4 页。

② 根据梁文蔷的回忆："爸爸说：'你说像我们这样每周一信，从不间断，达二十多年之久，是不是绝无仅有？''我不知道。人家家里的事咱们怎么知道。不过，我想这种情形，有也不会很多。'我说。"（梁文蔷：《每周一信》，《梁实秋与程季淑：我的父亲母亲》，天津，百花文艺出版社，2005，第 1 版，第 177 页。）

的年龄、阅历、地位、思想等的差异，"梁韩之恋"曾经掀起当时文坛的一股波澜。然而，"在梁实秋看来，爱情是身心合一的境界。当所爱的一方已经离去，这份爱就化为了精神世界中的一缕思念，孤独的身心仍然会有新的渴望，渴望与异性的身心再度融合。这是人情中的'自然之道'"①。

第二，文论研究模式。

这种模式包括梁实秋文学思想研究和翻译思想研究。梁实秋的翻译思想与他的文学思想具有相同的哲学基础和本质内涵，呈现出一种互动的文学理论形态特征。关于文学思想的研究，学者们从不同层面、不同角度分析了梁实秋对文学本质、文学主体、文学功用以及文学批评等问题的看法。同时，学者们也结合文本分析，阐释梁实秋散文的审美特点和文化意蕴等问题，并且从理论上把握梁实秋文学思想的主要观点，由此肯定他在中国现代文论史上独特的地位。这方面的代表论文有：刘锋杰的《论梁实秋在中国现代文学批评中的地位——兼谈认识梁实秋的方法》②、葛红兵的《梁实秋新人文主义批评论》③、刘炎生的《20世纪中国散文的奇葩——梁实秋"雅舍"系列散文略论》④、胡博的《梁实秋新人文主义文学批评思辨》⑤、江胜清的《论梁实秋文艺思想之独特构成及传统理路》⑥、辛克清的《梁实秋文艺思想简析》⑦、陶丽萍和方长安的《冲突与融合——梁实秋的自由主义思想论》⑧、常桂红的《贵族化审美趣味的追寻——论梁实秋诗歌、戏剧批评》⑨等。

这些论述比较全面地展示了梁实秋文学思想的整体风貌以及在中国现代文学史中的位置，概括出梁实秋的文学思想是一种包含着"人性""理

---

① 刘聪：《古典与浪漫：梁实秋的女性世界》，郑州，河南人民出版社，2003，第1版，第162页。

② 刘锋杰：《论梁实秋在中国现代文学批评中的地位——兼谈认识梁实秋的方法》，《中国文学研究》1990年第4期，第62～70页。

③ 葛红兵：《梁实秋新人文主义批评论》，《海南师范学院学报》（人文社会科学版）1995年第1期，第65～70页。

④ 刘炎生：《20世纪中国散文的奇葩——梁实秋"雅舍"系列散文略论》，《广东社会科学》1998年第4期，第128～133页。

⑤ 胡博：《梁实秋新人文主义文学批评思辨》，《东岳论丛》2001年第6期，第135～138页。

⑥ 江胜清：《论梁实秋文艺思想之独特构成及传统理路》，《郧阳师范高等专科学校学报》2001年第5期，第26～28页。

⑦ 辛克清：《梁实秋文艺思想简析》，《青岛大学师范学院学报》2002年第1期，第1～7页。

⑧ 陶丽萍、方长安：《冲突与融合——梁实秋的自由主义思想论》，《湘潭大学学报》（哲学社会科学版）2005年第5期，第21～25页。

⑨ 常桂红：《贵族化审美趣味的追寻——论梁实秋诗歌、戏剧批评》，《语文学刊》2009年第4期，第98～99页。

性"与"道德"三位一体的"古典主义"文论，它显然是受了白璧德的"新人
文主义"思想的影响，因为"新人文主义"思想在文学上的突出表现是"古
典主义"。也就是说，梁实秋从"人性"角度去理解文学，他认为"人性"是
固定的、普遍的、永恒的，"人性"的常态是相同的。因此，文学应该以
"善"却"恶"，这样才有利于"人性"的健全与完善；此外，"人性"是"情"
与"理"的二元对立，理性制约情欲才是理想的"人性"，而且这理性主要
表现为做人的普遍伦理道德规范，文学的目的就是以文学的伦理价值引
导读者趋于思想的健康与纯正。进行文学创作时，应该注意"节制性"原
则和"纪律性"原则，提倡优雅的创作取向和适度、平和的语言表达；进
行文学批评时，应该遵从"理性主义"的判断原则，坚持纯正、高雅的文
学品位。虽然梁实秋对"人性"的理解和表述具有较强的模糊性和抽象性，
但是其内涵却充满了"人文主义"精神，他的"古典主义"文学思想是对"非
文学化"倾向的反驳，也是对"五四"时期"浪漫主义"文学思潮的必要补
充，在一定程度上有助于提升中国现代文学创作的素养和品位。

梁实秋翻译思想研究的代表论著有严晓江的专著《梁实秋中庸翻译观
研究》[①]。严晓江以分析梁实秋翻译的《莎士比亚全集》为例，从认识论与
实践论两个层面考察梁实秋的译莎活动，探讨他的文艺思想对其翻译观
的影响，指出梁实秋的翻译观具有明显的"中庸"特点，其主要内涵是"诚
信"原则、"时中"原则、"适度"原则和"中和"原则，这些原则贯穿于译者
的翻译实践之中，体现了一种对话精神与"和而不同"之境。梁实秋的"中
庸翻译观"是认识理性与实践行为的统一，也是"刚性"精神与"柔性"品质
的融合。同时，笔者关注梁实秋的翻译观与当代文化语境的衔接和对话
问题，试图寻找其中可能含有的对中国现代文论的启示意义。此外，近
几年其他学者也曾经撰文概括了梁实秋的译莎活动，代表论文有：宋培
学的《梁实秋与〈莎士比亚全集〉》[②]、赵军峰的《翻译家研究的纵观性视
角：梁实秋翻译活动个案研究》[③]、李伟昉的《论梁实秋与莎士比亚的亲
缘关系及其理论意义》[④]、朱涛和张德让的《论梁实秋莎剧翻译的充分

---

①　参见严晓江：《梁实秋中庸翻译观研究》，上海，上海译文出版社，2008，第 1 版。

②　宋培学：《梁实秋与〈莎士比亚全集〉》，《中华读书报》2002 年 6 月 26 日。

③　赵军峰：《翻译家研究的纵观性视角：梁实秋翻译活动个案研究》，《中国翻译》2007 年
第 2 期，第 28～32 页。

④　李伟昉：《论梁实秋与莎士比亚的亲缘关系及其理论意义》，《外国文学研究》2008 年第
1 期，第 85～93 页。

性》①、董莹的《浅析莎士比亚译本——朱生豪译本和梁实秋译本》②等。美国西雅图大学（University of Seattle）的 Liang Kan 教授也撰写了论文"Hu Shi and Liang Shiqiu：Liberalism and Others"（《胡适与梁实秋：自由主义及其他》）③。

这些论述指出：梁实秋的文学观和翻译观具有浓厚的"古典主义"色彩和鲜明的儒家思想的保守意识。在中国现代文学史上，梁实秋是系统地、有计划地译介莎士比亚戏剧的学者。他选择翻译《莎士比亚全集》，除了胡适的积极倡导与家人的支持以外，关键还在于他本人对莎士比亚作品的价值认同，这主要表现在提倡情理和谐、道德高尚以及"中庸"精神等方面。梁实秋翻译的《莎士比亚全集》基本忠实于原文内容，这与译者尊重异域文化的心理倾向有关，他的以"异化"为主的翻译策略蕴涵着翻译家的哲学倾向。梁实秋的中西文化造诣很深，既精通英国文学，也熟知杜甫与竹林七贤等中国古代文人，他以"人性"为媒介，架构起了东西方文化交流的桥梁。梁实秋与朱生豪的译本代表了中国当代莎剧翻译的两大不同流派，他们的翻译目的、翻译策略与翻译效果各有千秋。

可见，研究者们从文学角度与翻译角度对梁实秋的文论体系进行了整体性把握，同时将其作为中国文艺理论发展史上的一个环节加以分析，以此来观照以梁实秋等人为代表的"新月派"知识分子作为"五四"时期留美、留英群体的历史贡献，展示了他们的文化与文学活动是整个现代中国文化与文学活动的重要组成部分。梁实秋的文论以"人性"作为基本内容，并且从多种角度对文学的"人学"内涵进行审视和阐发，注重文学的审美价值与功利价值的关系，同时也注重文学的思想内容与艺术形式的关系，这两大问题也是中国 20 世纪文学理论批评所关注的。中国文学理论的不断完善以及语言、文学的现代化进程就是由像梁实秋这样的留洋知识分子共同推动的，他们中的一些人同时从事创作与翻译活动，外国文学作品正是通过他们的翻译而进入中国读者的阅读视野的。中国作家的文学创作从情节结构、表现手法到语言技巧等往往折射出翻译文学对他们的某种启发。翻译的更重要影响则表现在深层的文学精神和文学思潮上。例如，梁实秋认识到中国传统文化的不朽魅力和现代西方文论的

---

① 朱涛、张德让：《论梁实秋莎剧翻译的充分性》，《宁波教育学院学报》2009 年第 2 期，第 57～59 页。

② 董莹：《浅析莎士比亚译本——朱生豪译本和梁实秋译本》，《理论建设》2009 年第 3 期，第 62～64 页。

③ Liang Kan："Hu Shi and Liang Shiqiu：Liberalism and Others"，*Chinese Studies in History*，Fall vol. 39 Issue 1，2005：3-24.

宝贵价值,他从中国传统思想和外来思想中寻找现代的路径,从历史中发现未来。他以儒家思想为哲学根基,并且接受了白璧德的"新人文主义"学说,同时以该学说作为自己文论的参照体系和理论依据。从梁实秋的文论体系中可以看出该学说与其他文学思潮如"古典主义""浪漫主义""现实主义"和"现代主义"之间的关系。因此,对梁实秋文论思想的贡献与局限做出实事求是的评估,是在更深层意义上挖掘其历史意义和现实意义。应当说,中国现代文艺理论的发展是在与西方近现代各流派文论以及中国传统文论纵横交织的过程中逐步完善起来的。

第三,评价研究模式。

这种模式主要是对梁实秋的文艺思想与学术成就等方面的评价。大陆学者的代表专著主要有:许祖华的《双重魅力:梁实秋的智慧》①以及高旭东的《梁实秋:在古典与浪漫之间》②等。台湾地区学者的代表论文主要有:余光中的《金灿灿的秋收》③、何怀硕的《怅望千秋一洒泪》④、马逢华的《管领一代风骚——敬悼梁实秋先生》⑤、丘秀芷的《文艺天地任遨游——送梁实秋先生》⑥等。另外,旅美学者夏菁撰写了论文《梁门雅趣——梁实秋先生的幽默和学养》⑦。

这些论述遵循文学史研究的"学理化"原则,从评论对象的实际出发,排除某些政治因素的干扰,着重考察梁实秋的文学贡献,比较客观地呈现文学史的历史风貌。梁实秋经历了从"浪漫主义"到"古典主义"的思想转变,他的"中庸"文学思想在某种程度上是以一种稳健的态度与适度的方式对待文学与生活。但是,这种文学思想却与当时中国现代文学主潮流中的"自由""激进""革命"的精神不相符合,因此在时代的大潮中响应者不多。梁实秋认为文学的力量在于"节制",这种"节制"不是"外在的权威"(outer authority),而是"古典主义"的"内在制裁"(internal check)。

① 参见许祖华:《双重魅力:梁实秋的智慧》,南宁,广西人民出版社,1994,第1版。

② 参见高旭东:《梁实秋:在古典与浪漫之间》,北京,文津出版社,2004,第1版。

③ 余光中:《金灿灿的秋收》,徐静波编:《梁实秋批评文集》,珠海,珠海出版社,1998,第1版,第1～31页。

④ 何怀硕:《怅望千秋一洒泪》,刘炎生编:《雅舍闲翁——名人笔下的梁实秋　梁实秋笔下的名人》,上海,东方出版中心,1998,第1版,第114～120页。

⑤ 马逢华:《管领一代风骚——敬悼梁实秋先生》,刘炎生编:《雅舍闲翁——名人笔下的梁实秋　梁实秋笔下的名人》,上海,东方出版中心,1998,第1版,第99～107页。

⑥ 丘秀芷:《文艺天地任遨游——送梁实秋先生》,陈子善编:《回忆梁实秋》,长春,吉林文史出版社,1992,第1版,第168～174页。

⑦ 夏菁:《梁门雅趣——梁实秋先生的幽默和学养》,陈子善编:《回忆梁实秋》,长春,吉林文史出版社,1992,第1版,第126～129页。

梁实秋坚持对文学"艺术性"的守望，"雅舍"系列散文亲切、闲适、雅致；他的汉译《莎士比亚全集》具有"学院派"风格，"对梁实秋翻译活动的评价，是个很艰深的问题，见仁见智在所不免。至于提倡批判精神，要看身处什么时代、什么国度、什么环境。看问题不脱离时间地点条件，这应该是唯物辩证法的观点"①。研究者没有任何理由因为非文学的因素而偏袒某一种文学理论，每一种文学理论的提出都具有一定的合理性和局限性，文学理论也应该是多元的。

由此观之，"梁实秋研究"日趋完善，中国大陆的"梁实秋研究"也逐渐进入了正常的轨道。梁实秋著译的双重智慧与学者魅力来自于其独特的人格与学术品格，他是一位具有"自由主义"精神的爱国知识分子，热爱中华传统文化。与此同时，他对西方文化也有着某种程度的认同感和亲近感，并且希望"新人文主义"思想能够在中国文学界彰显一种情理精神。置身于中西文化的交叉点上，梁实秋逐渐形成了"多质"且"多元"的文化品格和文化心理。作为特定历史背景下中国文化和文学的边缘性群体的代表人物之一，梁实秋在传统思想与现代意识、华夏文化和西方文化的碰撞和交融中寻求着精神力量，这一状态也必然影响他的哲学观、文学观和翻译观。当然，这其中的观点既有真知灼见，又有偏颇之处。梁实秋的文化身份在文学史叙述中的变化反映了文学史的叙写应该如何做到客观而合理的问题。文学史应该呈现文学理论的源流、文学主体的创作动机和文学思想、文学作品的社会影响和现实以及文学样式的异彩纷呈等。一个作家或翻译家在文学史上的地位如何，主要应该取决于他的文学贡献。

综上所述，传记研究模式、文论研究模式以及评价研究模式三者各有特点而且相互参照，为"梁实秋研究"提供了丰富的学术资源和方法论的启示。学者们勾勒的"文学家梁实秋"形象日渐丰满，"翻译家梁实秋"研究也逐步趋向系统化。然而，这三种模式侧重于纵向研究，如何将梁实秋的创作与翻译进行系统的比较分析与整合研究还有待进一步深化。因此，本书在此基础上，采取了整合研究模式，这样有助于描摹梁实秋作为"文学家"和"翻译家"的双重身份，从而较为客观地审视和评价其著译贡献。杨匡汉曾经说："文学史曾经埋没过一些金子，曾经毁誉参半且长期莫辨是金子还是泥沙，也曾经误议过并至今还在争论着某些行进与

① 陈漱渝：《今我来思 雨雪霏霏——访梁实秋公子梁文骐》，《鲁迅研究月刊》1993 年第 3 期，第 42 页。

倒退兼有的作家。个中原因当然复杂，但缺乏应有的史识和实事求是的态度，恐怕是一个重要的因素。"①研究者应该以"有容乃大"的气度和"海纳百川"的眼光去理解梁实秋的文学生涯和心路历程，客观评价他在文学创作和翻译活动中的贡献和历史地位。"在今天，我们大可不必因其在血与火的年代不太合乎适宜而继续拒绝；自然，也不必因其当下的走俏而失度地抬高其历史地位。"②

第三节　纵横交织论著译

"梁实秋研究"应该是多视角与多层面的。梁实秋的文学活动，一直没有离开创作与翻译。在形成的文字数量上，他的翻译超过了创作，而且翻译对他的文学观念与创作技巧等都产生了很大影响。另外，梁实秋的"雅舍"系列散文创作在宏观视野方面与他的汉译《莎士比亚全集》相互印证。本书是"翻译家梁实秋研究"的系列成果之一，笔者在前期成果《梁实秋中庸翻译观研究》一书的基础上进行了后续研究，着重探讨梁实秋的创作与翻译的互动关系。本书的研究意图主要体现在以下几方面：

第一，探讨梁实秋的创作与翻译的互动关系，是《梁实秋中庸翻译观研究》一书的拓展与深化，体现了学理的承接性与研究的关联性。

笔者曾经在《梁实秋中庸翻译观研究》一书中从纵向角度总结了梁实秋的翻译观，指出其具有明显的"中庸"色彩，因此命名为"中庸翻译观"。这一"个案"研究，为中华文化传统思想的引入译论提供了某种新颖的视角。但是，笔者对梁实秋的创作与翻译的关系以及它对整个中国现代文学的意义未作深入描摹。"翻译家研究"包括对其翻译观念、翻译实践及其创作与翻译的关系等方面的探讨。因此，本书从横向比较的角度探讨梁实秋的创作与翻译之间的相互影响、相辅相成等问题，力求从另一个侧面勾勒"翻译家梁实秋"的形象。

第二，探讨梁实秋的创作与翻译的互动关系，可以从文学史的角度认识梁实秋在中国现代文学史和中国现代翻译史上的地位和贡献。

梁实秋作为20世纪中国文坛的重要学术名人之一，在文学创作和文学翻译两个领域辛勤耕耘，他将中国传统文化的精髓和西方文化的现代

---

① 杨匡汉：《闲云野鹤，亦未必忘情人世炎凉》，杨匡汉编写：《梁实秋名作欣赏》，北京，中国和平出版社，1993，第1版，前言第2页。

② 杨匡汉：《深文隐秀的梦里家园——〈雅舍文集〉总序》，梁实秋：《雅舍小品》，北京，文化艺术出版社，1998，第1版，前言第7页。

理念相结合，推进了中国文学与文化的现代化进程。透视梁实秋的创作与翻译活动，可以在"思想性"与"艺术性"两个互补的维度上审视其学术成果，挖掘蕴藏在其中的可以借鉴的成分，从而认识文学应该注重对"审美"特征与"人学"特征的彰显。此外，文学创作与文学翻译作为一种媒介，是沟通文学主体和客体的平台。对相当多的读者来说，他们更多关注的是文本的内容。本书则力求把读者的目光引向创作主体和翻译主体本身，让读者真实地感受到作者与译者的个性才情和学术话语模式，领悟到其创作与翻译背后的人生轨迹和学源根基。

第三，探讨梁实秋的创作与翻译的互动关系，有助于了解文学与文化系统的多元系统结构及其系统作用，即文学系统内部各元素之间的关系以及各子系统与母系统的关系。

根据"多元系统理论"，母系统影响子系统，并受子系统的影响；子系统与子系统之间也相互影响。梁实秋处在中国社会思想与文化转型的历史时期，他的创作与翻译活动既体现着各种文化意识的冲击，同时又具有"边缘文学"突破传统与"主流文学"进行对话与制衡的意义。在承认"主流文学"的历史贡献的同时，也应该认识到"边缘文学"存在的必然性及其合理性。梁实秋的创作与翻译是文学系统中的两个相关联的活跃因素，它受目的语文化诗学传统"纵"的方面的影响，也受源语文化诗学传统"横"的方面的影响。然而，对于这两个子系统之间的相互作用与变化，以及它们与上一级系统的内在关系等还缺乏深入的分析与研究。本书针对该问题，尝试阐释"边缘文学""主流文学"与整个文学之间的关系。

第四，探讨梁实秋的创作与翻译的互动关系，是挖掘"传统文化的当代价值"的体现，同时对加强海峡两岸的文化交流也具有重要的现实意义。

梁实秋受"儒""释""道"思想的深层影响，也吸收了白璧德的"新人文主义"观念，他的创作与翻译是一个具有"中庸"精神的中国学者立足本土文化诗学，放眼西方文化诗学的一种选择，交织着对传统文化与现代文化、本土文化与外来文化的一种认识态度。从梁实秋的"古典主义"文学观的现代转换角度来分析其作品，具有彰显"传统文化的当代价值"的意义。现代学者应该重新反思中国传统文化以及文学史上的老问题，并且努力对之做出新的解释。这种比较研究是在"杂糅共生"的时代话语中进行的文化阐释，可以进一步促进古今中外不同文化之间的彼此沟通与融合，也可以借助传统文化来解决现在面临的"文化身份"困惑等问题。梁实秋一生跨越海峡两岸，他的创作与翻译不仅具有学术价值，而且也具有人文意义。海峡两岸文化的"同源性""包容性"以及"创造性"具有强大的感召力和凝聚力，该项研究有助于加深对海峡两岸之间"文化认同"的理解，加强文化对话和交流。

本书从文本出发，又不拘泥于文本。"文如其人"的阐释视角是一种有效的审视与欣赏文学作品的重要方法，研究者只有通过挖掘文本和洞悉创作主体和翻译主体的著译旅程，才能达到精神共振。脱离了具体的文本，不仅难以研究文学作品本身的特点，也难以研究外部因素对于文学活动的影响和渗透。一方面，本书通过比较梁实秋著译作品的特征，指出其异同之处及其原因；另一方面，本书深入分析梁实秋创作与翻译等元素与社会文学、文化系统的内在关联性和潜在制约性。笔者采用三种研究方法：

第一，比较法。

本书撷取文学系统中的创作与翻译两个元素，将梁实秋的这两种文学活动置于"跨文化"与"跨时空"的语境之下进行探讨，同时借助文学翻译的"多元系统理论"和"译介学理论"等，以及中国传统文论中的"物感说""灵感说""知音说""典雅说""六义"与"六观"说、"经权"说等，从比较文学和学术史的角度，通过个案描述与理论分析相结合的方法对文学系统内部组成要素之间的相互作用方式以及文学系统微观元素与社会文化宏观系统的内在关系进行研究。从微观层面来看，涉及原著与译著的比较、不同译文之间的比较以及"雅舍"系列散文与梁实秋的汉译《莎士比亚全集》的行文风格的比较等。从宏观层面看，涉及题材选择、著译策略、审美倾向、文化心态以及局限之处等方面的比较等。

第二，过程法。

本书通过揭示梁实秋的创作过程和翻译过程，探究作者、译者、读者、原著、译著以及文化语境之间的互文关系。笔者从"知人论文"的角度，以凝聚梁实秋辛劳和智慧的两项"特大工程"——"雅舍"系列散文与梁译《莎士比亚全集》为研究对象，着重剖析梁实秋在进行创作和翻译时，是使用两套不同的话语系统还是使用相同的语言模式？他的创作特点与翻译特点有哪些一致处与不一致处？从文学本体层面评价梁实秋，就应该深入他的著译作品世界去体验他、认识他、理解他、欣赏他，尤其应该分析梁实秋的文化心理因素对他著译活动的影响。

第三，成因法。

创作与翻译，是梁实秋对自我文化心理模式以及与自我相关的群体文化心理模式的沉思和阐释，二者相互关联。吸收外国文学与文化的养分，能够润泽本土文学的名篇佳作；深厚的国学基础也是提升译文质量的有力保证。从译文的语言风格中，研究者仍然能够感受到译者的创作语言的某些特色，而梁实秋的"刚性"译文既反映了他的翻译目的和翻译策略，也是翻译与创作矛盾关系的体现。笔者努力剖析形成梁实秋"雅舍"系列散文创作与汉译《莎士比亚全集》风格相异的深层原因，为客观评定梁实秋作为"散文大师"和"翻译大师"的文学史地位以及他对中国现代文学和文化的发展所做的贡献提供思路。

　　收集、整理与分析参考文献资料的过程也是深化学术研究的过程，可以帮助笔者不断完善自己的研究工作。本书在撰写过程中既有第一手材料，也有部分转引的第二手材料，大致可以分为以下五类：第一类是梁实秋的"雅舍"系列散文和汉译《莎士比亚全集》，这是通过文本分析透视其创作与翻译关系的主要依据；第二类是散见于梁实秋的书信、自传、文学评论等相关文字中有关对文学创作和翻译问题看法的诸多论述，这是构成其独特文学话语系统中的重要组成部分；第三类是其他学者撰写的有关回忆录、文学评论等文章或者专著，这些论述是从"他者"的角度对梁实秋其人、其文进行客观评价的补充材料；第四类是其他翻译家，比如朱生豪、方平、曹禺、卞之琳、曹未风、孙大雨、文心等人的莎剧汉译文，这是进行译文横向比较的重要载体；第五类是有关当代西方翻译理论和中国传统文论的资料，这是研究梁实秋文学活动的理论基础。从基本类型来看，这些文献资料可以分为专著、期刊、论文集、报纸、会议文献和工具书等多种。从载体形式来看，既有传统的印刷资料，也有通过互联网络和电子图书馆等方式搜集的资料。总之，这些资料是客观、细致、深入分析梁实秋创作与翻译活动的宝贵资源。

　　本书共分六章。

　　第一章为"绪论"。本章交代梁实秋散文创作中的"雅舍现象"与文学翻译中的"译莎丰碑"以及"文学家和翻译家梁实秋"研究模式述评，同时交代本书的研究意图、研究方法和主要内容。

　　第二章为"主情论"。梁实秋的"雅舍"系列散文创作与翻译《莎士比亚全集》的活动始终与他的情感投入密切相关，主要包括"动机情感流""对象情感流"和"审美情感流"。梁实秋推崇"审美自律"的题材观，创作与翻译选材都以"人"的文学、"自由主义"的文学和"伦理"的文学为根本内涵，交织着西方"古典主义"精神、儒家的"入世"精神以及佛禅、道家的"出世"精神；梁实秋的著译活动过程可以用"以情入文"和"以文寻情"来概括，前者主要指文学创作论，后者主要指文学鉴赏、批评论，二者侧重点不同，但是相互渗透、相互补充。从刘勰的"六义"与"六观"的角度来对梁实秋的著译活动进行赏析的话，可以感受到他在思想内涵、遣词造句、引经据典、行文脉络等方面的总体一致性。其著译作品不仅反映了文学活动的"艺术性"特征，而且反映了其"兴""观""群""怨"的社会功能。梁实秋的"雅舍"系列散文以"雅化俗常"著称，"俗"是它的表象，"雅"是它的底蕴。他的汉译《莎士比亚全集》"雅"处译"雅"，"俗"处译"俗"，情理得当。

第三章为"崇真论"。梁实秋的"雅舍"系列散文创作与译莎活动渗透着"真"的诗学内涵与"真"的文化心态，它涵盖了儒家的经世济用、道家的闲逸超脱与佛禅的明心见性等精神特质。梁实秋的"创作诗学"蕴涵着"自然闲适"的文调和"禅机哲理"的意蕴。他的"翻译诗学"体现了"宗经"的翻译原则和"权变"的翻译意识。梁实秋的著译活动以其"隔"而"不隔"的文化心态构成了他锻字炼句的内在原因，它是多种文化意蕴与文学主体内在精神气质的整合，显示了一种"中心"与"边缘"共存、"同一"与"差异"互见的文化心态。但是，这种"崇真"的理念，在著译文风上却显示出很大的差异性，其译文具有"刚健中正"的儒家风骨和"韵外之味"的佛禅之旨，也体现了梁实秋在文化融合、改造现代汉语以及建设中国新文学等方面的努力尝试。

第四章为"益智论"。梁实秋的"雅舍"系列散文和汉译《莎士比亚全集》反映了一种纯正博雅的人文精神。"文化智性""主体智性"与"形式智性"是其主要内涵。"文化智性"主要体现在对传统文化价值的传承和现代意识的守望方面；"主体智性"显示出"学者著译"的书卷气息以及"现实性品格"和"审美性品格"的融合，既具有学理内涵又具有艺术张力，既张扬个性又内敛节制；追求行文的错落有致、文质彬彬构成了梁实秋著译的"形式智性"。梁实秋的著译"智性"为当代中国文学在挖掘"人性"的深刻性以及呼唤"经典"与"崇高"的文学品位等方面提供了参照，也为提升20世纪80年代以来中国"留学生文学"的稳健与大气积累了经验，并且加深了读者对当今全球化语境下"多源"与"多元"文化内涵的理解。

第五章为"局限论"。文学理论倡导与著译实践的偏差、守成多于创新、不充分的"审美现代性"以及重"善"轻"美"等是梁实秋创作与翻译的局限性。梁实秋主张以理性约束情感，但是他在"雅舍"系列散文中描写的"人性"的负面性居多。他提倡翻译的"信"与"顺"的统一，但是他翻译的《莎士比亚全集》有时也有较强"翻译腔"的痕迹。"雅舍"系列散文所谈话题缺乏文学的时代气息。梁实秋在译莎过程中带有几分"保守主义"的拘谨。他忽略了不同文体之间可以相互借鉴的特性，没有在美学范围内强调文学的道德力量与理性精神。梁实秋的创作与翻译具有比较明显的"文化精英"意识，因此读者范围受到一定程度的限制。

第六章为"结语"。本章总结了本书的主要学术观点、学术创新之处以及今后需要拓展的研究问题。本书对于丰富"翻译家梁实秋"研究、中国现代文学史中的翻译文学研究具有一定的参考价值。本书对于进一步理解创作与翻译的关系问题、文学系统的微观元素与宏观元素的关系问题，以及对加强海峡两岸的文化交流也具有借鉴意义。

第二章　主情论：情动辞发，披文入情

文学活动自始至终都与"情感"紧密相关，"情感"展现了文学活动的"审美"本质和"人学"本义。"情"是刘勰在《文心雕龙》中所提及的一个美学概念，对"情"的推崇是中国古代文人对文学本质问题的一个重要认识，它是对"诗言志"的补充和拓展，更加有利于创作主体抒发情感，从而增强文学作品的感染力。文学创作和文学翻译都以"情"为基础，作者将自己的情感倾注到客观对象之中，译者与原作者的情感融合则是解读原作精神的关键所在。从内在构成看，梁实秋的文学活动由三股"情感流"交织而成，分别可称为"动机情感流""对象情感流"和"审美情感流"，它们共同构成一股强大的情感力量影响着他的创作与翻译活动。

第一节　动机情感流

"动机情感流"是指一种无形的、潜在的促成梁实秋文学创作和翻译欲望的情感动力。对梁实秋而言，最初在中国大陆创作和翻译、最终在中国台湾地区出版发行的"雅舍"系列散文和汉译《莎士比亚全集》，记载着他的文学情感历程。只有结合特定的创作和翻译背景，才能比较清楚地了解梁实秋著译活动的内在原因。著译活动首先涉及"题材的选择"，它反映了梁实秋的个性气质和审美倾向，也是构成其著译风格的重要因素之一，他的话题既不是局限的、私密的个人话语，也不是空洞的、枯燥的宏大话语，而是人类永久的、平常的话题，"人"的文学、"自由主义"的文学和"伦理"的文学是其主要内涵。这种"审美自律"①的题材观使

---

① 吕俊阐述了文学作品的"他律性"与"自律性"的问题。他认为："他律性"研究方式是把文本看成表征社会文化现象的材料，从而把着眼点完全放在文学活动与其他文化活动或社会活动之间的关系上。因此，这种研究倾向于向文本的外部运动，从而形成关于文学的社会历史价值的理论和以作者意图为中心的一些理论。这些理论的共同特点是强调了文本的"他律性"。与此相反的研究方式是强调文本的"自律性"。也就是说，文学作品是一个内涵的世界，是一个完全自足的本体，文学语言是具有"自律性"的系统，有其自身的特征。因此，这种研究方式是倾向于向文本的内部运动，致力于确立文学独立性的理论。文学作品的"他律性"与"自律性"，即文学的社会本质与文学特殊的审美本质，应该是相辅相成的结合才行，即二者是相互作用、相互制约的关系。（参见吕俊：《论翻译研究的本体回归——对翻译研究"文化转向"的反思》，张柏然、许钧主编：《译学新论》，上海，上海外语教育出版社，2008，第1版，第45～46页。）

得"雅舍"系列散文和汉译《莎士比亚全集》具有超越时空的魅力。

一、"人"的文学

中国传统文化的特质重视"人性"与"人生"问题。作为中国传统文化主流的儒学，更加注重探讨人的本质、人的价值与人的发展等命题。"人"的文学意味着文学是以"人"为中心，全面、客观、深刻地描写人生，挖掘"人性"。梁实秋秉承了儒家思想中关注社会与现实的人文精神，认为"凡是文学都与人生有关"①。"文学是人性的描写……人有理性，人有较高尚的情操，人有较严肃的道德观念，这便全是我们所谓的人性。在另一方面，人性乃一向所共有的，无分古今，无间中外，长久的普遍的没有变动。人的生活形式，各地各时容有不同，所呈现的问题亦容有不同，但是基本的人性则随时到处皆是一样的。文学家'沉静地观察人生并观察人生的整体'，发掘人性，了悟人性，予以适当的写照。"②因此，梁实秋提倡采取一种积极进取的人生态度，对于人生既要有浓烈的热情，又要养成淡泊的心态，文学家则要更加具备敏锐的目光和深邃的思想，这种观点体现了儒家思想中"仁爱之心"与"兼济天下"的品格。另外，梁实秋也承袭了亚里士多德（Aristotle）的"人性论"思想，他说："亚里士多德认定人性是普遍的，是有中心的，吾人欲表现善与真，换言之，吾人欲表现理想，若不于人性之普遍的方面着手，实别无良法。"③这种"人性论"的文学观反映在梁实秋撰写的《亚里士多德的〈诗学〉》与《现代中国文学之浪漫的趋势》等文章之中，由此可以追溯他文学理论的哲学基础。从文学本身的审美特质来看，"人性论"的文学主张影响了梁实秋的著译选材，并且逐步奠定了其著译的基调。

在"雅舍"系列散文创作方面，梁实秋追求高贵的题材、雅致的风格以及平朴的语言。所谓"高贵的题材"，即在常态的、健全的"人性"描写中传达高尚的道德和情感，正面构建一种恬淡、从容的生活方式和人生理想。根据其内容，"雅舍"系列散文大致可以分为三种：第一种是《廉》《懒》《勤》《说俭》《谈礼》《废话》《守时》《礼貌》《谈友谊》《骂人的艺术》《教育你的父母》等带有伦理思考式的文章；第二种是《谈徐志摩》《忆周作人先

---

① 梁实秋：《岂有文章惊海内——答丘彦明女士问》，梁实秋著，陈子善编：《梁实秋文学回忆录》，长沙，岳麓书社，1989，第1版，第81页。

② 梁实秋：《文学讲话》，徐静波编：《梁实秋批评文集》，珠海，珠海出版社，1998，第1版，第222页。

③ 梁实秋：《亚里士多德的〈诗学〉》，徐静波：《梁实秋批评文集》，珠海，珠海出版社，1998，第1版，第83页。

生》《记张自忠将军》《我的一位国文老师》《记梁任公先生的一次演讲》等对亲朋故友的回忆文章；第三种是《吸烟》《饮酒》《闲暇》《快乐》《窝头》《早起》《搬家》《盆景》《旅行》《看报》《台北家居》等谈衣食住行的文章。梁实秋在时代的洪流中，用理性的态度去用心观察和体验平常人生，寻找"人性"的共同之处。他说："我们的脾气性格，是人人而殊的，所以反映在文学里，有种种不同的人物描写。但最基本的情感为喜怒哀乐之类，却是大致相同的。"①梁实秋从宏观的角度描摹不同阶层和不同身份的人，在闲适与淡定之中表现出道家思想反"异化"的审美趋向。事实上，梁实秋历经人生风雨，抗日战争时期入蜀以后的心境逐渐向老庄靠拢，随遇而安、亲切雅致的《雅舍小品》由此而产生。另外，梁实秋还把自己所体验的人生况味同佛禅的要义紧密结合起来，极力推崇一种"克己"的修养功夫与执着的精神追求。当然，儒家思想仍然是梁实秋人生哲学与文学创作的底蕴。他说："儒家的伦理学说，我以为至今仍是大致不错的，可惜我们民族还没有能充分发挥儒家的伦理。"②

　　梁实秋侧重于描写普遍的、永恒的"人性"，话题广泛而幽微。他以"儒""道""释"互补为精神根基，通过对思乡怀旧和俗常生活的描摹来寻求心灵的寄托，从而使读者形成高尚、超然、豁达的心境。例如，《雅舍谈吃》③一书刻画了具有"乡愁"情结的"人性"之美。民以食为天。吃，不仅是人的生存需要和人生中的享乐之一，而且也是情感的表现和文化精神的反映。谈吃，则是历代文人津津乐道的话题，体现出对人生的感恩与关注之情。"《雅舍谈吃》固然表明了梁实秋喜欢美食，但这也是中国传统文化的典型显现。首先，'吃'在中国文化的位置显然要高于西方，中国人以'食'为天，以'口'为人的指称，以'饭碗'为工作的代称……这在世界文化中也是独一无二的，是中国文化现世品格的表现。其次，梁实

---

① 梁实秋：《文学的永久性》，黎照编：《鲁迅梁实秋论战实录》，北京，华龄出版社，1997，第1版，第449页。

② 梁实秋：《现代文学论》，徐静波编：《梁实秋批评文集》，珠海，珠海出版社，1998，第1版，第160页。

③ 据梁文蔷回忆道："《雅舍谈吃》的作者虽是梁实秋，内容的一半却来自程季淑。这一点，我是人证。爸爸自称是天桥的把式——'净说不练'。'练'的人是妈妈。否则文中哪来那么多的灵感以描写刀法与火候？我们的家庭生活乐趣很大一部分是'吃'。妈妈一生的心血劳力也多半花在'吃'上。所以，俚语'夜壶掉把儿——就剩了嘴儿啦！'是我们生活的写照，也是自嘲。我们饭后，坐在客厅，喝茶闲聊，话题多半是'吃'。先说当天的菜肴，有何得失，再谈改进之道，继而抱怨菜场货色不全，然后怀念故都的道地做法如何，最后浩叹一声，陷于绵绵的一缕乡思。这样的傍晚，妈妈爸爸两人一搭一档地谈着，琴瑟和鸣，十分融洽。"（梁文蔷：《谈〈雅舍谈吃〉》，《梁实秋与程季淑：我的父亲母亲》，天津，百花文艺出版社，2005，第1版，第49～50页。）

秋的《雅舍谈吃》'意在吃外'，或者说在'吃'中隐现着一股浓郁的乡愁，是其思念故土的文化情怀的一种表现。"①梁实秋对饮食的见解独特而深刻，一些家常小菜在他的笔下总会流溢出灵性与哲思。他谈选料烹饪，谈民风民俗，既有名楼饭庄的佳肴美味，也有街头巷尾的零食小吃。这个著名作家，不以山珍海味为稀奇，而是念念不忘北京全聚德的烤鸭、正阳楼的烤羊肉、厚德福的铁锅蛋、玉华台的核桃酪、致美斋的锅烧鸡、东兴楼的乌鱼钱、信远斋的酸梅糕、西车站的栗子粉，等等。这些美味对于漂泊在外的游子来说，都能唤起往日生活情景的再现。在字里行间，梁实秋为台湾地区或其他地方制作的火腿有死尸味、为台湾地区豆汁儿的酸馊之味、为西湖醋鱼的浓汁满溢之味以及为不同餐馆做的核桃酪相去甚远而感叹，这其中当然有他对正宗风味饮食的追求，更反映了他的思乡怀旧之情，这是一种共同的、普遍的"人性"。梁实秋努力为自己营造一个心灵的休憩之所，甚至在闭目养神时，北京零食小贩的叫卖声也常常不绝于耳。他跨过台湾海峡，在台湾地区生活近 40 年，故乡北京的各种风味美食却勾起了他的"乡愁"。"乡愁"是中国文学的传统话题，因为它是一个人一生的与文化命脉紧密相连的情感体验和精神寄托，也是"人性"美的重要组成部分之一。正如梁实秋所说："情感无分古今中外。例如《诗经》里面的歌谣，其中有吟咏男女相悦的，有念父母之勋劳的，我们至今读起来都觉得亲切动人。许多东西都有进化，情感没有什么改变。"②梁实秋在台北隐逸而恬淡的生活当中，著文谈吃成了他温馨的回忆与对叶落归根的企盼，这种精神还乡充满了家园之恋。③ 可见，"雅舍"系列散文突破了就饮食而谈饮食的琐碎和平常，增加了作品的诗情与意境。梁实秋在文学审美活动中把生活艺术化，也把艺术生活化了。

　　梁实秋以展示"人性"为宗旨，通过翻译世界经典文学作品传递情感

①　鲁西奇：《梁实秋传》，北京，中央民族大学出版社，1996，第 1 版，第 4～5 页。

②　梁实秋：《文学讲话》，徐静波编：《梁实秋批评文集》，珠海，珠海出版社，1998，第 1 版，第 224 页。

③　2005 年 6 月，民盟中央副主席李重庵在广州公出之际，前往暨南大学前副校长、老盟员王越先生家中看望，引出了一段非常有意义的回忆。据王越回忆：梁实秋晚年，曾准备移居美国，并取得长期居留证，但是他始终没有加入美国籍。爱国思乡的情怀，使他放弃了美国的"绿卡"，回到了中国台湾安度晚年。此后，他写了不少怀念故乡的散文，以表达他对大陆的眷恋之情。20 世纪 80 年代初他便写信给王越，表达了想回大陆看看，如有可能就留在大陆不走的心情。叶落归根是人之常情，更何况是文人气质甚浓的梁实秋。在他们的通信中，梁实秋给王越寄来了他晚年的笔墨，是一首杜甫的诗："江汉思归客，乾坤一腐儒。片云天共远，永夜月同孤。落日心犹壮，秋风病欲苏。古来存老马，不必取长途。"(参见刘骆生、朱中卫：《思乡之情甚浓　梁实秋晚年心归大陆》，《人民日报》(海外版网络版)2005 年 7 月 28 日。)

的力量和哲理的意蕴。他说："人性的探讨与写照，便是文学的领域，其间的资料好像是很简单，不过是一些喜、怒、哀、乐、悲、欢、离、合，但其实是无穷尽的宝藏……"①在那血雨腥风的年代，这位爱国学者避开翻译革命题材而选择翻译《莎士比亚全集》，除了胡适的积极倡导以外，也与当时宏观的文化氛围和微观的个人背景有关。梁实秋深受哈佛大学白璧德的"新人文主义"思想的影响，探索"人性"特点而又回归传统古典，在日趋世俗化、物质化的世风中渴求理性的情感和精神的高尚。莎士比亚戏剧往往在激烈的冲突中表现"人性"的复杂，表现爱与憎、悲与喜、道德与放纵、真诚与猜疑、宽容与复仇、忠诚与背叛、希望与绝望、生存与死亡等一系列永恒的主题。莎士比亚的悲剧塑造出许多非凡的典型人物形象，但是他们又具有普通人性格上的缺陷和行为上的过失。例如，哈姆雷特（Hamlet）富有正义感，也有其残酷无情的一面。他立誓要重整乾坤、为父报仇是惩恶扬善的表现，但为了达到目的所做出的不择手段的行动则暴露出其"恶"的本性。李尔王（King Lear）发疯前与发疯后怨天尤人的恶毒诅咒，使人们看不到他作为一国之王的气度。奥赛罗（Othello）刚直不阿、勇敢善战，但是他对德斯底蒙娜（Desdemona）的猜疑与杀害又表现了自私、狭隘、冷酷无情的本性。弑君的马克白（Macbeth）集罪恶感与内疚感于一体。莎士比亚的喜剧讴歌以道德为基础的爱情和友谊，追求自由的生活和个性解放，渗透着浓郁的"浪漫主义"气氛和"乐观主义"精神；莎士比亚的历史剧无情地批判了许多昏君，同时也赞美了一些贤明君主的优良品质；莎士比亚的十四行诗表达了对朋友和爱人的深深敬意。别林斯基曾经这样评价莎剧的美学价值："莎士比亚是戏剧方面的荷马；他的戏剧是基督教戏剧的最高的原型。在莎士比亚的戏剧中，生活和诗的一切因素融合成一个生动的统一体，在内容上广阔无垠，在艺术形式上宏伟壮丽。在这些戏剧中，是整个现在的人类，它的整个过去和未来；这些戏剧是一切时代和一切民族的艺术发展的茂盛的花朵和丰饶的果实。"②可见，莎剧不仅具有包罗万象的思想内容以及风格独特的艺术形式，更重要的是它客观而细致地揭示了不同时代、不同境遇中的"人性"，人们能从其中看到整个社会和人生的缩影。梁实秋被莎剧的艺术魅力深深吸引，他凭着自己的生花妙笔和顽强毅力独立翻译了《莎士

---

① 梁实秋：《文学讲话》，徐静波编：《梁实秋批评文集》，珠海，珠海出版社，1998，第1版，第222页。

② 〔俄〕别林斯基：《戏剧诗》，杨周翰：《莎士比亚评论汇编》（上），北京，中国社会科学出版社，1979，第1版，第449页。

比亚全集》，不仅传达了莎剧内容的丰富性、思想的深刻性、语言的多样性，而且启迪中国读者对自身的生存状态、"人性"的复杂以及人生理想等问题进行深层次的思索。

二、"自由主义"的文学

梁实秋在 20 世纪 20 年代留学美国，是中国现代历史上较早接触西方"民主"与"科学"的知识分子之一，他以良知和强烈的责任感坚持对"自由主义"文学进行守望。① 梁实秋说："文学家的创作，是有他的自由意志的，虽然他也不能避免社会的影响。他选取某一项题材，自有其心理的解释及社会的解释。无论如何，文学家是并不听命于理论家、批评家，或革命的宣传家的。假如，理论家、批评家、宣传家而竟要制定什么是文学的题材，那是狂妄的行为。文学家自己知道得最清楚，什么应该做他的题材。题材的选择是由作者自己的经验与性格来决定的，并不受外来的限制。凡受外来的限制者，其作品必无生气，必不真挚。"② 然而，在中国社会阶级矛盾与民族矛盾深重的 20 世纪 30 年代至 40 年代，梁实秋"自由主义"的文学观显然是一种艰难的个人话语。针对文学创作与翻译题材的公式化、单一化的倾向，梁实秋适时进行了反驳，提倡文学选材的多样化，这也是对中国文学现代化建设的一种有益尝试。

梁实秋"自由主义"的文学主张在很大程度上是受白璧德"新人文主义"思想的影响，其兼容并包的品格呈现出"平民意识"与"绅士意识"相互交织的特点。所谓"平民意识"，是指具有平常心的文人的文化倾向和文学情感。例如，在《市容》一文中，梁实秋借谈外国教授对北京的感受来抒发自己真挚而浓烈的热爱故土之情，他念念不忘雄伟的太和殿、亲切的南小街、简陋的烧饼铺子以及和善的伙计。③ 在《听戏》一文中，梁实

---

① 美国学者格里德（Grieder）指出：当时中国的政治与经济环境并没有为梁实秋的"自由主义"文学思想提供适宜的土壤。"自由主义"的失败是因为："自由主义"所假定应当存在的共同价值标准在中国并不存在，而"自由主义"又不能提供任何可以产生这类价值准则的手段。它的失败是因为当时中国人的生活是由武力来塑造的，而"自由主义"要求人应靠理性来生活。简言之，"自由主义"在中国失败是因为当时中国人的生活淹没在暴力和革命之中，而"自由主义"不能为暴力与革命的重大问题提供什么答案。（参见〔美〕格里德：《胡适与中国的文艺复兴——中国革命中的自由主义（1917—1950）》，鲁奇译，南京，江苏人民出版社，1989，第 1 版，第 368 页。）

② 梁实秋：《所谓"题材的积极性"》，徐静波编：《梁实秋批评文集》，珠海，珠海出版社，1998，第 1 版，第 186 页。

③ 参见梁实秋：《市容》，《雅舍轶文》，北京，中国友谊出版公司，1999，第 1 版，第 73 页。

秋形象地描写了普通的、嘈杂的、俗气的戏园，并发出感叹："研究西洋音乐的朋友也许要说这是低级趣味。我没有话可以抗辩，我只能承认这就是我们人民的趣味，而且大家都很安于这种趣味。这样乱糟糟的环境，必须有相当良好的表演艺术才能控制住听众的注意力。"①此外，梁实秋在饮食散文中描写的大多是家常菜，充分显示了他的"民本"情结。在《蟹》一文中，他说蟹是人人喜爱、不分雅俗的美味。② 在《酸梅汤与糖葫芦》一文中，他说夏天喝酸梅汤，冬天吃糖葫芦，在北京是不分阶级人人都能享受的事。③ 在《粥》一文中，他将"甜浆粥"等诸多食品称为"很别致的平民化早点"，又说"大麦粥"是沿街叫卖的平民食物。④ 在《饺子》一文中，他描写了钟鸣鼎食之家和普通人家在包饺子过程中的乐趣与亲情。⑤梁实秋离开北京以后也写了许多深情的回忆文章，诸如《北平的零食小贩》《北平的街道》《北平的冬天》《东安市场》《放风筝》《"疲马恋旧秣，羁禽思故栖"》，等等。可见，梁实秋割舍不下的平民与市井的生活趣味潜藏于他的文化审美意识当中。

"绅士意识"是指注重修身养性的文人的言行指向和文化追求。梁实秋选择翻译《莎士比亚全集》就带有很浓的"文化精英"意识，表现出谨慎、理性、秩序、稳健等特征。他主张读一流的书、译一流的书，并不一味迎合大众口味。莎士比亚是世界的文学巨擘，莎剧已伴随人类走过四个多世纪，梁实秋曾将其比作"试金石"，他说："我不喜凑热闹赶时髦，对所谓畅销书或什么世界性的文艺奖不太感兴趣。其中固多佳构，有时亦不免败笔。西洋批评家'试金石学说'还是可行的，以五十年为期，经过五十年时间淘汰而仍不失其阅读价值者斯为佳作。文学史上有好作品被埋没，遇若干年始被发现的例子，究竟是少数，绝大多数作品都被时间淘汰了。'非秦汉以上书不敢读'未免陈义过高，读长久被公认为第一流的作品，总是最稳当的事。"⑥梁实秋担当着文化传播的重任，向中国读者介绍世界一流的文学作品。在当时特定的历史语境中，他无法实现自

---

① 梁实秋：《听戏》，《梁实秋杂文集》，北京，中国社会出版社，2004，第1版，第18页。

② 参见梁实秋：《蟹》，《雅舍谈吃》，济南，山东画报出版社，2005，第1版，第52页。

③ 参见梁实秋：《酸梅汤与糖葫芦》，《雅舍谈吃》，济南，山东画报出版社，2005，第1版，第36页。

④ 参见梁实秋：《粥》，《雅舍谈吃》，济南，山东画报出版社，2005，第1版，第102页。

⑤ 参见梁实秋：《饺子》，《雅舍谈吃》，济南，山东画报出版社，2005，第1版，第104页。

⑥ 梁实秋：《岂有文章惊海内——答丘彦明女士问》，梁实秋著，陈子善编：《梁实秋文学回忆录》，长沙，岳麓书社，1989，第1版，第89页。

己心中理想的文学秩序，而又不愿意丧失知识分子的独立个性，于是通过翻译《莎士比亚全集》表现自己的"自由主义"的文学理想。他说："文学不够纯，不是大病，文学不得自由发展，才是致命伤。"①另外，梁实秋读了龚自珍的《病梅馆记》之后，对"自由"的含义有了更加深刻的感悟。他说："这篇古文使我了解什么叫做'自然之美'，什么叫做'自由'。我后来之所以对于'自由'发生强烈的爱慕，对于束缚'自由'的力量怀着甚深的憎恨，大半是受了此文之赐。"②当然，相比较"平民意识"而言，颇具"古典主义"精神的梁实秋其"绅士意识"还是占了主导地位。

三、"伦理"的文学

梁实秋非常重视文学的社会责任感和伦理道德意义，认为文学不是纯粹的审美活动，而是历史的透视与伦理价值的判断。健康的文学有助于人形成健全的性格，并且能够使人养成正视生活的态度。他说："我们不相信文学必须有浅薄的教训意味，但是却信文学与道德有密切关系，因为文学是以人生为题材而以表现人性为目的的。人生是道德的，是有道德意味的，所以文学若不离人生，便不离道德，便有道德的价值。"③因此，在创作与翻译的选材问题上，梁实秋十分推崇中国传统文化的伦理价值观，即追求正道、明心见性、宽厚温良、宁静致远。

"雅舍"系列散文选材的一个重要主题是注重对伦理道德的探讨，凸显了文学的社会功能。梁实秋要求文学家面对社会现实并且关注民生疾苦，他说："一切文人，是站在时代前面的人。民间的痛苦，社会的窳败，政治的黑暗，道德的虚伪，没有人比文学家更首先的感觉到，更深刻的感觉到……惟有文学家，因为他们的本性和他们的凤养，能够做一切民众的喉舌，道出各种民间的疾苦，对于现存的生活用各种不同的艺术的方式表现他们对于现状不满的态度。"④例如，在《穷》一文中，梁实秋生动地描绘了穷人窘迫的形象和心态，表现出对社会底层人民的同情，

---

① 梁实秋：《纯文学》，梁实秋著，刘畅、袁志编：《雅舍札记》，北京，文化艺术出版社，1999，第1版，第10页。
② 梁实秋：《画梅小记》，梁实秋著，余光中等编：《雅舍轶文》，北京，中国友谊出版公司，1999，第1版，第80页。
③ 梁实秋：《文学批评论·结论》，徐静波编：《梁实秋批评文集》，珠海，珠海出版社，1998，第1版，第126页。
④ 梁实秋：《文学与革命》，黎照编：《鲁迅梁实秋论战实录》，北京，华龄出版社，1997，第1版，第157页。

其中也流露出一些调侃之情。① 然而，他总是以温婉与幽默的笔调对各种不良的行为方式进行揭露和批评，反映了"以礼自律"的文化心态。例如，在《谦让》一文中，梁实秋讽刺了那些为了自己的利益而与别人争先恐后的情形，从而劝告人们要养成谦恭的品德。② 在《暴发户》一文中，梁实秋表达了对那些发投机冒险之财的人的隐忧，善意地告诫他们要诚实劳动和勤劳致富。③ 此外，中国传统的"五伦"关系在梁实秋的笔下也多有体现，"友情"就是其中真挚的记录。例如，在《谈闻一多》一文中，梁实秋记叙了 1923 年秋闻一多在美国科罗拉多大学（Colorado University）因为数学成绩差却拒绝补修的事情，刻画了闻一多的率直个性。④ 在《怀念胡适先生》一文中，梁实秋通过描写胡适资助青年出国以及在担任驻美大使期间将讲演费用原封不动缴还国库的事情，反映了胡适提携人才的风尚以及淡薄利禄的品质。⑤ 在《悼齐如山先生》一文中，梁实秋十分敬佩齐如山钻研学问锲而不舍的精神，使读者认识到求学的苦与乐并存的事实。⑥

　　梁实秋选择翻译《莎士比亚全集》正是遵循了他所倡导的文学的"健康"性原则，重视文学的道德价值。他说："试看西洋最伟大的文学杰作，如荷马之史诗，歌德之浮士德，但丁之神曲，莎士比亚之悲剧，斯宾塞之仙后，密尔顿之失乐园，哪一部作品不是有道德的意义。文学家如其诚恳的观察人生，必定是以哲学的态度观察人生，必定是有道德的想象。斯文本的诗是美的，但是没有伯朗宁的粗笨的诗价值高，这分别就在道德价值上。"⑦莎士比亚也十分注重"道德"与"秩序"。例如，他主张爱情婚姻中的自由要以"秩序"为限度。在《仲夏夜梦》（*A Midsummer-Night's Dream*）一剧中，曾经迷失的爱情最终在仙王的协调下有了圆满结局；在

---

① 参见梁实秋：《穷》，《梁实秋雅舍小品全集》，上海，上海人民出版社，1993，第 1 版，第 107 页。

② 参见梁实秋：《谦让》，《梁实秋雅舍小品全集》，上海，上海人民出版社，1993，第 1 版，第 28 页。

③ 参见梁实秋：《暴发户》，《梁实秋雅舍小品全集》，上海，上海人民出版社，1993，第 1 版，第 278 页。

④ 参见梁实秋：《谈闻一多》，梁实秋著，刘天华、维辛编选：《梁实秋散文》（一），北京，中国广播电视出版社，1989，第 1 版，第 379 页。

⑤ 参见梁实秋：《怀念胡适先生》，梁实秋著，刘天华、维辛编选：《梁实秋散文》（三），北京，中国广播电视出版社，1989，第 1 版，第 346 页。

⑥ 参见梁实秋：《悼齐如山先生》，梁实秋著，刘天华、维辛编选：《梁实秋散文》（一），北京，中国广播电视出版社，1989，第 1 版，第 346 页。

⑦ 梁实秋：《文学批评论·结论》，徐静波编：《梁实秋批评文集》，珠海，珠海出版社，1998，第 1 版，第 126 页。

《温莎的风流妇人》(*The Merry Wives of Winsor*)一剧中，妄图破坏别人家庭的孚斯塔夫(Falstaff)则受到捉弄和惩罚；在《维洛那二绅士》(*The Two Gentlemen of Verona*)一文中，背叛爱情的普洛蒂阿斯(Proteus)也被迫回到了原来的生活圈子。"在某种意义上，他(莎士比亚)无时无刻不在处理道德问题。在所有的戏剧中没有一段话，没有一首歌不接触到伦理的情绪。他总在处理道德，但他向来不是一个道学家。"①文学的道德价值是在创作中自然而然形成的，在翻译异域文学作品时，"劝惩"的"益智"功能只是第二位的，"主美"的"移情"功能才是主要的。梁实秋在强调伦理道德的同时，并没有把道德与教训混为一谈。他赞同亚里士多德的"净化说"，认为文学的效用在于引起读者的情绪之后，予以和平的、宁静的沉思，这样的健康文学才能产生出伦理的效果。

可见，梁实秋将文学与伦理学结合在一起。如果从伦理道德这一视角来看，他的学术脉流与亚里士多德、奥瑞利斯、白璧德等先哲是相承的。梁实秋曾经在《影响我的几本书》里谈到了古罗马皇帝斯多亚派哲学家玛克斯·奥瑞利斯(Marcus Aurelius Antoninus)的《沉思录》(*Meditations*)一书。②他说："《沉思录》没有明显的提示一个哲学体系，作者写这本书是在做反省的功夫，流露出无比的热诚。我很向往他这样的近于宗教的哲学……斯托亚派的这部杰作坦示了一个修行人的内心了悟，有些地方不但可与佛说参证，也可以和中国传统的'天行健，君子以自强不息'以及'克己复礼'之说相印证。"③另外，梁实秋在《怒》《了生死》《养成好习惯》等多篇文章里也多次谈及奥瑞利斯，他概括了奥瑞利斯的伦理观："一为智慧，所以辨善恶；二为公道，以便应付一切悉合分际；三为勇敢，藉以终止苦痛；四为节制，不为物欲所役。"④梁实秋推崇奥瑞利斯的是他作为严肃的苦修派哲学家的伦理道德思想，而伦理道德的最高境界就是

---

① 〔英〕斯图厄特：《莎士比亚的人物和他们的道德观》，杨周翰编选：《莎士比亚评论汇编》(下)，北京，中国社会科学出版社，1981，第1版，第221页。

② 《沉思录》的原文是希腊文，但是译本极多，单是英文译本自17世纪起至今已有200多种。梁实秋选用了"最能保持原文面貌"的Haines的版本，在1949年将此书译成中文，由协志出版公司印行。由于将《沉思录》作者的名字译作玛克斯，竟被当时的台湾当局认为是19世纪的马克思，梁实秋因此历经波折。梁实秋实际上是《沉思录》在中国最早的推荐者，但是他的译文因为语言晦涩难懂，所以没有引起广泛的关注。此后，江苏文艺出版社在2008年出版了梁实秋的译本。(参见梁实秋：《影响我的几本书》，梁实秋著，陈子善编：《梁实秋文学回忆录》，长沙，岳麓书社，1989，第1版，第27页。)

③ 梁实秋：《影响我的几本书》，梁实秋著，陈子善编：《梁实秋文学回忆录》，长沙，岳麓书社，1989，第1版，第29页。

④ 梁实秋：《影响我的几本书》，梁实秋著，陈子善编：《梁实秋文学回忆录》，长沙，岳麓书社，1989，第1版，第28页。

"善"。也就是说，人生的完美状态就是按照自然之道去生活，追求与天地的和谐来达到最大程度的完善。奥瑞利斯遵循"克己"的修养工夫，内心沉静而积极，显示出与孔子、亚里士多德的思想的明显的一致性。梁实秋也具有智慧、正义、节制、勇敢、谦虚、温和、宽容这些美德，并且把自身的进德修业之完善看得更为重要。梁实秋兼收并蓄了西方先哲的明智辨正、儒家的温良谦恭、道家的沉潜内敛以及佛家的明心见性，在参与中国现代文学的构建中渗入了自己的理性观照，在与"工具理性"的比照中保持了"价值理性"的独特个性。

综上所述，梁实秋将文学活动与政治因素分开，他把著译选材的目光投向了人的自身层面，提倡文学的"自由主义"精神和"伦理学"意义。当代读者在梁实秋的著译活动中能够找到思想契合和情感依托，主要在于这种题材存在着某种永恒价值。梁实秋"审美自律"的题材观具有"古典主义"与健全"浪漫主义"的因素，同时又带有儒家积极的"入世"精神和佛、道的"出世"精神，它蕴涵了梁实秋对于"时代文学"的理解，呈现出与当时主流文学价值相悖的边缘性文学价值。虽然"审美自律"的题材观所透露出来的闲适、悠然的气息在当时历史背景下具有消极的一面，但是它却丰富了文学的内涵。梁实秋以自己独特的著译选材视角参与了中国现代文学的构建，对推动中国文学向"审美自律"方向发展起到了一定导向作用。认识梁实秋创作与翻译的文学价值与艺术魅力应该从题材观入手，只有这样才能理解其著译的"动机情感流"，这种"情感流"是以现实人生为出发点来展示"人性"的丰富与变化为基础的。

第二节　对象情感流

在文学活动中，"情感"不仅作为动力激起创作与翻译的欲望，而且还会作为对象得到某种表现，这种作为表现对象的情感活动，就是"对象情感流"。它既是创作主体和翻译主体的情感抒发，也是对读者情感的积极调动，是文学活动中"情感流"的核心部分。"情感互动"是梁实秋创作与翻译的血脉，它包含了梁实秋的著译过程和接受者的鉴赏与批评过程，大致可以用"以情入文"和"以文寻情"来概括。"以情入文"是以梁实秋的人禀七情、丰厚的学养以及灵感的迸发为前提条件的；"以文寻情"主要涉及接受者应该怎样评价梁实秋著译作品的思想内涵、遣词造句、引经据典、行文脉络等方面的问题，以及梁实秋与接受者如何互为"知音"的。

一、"以情入文"的创作论

著译过程和与鉴赏过程是相互联系的，二者以"情"为纽带。著译活动主要涉及著译主体与客体之间的关系。美感的产生，首先必须经过著译主体对客观事物的审美感知。中国古代文论中的"物感说"是探讨文学创作中美感的源泉问题时常常涉及的重要范畴，它也适用于文学翻译。"物感说"常常表现为一种审美交流的主客同构的完美意境，既强调"物"的第一性，更强调文学创作的起点是由创作主体主动、积极地去"感物"，这个"物"，包括自然景物和社会事物，"动心"则是"感物"的灵魂。

较早把外物作为文艺创作美感源泉的是《礼记·乐记》，它强调音乐由情感受外物的感动而产生。陆机在《文赋》中表达了审美主体只有具备了对"物"的深刻感受能力和丰富的学养，才有可能进行创作。但进入创作阶段的关键，则是"物"对主体的感召。这种"感物生情"的文论观点，对刘勰、钟嵘以及后来的许多文学理论家们产生了重要影响。刘勰讨论了客观外物与文学创作的关系。他说："春秋代序，阴阳惨舒，物色之动，心亦摇焉……是以献岁发春，悦豫之情畅；滔滔孟夏，郁陶之心凝；天高气清，阴沉之志远；霰雪无垠，矜肃之虑深。岁有其物，物有其容；情以物迁，辞以情发。一叶且或迎意，虫声有足引心。况清风与明月同夜，白日与春林共朝哉！是以诗人感物，联类不穷。"①刘勰在这里表达了"情以物迁"的观点。后来的许多文学理论家们都一再强调这一"物感"说。"物感说"体现了"天人合一"与"物我交融"的哲学思维方式，呈现出中国古代文论的独特审美旨趣。

梁实秋的创作与翻译也是"感物动情"的结果，"人禀七情"②则是"以情入文"的前提条件之一，这"情"正是梁实秋的个性才情和丰富生活经验的融合。从根本上说，"情"的表现主题是对"人性"的描摹，它包括了两个互补的层面：一种就是梁实秋从白璧德那里接受的、与儒家思想相通的以理制欲、稳健"中庸"的"人性观"；一种是道家和佛禅超凡脱俗却又珍视人生的生活境界。这显然与他特殊的人生经历及其文化取向有关。梁实秋从小受中国传统文化的滋养，思想偏向于稳健与保守，三年的留学美国生活使他感受的是西方世界的现代文明，因此思想观念逐渐开放。

---

① 刘勰：《物色》，《文心雕龙》，里功、贵群编：《中国古典文学荟萃》，北京，北京燕山出版社，2001，第 1 版，第 434 页。

② 刘勰：《明诗》，《文心雕龙》，里功、贵群编：《中国古典文学荟萃》，北京，北京燕山出版社，2001，第 1 版，第 53 页。

在《旧》一文中，梁实秋指出："旧的东西之可留恋的地方固然很多，人生应该日新又新的地方亦复不少。对于旧的典章文物我们尽管欢喜赞叹，可是我们不能永远盘桓在美好的记忆境界里，我们还是要回到这个现实的地面上来。"①这种观点表明梁实秋并不盲目恋旧，而是更加看重现实的社会与人生。不论时势如何变迁，他都以著译的方式咀嚼人生、品味"人性"，以此求得一种内心的丰赡和淡泊，这使得其审美艺术价值观和情感取向具有独特魅力。

"雅舍"系列散文中凸显的"人性"思想与莎士比亚作品中渗透的"人性"思想是一致的。"雅舍"系列散文有意识地描写人们一些共有的心理、习惯、喜好、行为等，以此来表明"人性"具有穿越时空、不分阶层的共通性。例如，在《女人》《男人》等文章中，梁实秋是想从任何阶级、任何时代的女人或男人中发现一种普遍的"人性"，他概括出女人具有善变、细腻、脆弱、唠叨等特点以及男人具有脏、懒、馋、自私等特点。在《代沟》《孩子》《中年》《老年》等文章中，梁实秋写出了不同年龄与生存状态中的"人性"，他将孩子的任性、中年人的妙趣、老年人的洒脱以及不同年龄阶层人的隔阂等刻画得淋漓尽致。梁实秋将描写的对象以一种娓娓道来的口吻讲述，即使揭示"人性"之丑也是为了警醒世人，显示出情感的温暖与理性的力量，其目的是用健全的文学陶冶人的性格，使人形成正确的人生态度。梁实秋在翻译《莎士比亚全集》的过程中流露出来的情感表现是他的认知心理、文化心理以及社会心理等特征的反映，是外部事物与创作主体心灵契合的产物。只有充分了解译者的文学思想和个性特征，才能准确地把握译作的精神实质和神韵。莎士比亚作品是激发梁实秋情感的源泉，译莎具有"骨鲠在喉，一吐为快"的喜悦。梁实秋通过阅读与欣赏，深刻把握莎士比亚作品的思想内涵。译者选材时必须既了解自己又了解原作，比如说郭沫若选择雪莱，徐志摩选择拜伦，闻一多选择勃郎宁等，梁实秋则力图把莎士比亚介绍给中国读者。中国美学的一个重要特点是对自我心灵的突出和抒发志向的写照，梁实秋在翻译《莎士比亚全集》的过程中表现出来的社会与人生之思也是一种重"心"的倾向。

"以情入文"的前提条件之二是要求创作主体必须要有丰厚的学养。梁实秋在创作与翻译中表现出来的人格精神和学格精神是值得钦佩和学习的。"五四"新文化运动以来，一些文学家都是从翻译和介绍外国文学

---

① 梁实秋：《旧》，《梁实秋雅舍小品全集》，上海，上海人民出版社，1993，第 1 版，第 113 页。

开始自己的文学生涯的，梁实秋也是在与英国文学和西方"现代主义"思潮的接触和磨合之中，使自己的文学思想逐渐成熟，创作底蕴逐渐丰富的。他置身于中国 20 世纪 20 年代至 30 年代中西方文化交流的历史氛围中，莎士比亚搭起了他与西方文化交流的桥梁，这座桥梁就是审美情感的相通——都展示"人性"，弘扬美好的道德。不过，梁实秋对西方文化的接受是有选择的，在他内心深处仍是以中华传统文化为根本的。幼年时接触的中国古典文学确立了梁实秋对文学的最初感知，这使他以后对文学的理解产生了一种先导作用，他并没有像某些作家们那样自觉地放弃中国传统的文学理念而全盘西化。相反，他在中国文学传统的基础上融合西方的文学精神，通过创作与翻译阐发自己的文学思想。余光中说："成就一位称职的译者，该有三个条件：首先当然是对于'施语'（source language）的体贴入微，还包括了解施语所属的文化与社会。同样必要的，是对于'受语'（target language）的运用自如，还得包括各种文体的掌握。这第一个条件近于学者，而第二个条件便近于作家了。至于第三个条件，则是在一般常识之外，对于'施语'原文所涉的学问，要有相当的熟悉，至少不能外行。这就更近于学者了。"①作家的创作过程是将自己的经验转化成文字的过程，译者在翻译时就是要将作者的经验转化成译入语，只有具备广博的知识和深刻的人生领悟才能在文学活动中游刃有余。梁实秋兼具散文家、翻译家和文学批评家的多重身份，他尤其喜爱唐宋八大家的散文和晚明小品，在"雅舍"系列散文中融入了古今中外的文化养分，同样在《莎士比亚全集》的汉译文中也呈现出中国文化传统和西方文化经验相融合的视野。

除了具备"人禀七情"和丰厚的学养以外，创作主体"灵感"的迸发也相当重要，这是梁实秋"以情入文"的前提条件之三。"灵感"是中外文学创作活动中客观存在的一种思维现象。"灵感"一词的希腊文原意是指神赐给的灵气，或吸入神的灵气。从文学的视角来看，"灵感"的本来意义是指获得神的启示，从而写出质量上乘的文章。"灵感说"是有关文艺创作的一种理论，可以追溯到古希腊的神话和史诗时代。柏拉图（Plato）是古希腊"灵感说"的代表人物之一。柏拉图认为：文艺创作凭借的不是技艺，而是无规律的、无目的的"灵感"。他说："凡是高明的诗人，无论在史诗或抒情诗方面，都不是凭技艺来做成他们的优美的诗歌，而是因为

---

① 余光中：《作者，学者，译者——"外国文学中译国际研讨会主题演说"》，《余光中谈翻译》，北京，中国对外翻译出版公司，2002，第 1 版，第 172 页。

他们得到灵感，有神力凭附着。"①柏拉图还提到了"迷狂"这一概念，他认为"灵感"就是"迷狂"，他说："若是没有这种诗神的迷狂，无论谁去敲诗歌的门，他和他的作品都永远站在诗歌的门外，尽管他自己妄想单凭诗的艺术就可以成为一个诗人。他的神志清醒的诗遇到迷狂的诗就黯然无光了。"②可见，"灵感"就是一种在想象之中所产生的强烈的创作欲望和高度集中的精神状态。中国古代文论中虽然没有"灵感"这一概念，但是却有不少关于"灵感"现象闪现时的种种描述。例如，刘勰对作者在"灵感"状态下的创作活动作了较为具体的阐述。他说："文之思也，其神远矣。故寂然凝虑，思接千载；悄焉动容，视通万里；吟咏之间，吐纳珠玉之声；眉睫之前，卷舒风云之色；其思理之致乎，故思理为妙，神与物游。"③也就是说，"灵感"会使创作主体进入一种顿悟与妙悟的佳境。这些描述虽然不能代表中国古代文论的系统的"灵感"学说，但是从中也可以看出人们对"灵感"的感悟。中国古代文人并不把"灵感"的产生归结于神灵，而是将它看成是长期积累与思索过程中一种水到渠成的结果。

　　梁实秋的"灵感"并非无源之水、无本之木，而是来源于他厚实的生活经验与长期的学养积淀。就拿翻译《莎士比亚全集》来说，虽然文学翻译和创作是两种不同的心智活动，然而译莎无疑也有创作的成分。例如，如果原文中出现一个多义词，梁实秋往往会寻思出多种可能的译法，然后凭借敏锐的直觉做出合理的选择。鲁迅在《"题未定"草》一文中也谈到了翻译中的锻字炼句的艰难，他说："我向来总以为翻译比创作容易，因为至少是无须构想。但到真的一译，就会遇着难关，譬如一个名词或动词，写不出，创作时候可以回避，翻译上却不成，也还得想，一直弄到头昏眼花，好像在脑子里面摸一个急于要开箱子的钥匙，却没有。严又陵说，'一名之立，旬月踌躇'，是他的经验之谈，的的确确的。"④鲁迅所说的这种情况在于译者一时找不到恰当的词句来表达其对原文的理解。要摆脱这种困境，译者就要苦苦思索，以期望"灵感"的闪现。也就是说，虽然创作中的思维与翻译中的思维从宏观上来讲，有创造与再创造之分，

① 〔古希腊〕柏拉图：《文艺对话集》，朱光潜译，北京，人民文学出版社，1963，第1版，第8页。
② 〔古希腊〕柏拉图：《文艺对话集》，朱光潜译，北京，人民文学出版社，1963，第1版，第118页。
③ 刘勰：《神思》，《文心雕龙》，里功、贵群编：《中国古典文学荟萃》，北京，北京燕山出版社，2001，第1版，第297页。
④ 鲁迅：《"题未定"草》，《且介亭杂文二集》，北京，人民文学出版社，1973，第1版，第109页。

但是二者在本质上都属于创造性的思维活动。作者的才智往往表现为娴熟地运用创作技巧，尽量发挥母语的优势，而译者的责任在于协调两种语言的特色，其中突然闪现的"灵感"正是自然本真之情。我们可以将王国维在《人间词话》中对创作过程所划分的三个阶段作为对梁实秋"灵感"闪现时的概括："古今之成大事业者大学问者，必经过三种之境界：'昨夜西风雕碧树。独上高楼，望尽天涯路。'此第一境也。'衣带渐宽终不悔，为伊消得人憔悴。'此第二境也。'众里寻他千百度，蓦然回首，那人却在灯火阑珊处。'此第三境也。"①这里的第一阶段是指梁实秋学养积成中的艰辛，这是"灵感"油然而生的必经过程。第二阶段是梁实秋对创作和翻译过程中遇到的困惑以及不断探索的过程，凸显了"问题意识"。第三阶段则是"灵感"突至时的顿悟，带给梁实秋一种茅塞顿开的畅快感觉。

梁实秋的"灵感"与他对做学问的"趣味"认识有关。他在《学问与趣味》一文中指出："前辈的学者常以学问的趣味启迪后生，因为他们自己实在是得到了学问的趣味……例如，梁任公先生就说过：'我是个主张趣味主义的人，倘若用化学化分梁启超这件东西，把里头所含一种元素名叫趣味的抽出来，只怕所剩下的仅有个零了。'任公先生注重趣味，学问甚是渊博，而并不存有任何外在的动机，只是'无所为而为'，故能有他那样的成就。一个人在学问上果能感觉到趣味，有时真会像是着了魔一般。真能废寝忘食，真能不知老之将至，苦苦钻研，锲而不舍，在学问上焉能不有收获？"②由此可见，"趣味"是梁实秋进行文学创作与翻译的先导。然而，做学问又不能仅仅局限于趣味，而要注意根底的扎实，因此梁实秋又感叹道："不过我尝想，以任公先生而论，他后期的著述如历史研究法，先秦政治思想史，以及有关墨子佛学陶渊明的作品，都可说是他的一点'趣味'在驱使着他，可是他在年轻的时候，从师受业，诵读典籍，那时节也全然是趣味么？作八股文，作试帖诗，莫非也是趣味么？我想未必。"③所以，梁实秋得出结论：趣味是指年长之后经过一定的学养累积而言的境界，年轻时做学问打基础的阶段不能过分重视趣味。学

---

① 王国维：《人间词话》，《国学基础文库》，北京，中国人民大学出版社，2004，第 1 版，第 8 页。

② 梁实秋：《学问与趣味》，王晖编著：《名家名著经典文集·梁实秋文集》，长春，吉林摄影出版社，2000，第 1 版，第 460 页。

③ 梁实秋：《学问与趣味》，王晖编著：《名家名著经典文集·梁实秋文集》，长春，吉林摄影出版社，2000，第 1 版，第 460 页。

问没有根底，趣味也很难滋生。在这里，梁实秋以梁启超①为例，谈了自己对学问与趣味之间关系的看法。事实上，创作脍炙人口的"雅舍"系列散文以及翻译《莎士比亚全集》这样的鸿篇巨作，正是由于梁实秋对于文学怀有浓厚的兴趣，以及积淀了博大精深的学问，这样才能左右逢源。

总之，梁实秋的文学创作与翻译是他"以情入文"的结果。只有客观外物包含的审美信息与创作主体内在的情思之间发生互动，才意味着创作主体达到了"感物而动"的状态。刘勰说："夫缀文者情动而辞发……；"②"缀"就是"连缀"，"缀文"就是创造文学作品。梁实秋在观察与体验人生的过程中产生了情感冲动，然后进入创作过程，他提倡"情缘境生"与"情景渗和"，也就是将自己的情感融入所描摹的事物当中。梁实秋对《莎士比亚全集》的感知过程也是一种情感的倾注，他在与莎士比亚进行思想交流的基础上进入二度创作，通过翻译力求再现原作之美。

二、"以文寻情"的批评论

"以情入文"与"以文寻情"是相互贯通的，"以情入文"侧重于概括梁实秋撰写"雅舍"系列散文和翻译《莎士比亚全集》的过程，"以文寻情"则侧重于阐述文学鉴赏与批评问题，二者渗透了刘勰"六义"和"六观"的内涵。本节所讨论的"以文寻情"主要指接受者应该怎样理解和评价梁实秋的创作策略与翻译策略，以及他们是如何成为"知音"的。"知音"一词出自于《列子·汤问》所记载的春秋时期的一个故事。俞伯牙善于弹琴，钟子期善于听琴。钟子期能从俞伯牙的琴声里听出所表达的心意，被称为"知音"。用"知音"一词来指能够欣赏和评价文艺作品，并详加论述的是刘勰的《文心雕龙·知音》。刘勰之后，有关"知音"论的阐述更加丰富了。"知音"论，首先应该是创作者如何使自己成为接受者"知音"的问题，其次才是接受者如何成为创作者"知音"的问题，因为文学作品是创作者获得"知音"的载体。刘勰说："知音其难哉，音实难知，知实难逢，逢其知

---

① 梁实秋的文化主张受到梁启超的影响。梁启超曾经支持过"五四"运动，宣传新文化与新思想。但是到了晚年，他不谈政治，专心学术研究，被认为是"文化保守主义"。当时他已经认识到"五四"新文化运动的缺陷，认为西方的物质文明百弊丛生，世界文化的未来有待于中国文化的复兴。梁实秋与梁启超的大儿子梁思成是同班同学。通过这种关系，梁实秋自然与梁启超之间保持一种特殊的关系，他敬仰梁启超的学问事业，并且认为梁启超的学术文章对于青年确有启迪和领导作用。（参见梁实秋：《清华八年》，梁实秋著，刘天华、维辛编选：《梁实秋散文》（一），北京，中国广播电视出版社，1989，第1版，第215页。）

② 刘勰：《知音》，《文心雕龙》，里功、贵群编：《中国古典文学荟萃》，北京，北京燕山出版社，2001，第1版，第457页。

音，千载其一乎。"①"音实难知"就在于文学活动中的创作主体、创作客体、作品、接受者与环境等要素之间存在着复杂关系。

刘勰在《文心雕龙》的《宗经》篇和《知音》篇中分别提出的"六义"和"六观"之说，这可以看做创作者与接受者成为"知音"的基础。刘勰在《宗经》篇中说："文能宗经，体有六义：一则情深而不诡，二则风清而不杂，三则事信而不诞，四则义直而不回，五则体约而不芜，六则文丽而不淫。"②也就是说：儒家经典具有这六个特点，作者进行文学创作时如果能够效法经典的话，也应该具备这些特点。刘勰在《知音》篇中说："是以将阅文情，先标六观：一观位体，二观置辞，三观通变，四观奇正，五观事义，六观宫商。"③也就是说：接受者要从文学作品的六个角度审视，才能体验作者的情感并且获得对作品的整体认识。可见，"六义"和"六观"在"思想性"和"艺术性"方面规定了文学活动应该遵循的基本原则，目的在于给当时文坛树立积极的、健康的文风。"六义"和"六观"是一个从文学创作到文学批评的全过程，创作的原则中包含着批评的原则，二者基本相通，但是也有侧重点的不同，它们互相渗透、互相补充，也就是创作论与鉴赏论的统一。在这里，刘勰虽然谈的是文学创作问题，但是也同样适用于文学翻译，因为翻译本身就是一种再创作活动。梁实秋通过其著译活动与接受者成为"知音"，缀文者的"情动"与披文者的"入情"是一样的，其中渗透着"六义"与"六观"中的"情""事""辞"的要义。

（一）梁实秋著译的思想内涵："善"的凸显

"六义"中的"情深而不诡""义直而不回"以及"六观"中的"通变"，点明了文章要情感真挚、思想高尚、手法新颖。梁实秋的创作与翻译在坚持审美特质的基础上，更加注重"善"的凸显，也就是强调文学作品的伦理道德意义。

"雅舍"系列散文以艺术的态度贴近世俗民情和"人性"本质，于细微之处赞扬美好的"人性"，抨击卑劣的"人性"，旨在培养人们仁爱、谦恭、礼义、豁达、宽容的美德，引导人们求"善"。梁实秋说："文学本是艺术的一种，但是因为其题材为人生，其工具为文字，故与音乐、图画、建筑不同，特富于人生的意味，换言之，即道德的意味。如果以真善美为艺术的最高

① 刘勰：《知音》，《文心雕龙》，里功、贵群编：《中国古典文学荟萃》，北京，北京燕山出版社，2001，第1版，第453页。

② 刘勰：《宗经》，《文心雕龙》，里功、贵群编：《中国古典文学荟萃》，北京，北京燕山出版社，2001，第1版，第25页。

③ 刘勰：《知音》，《文心雕龙》，里功、贵群编：《中国古典文学荟萃》，北京，北京燕山出版社，2001，第1版，第456页。

境界，文学当是最注重'善'。"①"雅舍"系列散文中有许多温婉的、写实的讽刺文章。例如，《钱》《偏方》《奖券》等文章讽刺了人们由于贪财而丧生、过分相信某些偏方而危及生命以及存在侥幸心理想不劳而获等，从而揭示出"人性"中的种种弊端。"雅舍"系列散文体现出"儒""道""释"三位一体的人格追求和文化心理模式，它以孔子的"道德人格"为基调，以老庄的"心理人格"为衬托，二者共同决定了作品的思想内容和审美取向。换言之，文学审美不能够脱离伦理道德的引导，因为单纯的"美"还不是文学的最高标准。梁实秋在兼顾文学审美功能的基础上，积极倡导文学的道德作用，他以一种不趋时髦、不媚流俗的态度来整合文学的本质、文学的目的以及文学批评等问题，使"知音"群体之间能够更加深刻地体验自己的生存状态和内心情感，表现出对"古典主义"道德风范与审美意识的共同追求与传承。当然，"雅舍"系列散文对中国审美传统既有取舍又有发扬：一方面它淡化了传统散文中的"功利主义"色彩；另一方面它也注意体现文学的"悦情"特征，这样在彰显道德意义的同时也具有一定的娱乐价值。

　　梁实秋的这种"益智""悦情"的审美取向也渗透在翻译《莎士比亚全集》之中。莎士比亚作品展示复杂的"人性"，弘扬美好的道德。英国的斯图厄特说："莎士比亚无意于训诫我们……他的目的是教人欢喜。他教我们这些有道德的人欢喜——因为我们是分别善恶的动物，对善恶是感兴趣的。但他提供的善恶兴趣是普通人的，不是专家的兴趣。莎士比亚不作为一个伦理学家而写作，或为伦理学家写作。他作为一个好心人为好心人写作。"②也就是说，莎士比亚并不刻意进行道德说教，读者往往能从莎剧人物的个性中寻找情感依托和道德判断的标准，从而提升自己的道德修养，同时也达到自身情感的宣泄、寄托与交流等多种效应。例如，莎剧的许多题材是浪漫的爱情故事，这在伊丽莎白（Elizabeth）女王执政时代是贵族和平民都喜欢的主题，反映了人们追求幸福与快乐的本性。但是，完美的爱情应该是不附带任何世俗条件的纯真情感，并且也要在"适度"的范围内进行才会幸福。例如，在《威尼斯商人》（*The Merchant*

---

① 梁实秋：《文学的美》，徐静波编：《梁实秋批评文集》，珠海，珠海出版社，1998，第1版，第220页。

② 〔英〕斯图厄特：《莎士比亚的人物和他们的道德观》，杨周翰编选：《莎士比亚评论汇编》（下），北京，中国社会科学出版社，1981，第1版，第221～222页。

of Venice）一剧中，莎士比亚就借戏剧人物之口表达了合乎"中道"的思想。① 这与孔子的"过犹不及"、"中庸"至上、"合情合理"的审美精神是类似的。可见，梁实秋通过翻译《莎士比亚全集》阐释了自己"人性论"的文学思想，并且启迪中国读者寻找"人性"的力量，追求"人性"的健全。他说："但丁的神曲，歌德的浮士德，密尔顿的失乐园，莎士比亚的悲剧，哪一部不是呕心挖肝的举毕生之力来创造的？文学不是给人解闷的；文学家不是给人开心的。文学家之从事于创作是由于内心的要求，并且知道这是别人写不出的，只有自己才能写，才能写得好，有这样的要求与把握，然后才配称为创作。我们读伟大的文学，也该存在着同等程度的虔诚，因为我们将要在文学里认识人生，领悟人生。"②中国读者以自己的期待视野对梁实秋的译文进行解读与研究，从而对莎士比亚的思想与情感有了深入的理解。

---

① 原文：

NERISSA　You would be, sweet madam, if your miseries were in the same abundance as your good fortunes are; and yet, for aught I see, they are as sick that surfeit with too much as they that starve with nothing. It is no mean happiness therefore, to be seated in the mean; superfluity comes sooner by white hairs, but competency lives longer.

梁实秋译文：

拿　你会要厌倦的，小姐，假如你的烦恼是和你的财产一般的丰富；不过据我看，供养太足的人是和因不足而挨饿的人同样的受病。所以合乎中道即是幸福不浅了：太富庶的人容易早生白发，足衣足食的反倒可以延年。（〔英〕莎士比亚：《威尼斯商人》，《莎士比亚全集》9，梁实秋译，北京，中国广播电视出版社，2001，第1版，第27页。）

原文：

PORTIA　[Aside.]How all the other passions fleet to air,
As doubtful thoughts, and rash-embrac'd despair,
And shuddering fear, and green-ey'd jealousy.
O love! be moderate; allay thy ecstasy;
In measure rain thy joy; scant this excess;
I feel too much thy blessing; make it less,
For fear I surfeit!

梁实秋译文：

波　[旁白。]犹豫的心情，太快的失意，战栗的恐怖，绿眼的猜忌，这一切闲情都已烟消云散。啊爱情！且慢；镇定你的狂欢；节制你的喜悦；不要过度；我禁不起你的这样的祝福；少来点吧，我怕要承受不住！（〔英〕莎士比亚：《威尼斯商人》，《莎士比亚全集》9，梁实秋译，北京，中国广播电视出版社，2001，第1版，第109页。）

② 梁实秋：《文学的严重性》，徐静波编：《梁实秋批评文集》，珠海，珠海出版社，1998，第1版，第150页。

（二）梁实秋著译的遣词造句：简约雅健

"六义"中的"体约而不芜""文丽而不淫"以及"六观"中的"置辞""宫商"，是指文章要遣词精炼并且声律和谐。梁实秋的创作与翻译讲究锻字炼句的效果，典籍的熏陶使他对中国文学传统有着更自觉的承接和发扬，他反对浅白、直露的语言所带来的对文学"艺术性"的消解，表现出对汉语语言审美功能的挖掘与对文学"艺术性"的高度重视。

"雅舍"系列散文言简意赅，文白相融，流畅可读。梁实秋说："散文的美妙多端，然而最高的理想也不过是'简单'一义而已。简单者，即是经过选择删削以后之完美的状态……散文的美，不在乎你能写出多少旁征博引的穿插铺叙，亦不在辞句的典丽，而在能把心中的情思干干净净直接了当的表现出来。散文之美，美在适当。"①例如，《萝卜汤的启示》《乌鱼钱》《拌鸭掌》等文章都比较简短，却都深刻隽永。当然，简约要以"适度"为原则，《东安市场》《再谈中国吃》《谈闻一多》等文章都比较长，但是却没有累赘啰嗦之感。梁实秋认为现代散文有两大毛病：一是太过于"白话化"，一是过分"欧化"。太"白话化"则丧失了传统散文的"艺术性"，而过度"欧化"则使语言显得生硬艰涩，二者都严重影响了白话文学的发展。梁实秋精通中国古典诗文，他的散文往往呈现出浓郁的"国文的味道"。例如，在《树》一文中，梁实秋是这样描写"树"的不同形态的："亭亭玉立者有之，矮墩墩的有之，有张牙舞爪者，有佝偻其背者，有戟剑森森者，有摇曳生姿者，各极其致。我想树沐浴在熏风之中，抽芽放蕊，它必有一番愉快的心情。等到花簇簇，锦簇簇，满枝头红红绿绿的时候，招蜂引蝶，自又有一番得意。落英缤纷的时候可能有一点伤感，结实累累的时候又会有一点迟暮之思。"②可见，梁实秋善于在白话行文中夹杂着文言，并且注意音韵的自然顺畅。他说："散文不押韵，但是平仄还是不能完全不顾的，虽然没有一定的律则可循。精致的散文永远是读起来铿锵有致。"③这种"铿锵有致"的效果在《音乐》一文中则更加典型。梁实秋是这样描绘大自然的天籁之声的："秋风起时，树叶飒飒的声音，一阵阵袭来，如潮涌；如急雨；如万马奔腾；如衔枚疾走；风定之后，细听还有枯干的树叶一声声的打在阶上。秋雨落时，初起如蚕食桑叶，

---

①　梁实秋：《现代文学论》，徐静波编：《梁实秋批评文集》，珠海，珠海出版社，1998，第1版，第173～174页。

②　梁实秋：《树》，《梁实秋雅舍小品全集》，上海，上海人民出版社，1993，第1版，第118页。

③　梁实秋：《散文的朗诵》，刘天华、维辛编选：《梁实秋散文》（四），北京，中国广播电视出版社，1989，第1版，第235～236页。

嗳嗳嗦嗦，继而淅淅沥沥，打在蕉叶上清脆可听。风声雨声，再加上虫声鸟声，都是自然的音乐，都能使我发生好感，都能驱除我的寂寞……"①总之，措辞精炼、音韵和谐铸就了"雅舍"系列散文如"行云流水"的特色。梁实秋注重形式、讲究标准、提倡优雅的"古典主义"审美规范，有助于中国现代文学形成规范化和理性化的创作风尚。

"简约雅健"在梁实秋汉译《莎士比亚全集》中较为典型的表现则是译者恰当使用汉语"四字格"结构。"四字格"具有语义结构和音韵结构的对称性，给人以均衡稳定、抑扬顿挫的舒适之感。汉语行文喜欢使用四言、八字以及对仗排比等手法，反映出一种求"和"的审美心理。

以下是《皆大欢喜》(*All's Well that Ends Well*)一剧第三幕第二景中的一段台词。

原文：

HELENA　I do presume，sir，that you are not fallen
　　　　From the report that goes upon your goodness；
　　　　And therefore，goaded with most sharp occasions，
　　　　Which lay nice manners by，I put you to
　　　　The use of your own virtues，for the which
　　　　I shall continue thankful.

梁实秋译文：

海　　恕我冒昧，先生，您素有古道热肠之名，想来必非虚传；我如
　　　今为情势所迫，顾不得繁文缛节，求您鼎力相助，不胜感激
　　　之至。②

这段台词是海伦娜(Helena，简称"海")碰到一位放鹰行猎的绅士恳请他交一封信给国王时所说的。梁实秋用了"恕我冒昧""古道热肠""繁文缛节""鼎力相助"等"四字格"结构，不仅节奏感强，而且言简意赅，以此来衬托海伦娜的郑重之情和高雅的特质，平仄的有机搭配使读音具有温和典雅的韵味，原文的美感得到较好的体现。

---

① 梁实秋：《音乐》，《梁实秋雅舍小品全集》，上海，上海人民出版社，1993，第1版，第11~12页。

② 〔英〕莎士比亚：《皆大欢喜》，《莎士比亚全集》12，梁实秋译，北京，中国广播电视出版社，2001，第1版，第184~185页。

以下是《亨利四世》（上）(*The First Part of King Henry the Fourth*)一剧第三幕第二景中的一段台词。

原文：

KING HENRY　…Had I so lavish of my presence been,

So common-hackney'd in the eyes of men,

So stale and cheap to vulgar company,

Opinion, that did help me to the crown,

Had still kept loyal to possession

And left me in reputeless banishment,

A fellow of no mark nor likelihood…

梁实秋译文：

王　……我当初如果也这样的随便抛头露面，在民众眼前也变得这样稀松平常，也这样的滥交狐群狗党，那么拥我登极的一般舆论必将对旧主永远效忠，把我丢在无声无臭的流囚生涯里面，看为一个不足齿的平民了……①

这段台词是亨利王(King Henry，简称"王")对王子所说的。他对比自己的亲身经历，指出王子滥交朋友、鲁莽过失的行为会毁了美好前程，他对王子不求上进、游手好闲、名声不好的表现非常失望与无奈，认为这是命运对他的惩罚。梁实秋使用了"抛头露面""稀松平常""狐群狗党""永远效忠""无声无臭""流囚生涯"等四字格结构，将亨利王慷慨激昂的情绪如实传达出来了。

（三）梁实秋著译的引经据典：翔实无伪

"六义"中的"事信而不诞"以及"六观"中的"事义"，是指引经据典时要真实无伪。梁实秋注重文章的"考源"问题，这不仅是一种表现意义的方法，而且也是文化观照的反映。他结合自己的著译目的引征自如，缜密的思维和表达技巧显示出高雅的行文意趣。

"雅舍"系列散文中有许多对史料的梳理和研究，在《忆杨今甫》《忆岂明老人》《忆沈从文》《悼念夏济安先生》《悼念余上沅》等回忆旧友的文章

---

① 〔英〕莎士比亚：《亨利四世》（上），《莎士比亚全集》17，梁实秋译，北京，中国广播电视出版社，2001，第1版，第142~143页。

中,梁实秋就多处引用主人公的信件进行实事求是地阐述。此外,他勾
联古今中外,善于引用诗词典故和趣闻轶事。例如,在《雪》一文中,梁
实秋借用了李白的诗句"燕山雪花大如席",形象地勾画出大雪纷飞的情
景,并且还以晋王子在夜雪初霁之时乘小舟拜访朋友的事情,来说明大
雪带给人们的别样心境。他还引用法国皇帝路易十四写了一首咏雪诗而
被布洼娄耻笑为歪诗的传说,来表达不同的人对雪的一种期待与喜爱之
情。① 在《哀枫树》一文中,梁实秋描写枫树的种类时分别引用了张继《枫
桥夜泊》中的"月落乌啼霜满天,江枫渔火对愁眠"以及刘季游《登天柱冈
诗》中的"我行谁与报江枫,旋摆旌旗一路红",并且借《易经》中的"天地
变化,草木藩"来赞叹枫树顽强的生存力量。② 在《满汉细点》一文中,梁
实秋描写北京的花糕时摘录了清朝李静山《都门汇聚》里的一首竹枝词,
描写茯苓饼的渊源时则引用李时珍的话。③ 在《说俭》一文中,梁实秋提
起勤俭节约时便联想到老子的"三宝之一"、佛家的"七情六欲"之戒以及
司马温公的《训俭示康》。④ 在《牙签》一文中,梁实秋以晋高僧法显求法
西域的记载以及赛珍珠翻译《水浒传》的一句话来引入谈论"牙签"的话
题。⑤ 在《领带》一文中,梁实秋告诉读者这样一个知识:领带是起源于
法国皇帝路易十四时代克罗埃西亚佣兵之颈上的装饰性的领结。⑥ 在《旅
行》一文中,梁实秋竭力论证旅行时的寂寞惆怅却不要伴侣的原因,他借
哈兹利特(Hazlitt)的话进行论述:"如果你说路那边的一片豆田有股香味,
你的伴侣也许闻不见。如果你指着远处的一处东西,你的伴侣也许是近视
的,还得戴上眼镜看。"⑦这些引用不仅增加了文章的实证感,而且扩大了
读者的知识视野,也就是所谓的"用事""用典""事类"的方法。正如刘勰

① 参见梁实秋:《雪》,梁实秋著,刘天华、维辛编选:《梁实秋散文》(二),北京,中国
   广播电视出版社,1989,第1版,第290~291页。
② 参见梁实秋:《哀枫树》,梁实秋著,刘天华、维辛编选:《梁实秋散文》(二),北京,
   中国广播电视出版社,1989,第1版,第404~405页。
③ 参见梁实秋:《满汉细点》,梁实秋著,刘天华、维辛编选:《梁实秋散文》(四),北京,
   中国广播电视出版社,1989,第1版,第78页。
④ 参见梁实秋:《说俭》,梁实秋著,刘天华、维辛编选:《梁实秋散文》(一),北京,中
   国广播电视出版社,1989,第1版,第289页。
⑤ 参见梁实秋:《牙签》,梁实秋著,刘天华、维辛编选:《梁实秋散文》(二),北京,中
   国广播电视出版社,1989,第1版,第232页。
⑥ 参见梁实秋:《领带》,梁实秋著,刘天华、维辛编选:《梁实秋散文》(三),北京,中
   国广播电视出版社,1989,第1版,第199页。
⑦ 梁实秋:《旅行》,《梁实秋雅舍小品全集》,上海,上海人民出版社,1993,第1版,
   第75页。

所说："事类者，盖文章之外，据事以类义，援古以征今者也。"①

　　"引经据典"在梁实秋翻译《莎士比亚全集》中的主要表现则是"加注"、撰写"例言"与"序言"。赫尔曼（Hermans）指出：译作中所出现的旁注、脚注、括号说明以及序言等准文本形式均表明原作者和译者两种声音共存于其中，从这个意义上讲，译作绝非是对原作的透明再现。此种译者的介入充分体现了当时译者对翻译活动的认识，正是这种认识决定了翻译选材、翻译目的和态度、翻译策略以及译文的表现方式等。② 莎士比亚作品从希腊神话、罗马帝国历史、意大利传说和英国年鉴中吸取了丰富的营养。要充分地翻译原文中文化内涵深厚的典故、俚语、双关语等必然面临诸多困难，"注释"一方面可以使译者充分传递异域文化信息，另一方面也可以使读者更好地欣赏作品中的美妙之处。译者可以根据实际情况决定注释的类型、方式和数量等。梁实秋的"注释"将饱含西方文化内涵的戏剧经典充分展现给中国读者，具有很高的学术参考价值，也体现了他严肃的科学精神和一丝不苟的治学态度。梁实秋采用文末加注的形式，大致可以分为四类，可以从《仲夏夜梦》（*A Midsummer-Night's Dream*）一剧管窥其特点：一是对风土人情加以描述的，例如译者对"五朔节"③所

① 刘勰：《事类》，《文心雕龙》，里功、贵群编：《中国古典文学荟萃》，北京，北京燕山出版社，2001，第 1 版，第 373 页。

② See Hermans, T："Paradoxes and Aporias in Translation and Translation Studies"，Riccardi（ed.），*Translation Studies：Perspectives on an Emerging Discipline*，Cambridge，Cambridge University Press，2002：10-23.

③ 原文：

　LYSANDER 　...There, gentle Hermia, may I marry thee,
　　　　　　　And to that place the sharp Athenian law
　　　　　　　Cannot pursue us. If thou lov'st me then,
　　　　　　　Steal forth thy father's house tomorrow night,
　　　　　　　And in the wood, a league without the town,
　　　　　　　Where I did meet thee once with Helena,
　　　　　　　To do observance to a morn of May,
　　　　　　　There will I stay for thee.

　梁实秋译文：

赖 ……亲爱的荷米亚，我在那个地方可以和你成婚，严峻的雅典法律不能追到我们那里。如果你真是爱我，明天夜里从你父亲家里逃出去，我在离城一里的那座树林等你，就是有一回我遇见你和海伦娜在那里过五朔节的那座树林。（〔英〕莎士比亚：《仲夏夜梦》，《莎士比亚全集》8，梁实秋译，北京，中国广播电视出版社，2001，第 1 版，第 30～31 页。）

　　注释："五朔节"原文"a morn of May"。英国古俗，五月一日春光明媚之际，乡间举行庆祝，盖迎春之意，有采花，有游戏，有"五月柱"之跳舞，等等。（〔英〕莎士比亚：《仲夏夜梦》，《莎士比亚全集》8，梁实秋译，北京，中国广播电视出版社，2001，第 1 版，第 183 页。）

做的介绍；二是纠正原文各类错误的，例如译者指出"乳鸽"①为误用词；三是补充说明原文的故事情节，例如译者对"提斯璧"②的解释；四是对不同版本的说法进行比较，例如译者描述荷米亚（Hermia）被赖桑德（Lysand-

---

① 原文：

Bottom　I grant you，friends，if that you should fright the ladies out of their wits，they would have no more discretion but to hang us；but I will aggravate my voice so that I will roar you as gently as any sucking dove；I will roar you as' twere any nightingale.

梁实秋译文：

线　朋友们，我承认，如果你把女客们给吓坏了，她们一切不顾，会把我们绞死；但是我会加重我的声音，吼得像一只乳鸽，像一只夜莺。（〔英〕莎士比亚：《仲夏夜梦》，《莎士比亚全集》8，梁实秋译，北京，中国广播电视出版社，2001，第1版，第42～43页。）

注释："乳鸽"（sucking dove），严格讲亦误用词，因鸽不哺乳也。（〔英〕莎士比亚：《仲夏夜梦》，《莎士比亚全集》8，梁实秋译，北京，中国广播电视出版社，2001，第1版，第185页。）

② 原文：

QUINCE　Marry，our play is，The most lamentable comedy，and most cruel death of Pyramus and Thisby.

梁实秋译文：

木　对，我们的戏是"皮拉摩斯与提斯璧之最惨酷的死，一出最悲苦的喜剧"。（〔英〕莎士比亚：《仲夏夜梦》，《莎士比亚全集》8，梁实秋译，北京，中国广播电视出版社，2001，第1版，第38～39页。）

注释：此剧情节如下："提斯璧"者，巴比伦一美丽少女也。为皮拉摩斯所爱恋，因父母反对，好事难谐，遂不得不私行幽会，某日约于耐奴斯墓园相见。提斯璧先至，见一雌狮方咬碎一牛，乃惊惶逸去。匆匆遗一外衣，狮攫取之，并使染有血迹。皮拉摩斯旋发现此衣，以为提斯璧已遭不测，遂情急自刎。提斯璧返时见皮拉摩斯之尸身，遂自杀焉。（参见〔古罗马〕奥维德：《变形记》；参见〔英〕莎士比亚：《仲夏夜梦》，《莎士比亚全集》8，梁实秋译，北京，中国广播电视出版社，2001，第1版，第184页。）

er)所诱惑对地米特莉阿斯(Demetrius)表现出怨恨心情时所说的话。①

除了"加注"以外，梁实秋在每本译文前都写了"例言"和"序言"。"例言"对译文的版本选择、文体采用、翻译方法等都做了一些相关说明。他在例言中这样写道："一、译文根据的是牛津本，W. J. Craig 编，牛津大学出版部印行。二、原文大部分是'无韵诗'，小部分是散文，更小部分是'押韵的排偶体'。译文一以白话散文为主，但原文中之押韵处以及插曲等悉译为韵语，以示区别。三、原文常有版本困难之处，晦涩难解之处亦所在多有，译者酌采一家之说，必要时加以注释。四、原文多'双关语'，以及各种典故，无法迻译时则加注说明。五、原文多猥亵语，悉照译，以存其真。六、译者力求保存原作之标点符号。"②"序言"详细介绍了著作年代、版本历史、故事来源以及剧本特点等问题。有时候，梁实秋在"序言"中还添加了自己的评述。例如，他在《奥赛罗》(Othello)一剧的序言中对《奥赛罗》和《李尔王》(King Lear)的艺术手法进行了简要而精辟的比较与分析，使读者明白这两部悲剧的特色和差异。梁实秋指出：《奥赛罗》在艺术方面是莎士比亚悲剧中最完美的一篇，以紧张的形式讲述了一段离奇的故事。《李尔王》是伟大的一篇，但在艺术上不是最完美的，它是以松懈的形式讲述了一段动人的故事。《奥赛罗》使我们惨痛；《李尔王》使我们哀伤。③"引经据典"使得梁实秋的译本更加具有"学院派"风格，它有助于读者对原文进行深入理解和鉴赏。这部译本包含了梁实秋对《莎士比亚全集》辛勤的研究成果。

---

① 原文：

　　HERMIA　Now I but chide; but I should use thee worse,

　　　　　　　For thou, I fear, hast given me cause to curse.

　　　　　　　If thou hast slain Lysander in his sleep,

　　　　　　　Being o'er shoes in blood, plunge in knee deep,

　　　　　　　And kill me too ...

　　梁实秋译文：

　　荷　我现在不过是骂；以后要更凶的待你，因为我觉得你有使我诅咒你的道理。如果你乘赖桑德睡时已经把他杀害，血既漫过了鞋子，索性叫它过了膝盖，把我也杀了吧……(〔英〕莎士比亚：《仲夏夜梦》，《莎士比亚全集》8，梁实秋译，北京，中国广播电视出版社，2001，第1版，第94~97页。)

　　注释：对折本原文 plunge in the deepe，牛津本遵 Coleridge，Maginn 诸氏之意见改为 plunge in knee deep，意义甚为明显，盖谓既已犯罪，不如更进一步完成全功也。(〔英〕莎士比亚：《仲夏夜梦》，《莎士比亚全集》8，梁实秋译，北京，中国广播电视出版社，2001，第1版，第189页。)

② 〔英〕莎士比亚：《序言》，《莎士比亚全集》，梁实秋译，北京，中国广播电视出版社，2001，第1版，第2页。

③ 参见〔英〕莎士比亚：《奥赛罗》，《莎士比亚全集》34，梁实秋译，北京，中国广播电视出版社，2001，第1版，第7页。

（四）梁实秋著译的行文脉络：张弛有度

"六义"中的"风清而不杂"以及"六观"中的"奇正""位体"，是指文章的风格要纯正而不杂乱，脉络要清楚。梁实秋著译的雅正文风和清峻结构是"妙造自然"的表现，呈现出"绚烂之极趋于平淡"的意境，其文学取向类似于老子的"大巧若拙"以及庄子的"既雕且琢，复归于朴"，等等。

"雅舍"系列散文呈现出明白晓畅的"亲切"风格。梁实秋借用一百多年前英国批评家哈兹利特（Hazlitt）的话说："以亲切的风格写作，不是容易事。许多人误以为亲切的风格即是通俗的风格，写文章而不矫揉造作即是随随便便的信笔所之。相反的，我所谓的亲切的风格，最需要准确性，也可以说最需要纯洁的表现。不但要排斥一切无意义的铺张，而且也要芟除一切庸俗的术语，松懈的、无关的、信笔拈来的辞句。"①"雅舍"系列散文通常围绕话题和主旨采用"集中化"的结构方式，将相关材料有条不紊地组织在一起，于琐碎平常的谈话之中包藏深刻的意味，通过"点的深入"和"线的延长"在纵向与横向方面进行阐述。②"点的深入"主要是在题意上的深化和拓展。例如，在《乞丐》一文中，梁实秋先说乞丐也是一种光荣的职业，接着描述乞丐晒得黝黑上气不接下气乞讨的艰辛，然后说明乞丐是世界上最自由的人，但是最后笔锋一转，得出的结论是不到万不得已的地步谁也不愿做乞丐③，这样通过行文的内在逻辑使得论题更加突出。"线的延长"主要是将分散的材料贯穿起来并且作进一步铺陈。例如，在《下棋》一文中，梁实秋通过描写"下棋"一事勾连起许多趣闻轶事，写了一些在棋盘上双方暗暗较量的情形。④可见，"亲切"的风格主要是指作者善于在话题的自由言说中合理而紧凑地组织行文脉络。

这种张弛有度的行文脉络在翻译《莎士比亚全集》中的体现则是注重"质"与"文"的有机结合。"质"是指事物本来的状态，"文"是指外在的修饰。只有当质朴风格与精美文采相结合，才能使译文忠实、恰切、不蔓不枝，从而体现出哈兹利特（Hazlitt）所说的"亲切的风格"。

以下是《李尔王》（*King Lear*）一剧第三幕第二景中的一段台词。

---

① 梁实秋：《亲切的风格》，梁实秋著，刘天华、维辛编选：《梁实秋读书札记》，北京，中国广播电视出版社，1990，第1版，第1页。

② 参见梁实秋：《岂有文章惊海内——答丘彦明女士问》，梁实秋著，陈子善编：《梁实秋文学回忆录》，长沙，岳麓书社，1989，第1版，第96页。

③ 参见梁实秋：《乞丐》，《梁实秋雅舍小品全集》，上海，上海人民出版社，1993，第1版，第97~99页。

④ 参见梁实秋：《下棋》，《梁实秋雅舍小品全集》，上海，上海人民出版社，1993，第1版，第55~57页。

原文：

LEAR　Blow，winds，and creak your cheeks! rage! blow!

You cataracts and hurricanoes，spout

Till you have drench'd our steeples，drown'd the cocks!

You sulphurous and thought-executing fires，

Vaunt-couriers to oak-cleaving thunderbolts，

Singe my white head! And thou，all-shaking thunder，

Strike flat the thick rotundity o' the world!

Crack nature's moulds，all germens spill at once

That make ingrateful man!

梁实秋译文：

李　吹吧，风，吹破了你的腮！狂！吹！飞瀑龙卷一般的雨，你淹
没了塔尖，溺死塔尖上的风标鸡吧！硫磺的急速的电火，你是
霹裂橡木的雷霆的前驱，烧焦了我的白头吧！你，震撼一切的
迅雷，殛平了这怀孕的圆形大地吧！敲碎了自然界的铸型，把
那要变成忘恩负义的人们的种子全泼翻了吧！①

这段台词是李尔王（King Lear，简称"李"）在荒郊野外的狂风暴雨中
所说的，表达了伤心、悲愤、后悔的心情。整段独白运用了"飞瀑龙卷一
般的雨""硫磺的急速的电火""霹裂橡木的雷霆"等意象，生动描写了自然
界环境的恶劣。另外，译者还使用了"风""狂""吹""你"等单字，加强了
急促的语气。梁实秋不仅忠实翻译了原文内容，保留了原文标点符号，
而且译文具有文采，读起来抑扬顿挫，将李尔王情绪激动、痛恨那些忘
恩负义的人的复杂心理表现得很透彻，体现了"质"与"文"的有机结合。
文学翻译与文学创作一样，质朴也可以表现复杂的美，文辞的刚与柔、
曲与直、朴与华等应该是相辅相成的。译者要尊重原作者以及文本意义，
在有限的艺术空间里进行二度创作。然而，在"质"与"文"之间，梁实秋
更加偏重于"质"，尽量如实传达原文信息。

以下是《马克白》（*The Tragedy of Macbeth*）一剧第四幕第一景中的

---

① 〔英〕莎士比亚：《李尔王》，《莎士比亚全集》33，梁实秋译，北京，中国广播电视出版
社，2001，第1版，第130～131页。

一段台词。

原文：

FIRST WITCH　Pour in sow's blood, that hath eaten

　　　　　　Her nine farrow; grease, that's sweaten

　　　　　　From the murderer's gibbet throw

　　　　　　Into the flame.

梁实秋译文：

妖婆甲　倒进这曾吃九只小猪的母猪血；这是从绞人架上滴下的油，
　　　　倒在火里去。①

朱生豪译文：

女巫甲　母猪九子食其豚，

　　　　血浇火上焰生腥；

　　　　杀人恶犯上刑场，

　　　　汗脂投火发凶光。②

孙大雨译文：

巫婆甲：把吃掉九头猪仔的那母猪

　　　　猪血倒进去；把绞索勒住

　　　　凶手行刑时，他渗出的油珠

　　　　洒进火焰里。③

这段台词是妖婆在午夜的幽穴中施展法术之前对马克白（Macbeth）所说的。妖婆们告诉马克白要残忍、果敢、坚决，不要担心有谁怨恨或者算计自己。妖婆的话鼓舞了马克白，他觉得自己的地位可以巩固。相比较而言，朱生豪的译文最具文采，梁实秋如实翻译了原文的内容，孙大雨增加了"凶手行刑时"这一信息，因为原文"murderer's gibbet"一词指

① 〔英〕莎士比亚：《马克白》，《莎士比亚全集》31，梁实秋译，北京，中国广播电视出版
　社，2001，第1版，第122～123页。

② 〔英〕莎士比亚：《麦克白》，《莎士比亚戏剧》，朱生豪译，上海，上海古籍出版社，
　2002，第1版，第315页。

③ 〔英〕莎士比亚：《麦克白斯》，《莎士比亚四大悲剧》，孙大雨译，上海，上海译文出版
　社，1995，第1版，第852页。

"绞架"。可见，梁实秋尊重原作者以及尊重原作者包含在文本中的意义，并且尽可能忠实地在目的语中再现原文文本的意义。

需要指出的是：关于批评与鉴赏的主体，由于接受者的水平不同，可以分为一般鉴赏者和批评家。批评家和专业人士，从其艺术修养和欣赏水平来讲，比起一般鉴赏者更加容易成为创作者的"知音"。刘勰说："凡操千曲而后晓声，观千剑而后识器，故圆照之象，务先博观。"①这就要求鉴赏者和批评者要有广博的知识、细致的观察能力以及丰厚的艺术修养，在重视文学实践积累的基础上进行文学鉴赏和批评，这样才有可能成为创作者的"知音"。刘勰又说："无私于轻重，不偏于憎爱，然后能平理若衡，照辞如镜矣。"②也就是说，鉴赏者和批评者应该遵循客观和公正的原则，没有喜爱和憎恨的偏见，这样才能体会文辞的美恶和内容的高下。缀文者情动而辞发，观文者则披文以入情。创作、鉴赏和批评是你中有我、我中有你的关系。正如梁实秋所说："文学的创作力与文学的鉴别力是心灵上两种不同的活动。虽然最上乘的文学创作必涵有理性选择的成分，但徒有理性亦不能成为创作；虽然最上乘的文学批评对于作家必有深刻的鉴赏，但徒有鉴赏亦不能成为批评。"③从"六观"与"六义"的角度鉴赏梁实秋的创作与翻译，可以看出二者在情理、事类、文辞方面的一致性。

三、"兴""观""群""怨"

著译者和接受者作为以文学作品为联系媒介的双方，其"知音"的概念应该是双向的。著译者通过创作和翻译文学作品获得"知音"，以此来实现自己的著译目的；接受者通过阅读与欣赏文学作品寻求"知音"，以此获得美的享受，并且陶冶情操。梁实秋创作"雅舍"系列散文与翻译《莎士比亚全集》，很明显并不仅仅是为了自我欣赏，而是希望作品能被人理解，以求与读者进行思想交流，进而成为读者的"知音"。读者阅读梁实秋的著译作品，可以感受他的人生旨趣与创作激情的相互统一，以及文外个性与著译风格的相互交融。梁实秋的人生哲学与文学倾向以儒家思想为根基，孔子的诗学观点对他影响颇深。孔子在《论语·阳货》篇中教导弟子说："小子何莫学夫诗？诗可以兴，可以观，可以群，可以怨，迩

---

① 刘勰：《知音》，《文心雕龙》，里功、贵群编：《中国古典文学荟萃》，北京，北京燕山出版社，2001，第1版，第456页。

② 刘勰：《知音》，《文心雕龙》，里功、贵群编：《中国古典文学荟萃》，北京，北京燕山出版社，2001，第1版，第456页。

③ 梁实秋：《文学批评辨》，黎照编：《鲁迅梁实秋论战实录》，北京，华龄出版社，1997，第1版，第130页。

之事父，远之事君，多识于鸟兽草木之名。"①可见，孔子从"兴""观""群""怨"四个方面对《诗经》的感染功能、观察功能、团结功能和批判功能进行了概括，其中也蕴涵了对《诗经》审美特点的认识。梁实秋与孔子虽然处在不同的时代，有着不同的文化背景，但是梁实秋的著译活动是一个具有浓厚中华传统文化情结的学者对孔子"兴""观""群""怨"诗学观点的继承和发扬，渗透着对文学社会价值和审美价值的感悟。

孔子所说的"诗可以兴"，是指通过《诗经》抒发人的思想、志向和感情，从而发挥文学的政治、伦理、修身与审美作用。梁实秋在西方"古典主义"精神与"人文主义"思想的烛照下，竭力与中国诗学传统相沟通。他十分重视文学的"人性"特征与道德功能，正如孔子所说："《诗》三百，一言以蔽之，曰：'思无邪。'"②孔子把"思无邪"诠释为一种推崇道德理念的文学艺术原则，当然也可以称为"功利主义"的诗学观念。可以说，梁实秋在著译作品中也体现了"思无邪"的伦理尺度，他用一种超脱、平和的心态进行社会与人生之思，赞扬美好的"人性"，对违背伦理道德的行为进行委婉、温厚的讽刺，宣扬"温""良""俭""让"等美德。换言之，梁实秋通过创作与翻译来唤起和振奋人们的心灵，使人们从感性的"美"的体验上升到理性的"善"的意识，这正是立德、修身的起始阶段。

孔子所说的"诗可以观"，是指依托《诗经》来观察彼此的心志与情感，从而发挥文学的观察与认识作用。"观"除了给当政者提供"得失自知"的参照之外，也是普通人获取知识、增长见识的一种途径。梁实秋的创作与翻译在一定程度上是对中国传统文化与西方传统文化的传承，发挥了文学"观民风""观风俗"的作用。文学是人类情感的呈现，是社会生活的反映，发掘其中所包含的丰富内涵，体察其深刻的社会意义，才能更好地认识人类自身的生存状态和内心情感。梁实秋特别重视经典文本的翻译，因为译入语民族经常是通过经典作品的译文来了解源语文化的。在不同的文化背景和心理状态下，接受主体以自己的期待视野对作品中的信息进行个性化的解读，这是文学作品由"第一文本"转化为"第二文本"的过程，也就是在文学阅读接受过程中的再创造。读者对文学作品的"现实内容"和"潜在内容"有了深入的理解，从而获得了观察社会与人生的视野。可见，梁实秋在显示其"古典主义"诗学倾向的同时，也在给人们以艺术享受和生活启迪。

孔子所说的"诗可以群"，是指通过《诗经》可以使个体产生一种群体

---

① 《阳货第十七》，《论语》，张燕婴译注，北京，中华书局，2006，第1版，第268页。

② 《为政第二》，《论语》，张燕婴译注，北京，中华书局，2006，第1版，第12页。

的凝聚力和向心力，从而发挥文学交流情感的目的。梁实秋的创作与翻译显示了"群"的伦理性倾向。他以"人性"作为标准，"情感"和"理性"均为"人性"的一部分，但是中国文化传统似乎更加强调"情感"作为"人性"的源发点。林语堂说："中国人在判断某论点正确与否时，并不仅仅诉诸道理，而是既诉诸道理，也诉诸人情。'Reasonbleness'译成中文为'情理'，包含了两方面的内容，'情'即'人情'，或'人性'；'理'即'天理'或'外部原因'。'情'代表着可变的人的因素，'理'代表着不变的宇宙的法则。这两个因素的结合，就是评价某项活动，或某个历史问题的标准……中国人将合情理置于道理之上。道理是抽象的、分析性的、理想化的，并倾向于逻辑上的极端；而合情理精神则更现实、更人道，与实际紧密联系，能更正确地理解和审时度势。"①可见，"以情为本、情理交融"是中国人普遍的文化心理。梁实秋秉承了这一文化心理，以理节情，努力沟通著译作品中的文学情感与读者的审美情感。也就是说，通过"知音"群体之间的相互交流，实现对高尚道德境界的共同追求，由此可以看出中国文化高度重视伦理道德的"群体性"特征。

孔子所说的"诗可以怨"，是指通过《诗经》"怨刺上政"，从而发挥文学干预社会现实的作用。孔子主张情感抒发要"乐而不淫，哀而不伤"，并且要受伦理道德的制约，达到情理中和。梁实秋倡导以理节情的著译态度以及温和、内敛的美学原则。他在"雅舍"系列散文中采取了既勇于揭露和批判，又不绝对和极端的态度，表现出一种从容矜持的学人风范和不偏不倚、不瘟不火的思想观念。梁实秋翻译《莎士比亚全集》，既向中国读者传达了伊丽莎白时期英国文学的重要内容，也向读者展示了那个时期英国社会历史的部分情况，引起人们对莎剧中的历史与现实、物质与精神、悲剧与崇高、权力与道德等问题的反思，表现了积极向上的思想内涵以及向往"民主"与"自由"的精神。

孔子"兴""观""群""怨"的诗学观点互相关联，"兴"中有"观"，"群"中有"怨"，"兴观"中有"群怨"，"群怨"中有"兴观"。梁实秋的著译秉承了该观点的"功利性"和"艺术性"并举的特征，注重文学的"人性"本质和伦理价值，于行文之中传承和发扬中西传统文化，引导读者寻找思想契合和情感依托。梁实秋的著译感发情思、反映现实、沟通心灵、倡导美善，交织着文学作品的社会作用、审美特质、情感互动以及批判精神。

---

① 林语堂：《中国人》，南宁，广西民族出版社，2001，第1版，第100页。

第三节　审美情感流

"审美情感流"是指审美主体在感受和欣赏审美对象时产生的一种愉悦心理的情感活动。从美学角度看，梁实秋的创作与翻译就是发现美、创造美、传递美、鉴赏美的过程，不同层次和文化背景的读者通过阅读和欣赏其著译作品，往往会产生情感共鸣。文学语言既能够反映有形的客观对象，更加善于表现无形的精神世界。梁实秋的创作与翻译过程表现出感知、想象与思考的融合，他的主观情思和内在修养起到了沟通人、感动人与教化人的作用。本节从"雅化俗常"的创作方法与"雅俗互见"的翻译理念两个层面探讨梁实秋在字里行间流露出的"审美情感流"，并且探讨其著译作品以"古雅"为本的精神根基。

一、"雅化俗常"的创作方法

文学的"雅"与"俗"是相对的，并不能截然分开，其接受群体也是如此。"雅"是指文艺作品的纯正品位和情理得当，具有思想的深刻性、境界的脱俗性、语言的得体性等特点，这是一个时代"主流文学"思潮的标志。"俗"是指文艺作品的大众化取向，具有内容的通俗性、风格的平和性、语言的亲切性等特点。"雅"和"俗"都有各自特别的价值。"雅舍"系列散文的"雅"既非单纯的典雅精致，"俗"又非一味的平庸琐碎。

首先，"雅舍"系列散文的"雅"表现在写法的雅趣上，即"文雅"。梁实秋选取衣食住行、人情冷暖、生老病死等俗常题材，以"俗"入笔，于"俗"中暗含哲理和情感。在《雅舍》《平山堂》《北碚旧游》《一只野猫》等文章中，梁实秋往往运用比喻、夸张、拟人等修辞手法使生活中的困顿、普通、平凡显示出"雅趣"。例如，在《雅舍》一文中，梁实秋是这样形容"雅舍"简陋的居住条件的："虽然我已渐渐感觉它并不能蔽风雨，因为有窗而无玻璃，风来则洞若凉亭，有瓦而亭，空隙不少，雨来则渗如滴漏。"①该句中"洞若凉亭"一词形象地展示了雅舍的破旧窗户抵挡不住寒风侵袭的情景，"滴漏"一词描绘了雨水"滴滴答答"的声音营造出来的一种悠闲心境。梁实秋接着描述："但若大雨滂沱，我就又惶悚不安了，屋顶湿印到处都有，起初如碗大，俄而扩大如盆，继则滴水乃不绝，终乃

---

① 梁实秋：《雅舍》，《梁实秋雅舍小品全集》，上海，上海人民出版社，1993，第 1 版，第 3 页。

屋顶灰泥突然崩裂，如奇葩初绽，砉然一声而泥水下注，此刻满室狼藉，抢救无及。"①在这里，梁实秋以"花"喻"泥"，"奇葩初绽"一词充满了优雅之美，也显得轻松而诙谐。在《平山堂记》一文中，梁实秋讲述他所住的那栋楼房的水管出水之难时这样描述：在需用水的时候，它不绝如缕，有时候扑簌如落泪，有时候只有吱吱的干响如助人之叹息。唯一水源畅通的时候是在午夜以后，有识之士就纷纷以铅铁桶轮流取水囤积，其声淙然，彻夜不绝。② 在《北碚旧游》一文中，梁实秋对能够在抗日战争时期的天府之国吃到酒和肉感到相当满足，他借余上沅的话戏称"喝酒"为"吃花酒"，普通的红烧肉则被他冠名为"东坡肉"③，表现了梁实秋在战乱年头苦中求乐、自得其乐的超然生活态度。在《白猫王子》④和《一只野猫》⑤这两篇文章中，梁实秋将他和韩菁清收养的三只流浪猫分别起了雅名叫"白猫王子""黑猫公主"和"小花子"，既显示了他们心地善良、富有同情心的美德，也勾勒出他们善于在平凡的生活中寻找乐趣的心态。

其次，"雅舍"系列散文的"雅"表现在情感的收放有度和对某些社会现象进行质疑的理性思考上，即"理雅"。梁实秋反对的并不是文学中的情感，而是文学情感中的"浪漫的混乱"。"雅舍"系列散文往往是以俗常琐事，比如运动、观光、退休、搬家、看报等为话题，或者以人生的伦理道德和礼仪行为，比如谦让、握手、第六伦、送行等为话题展开论述，是情感描写和哲理传达的有机统一。例如，在《下棋》一文中，梁实秋既不赞赏那些太超脱的人，他们若无其事、马马虎虎，流露出一种"索然寡味"的人生态度。他也不赞赏不够超脱的人，他们在下棋时每走一步都要加以考虑，显得拘谨而犹豫，流露出一种"畏畏缩缩"的人生态度。梁实秋所向往的是不过分计较输赢、以求内心愉悦的感觉，体现了一种"中和之度"。⑥ 另外，"雅舍"系列散文对某些中国人教育子女的方式、社会公德、封建迷信等问题提

---

① 梁实秋：《雅舍》，《梁实秋雅舍小品全集》，上海，上海人民出版社，1993，第 1 版，第 4 页。

② 参见梁实秋：《平山堂记》，梁实秋著，刘天华、维辛编选：《梁实秋散文》（一），北京，中国广播电视出版社，1989，第 1 版，第 240 页。

③ 参见梁实秋：《北碚旧游》，梁实秋著，刘天华、维辛编选：《梁实秋散文》（二），北京，中国广播电视出版社，1989，第 1 版，第 369 页。

④ 参见梁实秋：《白猫王子》，梁实秋著，刘天华、维辛编选：《梁实秋散文》（二），北京，中国广播电视出版社，1989，第 1 版，第 327 页。

⑤ 参见梁实秋：《一只野猫》，《梁实秋雅舍小品全集》，上海，上海人民出版社，1993，第 1 版，第 395 页。

⑥ 参见梁实秋：《下棋》，《梁实秋雅舍小品全集》，上海，上海人民出版社，1993，第 1 版，第 55 页。

出了质疑。例如，在《孩子》一文中，梁实秋预见了中国在半个世纪之后年青一代的素养问题，体现出他对民族前途的忧思。梁实秋指出这样的奇怪现象：自有小家庭制以来，孩子的地位明显提高。以前的"孝子"是孝顺其父母之子，今之所谓"孝子"乃是孝顺其孩子之父母。孩子是一家之主，父母都要孝顺他。这种教育状况显然对孩子的成长不利。① 在《双城记》一文中，梁实秋对比了中国台北市与美国西雅图（Seattle）的交通情况之后，他十分赞赏美国人驾车时礼让行人、自觉停车的良好素质，对某些台北人驾车时目中无人、横冲直撞、见缝就钻等不注意交通秩序的行为进行了批评。② 在《求雨》一文中，梁实秋讽刺了封建迷信的种种愚昧与弊端，并且对一些热衷于此的现代人给予了警戒，他指出：久旱之后必定会有雨，久雨之后也必定会天晴。这是自然之道。与求不求没有关系。③ 在《铜像》一文中，梁实秋认为：给孔子建五丈多高的铜像，纯然出于敬意，但是也近于偶像崇拜。④ 可见，梁实秋倡导"人性"和谐，呼唤理性的、科学的精神，因而这种审美情感能够引起读者的感兴，也更加具有美感深度，它与《文心雕龙》中"情"这一范畴所包含的"理性美"的内涵类似，也就是渗透了思想成分的感情。

　　最后，"雅舍"系列散文的"雅"表现在它的幽默风格上，即"隐雅"。梁实秋反对某些激进作家们"疾风骤雨"式的谩骂。他说："近来号称普罗作家者，因其题材是下流社会，往往便满纸秽言，不堪入目，以为非如此便不算普罗，无聊的读者爱其放肆遂美之为'写实'！文学里的'写实'，那有如此写法？我们描写劳苦的下层阶级，是要描写他们的勤苦，痛苦，挣扎和希望，我们并无须把他们的流氓相十足的活跃于纸上。普罗作家更没有理由把劳苦大众的劣点——谩骂的秽语无疑的是由于缺乏教育而生的劣点——强调的表现出来……秽语不是绝对不可用，但作者应该审慎一点，不要滥用秽语使读者发生厌恶或不正确的印象。"⑤幽默构成了"雅舍"系列散文"雅化俗常"的重要手段之一，它是审美主体对审美客体喜剧性内容的敏锐感受和表现。"理性"是幽默的灵魂，真正的幽默是启

① 参见梁实秋：《孩子》，《梁实秋雅舍小品全集》，上海，上海人民出版社，1993，第1版，第6页。

② 参见梁实秋：《双城记》，《梁实秋雅舍小品全集》，上海，上海人民出版社，1993，第1版，第267页。

③ 参见梁实秋：《求雨》，《梁实秋雅舍小品全集》，上海，上海人民出版社，1993，第1版，第381页。

④ 参见梁实秋：《铜像》，《梁实秋雅舍小品全集》，上海，上海人民出版社，1993，第1版，第418页。

⑤ 梁实秋：《论文学里的秽语》，黎照编：《鲁迅梁实秋论战实录》，北京，华龄出版社，1997，第1版，第409页。

迪人们在轻松的笑声中进行思索。梁实秋揭示"人性"的某些弱点，但他的出发点是"爱"，因此对那些不合理的行为、不公道的现象往往以"温柔敦厚"的幽默笔触加以调侃和批判，散发着寓庄于谐的亲切情感，这是他所推崇的"古典主义"精神的体现，这一超然、委婉的态度也契合中国读者的审美心理。例如，在《请客》一文中，梁实秋倡导一种简朴的请客方式。他列举了请客的种种麻烦和主人的不少顾虑。要请一次客，除了购菜、做菜等准备工作的烦琐以外，还要等待客人的姗姗来迟、入席之前的谦让以及宴后的高谈阔论，最后客人乘兴而来、败兴而去，主人疲乏无比还要收拾残羹冷炙。① 在《脸谱》一文中，梁实秋生动地描摹了某些误入仕途的人对下属道貌岸然、面无表情，对上司却满脸堆笑、诚惶诚恐的"变色龙"形象，有力地讽刺了那些势利小人眼光朝上、阿谀谄媚的嘴脸。② 在《洋罪》一文中，梁实秋列举了多数中国人对于数字"十三"的恐怖等几个典型的例子，批判了他们不顾具体情况而沿用外国风俗习惯而造成啼笑皆非的事实。他指出：外国的风俗习惯是新奇有趣的，不过若把异国情调生吞活剥地搬到自己家里来，身体力行，则新奇往往变成为桎梏，有趣往往变成肉麻。③ 在《圆桌与筷子》一文中，梁实秋对某些中国人的饮食陋习进行了揶揄。他生动地勾勒了一盘菜上桌之后，有人挥动筷子如舞长矛，有人胆大心细彻底翻腾如拨草寻蛇，更有人在汤菜碗里拣起一块肉掂掂之后又放下等情形，指出毛病不是出在筷子上，而是出在吃的方式上。④ 在《麦当劳》一文中，梁实秋描写他家附近某北方面食店，白案子设在门外，炸油条、打烧饼的师傅打着赤膊一边和面一边擤鼻涕的情形，指出这种现象虽然不能以偏概全，但其中的卫生隐忧却令人深思。⑤

　　"雅舍"系列散文中所呈现出的幽默风格也是梁实秋翻译《莎士比亚全集》的一个借鉴。莎士比亚的幽默、洞悉人情、体贴入微，在某种程度上反映了人们对压抑、沉闷的心态的一种精神超越。袁昌英在论及莎士比亚的幽默时说："有幽默的人生是一种健全、和谐、宽大、诚挚而富于同

---

① 参见梁实秋：《请客》，《梁实秋雅舍小品全集》，上海，上海人民出版社，1993，第1版，第189～191页。

② 参见梁实秋：《脸谱》，《梁实秋雅舍小品全集》，上海，上海人民出版社，1993，第1版，第65页。

③ 参见梁实秋：《洋罪》，《梁实秋雅舍小品全集》，上海，上海人民出版社，1993，第1版，第24页。

④ 参见梁实秋：《圆桌与筷子》，《梁实秋雅舍小品全集》，上海，上海人民出版社，1993，第1版，第322页。

⑤ 参见梁实秋：《麦当劳》，梁实秋著，刘天华、维辛编选：《梁实秋散文》（四），北京，中国广播电视出版社，1989，第1版，第227页。

情心的。幽默仿佛是英国人的特色，沙斯比亚是英国文学史上最炫耀的光荣，所以他这性灵上的光辉与金色的轻烟如何泛滥着，即是值得我们在这里凝神欣赏的理由了。"①她将莎士比亚的幽默分为三类：机敏的幽默、情形的幽默、性格的幽默。例如，《罗密欧与朱丽叶》(*Romeo and Juliet*)一剧中的墨丘西阿(Mercutio)的幽默是机敏的，属于智慧方面的。乳母(Nurse)的幽默则属于性格类的，她是个富于肉感而村野的老妇。《仲夏夜之梦》(*A Midsummer-Night's Dream*)一剧中的巴顿(Bottom)的幽默是性格的或者情形的，只要他开口说话，就被称为妙人。《无谓的麻烦》(*Much Ado about Nothing*)一剧中的崩尼蒂克(Benedick)与笔亚翠丝(Beatrice)的幽默既有机敏的因素，又有性格的因素，他们是两个聪明的、高贵的少男少女。而《亨利四世》(*King Henry the Forth*)一剧中的福尔斯塔夫(Falstaff)则糅合了言语的机智、情形的可笑以及性格的幽默等所有因素。② 梁实秋在近40年的译莎生涯当中，莎士比亚的幽默精神无疑对他的"雅舍"系列散文创作产生了潜移默化的影响。然而，任何外来影响都必须在本土找到适宜的土壤才能发生，"雅舍"系列散文的幽默已经融入了不少中国传统文化的观念与审美精神。梁实秋对中国文化和普遍"人性"中的不良方面进行反思，将人生的苦痛与烦闷化解成恬淡的心境。他认为：讽刺文学是要有内容而又有形式的。单是讽刺，并不能成为文学，它必须要具备一般的文学的条件。讽刺文学必须要有结构、章法、形式。作者必须要保持他的冷静。讽刺文学的对象不应该是对个人的，个人攻击永远不能得到同情。讽刺总归还是出于与人为善的一点同情。所以讽刺文学的作家需要那悲天悯人的胸怀。③ 余光中曾经对梁实秋的幽默风格做出了评价："他的笔锋有如猫爪戏人而不伤人，即使讥讽，针对的也是众生的共相，而非私人，所以自有一种温柔的美感距离。"④

二、"雅俗互见"的翻译理念

莎士比亚以大众剧场的不同观众为对象，根据达官显贵与贩夫走卒

---

① 袁昌英：《沙斯比亚的幽默》，《山居散墨》，石家庄，河北教育出版社，1994，第1版，第21～22页。

② 参见袁昌英：《沙斯比亚的幽默》，《山居散墨》，石家庄，河北教育出版社，1994，第1版，第22～36页。

③ 参见梁实秋：《讽刺文学》，黎照编：《鲁迅梁实秋论战实录》，北京，华龄出版社，1997，第1版，第412～413页。

④ 余光中：《文章与前额并高》，刘炎生编：《雅舍闲翁——名人笔下的梁实秋 梁实秋笔下的名人》，上海，东方出版中心，1998，第1版，第95页。

的口味创作戏剧，内容无所不包，涉及政治、经济、历史、文化、军事、宗教等方面。莎士比亚戏剧是一种混杂的艺术形式，其中既有盛大严肃的历史场面，又有插科打诨的调侃情景，既有王公贵族的宫廷英语，又有寻常百姓的俗语土话，正是这种变化多端的语言使得莎剧"雅俗共赏"。就拿其中的"粗俗语"来说，它不仅反映了某种世俗之趣，而且对于丰满人物形象与增强舞台效果等方面都有其特定的戏剧作用。莎士比亚也是一个肉欲主义者，他往往用犀利而敏锐的眼光来考察"性"对于人们生活和性格的影响，俚俗的台词产生了奇妙的审美效果。

　　梁实秋认为"性"是人的本性，他说："什么事情能比色情更能博取各色人等的会心一笑呢？不要以为只有贩夫走卒才欣赏大荤笑话，缙绅阶级的人一样的喜欢那件人人可以做而不可以说的事。平素处在礼法道德的拘束之下的人，多所忌讳，一旦在戏院里听到平素听不到的色情描写，焉能不有一种解放的满足而哄然大笑？"①但是，梁实秋本人并不主张文学作品中过多描写"污言秽语"，他将文学里的秽语分为两种：一种是文学里对于性欲之赤裸的描写，其所用语言自然流于淫秽；另外一种是文学里的人物在对话中用的咒骂的言语，咒骂在中国很少能离开性交那件事，所以也常常流于淫秽。他说："性欲，严格的说，并不秽。我们并不要效法道学家和一部分宗教家，以为性欲是怎样罪恶的事。不过，在文学里，此种淫秽辞句是否需要，很是个问题……假如文学的目的不在挑逗读者的性欲或暴露一些下流人的兽性，我以为秽语是不需要的。性交之赤裸的描写，仅能成为'性史'一类的东西，并不能成为文学。"②因此，梁实秋在译莎时也很讲究"节制"的艺术，有的地方使用了"雅化"译文。

　　以下是《罗密欧与朱丽叶》（*Romeo and Juliet*）第二幕第四景中的一段台词。

原文：

MERCUTIO　Why, is not this better now than groaning for love?
　　　　　　now art thou sociable, now art thou Romeo; now art
　　　　　　thou what thou art, by art as well as by nature; for

①　梁实秋：《莎士比亚与性》，梁实秋著，刘天华、维辛编选：《梁实秋读书札记》，北京，中国广播电视出版社，1990，第 1 版，第 11 页。
②　梁实秋：《论文学里的秽语》，黎照编：《鲁迅梁实秋论战实录》，北京，华龄出版社，1997，第 1 版，第 407 页。

this drivelling love is like a great natural, that runs
lolling up and down *to hide his bauble in hole*.

BENVOLIO　Stop there, stop there.

梁实秋译文：

墨　　噫，这不比为了恋爱而长吁短叹要好些么？你现在有说有笑的
　　　了，你现在是罗密欧了；你现在是你的本来面目了，无论是天
　　　性如此或是有意做作：因为一个一把鼻涕一把眼泪的情人，实
　　　在是像一个大傻瓜，伸着舌头东窜西窜的想把他的那根棍子藏
　　　在一个洞里。

班　　停止吧，停止吧。①

朱生豪译文：

茂丘西奥　呀，我们这样打着趣岂不比呻吟求爱好得多吗？此刻你
　　　多么和气，此刻你才真是罗密欧了；不论是先天还是后
　　　天，此刻是你的真面目了；为了爱，急得涕零满脸，就
　　　像一个天生的傻子，奔上奔下，找洞儿藏他的棍儿。

班伏里奥　打住吧，打住吧。②

方平译文：

牟克休　（不胡扯了，友好地）瞧，这比害了相思病，哭丧着脸，不
　　　是好多了？现在，你有说有笑了；现在，你又是罗密欧了，
　　　现在，不管论性情，还是论口才，你才真正是你啦。爱情？
　　　爱情是淌着口水的白痴，一副猴急相，跳上蹿下，只想找
　　　个洞眼儿，把他那做小丑用的棍子插进去——

班伏柳　别说下去啦，别说啦！③

曹禺译文：

墨故求　（兴奋）你看看，这不比为爱情哭丧着脸要好得多么？现在

①　〔英〕莎士比亚：《罗密欧与朱丽叶》，《莎士比亚全集》28，梁实秋译，北京，中国广播
　　电视出版社，2001，第1版，第102～103页。

②　〔英〕莎士比亚：《罗密欧与朱丽叶》，《莎士比亚戏剧》，朱生豪译，上海，上海古籍出
　　版社，2002，第1版，第53页。

③　〔英〕莎士比亚：《罗密欧与朱丽叶》，方平译，方平编选：《莎士比亚精选集》，北京，
　　北京燕山出版社，2004，第1版，第448页。

> 你好说话了，现在你像柔蜜欧了，现在无论说脾气，说聪
> 明，你才真正是你了。我跟你说，这愚蠢的爱情就像一个
> 小丑，跑来跳上跳下，只会把他那根棍插在洞洞里。
>
> 班伏柳　够了，够了，到此为止。①

　　这段台词是罗密欧（Romeo）的好友墨枯修（Mercutio，简称"墨"）所说的，涉及"性"的问题，原文"hide his bauble in hole"是猥亵语的委婉说法，暗指"男性的生殖器插入女性身体"和"男女交欢"。梁实秋、朱生豪、方平和曹禺都避免了直白的说法，分别翻译成"想把他的那根棍子藏在一个洞里""找洞儿藏他的棍儿""把他那做小丑用的棍子插进去"和"把他那根棍插在洞洞里"，既形象生动，也与原文诙谐的风格相似。可见，梁实秋对莎剧中的"污言秽语"并不太推崇，他指出：莎士比亚作品中的秽语，几乎全是出于丑角之目的，丑角的插科打诨无非是想博得观众之哈哈一笑，有时丑角并不遵照脚本而随意杜撰，当时的观众非常复杂，所以丑角口中的秽语也就很普遍。许多近代编刊的莎士比亚剧本差不多都把淫秽处分别删去了。我们现在读到莎剧中的淫秽处，虽然不必认为是莎士比亚的污点，然而也并没有赞赏的理由。② 因此，对原文的某些地方梁实秋进行了"净化"处理，这与他强调"古典的纪律"、反对"浪漫的放纵"的文学思想是一致的。

　　莎剧中的"污言秽语"在某种程度上也是民俗文化的一种反映，这与莎士比亚长期生活在村野市井有很大关系。梁实秋虽然在一些场合使用了"雅化"译文，但是在多数情况下他以"率性而兴，纯凭自然"的心态如实翻译原文中"俗"的部分。

　　以下是《罗密欧与朱丽叶》第一幕第一景中的一段对白。

原文：

SAMPSON　　'Tis all one, I will show myself a tyrant：when I have
　　　　　　fought with the men, I will be cruel with the maids；I
　　　　　　will cut off their heads.

---

① 〔英〕莎士比亚：《柔蜜欧与幽丽叶》，曹禺译，北京，中国对外翻译出版公司，2002，第 1 版，第 145 页。

② 参见梁实秋：《论文学里的秽语》，黎照编：《鲁迅梁实秋论战实录》，北京，华龄出版社，1997，第 1 版，第 408 页。

GREGORY　　The heads of the maids?

SAMPSON　　Ay, the *heads of the maids*, *or their maidenheads*; take it in what sense thou wilt.

GREGORY　　They must take it in sense that feel it.

SAMPSON　　Me they shall feel while I am *able to stand*: and 'tis known I am a *pretty piece of flesh*.

梁实秋译文：

萨　全是一样，我要像凶神一般：我和他家的男人打过之后，对他们的女人也不留情；我要切她们的头。

格　处女的头？

萨　对，处女头，或处女膜；随便你怎样解释。

格　她们一定会感觉到的。

萨　只要我能硬起来，她们就会感觉到我；大家都知道我有一块很坚实的肉哩。①

朱生豪译文：

山普孙　　那我不管，我要做一个杀人不眨眼的魔王；一面跟男人们打架，一面对娘儿们也不留情面，我要她们的命。

葛莱古里　要娘儿们的性命吗？

山普孙　　对了，娘儿们的性命，或是她们视同性命的童贞，你爱怎么说就怎么说。

葛莱古里　那就要看对方怎样感觉了。

山普孙　　只要我下手，她们就会尝到我的辣手：我是有名的一身横肉呢。②

方平译文：

桑普森　　我才不管爷们儿还是娘们儿呢，我要他们知道，我乃是不讲情面的暴君！我跟男的打完了硬仗，回头就跟娘们

① 〔英〕莎士比亚：《罗密欧与朱丽叶》，《莎士比亚全集》28，梁实秋译，北京，中国广播电视出版社，2001，第1版，第17～19页。

② 〔英〕莎士比亚：《莎士比亚戏剧》，《罗密欧与朱丽叶》，朱生豪译，上海，上海古籍出版社，2002，第1版，第7页。

儿来软的——我把他们家大姑娘砍得头破血流！

格莱戈里　　叫大姑娘头破血流？

桑普森　　　对啦，头破血流，或者呢，叫她们身破血流——（嬉皮笑
　　　　　　脸）随你怎么想都可以。

格莱戈里　　（笑嘻嘻）她们怎么想，那只有她们自己肚子里明白了。

桑普森　　　只要我挺得住，是甜是苦，叫她们自己去辨滋味儿吧。
　　　　　　谁不知道，我这好家伙可厉害呢。①

曹禺译文：

洒嵩　　（一半玩笑，一半汹汹）我一律看待。我是暴君！跟男人们动
　　　　完了手，我还要跟女人们凶一下，我要干掉她们的"脑袋"。

力高　　（恫吓）干掉她们的"脑袋"。

洒嵩　　（霎霎眼）嗯，干掉，这"干"字你怎么讲都成。

力高　　（笑嘻嘻）人家知道怎么讲，她们会尝出味来的。

洒嵩　　（大笑）我一硬起来，她们就尝出味来了。我这块肉，哼，还
　　　　挺出名呢。②

　　这是卡帕莱特（Capulet）家族中的两个仆人萨姆普孙（Sampson，简称
"萨"）和格莱高利（Gregory，简称"格"）之间的对话，显得粗俗、赤裸。
如何把这种大胆的语言表现出来反映了译者的翻译目的和主体性。梁实
秋将原文"heads of the maids, or their maidenheads""able to stand"和
"a pretty piece of flesh"分别译为"处女头，或处女膜""硬"和"坚实的
肉"，保存了原文"俗"的风格。对比朱生豪的译文，译者用"娘儿们的性
命，或是她们视同性命的童贞"替代了"处女头，或处女膜"，用"下手"替
代了"硬"，显得间接而委婉。方平的译文也很含蓄，他用"头破血流，或
是身破血流"替代了"处女头，或处女膜"，用"挺得住"替代了"硬"。曹禺
的译文同样也很隐晦，他用"干掉她们的'脑袋'"和"尝出味"来指代"处女
头，或处女膜"和"坚实的肉"。朱生豪、方平与曹禺相对"净化"的译文则
更多地考虑到中国读者对"污言秽语"的接受心理。任何译者的翻译策略

① 〔英〕莎士比亚：《罗密欧与朱丽叶》，方平译，方平编选：《莎士比亚精选集》，北京，
　北京燕山出版社，2004，第1版，第405页。

② 〔英〕莎士比亚：《柔蜜欧与幽丽叶》，曹禺译，北京，中国对外翻译出版公司，2002，
　第1版，第9页。

都受到他所处的文化语境以及个人审美倾向的影响。一般来说，有时译者为了更加接近预期读者伦理的期待视野，甚至会有目的地进行"误读"。清末以来，翻译上的"自由主义"倾向导致了明显的写作迹象。梁实秋没有迎合这种翻译潮流，而是以"存真"为目的，并不一味"雅化"原文，体现了"理性适度"的翻译观念。

译者为了让译作在本土文化语境中得到认同，在翻译过程中除了考虑原文的文化因素，还必须注意本民族的语言习惯。事实上，恰当借用汉语的俗语能使译文更加形象生动。

以下是《罗密欧与朱丽叶》第二幕第四景中的一段台词。

原文：

ROMEO　　　What hast thou found?

MERCUTIO　No *hare*, sir; unless a *hare*, sir, in a lenten pie,
　　　　　　that is something stale and hoar ere it be spent.
　　　　　　[Sings.]
　　　　　　An old *hare* hoar, and an old *hare* hoar,
　　　　　　Is very good meat in Lent：
　　　　　　But a hare that is hoar, is too much for a score,
　　　　　　When it hoars ere it be spent.

梁实秋译文：

罗　你发现什么了？

墨　倒不是野鸡，先生；除非是斋期馅饼里的那种野鸡，在未吃完
　　之前就有一点陈腐发霉了。[唱。]
　　　一只老野鸡，一只老野鸡，
　　　是斋期中的美味；
　　　二十个人都吃不完，
　　　没吃完就先发了霉。①

朱生豪译文：

---

① 〔英〕莎士比亚：《罗密欧与朱丽叶》，《莎士比亚全集》28，梁实秋译，北京，中国广播
　　电视出版社，2001，第 1 版，第 104～105 页。

罗密欧　有了什么？

茂丘西奥　不是什么野兔子；要说是兔子的话，也不过是斋节里做
　　　　的兔肉饼，没有吃完就发了霉。（唱）

　　　　老兔肉，发白霉，

　　　　老兔肉，发白霉，

　　　　原是斋节好点心：

　　　　可是霉了的兔肉饼，

　　　　二十个人也吃不尽，

　　　　吃不完的霉肉饼。①

方平译文：

罗密欧　发现目标啦？

牟克休　没有野兔子，大爷，只有四旬斋做的兔肉饼，霉了，有白
　　　　斑点儿了，吃不得啦。

　　　　（边走边唱）

　　　　老兔子的肉，霉啦，霉啦，

　　　　老兔子的肉，霉啦，霉啦，

　　　　斋戒期吃，正好；

　　　　可是发霉的兔子肉，

　　　　不值钱啦，谁要吃！

　　　　还没吃掉就发了霉。②

曹禺译文：

柔蜜欧　来了什么？

墨故求　（挤挤眼）不是兔姑娘，是个兔婆婆！这是做斋用的母兔子，
　　　　走了味的，上了霉的。（唱起来）

　　　　一个上了霉的兔婆婆！

　　　　一个上了霉的兔婆婆！

　　　　做斋吃她算不错，

① 〔英〕莎士比亚：《罗密欧与朱丽叶》，《莎士比亚戏剧》，朱生豪译，上海，上海古籍出
　版社，2002，第 1 版，第 54～55 页。

② 〔英〕莎士比亚：《罗密欧与朱丽叶》，方平译，方平编选：《莎士比亚精选集》，北京，
　北京燕山出版社，2004，第 1 版，第 450 页。

可是上了霉的兔婆婆！

实在没有法吃得多，

我如何把她来消磨？

我如何把她来消磨？①

该段台词是罗密欧（Romeo，简称"罗"）与他的朋友墨枯修（Mercutio，简称"墨"）之间的对话，莎士比亚勾画了墨枯修幽默诙谐、大大咧咧的形象。原文"hare"是"兔子"的意思，但是在英语俚语中表示"娼妓"之意，而在汉语中常常用"野鸡"指代"娼妓"。梁实秋借用了汉语的这种说法，惟妙惟肖。朱生豪译成"野兔子"，方平译为"老兔子"，曹禺译成"兔婆婆"，中国读者并不能在"兔子"这一形象与"妓女"一词之间产生联想。由此可见，梁实秋中文功底深厚，译者的主体性在很大程度上表现在译文的遣词造句之中。正如余光中所说："他出生外文，却写得一手地道的中文。"②

以下是《罗密欧与朱丽叶》一剧第二幕第四景中的另外一段台词。

原文：

NURSE　...*Scurvy knave*! I am none of his flirt-gills; I am none of his skeins—mates.〔To PETER.〕And thou must stand by too，and suffer every knave to use me at his pleasure!

梁实秋译文：

乳　……下流胚子！我不是肯和他打情骂俏的女人；我不是和无赖汉为伍的人。〔向彼得。〕你居然站在一旁，让每一个恶辄随意摆布我！③

朱生豪译文：

乳媪　……混账东西！他把老娘看做什么人啦？我不是那些烂污婊子，由他随便取笑。（向彼得）你也是个好东西，看着人家把

---

① 〔英〕莎士比亚：《柔蜜欧与幽丽叶》，曹禺译，北京，中国对外翻译出版公司，2002，第1版，第149～150页。

② 余光中：《文章与前额并高》，刘炎生编：《雅舍闲翁——名人笔下的梁实秋　梁实秋笔下的名人》，上海，东方出版中心，1998，第1版，第87页。

③ 〔英〕莎士比亚：《罗密欧与朱丽叶》，《莎士比亚全集》28，梁实秋译，北京，中国广播电视出版社，2001，第1版，第106～107页。

我欺侮，站在旁边一动也不动。①

方平译文：

奶妈   ……放肆的混蛋，把我看成了什么啦！我才不是他的骚女人，
我才不是他的臭婊子！（越想越气，回头责问彼得）你倒是站
在一旁看冷眼，眼看着那些混蛋一个个欺侮我——爱把我怎
么样，就怎么样来欺侮我！②

曹禺译文：

奶妈   ……这个不要脸的，我可不是那些下三滥，没羞没臊的。（返
身对彼得）你在旁边管都不管，让这些混蛋爱把我怎么样，就
怎么样。③

　　这段台词是罗密欧的乳母（Nurse，简称"乳"）谩骂墨枯修时所说的，
体现了乳母语气随便、受教育程度不高的特点。梁实秋将"Scurvy
knave"译成"下流胚子"，显示出乳母骂人时的粗俗口吻。朱生豪译成"混
账东西"，方平译成"放肆的混蛋"，曹禺译成"这个不要脸的"虽然也传达
了原文语气粗俗的特点，但是意思稍有出入。由此可见，梁实秋总是苦
苦寻求能表达原作风格的字词，经历了"踏破铁鞋无觅处"的思索与艰辛，
有时甚至会由于理解不当而出错。关于这一点他深有感触地说："英文中
的 brother，sister，cousin，uncle 等字含义不一，译来颇费斟酌。我就犯
过错误，误把拜伦乱伦通奸的同父异母之妹当做其妹，经人指点改正。莎
氏历史剧中王室人物关系错综，非勤查谱系难免有误。翻译一道，谈何容
易！"④梁实秋将译者的主观能动性付诸对原文的透彻理解与巧妙表达之中，
并且善于借用同样情境中译入语的习惯说法。但是，译者不可滥用译语中
的习惯语，否则会给人一种陈腐的感觉，甚至不符合原作风格。

---

①　〔英〕莎士比亚：《罗密欧与朱丽叶》，《莎士比亚戏剧》，朱生豪译，上海，上海古籍出
版社，2002，第 1 版，第 55 页。

②　〔英〕莎士比亚：《罗密欧与朱丽叶》，方平译，方平编选：《莎士比亚精选集》，北京，
北京燕山出版社，2004，第 1 版，第 450 页。

③　〔英〕莎士比亚：《柔蜜欧与幽丽叶》，曹禺译，北京，中国对外翻译出版公司，2002，
第 1 版，第 151 页。

④　梁实秋：《岂有文章惊海内——答丘彦明女士问》，梁实秋著，陈子善编：《梁实秋文学回
忆录》，长沙，岳麓书社，1989，第 1 版，第 88 页。

三、"古雅"为本的精神根基

梁实秋在创作与翻译中将"雅"与"俗"有机结合。从总体上来看，"雅舍"系列散文和梁译《莎士比亚全集》以"古雅"为本，这是受儒家思想的"中庸"观点、"以理节情"的"古典主义"精神以及维多利亚时代"绅士风度"的深层影响。博采众家之长，视野也就更加宽广。梁实秋通过创作与翻译抒发心声，其雅致之风铸就了他的雅致人生。"古雅"也是现代人审美体验的一种时尚，暗含了人们对文学"艺术性"的某种珍视。

儒家思想的"中庸"精神提倡士大夫优雅的生活情趣和"温柔敦厚"的文学理念，并且推崇"和""节""礼""适""中"等品质。以儒家思想为主调融合着浓郁的"释""道"因素的中国传统文学虽然承认"情感表现"是文学创作的一个主要功能，但是这种"情感表现"却必须限制在一定范围以内。"乐而不淫，哀而不伤""思无邪"都是强调情感的表现要节制。梁实秋追求著译手法上的中和，其文学思想中的"节制说"更是发扬了中国传统文学的理性精神。他在《文学的纪律》一文中写道："古典主义者所注重的是艺术的健康，健康是由于各个成分之合理的发展，不使任何成分呈畸形的现象。要做到这个地步，必须要有一个制裁的总枢纽，那便是理性。"①因此，梁实秋不是简单地将"雅"与"俗"二者对立起来，而是通过描写优雅的生活情趣反映世俗的、琐碎的与平凡的人生，"俗"是表象，"雅"是底蕴。在处理莎剧的"污言秽语"问题上，梁实秋以"雅化"译文为辅，"粗俗"译文为主，并且适当借用汉语中的俗语翻译，情理得当，表现出一个具有"古典主义"精神的知识分子的审美感悟。

梁实秋早年接受了八年清华留美预备学校的美式教育，接着留学美国三年，随后又长期从事英国文学的翻译、研究与教学工作。在美国留学期间，他接受了白璧德的"新人文主义"思想，感受了杜布莱西斯等人的"超现实幽默"风格。二者渗透的"古典主义"文学精神使得梁实秋的著译风格呈现出"雅致"为本的总体倾向。"雅舍"系列散文表现出梁实秋注重修身养性，以求心境的豁达与超脱，其中的"雅幽默"就是自我认识和反省的一条途径，也是梁实秋的散文在形式方面接受西方文学影响的最直观的体现之一。乱世多幽默是一个突出的文学现象，鲁迅犀利的幽默，

---

①　梁实秋：《文学的纪律》，徐静波编：《鲁迅梁实秋论战实录》，珠海，珠海出版社，1998，第1版，第146页。

林语堂圆融的幽默和梁实秋雅致的幽默是中国现代文学史上的一个重要现象。梁实秋认为：相比较西方文学，中国文学中的幽默成分并不少，也并未被轻视。中国人不一定比别国人缺乏幽默感，只不过表现的方式不同罢了。"所以善幽默者，所谓幽默作家（humourists），其人必定博学多识，而又悲天悯人，洞悉人情世故，自然的谈唾珠玑，令人解颐……幽默引人笑，引人笑者并不一定就是幽默。人的幽默感是天赋的，多寡不等，不可强求。"①"反语"修辞是"雅舍"系列散文中常用的幽默模式。"反语"修辞是通过行文中某些特定词语的表层意义与作者所要表达的深层含义产生矛盾的修辞。从语言表达和接受者的角度来看，"反语"的语义特征主要表现在说话人通过突破语言常规来有意设置一种逻辑悖理，这样往往比直接点明更加引人深思。"雅舍"系列散文的"反语"修辞大致可以分成两大类：一类则是褒词贬用，又即"正话反说"，表面上是赞扬，实际上是讽刺；另一类是贬词褒用，又即"反话正说"，表面上是斥责，实际上是赞扬。"古典主义"的文学精神体现在译莎方面则是静观平和与理性适度，梁实秋借翻译《莎士比亚全集》曲折地阐释个人的文学理想，并且希望通过翻译反映永恒"人性"的文学经典实现与主流文学话语的对话，在一定程度上拓宽当时中国翻译文学的阐释空间。

青年时代的梁实秋就是英国"绅士风度"的崇拜者。他认为："绅士风度"就是一个人在言谈举止、待人接物上表现出来的宽厚温和的优雅行为，以及由社会地位和文化教养带来的一种通达襟怀。他推崇公允、理智、折中、旷达、自律等"绅士风度"。这些品格也正是梁实秋以后为人、著文的一个参照标准，当然也是他的人格在创作与翻译中的体现。客观地说，梁实秋其人、其文用"古雅"一词概括很贴切。一方面，"雅舍"系列散文通过描摹俗常琐事以"雅"化"俗"，内在地把文学创作和人文精神联系起来；另一方面，偏重"古雅"的《莎士比亚全集》译文折射出文化与智慧的悠久性。"古"是指经过时间淘洗之后的永恒价值，"雅"是指审慎内敛的翻译风格。梁实秋的"古雅"具有现代视野，它需要创作主体的心性修养，同样，欣赏"古雅"之美需要读者一个理解与体验的过程，要达到"会心高远"的境界。

总之，"雅"与"俗"是一对矛盾，一部文学作品能够受到读者的青睐，

---

①　梁实秋：《谈幽默》，《梁实秋雅舍杂文》，上海，上海人民出版社，1993，第 1 版，第 71 页。

往往是因为其最贴近人之常情，在通俗之中又蕴藏着不朽的艺术魅力而成为经典。"雅舍"系列散文以"雅"化"俗"，梁译《莎士比亚全集》并不一味地求雅，也不一味地媚俗，体现了"存真"的翻译原则。当梁实秋在行文中终于找到了最贴切的词语、最适合的表达方式时，就会感受到一种快慰之情，读者也因此能欣赏到美的译文，这就构成了其创作与翻译的"审美情感流"。王国维在《人间词话》中对名篇佳作有过这样的评价："大家之作，其言情必沁人心脾，其写景也必豁人耳目。其辞脱口而出无矫揉妆束之态。以其所见者真，所知者深也。"①梁实秋的创作与翻译文情并茂，熔铸了对"人性"的分析和对人生价值的思索。这种审美情感净化了人的心灵，增强了人的情感力量。

① 王国维：《人间词话》，《国学基础文库》，北京，中国人民大学出版社，2004，第 1 版，第 18 页。

第三章　崇真论：朴拙之境，文质彬彬

"情"之所以是文学活动的基础，是缘于其"真"的本质。"真"，属于"美"的本体范畴，其审美价值在屈原的《离骚》中就已呈现："纷吾既有此内美兮，又重之以修能。"①可见，"真"的内美与"修能"的外美互相映衬。随后，"真"被应用于文学艺术领域，从东汉至明代，王充、司空图、袁宏道等人对"真"都有过论述，并且逐渐成为后人文艺创作中遵循的重要审美法则，其核心是创作主体的"情"之"真"。"情"与"真"具有相通的内涵和意义，爱、憎、喜、怒、哀、乐之情都是"真"的体现。本章探讨梁实秋的"雅舍"系列散文和汉译《莎士比亚全集》中渗透的"真"的诗学内涵、"真"的文化心态以及"真"的差异性探源。

第一节　"真"的诗学内涵

"诗学"，是美学的一种特殊形态，它是古今中外历代文人创作经验的归纳、总结和升华，同时又受每个时代哲学思潮的影响。公元前4世纪，亚里士多德就写出了欧洲美学史和文学理论史上的第一部重要文献《诗学》，讨论了关于诗的种类、各种类的功能以及情节的安排等问题。②在中国，直接影响中国诗学形成的是儒家的"人道"精神和道家、佛禅的"宇宙"意识，前者注重文学的教化功能，后者注重文学的审美特质。中国诗学传统倾向于对具体文学作品的分析、鉴赏和批评。刘勰指出："道沿圣以垂文，圣因文而明道；旁通而无滞，日用而不匮。"③本着这样的思维方式，笔者将梁实秋的"雅舍"系列散文和汉译《莎士比亚全集》进行比较与分析，从而管窥著译文本背后体现的诗学特征和精神根基，挖掘著译主体隐含在文本中的诗学观念，它主要包括"巧"的模仿的创作诗学和"传真"

①　屈原：《离骚》，杨逢彬编注：《楚辞》，长沙，湖南出版社，1994，第1版，第2页。

②　〔古希腊〕亚里士多德：《诗学》，陈中梅译注，北京，商务印书馆，2003，第1版。在西方，诗学发源于古希腊，它的话语系统有两个：一个是以荷马史诗为标志的诗人传统；另一个是以亚里士多德为代表的哲人传统。

③　刘勰：《原道》，《文心雕龙》，里功、贵群编：《中国古典文学荟萃》，北京，北京燕山出版社，2001，第1版，第8页。

理念的翻译诗学，二者相互印证、相互影响，渗透了"真"①的本质。

一、创作诗学："巧"的模仿

本章所谈的"创作诗学"指的是创作主体通过文学创作过程和具体的文本呈现出来的诗学观念和品格。题材的选择、语言的运用、结构的安排以及主题的表现等都属于创作诗学问题，它与"情感特征"密切相关。"情感特征"在文学活动中反映了一种人文情怀。文学作品中所描写的人物和事件可以是虚构的，但其中所体现的情感则必须是真实的，这是文学作品能够吸引读者、感动读者的重要前提条件。刘勰曾经对文之"情真"做过阐述。他说："故情者文之经，辞者理之纬，经正而后纬成，理定而后辞畅：此立文之本源也……故为情者要约而写真，为文者淫丽而烦滥，而后之作者，采滥忽真……"②这里的"写真""忽真"的"真"，是指"情真"而言。梁实秋提倡"文贵存真"。他说："文学所要求的只是真实，忠于人性。凡是'真'的文学，便有普遍的质素，而这普遍的质素怎样才能相当的加以确实的认识，便是文学家个人的天才与凤养的问题。所以'真'的作品就是普遍的人性经过个人的渗滤后的产物。"③在"雅舍"系列散文的创作中，"真"是通过"巧"的模仿来实现的。一方面梁实秋认为模仿的作品诚然没有价值；另一方面他又认为拙劣的独创还不及"巧"的模仿。这种观点符合"中庸"的原则，也具有亚里士多德"摹仿"说④的影子。

---

① "崇真"的观点在梁实秋论小说的"写实主义"中也有表现。他说："所谓写实，其意义亦不仅限于取材一方面，最重要的是在作者的态度那方面。忠实的反映实际人生，这便是写实主义，这里面不必含有人道主义的色彩。好的写实主义作品，永远是人性的描写，虽然取材或是限于一时一地之现象，而其内涵的意义必为普遍的人性之描写，所以写实主义的小说家，是以冷静观察的态度，在有真实性的材料当中，窥见人性之真谛，并以忠实客观的手腕表现之。"（梁实秋：《现代文学论》，徐静波编：《梁实秋批评文集》，珠海，珠海出版社，1998，第 1 版，第 177 页。）

② 刘勰：《情采》，《文心雕龙》，里功、贵群编：《中国古典文学荟萃》，北京，北京燕山出版社，2001，第 1 版，第 331～332 页。

③ 梁实秋：《文学与革命》，黎照编：《鲁迅梁实秋论战实录》，北京，华龄出版社，1997，第 1 版，第 160 页。

④ 亚里士多德"摹仿"说的主要观点是：第一，一切艺术产生于摹仿。艺术本源于摹仿，以感性形象摹仿人的交往活动和精神生活，艺术形象同人的生活世界的事物原型有相似性。第二，摹仿是人的天性。人对于摹仿的作品总是感到快感，人们的心灵因此受到感染和净化。摹仿是求知，艺术也是求知。第三，摹仿应表现必然性、或然性和类型。艺术所描述的是在过去、现在、将来可能发生的事，它未必已经是现实的存在，但相似现实、相当逼真，同时艺术要在特殊中见普遍，描写某种"类型"的人和事。（参见〔古希腊〕亚里士多德：《诗学》，陈中梅译注，北京，商务印书馆，2003，第 1 版，第 27～43 页。）

但是，梁实秋所强调的这种"模仿"不是对客观事物机械的反映，而是经过创作主体提炼与润色之后的写实。他说："散文若要写得好，一定要写得真。所谓真，那是对于自己的心中的意念的真实。存心模仿便抹杀了自己的个性，没有个性的文章永远不是好文章……平常人的语言文字只求其能达意，其实只有艺术的散文才是真正的能达意，因为艺术的散文是一丝不苟的要对于作者心中的意念真实。"①"巧"的模仿的创作诗学在"雅舍"系列散文中呈现出"自然闲适"的"文调"和"禅机哲理"的意蕴。

（一）"自然闲适"的"文调"

"文调"是梁实秋在《论散文》中提出来的一个重要的散文概念。他说："有一个人便有一种散文。喀赖尔（Calyle）翻译来辛的作品的时候说：'每人都有他自己的文调，就如同他自己的鼻子一般。'伯风（Buffon）说：'文调就是那个人。'文调的美纯粹是作者的性格的流露，所以有一种不可形容的妙处：或如奔涛澎湃，能令人惊心动魄；或是委婉流利，有飘逸之致；或是简练雅洁，如斩钉截铁……总之，散文的妙处真可说是气象万千，变化无穷。我们读者只有赞叹的份儿，竟说不出其奥妙之所以然。"②"散文的文调虽是作者内心的流露，其美妙虽是不可捉摸，而散文的艺术仍是不可少的。散文的艺术便是作者的自由的选择。"③可见，梁实秋将"文调"与作者的性情与人格联系起来。

梁实秋崇尚"自然闲适"的"文调"，"巧"的模仿的创作诗学通过描写某些客观事物和他的生活体验表现出来。作者以自由之笔抒发"自然之情"和"自在之趣"。例如，在《树》一文中，梁实秋描述阿里山原始森林里的参天大树郁郁葱葱，而局促在北京公园大庙里的柏以及黄山的迎客松倒像是放大的盆景，因此他劝"局促在城市里的人走到原始森林里来，可以嗅到'高贵的野蛮人'的味道，令人精神上得到解放"④，显示了"尽其天性"的情趣。在《鸟》一文中，梁实秋喜欢聆听百鸟鸣啭，喜欢观看鸟儿自由翱翔，但是对于被囚禁在笼里的小鸟儿却不忍心看⑤，抒发了他向

---

① 梁实秋：《现代文学论》，徐静波编：《梁实秋批评文集》，珠海，珠海出版社，1998，第 1 版，第 173 页。

② 梁实秋：《论散文》，卢济恩编：《梁实秋散文鉴赏》，太原，北岳文艺出版社，1991，第 1 版，第 341 页。

③ 梁实秋：《论散文》，卢济恩编：《梁实秋散文鉴赏》，太原，北岳文艺出版社，1991，第 1 版，第 341 页。

④ 梁实秋：《树》，《梁实秋雅舍小品全集》，上海，上海人民出版社，1993，第 1 版，第 119 页。

⑤ 参见梁实秋：《鸟》，《梁实秋雅舍小品全集》，上海，上海人民出版社，1993，第 1 版，第 96 页。

往自由的情怀以及追求独立的精神。在《中年》一文中，梁实秋嘲讽了中年女子减肥的方法，指出这是一种不遵循自然规律、违背自然法则的行为。面对较为夸张的化妆，他揶揄道："在原有的一张脸上再罩上一张脸，本是最简便的事。不过在上妆之前下妆之后，容易令人联想起《聊斋志异》的那一篇《画皮》而已。"①可见，梁实秋喜欢朴素自然的装扮和生活中的自然之物，并且把"自然"看做是散文创作的内在素质。"自然"的文风是对粉饰的"异化"的文风的反拨，只有"情真"才符合"雅正"的美学精神，它植根于创作主体内在的"性灵"。

"自然"往往与"闲"有着勾连，"闲"字在《文心雕龙》里用以描述作者创作心态的自由。刘勰在《养气》篇中谈到："吐纳文艺，务在节宣，清和其心，调畅其气，烦而即舍，勿使壅滞，意得则舒怀以命笔，理伏则投笔以卷怀，逍遥以针劳，谈笑以药倦，常弄闲于才锋……"②只有做到"弄闲"，才能自由自在地发挥自己的才气，表达自己的思想。在《物色》篇中，刘勰谈到面对四季变化的纷繁，引起诗人的兴味，要"入兴贵闲"③。"闲"对于梁实秋来说，是一种创造美的心态和传递美的愿望。梁实秋是一个注重生活艺术、讲究生活品位的人，对人生有一种挚爱和眷恋，但是他并不沉湎于声色犬马之娱，而是细细体味和享受生活的平和淡定与随遇而安。例如，在《饮酒》一文中，梁实秋虽然在潜意识里反对饮酒之后产生的张狂情绪与难以自控的行为，但是他却极为欣赏"花看半开，酒饮微醺"的趣味，认为这才是最令人低徊的境界。④ 在《散步》一文中，梁实秋指出：即使住在寻常巷陌和荒郊野外，只要善于发现平常生活中的点滴之美，同样也会产生怡然自得的心境。他说："散步的去处不一定要是山明水秀之区，如果风景宜人，固然觉得心旷神怡，就是荒村陌巷，也自有它的情趣。一切只要随缘。"⑤在《沉默》一文中，梁实秋表现出对生命的感悟与思考，他说："世尊在灵山会上，拈花示众，众皆寂

---

① 梁实秋：《中年》，《梁实秋雅舍小品全集》，上海，上海人民出版社，1993，第 1 版，第 68 页。

② 刘勰：《养气》，《文心雕龙》，里功、贵群编：《中国古典文学荟萃》，北京，北京燕山出版社，2001，第 1 版，第 405 页。

③ 刘勰：《物色》，《文心雕龙》，里功、贵群编：《中国古典文学荟萃》，北京，北京燕山出版社，2001，第 1 版，第 438 页。

④ 参见梁实秋：《饮酒》，《梁实秋雅舍小品全集》，上海，上海人民出版社，1993，第 1 版，第 294 页。

⑤ 梁实秋：《散步》，李柏生编：《梁实秋抒情散文》，北京，文化艺术出版社，1991，第 1 版，第 284 页。

然，惟迦叶破颜微笑，这会心微笑胜似千言万语。"①

　　"雅舍"系列散文"自然闲适"的"文调"是"性灵"散文思潮的重要理论组成部分。若从思潮方面来看，"五四"时期至 20 世纪 30 年代的散文思潮大致可分为两种：一是以鲁迅为代表的"载道"散文思潮，主要以"犀利"的笔调反映社会现实；二是以周作人为代表的"性灵"散文思潮，主要以"闲适"的笔调叙写人生的哲理情思。当然，这种划分是相对的，不同文学思潮之间是可以互相借鉴的。梁实秋的"雅舍"系列散文属于第二种，在当时遭到了一些"左翼"作家的批评和攻击。杨匡汉比较客观地概括了"雅舍"系列散文的写作背景和精神风貌，认为其中渗透着乐观、豁达的思想，充满了人生情趣。他说："他的散文创作始于强敌入主的多事之秋。当内忧外患生死存亡之际，他游心于那个'风来则洞若凉亭''雨来则渗入滴漏'的陋室，从中寻觅'雅舍'的诗意，长日无俚，书写自遣，闲情偶记，成了梁氏别一番兴致。即使是'雅舍'赋予的苦辣酸甜，他也躬受亲尝，久而安之。于是，'雅舍'中长着'不乐寿，不哀夭，不荣通，不丑穷'的心怀，也在恬淡闲适中捕捉艺术的人生情趣。"②"性灵"包含"性情"与"灵机"，"性"泛指一个人的喜、怒、哀、乐之情，"灵"是指一个人敏锐的艺术感受能力以及亲近天地自然的本性。从曹丕、刘勰到严羽，都很重视"性灵"的诗性内涵在文学创作中的积极作用。追求"性灵"，实际上就是追求"真"的境界，从而达到"天人合一"的意境。"雅舍"系列散文表现了梁实秋率性纯真、崇尚自由的人生态度和文学主张，这也最为贴近散文的本性。"自然闲适"的"文调"是散文创作中一种较为自然的表达方式，它离不开作者心灵的自由选择，因而所谈的题目是有一定的倾向性的，用字炼句也是有所讲究的。梁实秋说："文字有时候是很简陋，不够多，不够细，何况我们对于文字的认识又往往不足。所以我们若要确切的表达我们的意思，我们要很谨慎的选择我们的字……自己用自己的字句，这便是'作风'。文字的装饰也是必要的，典故、譬喻、音节、对仗，以及种种的修辞学上的工夫，都各有各的用处。这都是可以慢慢学习的。惟独作风，大半是天生的。"③"文调"是"雅舍"系列散文在思想内容和艺术形式上的各种特点的综合体现，也是梁实秋的审美意识、生活

---

① 梁实秋：《沉默》，《梁实秋雅舍小品全集》，上海，上海人民出版社，1993，第 1 版，第 166 页。

② 杨匡汉：《闲云野鹤，亦未必忘情人世炎凉》，杨匡汉编写：《梁实秋名作欣赏》，北京，中国和平出版社，1993，第 1 版，前言第 5 页。

③ 梁实秋：《文学讲话》，徐静波编：《梁实秋批评文集》，珠海，珠海出版社，1998，第 1 版，第 240 页。

经历、文化修养等构成的艺术个性在文学作品中的反映。另外，"文调"也受到社会环境与文化氛围等客观因素的影响。"雅舍"系列散文是传统与现代的结合，它综合了中国"君子"气派与西洋"绅士"风度的特点。

梁实秋不仅继承和发扬了中国传统散文优美、典雅的文风，而且吸纳了英国文学中"Essay"这种文体形式的要旨。"Essay"具有"试笔""随笔"之意，是散文的一种重要形式。日本文学家厨川白村①曾经对"Essay"的特征作了一个非常形象的概括："如果是冬天，便坐在暖炉旁边的安乐椅子上；倘在夏天，则披浴衣，啜苦茗，随随便便，和好友任心闲话，将这些话照样地移在纸上的东西，就是 Essay。兴之所至，也说些以不至于头痛为度的道理罢，也有冷嘲，也有警句罢，既有 Humor（滑稽），也有 Pathos（感愤）。所谈的题目，天下国家的大事不待言，还有市井的琐事，书籍的批评，相识者的消息，以及自己的过去的追怀，想到什么就谈什么，而托之即兴之笔者，是这一类的文章。在 Essay，比什么都紧要的要件，就是作者将自己的个人的人格的色彩，浓厚的表现出来。"②梁实秋十分熟悉 19 世纪英国"随笔"的代表人物兰姆（Lamb）。③ 杨匡汉是这样评价这位作家和他的作品的："兰姆的代表作《伊利亚随笔》，规避谈政治、时事、两性关系、宗教等热点问题，而另辟蹊径，放谈生活琐事和知识命题，风雅幽默，情趣横生，哀婉凄切，悱恻动人，贯穿

---

① 厨川白村（1880～1923），出生于日本京都，日本"大正"时期的文艺思想家、批评家和理论家，也是以翻译和研究英美诗歌著称的英美文学研究家。他潜心研究弗洛伊德的学说，注意文学与"性"潜意识之间的关系，在文学批评中既追求欧美文学的新倾向，又遵循着现实中的日本伦理观念，这种矛盾正是厨川白村内心苦闷的根源。在 20 世纪 20 年代初至 30 年代初的十年中，厨川白村的主要著作《近代文学十讲》《文艺思潮论》《苦闷的象征》《出了象牙之塔》《走向十字街头》《近代的恋爱观》《北美印象记》《小泉八云及其他》《欧美文学评论》等相继译成中文出版，影响了中国现代文坛的一批重要人物。

② 〔日〕厨川白村：《苦闷的象征　出了象牙之塔》，鲁迅译，北京，人民文学出版社，1988，第 1 版，第 113 页。

③ 兰姆（Lamb，1775～1834），英国著名散文家，代表作有《莎士比亚戏剧故事集》（*Tales from Shakespeare*）和《伊利亚随笔》（*Essays of Elia*）。《伊利亚随笔》堪称 19 世纪英国文学的瑰宝，它属于英国"浪漫派"文学运动的一个分支，追求个性和感情的解放，主张"我手写我心"。兰姆善于将叙事、抒情、议论巧妙结合，白话之中夹杂着文言，谐谑之中暗含着个人的辛酸。他以伦敦的城市生活为描写对象，从城市的芸芸众生中寻找出有诗意的东西，赋予日常生活中的平凡小事以一种浪漫的情调。他或写自己青少年时代的往事，或写亲人朋友，或写自己做小职员的辛苦生涯，或写忙中偷闲的小小乐趣，或漫谈他念过的诗、看过的戏、认识的演员，还写书呆子、单身汉和酒鬼，等等。兰姆于情真意切之中展示了英国随笔的特征。

着失意者的忧郁情调，那闲云野鹤般的文体极富个性色彩。"①

可见，随意轻松却用心良苦、张扬个性却亲切内敛、风趣幽默却富含哲理是兰姆"随笔"的艺术个性，这种艺术个性与从小深受儒家"温柔敦厚"诗教传统影响的梁实秋的性情相契合。正因为如此，梁实秋才能在中国传统文化的浸润下，更加容易接受来自异域的散文样式，并且进行学习与发扬。我们可以从"雅舍"系列散文中找到兰姆"随笔"的影子。在取材方面，兰姆多以伦敦的乞丐、扫烟囱的苦孩子、烧猪、闲话读书等为描写视角，嬉笑怒骂见于笔端。梁实秋多以社会现象、家乡美食、故园之恋、人生感悟等为阐发对象，褒贬抑扬充斥行文；在内容方面，"雅舍"系列散文还有几篇文章引用了兰姆的观点。例如，在《饭前祈祷》一文中，梁实秋谈到了人们面对美味佳肴时祈祷的装模作样，他认为兰姆说得不错。珍馐佳肴放置于餐桌上，令人流涎三尺，食欲大振，全无宗教情结，此时不宜祈祷。倒是那些维持生存的简单食物，得来不易，人们于庆幸之余要感谢上苍。② 在《孩子》一文的开始，梁实秋则以兰姆本人对"孩子"的看法谈起："他说孩子没有什么稀奇，等于阴沟里的老鼠一样，到处都有，所以有孩子的人不必在他面前炫耀。"③梁实秋指出尽管兰姆的话有点尖酸刻薄，但他本人也认为孩子未必是未来世界的主人翁，因为孩子在现代家庭里是备受关注的对象，进而提醒家长不要对孩子过分溺爱；在创作手法方面，梁实秋也有借鉴之处。兰姆以自己的经历和感想表达最真实的思想，梁实秋也结合自己的人生体验，以不同"话题"为中心，把古今中外的各种材料组织在一起，取舍用藏的分寸恰到好处，使文章结构看起来松散随意，实际上谨严周密，于平淡的谈话中包藏着深刻的意味，这种"谈话风"显然拉近了自己与读者之间的距离。当然，"亲切的风格仅是比较的近于谈话而已，不能'像是普通谈话一般'"④。总之，英国文学与西方的某些文学思潮对梁实秋的影响是深层的，是消融于他自己独特的创作风格之中的，他的个人气质与美学趣味决定了在借鉴上的取舍。梁实秋以"巧"的模仿追求自然、平朴、闲适的风格，成

---

① 杨匡汉：《闲云野鹤，亦未必忘情人世炎凉》，杨匡汉编写：《梁实秋名作欣赏》，北京，中国和平出版社，1993，第1版，前言第6页。

② 参见梁实秋：《饭前祈祷》，《梁实秋雅舍小品全集》，上海，上海人民出版社，1993，第1版，第317页。

③ 梁实秋：《孩子》，《梁实秋雅舍小品全集》，上海，上海人民出版社，1993，第1版，第6页。

④ 梁实秋：《亲切的风格》，梁实秋著，刘天华、维辛编选：《梁实秋读书札记》，北京，中国广播电视出版社，1990，第1版，第4页。

为"闲适派"散文艺术的重要代表人物之一。然而，从 20 世纪 30 年代末期开始，散文的"性灵"因素便逐渐淡化，散文创作由关注内心感受转向关注外在因素。

（二）"禅机哲理"的意蕴

梁实秋不仅崇尚散文创作中"自然闲适"的"文调"，而且在"巧"的模仿中追求禅意、禅趣和禅境，他将"宇宙自然"和"永恒的人性"作为文学作品探讨的对象。

"雅舍"系列散文中有许多通过描写作者的人生感悟表达"禅机哲理"的文章。例如，在《中年》一文中，梁实秋把人生的不同阶段比作登临山峰，"人到中年"像是攀挤到了最高峰，中年的妙趣在于透彻地认识人生并且享受自己所能享受的生活，因此人到中年并不能算了结完事。他说："回头看看，一串串的小伙子正在'头也不回呀汗也不揩'地往上爬。再仔细看看，路上有好多块绊脚石，曾把自己磕碰得鼻青脸肿，有好多陷阱，使自己做了若干年的井底蛙。回想从前，自己做过扑灯蛾，惹火焚身，自己做过撞窗户纸的苍蝇，一心想奔光明，结果落在粘苍蝇的胶纸上！这种种景象的观察，只有站在最高峰上才有可能向前看，前面是下坡路，好走得多。"①梁实秋达观的态度与通透的认识折射出道家、佛禅的思维方式。在《沉默》一文中，梁实秋描述一位沉默寡言的好朋友来访，两人默默无语，等到茶尽三碗，烟馨半听，客人起身告辞，自始至终没有一句话。他非常欣赏这种无言造访，所谓"'闻所闻而来，见所见而去'的那种六朝人的风度，于今之世，尚得见之"②。沉默到忘言，这是一种"象外之象"与"韵外之味"的境界。在《寂寞》一文中，梁实秋指出：寂寞是一种清福，比如自己在小小的书斋里焚起一炉香，袅袅的一缕烟线引人遐想；聆听屋外庭院中紫丁香树的枯叶落到空阶上的轻微拍打声，可以感受到寂寞。这种意境不太易得，与环境有关，更与心境有关。寂寥不一定到深山大泽里去寻求，只要内心清净，都会产生一种空灵的境界，这时可以任思绪翱翔，跳出尘世的渣滓。另外，梁实秋也谈到自己在礼拜堂里的同样感受。从彩色玻璃透进一股不很明亮的光线，沉重的琴声好像把人的心淘洗了一番，于是觉得自己的渺小，胸襟自然豁达辽阔。但是，梁实秋又不完全赞同参禅入定的寂寞，那是强迫自己入于寂寞的手段，他说：

---

① 梁实秋：《中年》，《梁实秋雅舍小品全集》，上海，上海人民出版社，1993，第 1 版，第 68～69 页。

② 梁实秋：《沉默》，《梁实秋雅舍小品全集》，上海，上海人民出版社，1993，第 1 版，第 165 页。

"在我所谓的寂寞，是随缘偶得，无须强求，一霎间的妙悟也不嫌短，失掉了也不必怅惘。但凡我有一刻寂寞时，我要好好的享受它。"①

佛禅思想确实对"雅舍"系列散文创作产生了很大影响，并且最终成为梁实秋人生哲学和文学活动的一部分。梁实秋在《影响我的几本书》中谈到八部使他受益匪浅的中外著作，禅宗经典《六祖坛经》就是其中之一。梁实秋对佛禅要旨的初步认识可以追溯到白璧德对他的熏陶。他说："哈佛大学的白璧德教授，使我从青春的浪漫转到严肃的古典，一部分由于他的学识精湛；另一部分由于他精通梵典和儒家经籍，融会中西思潮而成为新人文主义，使我衷心赞仰。"②也就是说，白璧德吸纳了儒家学说中的"中庸"之道以及佛禅"内在反省"的要义，并且将其与西方"古典主义"精神相结合，这种相通相融使得梁实秋更加易于认同和接受"新人文主义"思想。另外，抗日战争时期梁实秋也在重庆北碚缙云山上的缙云古寺感受到和尚翻译佛经时的庄严、专注的氛围。1949年梁实秋在广州中山大学时，他有机会仔细研读了《六祖坛经》。从某种意义上说，佛禅更加注重"本心"体验和启发人的悟性。梁实秋对佛禅思想的吸纳是因为与他本人的文化心理有很多契合之处。他说："所有的宗教无不强调克己的修养，斩断情根，裂破俗网，然后才能湛然寂静，明心见性……凡是宗教都是要人收敛内心截除欲念。就是伦理的哲学家，也无不倡导多多少少的克己的苦行。折磨肉体，以解放心灵，这道理是可以理解的。但是以爱根为生死之源，而且自无始以来因积业而生死流转，非斩断爱根无以了生死，这一番道理便比较地难以实证了。"③实际上，梁实秋更多的是从哲学的角度和"人性"层面理解佛禅要旨的，他关注的仍然是社会现实和俗常生活，并且希望能达到"进德修业"的境界，因此他了解宗教又不遁入宗教，这与他最喜爱的诗人杜甫也有相似的经历。杜甫本来热心仕途，经过多次挫折与坎坷后常常赞叹佛法之博大精深，却始终没有皈依佛门。梁实秋认为杜甫也许对"诗""酒""妻子"三件事割舍不下。相比而言，梁实秋也是一个对事业、对生活、对家庭有浓厚兴趣和责任感的人，他不遁入宗教恐怕也是对"著译""美食""妻子"三件事牵挂颇深，于是一生徘徊在"静"与"非静"之间。"静"与"非静"在中国传统文化的沉淀

---

①　梁实秋：《寂寞》，梁实秋著，余光中、陈子善等编：《雅舍轶文》，北京，中国友谊出版公司，1999，第1版，第74~76页。

②　梁实秋：《岂有文章惊海内——答丘彦明女士问》，梁实秋著，陈子善编：《梁实秋文学回忆录》，长沙，岳麓书社，1989，第1版，第74页。

③　梁实秋：《了生死》，梁实秋著，刘天华、维辛编选：《梁实秋散文》（一），北京，中国广播电视出版社，1989，第1版，第355页。

中具有很强的群体性和代表性特征，主"静"却不得宁静是中国历代大多数文人苦闷彷徨的生存状态。追根溯源，"静"源于儒家的"无心"论，同时受道家和佛家的"尚静"观的影响。儒家的"人世"意识体现了"兼济天下"的追求，而道家的"出世"意识又使得许多人在现实受挫时用"达观"精神来安慰自己。梁实秋在思想深处有向往"静"的一面。但是，纷繁复杂的现实人生却使他无法安静下来，"雅舍"系列散文以"警世""通世""醒世"倡导修身养性的标准，既有要求变革的觉悟和热情，又有冷静和清醒的态度，这种"静中之动"是梁实秋对其文学活动的阐释。

由此可见，梁实秋"巧"的模仿的创作诗学渗透着"自然闲适"的"文调"和"禅机哲理"的意蕴，它是创作主体与客观对象相互作用产生的结果，也体现出创作主体注重"个性的真实"。正如梁实秋所说："一切的散文都是一种翻译。把我们脑筋里的思想情绪想象译成语言文字。古人说，言为心声，其实文也是心声。头脑笨的人，说出来是蠢，写成散文也是卓劣；富于感情的人，说话固然沉挚，写成散文必定情致缠绵；思路清晰的人，说话自然有条不紊，写成散文更能澄清澈底。由此可以类推。散文是没有一定的格式的，是最自由的，同时也是最不容易处置，因为一个人的人格思想，在散文里绝无隐饰的可能，提起笔来便把作者的整个性格纤毫毕现地表示出来。"①

二、翻译诗学："传真"的思想

本章所谈的"翻译诗学"是指翻译主体通过文学翻译过程和具体的译本呈现出来的诗学观念和品格。翻译题材的选择、翻译文体的确立、翻译策略的运用、遣词造句的安排等都属于翻译诗学问题，它与"语言风格"密切相关。语言绝不仅仅是反映世界，它影响了我们感知世界的方式。② 语言建构了人类活动的基础，以及作为文化、社会群体和社会组织中人类关系的基础。③ 莎士比亚的"语言风格"体现为作者所喜爱使用的词语、句型、修辞手法等。莎剧中很多深含哲理的独白、诙谐的俗语行话、庄重的宫廷用语等都颇具个性。客观地讲，原作者从生活中得到的领悟以及强烈的创作动机，译者是很难达到的，这是翻译与创作之间的一个差异，它要求译者要有良好的

---

① 梁实秋：《论散文》，卢济恩编：《梁实秋散文鉴赏》，太原，北岳文艺出版社，1991，第1版，第340～341页。

② See Mills, Sara: *Feminist Stylistics*, London and New York, Routledge, 1995: 84.

③ See Gee, J. Paul: *An Introduction to Discourse Analysis: Theory and Method*, Beijing, Foreign Language Teaching and Research Press, 2000: 1.

文学功底，并且善于使用翻译技巧，尽量保持译者风格与原作风格的相对统一。读者在阅读莎士比亚作品之前就已经有一种审美期待，希望欣赏到其中特有的韵味。梁实秋本着"存真"的思想，向中国读者传播异域文化和文学，其翻译诗学主要包括"宗经"的翻译原则和"权变"的翻译意识。

（一）"宗经"的翻译原则

梁实秋深受儒家思想的浸淫，孔子的语言观和审美观无疑对他的文学思想产生了很大影响。孔子很早就提出了"真实性"的审美规范，主张"言忠信"①"言而有信"②和"人而无信，不知其可也"③等关于文学创作必须遵循"真诚""信实"的道德性准则；同时，又提出了"君子耻其言而过其行"④"君子欲讷于言，而敏于行"⑤等关于文学创作必须遵照"谨慎""笃行"的审美要求。也就是说，孔子强调文学创作必须以"道德修养"为内核，以"言行一致"为原则。儒家经典通常被认为是"群言之经"，刘勰也指出："经"乃"文之枢纽"，所谓"'经'也者，恒久之至道，不刊之鸿教也。故象天地，效鬼神，参物序，制人纪；洞性灵之奥区，极文章之骨髓者也。"⑥在刘勰看来，只有"宗经"，提倡典雅，才能矫正雕琢的文风。梁实秋在翻译《莎士比亚全集》的过程中，他的"宗经"的翻译原则主要体现在学习西方戏剧意识、如何处理异域文化信息和语言形式等方面。

第一，梁实秋通过翻译《莎士比亚全集》，积极引进戏剧体裁以及学习西方戏剧意识。

莎剧最初被介绍到中国时，许多译者都对它进行了中国化的改译。他们往往以"改良风俗"和"变革维新"为目的，不太注重戏剧的"艺术性"特征，译文在很大程度上歪曲了原作。朱生豪于20世纪30年代开始翻译莎剧，对莎士比亚作品在中国的普及和流传做出了很大贡献，但是他也很少从引进"戏剧文本类型"的角度考虑。在"新月派"的知识分子当中，梁实秋对戏剧不仅有浓厚的兴趣，而且他的研究也非常精到。梁实秋从小就爱听戏，在清华留美预备学校就读时就曾经两次登台演出。在哈佛大学读书期间，他也时常省吃俭用，去波士顿科普利剧院（Copley Theater）观看演出，细心观摩演员们精湛的演技，并且逐渐领悟了一些表演

---

① 《卫灵公第十五》，《论语》，张燕婴译注，北京，中华书局，2006，第1版，第233页。

② 《学而第一》，《论语》，张燕婴译注，北京，中华书局，2006，第1版，第5页。

③ 《卫灵公第十五》，《论语》，张燕婴译注，北京，中华书局，2006，第1版，第233页。

④ 《宪问第十四》，《论语》，张燕婴译注，北京，中华书局，2006，第1版，第220页。

⑤ 《里仁第四》，《论语》，张燕婴译注，北京，中华书局，2006，第1版，第49页。

⑥ 刘勰：《宗经》，《文心雕龙》，里功、贵群编：《中国古典文学荟萃》，北京，北京燕山出版社，2001，第1版，第19页。

戏剧的诀窍，即演出时要轻松自然，不要过于紧张和夸张，但是到了紧要关头则要用出全部力量，把真情灌注进去。梁实秋本人在当时也有戏剧表演的经历。① 这些观摩与表演实践都为他以后翻译戏剧文本提供了感性认识和经验积累。梁实秋翻译《莎士比亚全集》的目的之一就是：引进西方戏剧，弥补中国"戏剧文本类型"之不足。他指出："中国新剧还在一个萌芽时期，还没有能成为艺术品，此际所需要的是基本的建设，先要学习西洋写戏的方法，即艺术，把这一套艺术运用成熟之后，写问题剧也好，写什么剧也好。问题剧，里面有问题，同时也要是剧才成。提着问题，而写不成剧，那仍不能成为艺术品。"② 可见，梁实秋并不是反对"问题剧"和戏剧运动，而是反对以戏剧为工具的社会运动。20 世纪 20 年代，齐如山、余上沅、熊佛西等人发起"国剧运动"③，旨在改良中国传统戏曲。梁实秋作为"国剧运动"的倡导者之一，对中国化的戏剧提出了自己的看法。他希望中国的戏剧能够在吸收西方外来戏剧观念的基础上有所发展和创新，然后才能创作出优秀的本国剧本。这种以"戏剧文本类型"为旨向的理念和实践为提升中国戏剧的"艺术性"品位做出了努力。

第二，梁实秋译莎的"宗经"原则体现在对莎剧中的风俗习惯、生活常识、民族心理、文化意象等文化信息的处理方面。

由于不同民族具有各自的风俗习惯和价值观念，人们对外部世界反映产生的概念就会产生差异，译者往往根据不同的读者对象和不同的翻

---

① 1925 年 3 月 28 日，由顾一樵编剧，梁实秋译成英语的《琵琶记》一剧正式在波士顿美术剧院会演，男主角由梁实秋扮演，女主角由谢文秋担任，冰心扮演丞相之女。观众大部分是美国的大学教授和文化界人士，也有不少中国的留学生和侨胞，共有千人左右。演出很顺利，观众秩序井然。演出结束时，全场掌声雷动，几要把屋顶震塌下来。出现这样的盛况，说明美国观众是欢迎和赞赏这次演出的，这次演出是中国古代戏剧以其独特的形式和缠绵感人的情节在美国戏剧舞台上首次亮相，也可以说这是梁实秋等人将中国传统文化介绍给西方的一次成功尝试。（参见刘炎生：《才子梁实秋》，南昌，百花洲文艺出版社，1995，第 1 版，第 78～79 页。）

② 梁实秋：《现代文学论》，《梁实秋批评文集》，珠海，珠海出版社，1998，第 1 版，第 180 页。

③ "国剧运动"是 1924 年余上沅、闻一多、熊佛西、梁实秋等人在美国留学期间围绕"建设中华的戏剧"这个主题，经过大量的戏剧观摩、研究、改编和演出后提出的口号。余上沅等人在北京成立"中国戏剧社"，在《晨报副镌》上开辟"剧刊"专栏，进行"国剧运动"的理论倡导与艺术实践。

梁实秋在谈到"国剧运动"时说："中国国剧学会以齐先生为理事长，陈纪滢、王向辰和我都是理事，此外还延请了若干老伶工参加……我们为国剧学会提出了许多工作计划，在齐先生领导之下，我们不时的研讨如何整理、研究、保藏、传授国剧的艺术。"（梁实秋：《悼齐如山先生》，梁实秋著，刘天华、维辛编选：《梁实秋散文》（一），北京，中国广播电视出版社，1989，第 1 版，第 345 页。）

译目的选择恰当的翻译策略来达到某种预期效果。

以下是《亨利五世》（*The Life of King Henry the Fifth*）一剧第一幕第二景中的一段台词。

原文：

KING HENRY　…Or there we'll sit,

　　　　　　Ruling in large and ample empery

　　　　　　O'er France and all her almost kingly dukedoms,

　　　　　　Or lay these bones in *an unworthy urn*,

　　　　　　Tombless, with no remembrance over them：

　　　　　　Either our history shall with full mouth

　　　　　　Speak freely of our acts, or else our grave,

　　　　　　Like Turkish mute, shall have a tongueless mouth,

　　　　　　Not worshipp'd with a waxen epitaph.

梁实秋译文：

亨　　……我要坐在那里，君临广大的法兰西帝国，以及她的所有的几与王国相埒的公国，否则我就埋骨在一只破瓮里面，没有墓碑，上面没有纪念物：让将来的历史极口称道我的丰功伟绩，否则就让我的墓穴像个土耳其的哑巴徒有一张没有舌头的嘴巴，连刻在蜡上的墓铭都没有。[1]

方平译文：

亨利王　　……若不是我们高坐在那儿，治理法兰西的广大土地和富敌王国的公爵倾地，那就是听任我们的骨骸埋葬在黄土墩里，连个坟，连块纪念的墓碑都没有。我们的历史要不是连篇累牍把我们的武功夸耀，那就让我的葬身之地连一纸铭文都没有吧——就像土耳其的哑巴，有嘴没舌头。[2]

---

[1]　〔英〕莎士比亚：《亨利五世》，《莎士比亚全集》19，梁实秋译，北京，中国广播电视出版社，2001，第1版，第38～39页。

[2]　〔英〕莎士比亚：《亨利五世》，方平译，《莎士比亚全集》（五），朱生豪等译，北京，人民文学出版社，1978，第1版，第253页。

文心译文：

亨利王　……要么我们稳坐法国，统治那里的大好河山和众多为王一方的公国，要么我们就让我们葬身黄土，连个土庵和墓碑也不配得。要么我们的历史有口皆碑，每页都写着我们的伟业，要么我们的坟头连块蜡制墓志铭都没有，如同土耳其的哑巴，空有一张没有舌头的嘴。①

这段台词是亨利五世（King Henry the Fifth，简称"亨"）跟主教和大臣们商量出征法国时说的，并且表达了如果不能胜利归来就会受到"死"的惩罚之意。原文中"urn"一词的意思是"瓮"，用于装骨灰的。在英国，人死后火化的骨灰先装到"urn"里边，再埋到泥土里。中国古代没有火化的习俗，人死后往往采取土葬的方式。梁实秋将"an unworthy urn"译成"破瓮"，真实传递了英国人的风俗习惯。方平和文心将其分别译成"黄土墩"和"黄土"，更多地是从普通大众的接受心理考虑，因为20世纪60年代以前中国人对火化比较陌生，读者和观众会对"死后装入瓮中"感到不可理解。另外，"Tombless"一词三位译者分别译为"没有墓碑""连个坟……都没有"以及"连个土庵……也不配得"，从中也可以看出各自的文化倾向。在文学作品中，文化因素的渗透无处不在，译者对文化信息的处理反映了其翻译目的。翻译是一系列的选择过程，译者始终面临着"异化"策略与"归化"策略的选择，特别是对于原文中文化内涵不明显的词汇，异域风味则体现在译文中反映的外国生活方式和社会习俗等方面。对于这样的"异化"翻译，读者开始也许会感到比较陌生，但是随着约定俗成的表达方式的不断使用，人们就会在潜移默化中接受外来事物，并从中了解异域文化。

梁实秋在译莎过程中除了尽可能如实传达中外不同的风俗习惯以外，还有意识地介绍莎剧中的某些生活常识。

以下是《空爱一场》（Love's Labour's Lost）一剧第五幕第二景中的一段台词。

原文：

KATHARINE　Not so，my lord. A *twelve month and a day*

---

① 〔英〕莎士比亚：《亨利五世》，文心译，《莎士比亚全集》（上），朱生豪等译，长春，时代文艺出版社，1996，第1版，第1248页。

I'll mark no words that smooth-fac'd wooers say：
Come when the king doth to my lady come；
Then，if I have much love，I'll give you some.

梁实秋译文：

喀　不，大人。在这十二个月零一天当中
　　任何春风满面的求婚者的话我都不听：
　　等国王来见公主的时候请你也来，
　　那时我若有很多的爱，我会给你一些爱。①

朱生豪译文：

凯瑟琳　不，我的大人。在这一年之内，无论哪一个小白脸来向我
　　　　求婚，我都一概不理他们。等你们的国王来看我们的公主
　　　　的时候，你也来看我；要是那时候我有很多的爱，我会给
　　　　你一些的。②

　　这段台词是侍女喀撒琳（Katharine，简称"喀"）告诉求婚者要在一年之后才能答应他的婚事。梁实秋把"a twelve month and a day"如实翻译成"十二个月零一天"，让中国读者了解到异国的生活常识，因为"十二个月零一天"在欧洲和英国都是法定的一整年。朱生豪译为"一年"，比较含糊。
　　莎士比亚是一位伟大的剧作家，但是他的戏剧作品中也不乏一些民族偏见心理甚至是种族歧视的思想，比如《威尼斯商人》（The Merchant of Venice）一剧就是一个典型的例子。该剧主要描写了威尼斯商人安图尼欧（Antonio）和犹太富翁夏洛克（Shylock）借债与还债之间的矛盾冲突，其中穿插了几个爱情故事。莎士比亚对夏洛克身上存在的违背"人文主义"的特性进行了尖锐的讽刺和批评，但是夏洛克也是受压迫与排挤的对象，在某种程度上反映了他所代表的犹太人的不幸遭遇。
　　以下是《威尼斯商人》（The Merchant of Venice）一剧第四幕第一景中的一段台词。

---

① 〔英〕莎士比亚：《空爱一场》，《莎士比亚全集》7，梁实秋译，北京，中国广播电视出版社，2001，第1版，第210～211页。
② 〔英〕莎士比亚：《爱的徒劳》，《莎士比亚全集》，朱生豪译，上海，上海古籍出版社，2002，第1版，第237页。

原文：

DUKE　...Glancing an eye of pity on his losses,

That have of late so huddled on his back,

Enow to press a royal merchant down,

And pluck commiseration of his state

From brassy bosoms and rough hearts of flint,

From *stubborn Turks and Tartars*, never train'd

To offices of tender courtesy.

We all expect a gentle answer, Jew.

梁实秋译文：

公　……看他近来背上堆了多少的损失，足够把一个殷实富商给压
　　倒了的，凶顽的土耳其人或鞑靼人虽然从没有过温柔礼貌的训
　　练也会从铁石心肠里怜悯他的境遇。我们都等你给个好的回答，
　　犹太人。①

朱生豪译文：

公爵　……你看他最近接连遭逢的巨大损失，足以使无论怎样富有
　　的商人倾家荡产，即使铁石一样的心肠，从来不知道人类同
　　情的野蛮人，也不能不对他的境遇发生怜悯。犹太人，我们
　　都在等候你一句温和的回答。②

方平译文：

大公　……他这一阵来遭受了重重叠叠的灾祸，就算是皇家的巨商，
　　也要给压弯了腰！不管你铁石心肠——哪怕是那横蛮的土耳
　　其人、鞑靼人，他们从没受过文明的熏陶，面对着他那一副
　　光景，也不由得要给榨出了些许怜悯。犹太人，我们都在期
　　待着听到你宽大的回音呢。③

---

① 〔英〕莎士比亚：《威尼斯商人》，《莎士比亚全集》9，梁实秋译，北京，中国广播电视出
版社，2001，第1版，第140～141页。
② 〔英〕莎士比亚：《威尼斯商人》，《莎士比亚全集》，朱生豪译，上海，上海古籍出版社，
2002，第1版，第79页。
③ 〔英〕莎士比亚：《威尼斯商人》，方平译，方平编选：《莎士比亚精选集》，北京，北京
燕山出版社，2004，第1版，第165页。

曹未风译文：

公　……你睁开怜悯的眼睛看看，近来有多少损失重压在他的背上，
这些足以把一位高贵的商人压倒。他的这种情形都足以能使没
有过舍施慈悲训练的顽强的土耳其人及鞑靼人，从赤铜般的胸
膛，顽石般的心中唤起恻忍的同情。我们都盼望你有一句温和
的答词，犹太。①

　　这段台词是在威尼斯法庭上公爵（Duke，简称"公"）对夏洛克（Shy-
lock）所说的，希望夏洛克能大发慈悲豁免安图尼欧（Antonio）的债务。
夏洛克既是一个吝啬之徒和贪婪之人，同时也是一个悲剧性的人物。由
于他是高利贷者，所以遭到工商业者们的嫉恨和人们的嘲弄，从他的身
上反映了当时更多的社会现实情况。"From stubborn Turks and Tartars"
一句显示了莎士比亚对殖民地人民的蔑视，这是特定社会环境与历史背
景下创作的表现。梁实秋进行了直译，翻译成"凶顽的土耳其人或鞑靼
人"，如实传达了原文中民族歧视的思想。朱生豪只译出大意"从来不知
道人类同情的野蛮人"，而没有译出民族的具体名字。方平虽然直译了
"横蛮的土耳其人、鞑靼人"，但整体上还是以意译为主的。曹未风译成
"顽强的土耳其人及鞑靼人"，感情色彩与原文不符合。译者的翻译要受
原作的语体色彩、作者的情感倾向以及当时的社会环境等多种因素的影
响，这就要求译者不仅要具备很强的双语能力，而且要对作者及其作品
进行深入研究，从而获得相关的时代背景知识，这样才能更加透彻理解
原作，弄清原文的暗含意义。

　　"意象"是文学作品中出现的客观世界的具体形象，具有鲜明的民族
色彩，它往往承载着作者的创作意图，并且借助于读者的丰富想象和逻
辑推演等来展示其内涵，文本的潜在意义就蕴藏在这些具体可感的景物
与情境之中。"意象"是莎士比亚运用的典型的艺术手法之一，它诉诸读
者的视觉、听觉等感觉器官，进而引起读者感情的共鸣。梁实秋尽可能
地以"象"显"意"，有效激发译文读者的想象力，使他们产生与原文读者
心中相似的审美效果。

　　以下是《哈姆雷特》（Hamlet）一剧第三幕第四景中的一段台词。

---

① 〔英〕莎士比亚：《威尼斯商人》，《莎士比亚全集》9，曹未风译，上海，文化合作股份有
　　限公司，1946，第1版，第104页。

原文：

HAMLET Look here，upon this picture，and on this；

The counterfeit presentment of two brothers.

See，what a grace was seated on this brow；

Hyperion's curls，the front of *Jove* himself，

An eye like *Mars*，to threaten and command，

A station like the herald *Mercury*

New-lighted on a heaven-kissing hill，

A combination and a form indeed，

Where every God did seem to set his seal，

To give the world assurance of a man.

This was your husband...

梁实秋译文：

哈　来看，看看这张画像，再看看这张，这是两个兄弟的肖像。你看看这一位眉宇之间何等的光辉；有海皮里昂的鬈发；头额简直是甫父的；眼睛是马尔士的，露出震慑的威严；那姿势，就像是使神梅鸠里刚刚降落在吻着天的山顶上；这真是各种丰姿的总和，美貌男子的模型，所有的天神似乎都在他身上盖了印为这一个人做担保一般：这人便曾经是你的丈夫……

注释：海皮里昂（Hyperion）日神，周甫（Jove，甫父）大帝，马尔士（Mars）战神，梅鸠里（Mercury）使神，均男性美之代表者。[①]

朱生豪译文：

哈姆莱特　瞧这一幅图画，再瞧这一幅：这是两个兄弟的肖像。你看这一个的相貌多么高雅优美：太阳神的鬈发，天神的前额，像战神一样威风凛凛的眼睛，像降落在高吻苍穹的山巅的神使一样矫健的姿态；这是一个完善卓越的仪表，真像每一个天神都曾在那上面打上印记，像世间证明这是一个男子的典型。这是你从前的丈夫……[②]

① 〔英〕莎士比亚：《哈姆雷特》，《莎士比亚全集》32，梁实秋译，北京，中国广播电视出版社，2001，第1版，第184～185页。

② 〔英〕莎士比亚：《哈姆莱特》，《莎士比亚戏剧》，朱生豪译，上海，上海古籍出版社，2002，第1版，第98页。

方平译文：

哈姆莱特　你瞧瞧这一幅肖像，再瞧瞧这一幅，这是两兄弟的画像。
　　　　　你瞧这一位的容颜，多高雅庄重，长着太阳神的鬈发，
　　　　　天帝的前额，叱咤风云的战神的威武的双眼，像刚从天
　　　　　庭降落的神使，挺立在高耸入云的摩天岭上，那仪表，
　　　　　那姿态，十全十美，就仿佛每一位天神都亲手打下了印
　　　　　记，向全世界昭示：这才是男子汉！他是你原先的丈
　　　　　夫……①

孙大雨译文：

罕秣莱德　看这里，这幅绘画，再看这一幅，
　　　　　这两幅兄弟两人的写真画像。
　　　　　你看，这额上有怎样的风光神采；
　　　　　太阳神的卷发，天王朱庇特的仪表，
　　　　　战神马尔斯的眼神，威棱赫奕；
　　　　　他站立的风度像行天神使牟格来，
　　　　　刚正在一座摩天的高峰上停驻；
　　　　　这样的汇聚众长成一体的英姿，
　　　　　怕是诸天神祇们都对他盖过印，
　　　　　作为人世间真正大丈夫的榜样；
　　　　　这是你旧日的王夫……②

　　这段台词是哈姆雷特（Hamlet，简称"哈"）向王后赞扬她原来丈夫时
所说的，其中涉及几个神话意象。梁实秋将"Hyperion""Jove""Mars"
"Mercury"分别译成"海皮里昂""甫父""马尔士""梅鸠里"，并且进行了文
外注释。对比朱生豪、方平和孙大雨的译文，他们分别译成"太阳神""天
神（天帝，天王）""战神""神使（行天神使）"。这种译法虽然表面上更能让
中国读者理解原文意象的所指，但是没有体现出"原汁原味"。梁实秋的
翻译是先让读者有一个"观象取意"的过程，当他们遇到理解障碍时，文

---

① 〔英〕莎士比亚：《哈姆莱特》，方平译，方平编选：《莎士比亚精选集》，北京，北京燕
　　山出版社，2004，第 1 版，第 607 页。
② 〔英〕莎士比亚：《罕秣莱德》，《莎士比亚四大悲剧》，孙大雨译，上海，上海译文出版
　　社，1995，第 1 版，第 149 页。

外注释则提供了某些求证和解答。梁实秋注重把握作品中构成要素之间的"显"与"隐"的矛盾关系，架构起原文与译文读者之间交流的桥梁。

第三，梁实秋译莎的"宗经"原则还体现在对莎剧中句法结构、标点符号、舞台提示语以及十四行诗等语言形式的处理方面。

在对待原文句法结构的问题上，梁实秋以"句"为单位进行翻译，基本遵循原文的语序，体现了"亦步亦趋"的风格。莫娜·贝克（Mona Baker）认为：译者风格是译者在系列语言和非语言特征中所表现出的一种指纹。① 梁实秋追求的是"忠实"翻译，他说："我翻译中首要注意之事是忠于原文，虽不能逐字翻译，至少尽可能逐句翻译，决不删略原文如某些时人之所为。同时还尽可能保持莎氏的标点。莎氏标点法自成体系，为了适应舞台对话之需要，略异于普通标点法。"②梁实秋在译莎中倡导的"忠实"，既指忠实原文的内容，也指忠实原文的形式。

以下是《马克白》一剧第一幕第二景中的一段台词。

原文：

SERGEANT ...The merciless Macdonwald —
Worthy to be a rebel，for to that
The multiplying villainies of nature
Do swarm upon him — from the western isles
Of kerns and gallowglasses is supplied ...

梁实秋译文：

军 ……那凶恶的麦唐纳——真不愧为一员叛将，为了做成他的反叛各种邪恶的品质都丛集于他一身——西方的群岛还以轻兵铁骑来协助他……③

朱生豪译文：

军曹 ……那残暴的麦克唐华德不愧为一个叛徒，因为无数奸恶的

---

① See Baker，Mona："Towards a Methodology for Investigating the Style of a Literary Translation"，*Target：An International Journal on Translation Studies*（2），2002：245-248 .

② 梁实秋：《岂有文章惊海内——答丘彦明女士问》，陈子善编：《梁实秋文学回忆录》，长沙，岳麓书社，1989，第1版，第83～84页。

③ 〔英〕莎士比亚：《马克白》，《莎士比亚全集》31，梁实秋译，北京，中国广播电视出版社，2001，第1版，第16～17页。

天性都丛集于他的一身；他已经征调了西方各岛上的轻重步
兵……①

卞之琳译文：

队长　……无情的麦克顿瓦尔德（不愧为叛逆的头头，为了叛变，把
所有邪恶的天性，层出不穷，纷纷调集到一身），从西部各
岛，得到了刻恩兵，盖乐格拉斯部队增援……②

这段台词是军士（Sergeant，简称"军"）向苏格兰国王邓肯（Duncan）
报告战情时说的，莎士比亚运用了结构较为复杂的长句，这个长句没有
使用正常的语序，它的主句是"The merciless MacDonwald is supplied of
kerns and gallowglasses."中间三个分句"Worthy to be a rebel，for to
that""The multiplying villainies of nature"以及"Do swarm upon him —
from the western isles"是插入语。梁实秋按照原文的句式进行翻译。朱
生豪则没有拘泥于原文的断句，最后一句话还从"人称"的角度——"他已
经征调了……"进行翻译，更加符合汉语的表达习惯。卞之琳则使用了括
号，进行了文内加注。

以下是《罗密欧与朱丽叶》一剧第二幕第三景中的一段台词。

原文：

FRIAR LAURENCE　　Be plain，good son，and homely in thy drift；
*Riddling confession finds but riddling
shrift.*

梁实秋译文：

劳　讲清楚些，好孩子，不要那么累赘，
谜一般的忏悔只能得到谜一般的赦罪。③

朱生豪译文：

劳伦斯　好孩子，说明白一点，把你的意思老老实实告诉我，别打

---

① 〔英〕莎士比亚：《麦克白》，《莎士比亚戏剧》，朱生豪译，上海，上海古籍出版社，
2002，第 1 版，第 258 页。
② 〔英〕莎士比亚：《麦克白斯》，《莎士比亚悲剧四种》，卞之琳译，北京，人民文学出版
社，1998，第 1 版，第 510 页。
③ 〔英〕莎士比亚：《罗密欧与朱丽叶》，《莎士比亚全集》28，梁实秋译，北京，中国广播
电视出版社，2001，第 1 版，第 92～93 页。

着哑谜了。①

方平译文：

神父　说得明白些，好孩子，别跟我绕圈儿，

　　　　猜谜似的忏悔，就只有猜谜似的赦免。②

卞之琳译文：

劳连思长老　清楚点，我的孩子，说话不要绕弯，

　　　　　　猜谜似地忏悔只有不着边际的赦免。③

这是劳伦斯（Lawrence，简称"劳"）神父劝罗密欧告诉他实情时所说的话。梁实秋在语言形式上与内容上完全按照原文翻译："谜一般的忏悔只能得到谜一般的赦罪"，朱生豪、方平与卞之琳不仅在内容上进行了意译，而且在句式上都做了不同程度的变通，归化成中国人比较熟悉的句式。相比之下，朱生豪译文的"中国化"色彩最浓。

梁实秋在译莎时尽可能保留原文的标点符号，读起来可以感受到原文的一种韵律。标点符号的多少决定了句子的长短，英语和汉语都如此。标点符号是书面语言中不可缺少的辅助工具，它可以帮助读者分清句子结构、辨明原文语气。这里所说的标点符号主要指"点号"，因为"点号"在句子里表示停顿，具有分割句子的功能。不具备分割句子功能的"标号"在这里不作讨论。就"点号"来说，比如句号、逗号、问号、感叹号、冒号、分号等在英语与汉语中所具备的基本功能是一致的。

以下是《罗密欧与朱丽叶》一剧第三幕第五景中的一段台词。

原文：

JULIET　Wilt thou be gone? it is not yet near day：

　　　　It was the nightingale，and not the lark，

　　　　That pierc'd the fearful hollow of thine ear；

　　　　Nightly she sings on yon pomegranate tree：

　　　　Believe me，love，it was the nightingale.

---

① 〔英〕莎士比亚：《罗密欧与朱丽叶》，《莎士比亚戏剧》，朱生豪译，上海，上海古籍出版社，2002，第1版，第48页。

② 〔英〕莎士比亚：《罗密欧与朱丽叶》，方平译，方平编选：《莎士比亚精选集》，北京，北京燕山出版社，2001，第1版，第443页。

③ 〔英〕莎士比亚：《罗密欧与朱丽叶》，《莎士比亚悲剧四种》，卞之琳译，北京，人民文学出版社，1998，第1版，第221页。

ROMEO　It was the lark，the herald of the morn，

　　　　No nightingale：look，love，what envious streaks

　　　　Do lace the severing clouds in yonder east：

　　　　Night's candles are burnt out，and jocund day

　　　　Stands tiptoe on the misty mountain tops：

　　　　I must be gone and live，or stay and die.

梁实秋译文：

朱　你一定要走么？尚未快到天亮的时候，你听到的刺耳的声音是夜莺，不是云雀；她每夜都在那棵石榴树上叫：相信我的话吧，爱人，那是夜莺。

罗　是云雀来报晓，不是夜莺：看，爱人，怀着恶意的晨光已经把那东方的碎云镶了花边：夜间的星火已经熄灭，欢乐的白昼已经轻轻的踏上云雾迷蒙的山巅：我一定要是去逃生，否则留着等死。①

朱生豪译文：

朱丽叶　你现在就要走了吗？天亮还有一会儿呢。那刺进你惊恐的耳膜中的，不是云雀，是夜莺的声音；它每天晚上在那边石榴树上歌唱。相信我，爱人，那是夜莺的歌声。

罗密欧　那是报晓的云雀，不是夜莺。瞧，爱人，不作美的晨曦已经在东天的云朵上镶起了金线，夜晚的星光已经烧烬，愉快的白昼蹑足踏上了迷雾的山巅。我必须到别处去找寻生路，或者留在这儿束手等死。②

方平译文：

朱丽叶　（睡眼惺忪，新郎正在起床）你这就要走了？天还没亮，还早着呢。那是夜莺呀，不是云雀在一声声叫，直钻进你耳朵，让你担惊受怕的：这夜莺，她夜夜在那边石榴树上唱歌。相信我，我的爱，那是夜莺在唱歌啊。

---

① 〔英〕莎士比亚：《罗密欧与朱丽叶》，《莎士比亚全集》28，梁实秋译，北京，中国广播电视出版社，2001，第1版，第158～159页。

② 〔英〕莎士比亚：《罗密欧与朱丽叶》，《莎士比亚戏剧》，朱生豪译，上海，上海古籍出版社，2002，第1版，第85页。

罗密欧　是云雀，是云雀在报晓，不是夜莺啊。

（拉开阳台门前的挂帘）瞧，心肝，东方的晨曦——真扫兴啊，给正在瓦解的乌云镶上了银边。夜晚的点点烛光都灭了，欢乐的白天正踮着脚尖，站到了雾蒙蒙的山巅。为活命，我得走啊；留下来，那就是死。①

曹禺译文：

幽丽叶　（依恋）你就要走么？还没天亮呢！

这是夜莺叫，不是百灵鸟，

刺痛我爱的耳鼓，吓着了我的爱。

她每夜都在附近石榴树上唱，

相信我，爱，那是夜莺。

柔蜜欧　（微叹）方才叫的是百灵鸟，叫醒了早晨，

不是夜莺；看，东面淡淡地散开了白云！

什么亮光这样恶，在云边上镶嵌？

夜晚的蜡烛已经烧干，欢乐的天明

提着脚尖在雾漫漫的山头上站。

我得走，为着活；或者死，留在此地。②

该段台词是朱丽叶（Juliet，简称"朱"）与罗密欧（Romeo，简称"罗"）深夜约会，在清晨分别时难舍难分的对白。莎士比亚未受行的限制，用几行句子共同说明一个意思。朱生豪、方平与曹禺的译文没有完全依照原文的标点符号，有的地方采用了意译的方法。梁实秋虽然采用"散文体"翻译这样充满诗性的对白，但是他以原文句子为单位，标点符号基本与原文保持一致，真实地再现了朱丽叶恋恋不舍的复杂而矛盾的心情以及罗密欧埋怨由于黎明的到来而不得不离开恋人的心理，从而更好地表达了人物内心的思想感情。在翻译实践中，能够按照原文结构和标点进行移植自然比较理想，但是由于英汉两种语言在表达习惯上存在很大差异，所以译者要根据翻译的需要灵活增删转换，而不必拘泥于原文。

梁实秋译莎的"宗经"原则还表现在对莎剧舞台提示语的处理上。"舞

---

① 〔英〕莎士比亚：《罗密欧与朱丽叶》，方平译，方平编选：《莎士比亚精选集》，北京，北京燕山出版社，2001，第 1 版，第 477 页。

② 〔英〕莎士比亚：《柔蜜欧与幽丽叶》，曹禺译，北京，中国对外翻译出版公司，2002，第 1 版，第 239 页。

台提示语"是指戏剧中的说明文字，它和对话共同构成戏剧文本，在表演中不需要说出来，但它是沟通剧本与舞台的媒介。莎士比亚的剧本主要是供舞台演出使用，由于在上演的时候莎士比亚可以直接指导演员，因此舞台提示语在剧本中出现得比较少。但是，对中国读者来说，这种剧本要求他们具有更加丰富的想象力和理解力。译者如果在翻译时适当地增添一些舞台说明，则有助于帮助演员理解原文的含义。

以下是《仲夏夜梦》(*A Midsummer-Night's Dream*)一剧第一幕第一景中的一段台词。

原文：

EGEUS   Full of vexation come I，with complaint

Against my child，my daughter Hermia.

Stand forth，Demetrius. My noble lord，

This man hath my consent to marry her.

Stand forth，Lysander：and，my gracious duke，

This man hath bewitch'd the bosom of my child ...

梁实秋译文：

义   我带了满心烦恼而来，我要控诉我的女儿荷米亚。走过来，地美特利阿斯。我尊贵的主上，这个人是得到我的允许和她结婚的。走过来，赖桑德：我的恩主，这个人迷惑了我的孩子的心……①

朱生豪译文：

伊吉斯   我怀着满心的气恼，来控诉我的孩子，我的女儿赫米娅。走上前来，狄米特律斯。殿下，这个人，是我答应把我女儿嫁给他的。走上前来，拉山德。殿下，这个人引诱坏了我的孩子……②

方平译文：

伊吉斯   我一肚子气恼，赶来控诉我的孩子——我这女儿郝蜜雅。

①   〔英〕莎士比亚：《仲夏夜梦》，《莎士比亚全集》8，梁实秋译，北京，中国广播电视出版社，2001，第1版，第22～23页。

②   〔英〕莎士比亚：《仲夏夜之梦》，《莎士比亚戏剧》，朱生豪译，上海，上海古籍出版社，2002，第1版，第114页。

（亲切地）上前来，第米特律。好主公，我把我女儿许配给
这个人。（厉声）站出来，莱珊德。我的贤明的大公，就是
这个人，骗去了我孩子的心……①

　　这段台词是荷米亚（Hermia）的父亲义济阿斯（Egeus，简称"义"）向
雅典的公爵提西阿斯（Theseus）表明对女儿婚嫁问题态度时所说的。他不
愿意将自己的女儿嫁给赖桑德（Lysander），而是希望女儿和地美特利阿
斯（Demetrius）结婚，因此言谈举止当中流露出爱与憎的倾向。原文中并
没有舞台指示语，梁实秋和朱生豪的译文遵照原文没有添加舞台提示语，
方平的译文添加了"亲切地"和"厉声"两词，更加形象地传递了这种爱与
憎的倾向。
　　以下是《温莎的风流妇人》（*The Merry Wives of Windsor*）一剧第一
幕第一景中的对白。

原文：
BARDOLPH　　You Banbury cheese!
SLENDER　　Ay，it is no matter.
PISTOL　　　How now，Mephistophilus!
SLENDER　　Ay，it is no matter.

梁实秋译文：
巴　你这块班伯利奶酪干！
斯　是，那没有关系。
皮　怎么样，麦菲斯陶菲勒斯！
斯　是，那没有关系。②

朱生豪译文：
巴道夫　你这又酸又臭的干酪！
斯兰德　好，随你说吧。
毕斯托尔　喂，枯骨鬼！

① 〔英〕莎士比亚：《仲夏夜之梦》，方平译，方平编选：《莎士比亚精选集》，北京，北京
　燕山出版社，2004，第1版，第6页。
② 〔英〕莎士比亚：《温莎的风流妇人》，《莎士比亚全集》3，梁实秋译，北京，中国广播电
　视出版社，2001，第1版，第20～21页。

斯兰德　好，随你说吧。①

方平译文：
巴道夫　（拔剑，恫吓）你这块风都吹得动的臭干酪！
史兰德　（故作镇定）好，这有什么大不了。
火　枪　（拔剑）怎么啦，见不得人的鬼影儿！
史兰德　（越发心慌了）好，这有什么大不了。②

　　这是孚斯塔夫（Falstaff）的两个随从巴多夫（Bardolph，简称"巴"）与皮斯多（Pistol，简称"皮"）同乡村法官的表弟斯兰德（Slender）之间的对话。斯兰德揭露他们两人将他带到酒店灌醉后偷了他的钱，这两个人大加反驳，并且警告斯兰德不要乱说，斯兰德在他们的威胁之下开始害怕了。原文中并没有舞台提示语，梁实秋和朱生豪都没有使用任何添加词。相比之下，朱生豪以意译为主，比如他将"Banbury cheese"一词译成"又酸又臭的干酪"，将"Mephistophilus"一词译成"枯骨鬼"，梁实秋则采用音译法。方平根据自己的理解，在每句话之前都添加了舞台提示语，使意思更加明了。

　　莎剧翻译在世界各国一向有着为"文学文本"而译还是为"舞台文本"而译的讨论。梁实秋的译文属于前者，所以他在翻译时没有过多考虑译文在舞台演出时可能会给演员的阅读与理解带来的感受。相比较而言，朱生豪的译文二者都有兼顾，语言流畅优美，使用"归化"的翻译策略为主。方平则认为：莎剧是为舞台演出服务的，莎士比亚可以在排练的过程中直接给演员进行口头的指导，译者在翻译时最好根据自己的理解适当添加舞台提示语。但是，方平译本中使用的舞台提示语比较频繁和具体，或多或少限制了读者的阐释空间。方平的这种译法在很大程度上是受到戏剧大师曹禺的启发。《柔蜜欧与幽丽叶》（Romeo and Juliet）是曹禺翻译的唯一的一部莎剧，其译文明白晓畅，细腻传神，他的翻译用意是为演出服务的，然而他考虑到观众可能看不明白，于是就添加了一些个人的解释。

　　除此之外，莎士比亚十四行诗的翻译则能说明梁实秋在传达莎剧语言形式方面的"宗经"原则。在此我们可以借用巴斯内特（Bassnett）有关译

---

① 〔英〕莎士比亚：《温莎的风流娘儿们》，《莎士比亚戏剧》，朱生豪译，上海，上海古籍出版社，2002，第1版，第10页。

② 〔英〕莎士比亚：《温莎的风流娘儿们》，方平译，方平编选：《莎士比亚精选集》，北京，北京燕山出版社，2004，第1版，第202页。

诗的"种子移植"理论来分析。巴斯内特认为：虽然诗歌不可从一种语言输入到另一种语言，但是却可以移植。种子可以放在新的土壤里，让一种新的植物长出来。译者的任务就是去决定在什么地方放入那颗种子并着手移植。一首诗歌，其内容和形式是密不可分的，是同等重要的，任何一位译者如试图去争论哪一样更重要都是不应该的。[①] 巴斯内特提出的诗歌翻译的"种子理论"，说明了形式及内容的同等重要性，同时考虑到文本以内和文本以外的因素。

以下是梁实秋翻译的莎士比亚第 106 首十四行诗。

原文：

When in the chronicle of wasted time
I see descriptions of the fairest wights,
And beauty making beautiful old rime,
In praise of ladies dead and lovely knights,
Then, in the blazon of sweet beauty's best,
Of hand, of foot, of lip, of eye, of brow,
I see their antique pen would have express'd
Even such a beauty as you master now.
So all their praises are but prophecies
Of this our time, all you prefiguring;
And, for they look'd but with divining eyes,
They had not skill enough your worth sing:
For we, which now behold these present days,
Have eyes to wonder, but lack tongues to praise.

梁实秋译文：
我在过去的史纪当中
看到最漂亮的人物的描述，
还有美人为古诗平添光荣，
赞美着古往的淑女和风流武士
他们肆力描写美人最美的地方，

---

① See Susan Bassnett & Andre Lefevere: *Constructing Cultures—Essays on Literary Translation*, Shanghai, Shanghai Foreign Language Education Press, 2001: 58-60.

> 手、脚、嘴唇、眼睛、眉毛，
> 我就看出他们笔下是想
> 描绘出你现在所有的美貌。
> 所以他们的赞美不过是预言
> 我们这个时代，预报你的到来；
> 他们只是揣测一番，
> 无法颂扬你整个价值的所在：
> 至于我们，生在当前这个时代之中，
> 只能瞪眼仰慕，不会张口赞颂。①

　　这首十四行诗典雅优美，莎士比亚采用了舒缓凝重的抑扬格音步。梁实秋基本模仿原诗中隔行押韵的形式，以汉语的十四行诗对应了莎士比亚的十四行诗，最后两行的"中"与"颂"二字押相同的韵。梁实秋在重视原文内容的基础上保留原诗的基本形式，他将一种新的诗歌形式引入了现代汉语系统，这种译法吻合了巴斯内特关于诗歌翻译的"种子移植理论"。文学翻译的任务不仅要传播源语文化，而且要注意借鉴语言形式。正是由于梁实秋、屠岸等翻译家们的移植，莎士比亚的十四行诗才更多地被中国读者所接受。当然，翻译十四行诗不应只是对原诗作形式上的转换，译者在尊重原诗形式的基础上，可以借鉴中国传统的诗词及民歌来呈现原诗的意境与风韵。

　　(二)"权变"的翻译意识

　　梁实秋"传真"的翻译诗学不仅体现了"宗经"的原则，而且还体现了"权变"的意识。"经权"关系是儒家思想中体现"原则性"和"灵活性"结合的概念。"经"是指一般性原则，"权"是指根据实际情况的通权达变。孔子、孟子等人都主张"权变"意识，刘勰的"通变"说则强调文学创作要在继承的基础上实现创新，所谓"变则可久，通则不乏。趋时必果，乘机无怯。望今制奇，参古定法"②。把握"经权"关系，贯穿于梁实秋翻译《莎士比亚全集》过程的始终。他灵活运用"变通"手段翻译莎剧的"民族文化符号"来传递原文的文化信息和美学信息。"所谓变通，是指在保证原文整体意义不变的前提下对局部的灵活处理，或者说不能以同步转换为基

---

① 〔英〕莎士比亚：《十四行诗》，《莎士比亚全集》40，梁实秋译，北京，中国广播电视出版社，2001，第1版，第148～149页。

② 刘勰：《通变》，《文心雕龙》，里功、贵群编：《中国古典文学荟萃》，北京，北京燕山出版社，2001，第1版，第321页。

本模式，而必须摆脱常规，采用不同程度意译的对策性手法。"①当翻译实践中出现与翻译原则相悖的情况时，梁实秋就会进行权衡。他曾经说："'最好的翻译就是读起来不像翻译。'这是外行话，翻译，怎能读起来不像翻译？试看唐朝几位大师翻译的佛经，像不像是翻译？我知道，莎氏戏剧是为在台上演出而编写的，其文字是雅俗共赏的，时而雅驯，时而粗野，译成中文也需要恰如其分。而中英文差别如此之大，句法字法常常迥不相同，如何才能译得铢两悉称，只好说是'戏法人人会变'了。"②可见，梁实秋是主张使用变通的方法进行翻译的。

文学翻译是用另一种语言把原文的艺术意境传达出来，使目的语读者在读译文的时候能够像源语读者读原文时一样得到美的感受和心灵的启迪。从语言学角度讲，源语和目的语的差异为译者风格的存在提供了客观条件，而译者对原文的理解受到诸如自身的外语水平、文学修养、思维方式、生活经历等因素的影响，这是译者风格存在的主观因素。在翻译莎剧时，"文化空缺词"是翻译的难点之一，也是最能体现译者风格的因素。"文化空缺词"是在源语中出现的某个事物概念，在目的语里并不存在，它既是一个民族特有的文化现象，又是不同语言与文化的民族之间相互沟通的桥梁。刘宓庆认为文化信息符号是个"庞大的象征系统"，这个"庞大的象征系统"以散点式结构广泛包容五个方面相互交织和渗透的信息符号。③ 以下分析梁实秋在处理莎剧文化信息符号方面的表现，包括对莎剧中的民族意识化符号、民族声像化符号、民族社会化符号、民族地域化符号以及民族物质化符号的处理，以此来管窥其"权变"的翻译意识。

第一，对莎剧中的民族意识化符号的处理。

"语言中的民族意识化符号，包括产生这一文化的民族的一切观念形态方面的语言信息，其中有反映该民族世界观、哲学观、道德观、价值观以及宗教信仰、宗法制度、典章文物、伦理观念、思维方式和思维特征的语言信息符号。民族意识化符号往往具有折射性，即不是直接而是间接地反映该文化的观念形态。"④这些语言信息符号在莎剧中无处不在。

---

① 刘宓庆：《英汉翻译技能训练手册》，北京，旅游教育出版社，1989，第1版，第7页。

② 梁实秋：《岂有文章惊海内——答丘彦明女士问》，陈子善编：《梁实秋文学回忆录》，长沙，岳麓书社，1989，第1版，第85页。

③ 参见刘宓庆：《新编当代翻译理论》，北京，中国对外翻译出版公司，2005，第1版，第138页。

④ 刘宓庆：《新编当代翻译理论》，北京，中国对外翻译出版公司，2005，第1版，第138页。

仅从"宗教信仰"和"伦理观念"方面来说，梁实秋对原文的某些文化符号进行相应的转换，以契合中国读者的认同心理。

以下是《约翰王》(*The Life and Death of King John*)一剧第一幕第一景中的一段台词。

原文：

BASTARD　…Madam，I was not old Sir Robert's son：

　　　　　　Sir Robert might have eat his part in me

　　　　　　Upon *Good-Friday* and ne'er broke his fast…

梁实秋译文：

私　……母亲，我不是罗伯特老爵士的儿子：罗伯特爵士可以在耶稣受难节那一天吃我身上属于他的那一部分血肉，而不算是破了斋戒……①

这段台词是私生子菲利浦(Philip the Bastard，简称"私")对孚康布利芝夫人(Lady Faulconbridge)所说的。"Good Friday"按字面意思应该为"星期五受难日"，即为纪念耶稣基督被钉在十字架上受难的日子，是复活节的前一个星期五，耶稣吩咐门徒要纪念他的死亡。梁实秋将其翻译成"耶稣受难节"，这样让中国读者更加清楚地知道该典故与耶稣的牺牲精神有关。耶稣之于中国现代作家的情感影响是崇高的牺牲精神、伟大的宽恕精神、平等的博爱精神，并且成为他们接受基督教影响的思想基础。中国现代作家自我塑造的人格与作品中张扬的艺术情感，正是耶稣的人格和情感。作为基督教核心概念的"上帝"与"耶稣"，对于中国现代作家来说，与其说是宗教意义的，不如更确切地说是文化意义的。②梁实秋的译文是使中国读者逐步认识和理解《圣经》文化的一个途径。

以下是《仲夏夜梦》一剧第三幕第一景中的一段对白。

原文：

BOTTOM　There are things in this comedy of Pyramus and Thisby

　　　　　　that will never please. First, Pyramus must draw a

---

① 〔英〕莎士比亚：《约翰王》，《莎士比亚全集》15，梁实秋译，北京，中国广播电视出版社，2001，第1版，第28～29页。

② 参见许正林：《中国现代文学与基督教文化》，《文学评论》1999年第2期，第124～125页。

sword to kill himself, which the ladies cannot abide.
How answer you that?

SNOUT　　*By'r lakin*, a parlous fear.

梁实秋译文：

线　这皮拉摩斯与提斯璧的喜剧里有些情节是永远不能讨人喜欢的。
　　第一，皮拉摩斯一定要拔刀自刎，太太们便受不了。你说怎
　　么办？
壶　天呀，是可怕的紧。①

这是工匠线团（Bottom）和壶嘴（Snout）商量演戏情节时的对话。
"By'r lakin"是一种口语感叹词，即为"by our lady"，意思为"凭着圣母作
证"，相当于汉语的"天啊"之意。生活在不同文化背景中的人们对同一种
事物和同一种感受会有不同的视角，梁实秋没有像其他译者那样将它翻
译成"圣母娘娘"。虽然在现代汉语中也有"圣母娘娘"一词，但是中国人
在表示惊讶或感叹时并不会这么说。梁实秋的翻译不仅更加贴近我们平
常的说话习惯，而且引导中国读者获得了与原文读者相似的关联。翻译
是一种在不同认知语境中的跨文化交际行为，译文应该与原文保持最佳
程度的关联，这就要求译者必须在原文信息和译文读者的认知心理之间
进行协调。梁实秋认为莎剧翻译成汉语需要恰如其分，主张使用"变通"
手段努力消除英语和汉语之间因为语言习惯的差异而造成的生硬痕迹，
使译文尽可能符合汉语表达习惯。

以下是《哈姆雷特》一剧第一幕第一景中的一段台词。

原文：

KING　'Tis sweet and commendable in your nature, Hamlet,
　　　　To give these mourning duties to your father；
　　　　But, you must know, your father lost a father；
　　　　That father lost, lost his; and the survivor bound
　　　　In filial obligation for some term
　　　　To do obsequious sorrow；but to persever

───────────

① 〔英〕莎士比亚：《仲夏夜梦》，《莎士比亚全集》8，梁实秋译，北京，中国广播电视出版
社，2001，第1版，第78～79页。

In obstinate condolement is a course
Of impious stubbornness ...

梁实秋译文：

王　　哈姆雷特，你为你的父亲尽心守孝，这原是你天性笃厚的地方，很是可取；但是你要知道，你的父亲也曾死过父亲，那死了的父亲又曾死过他的父亲；做后人的自然应该在相当期内居丧守礼，以全孝道；但若固执的哀毁，那便是拘泥了……①

　　这段台词是哈姆雷特的叔叔假情假意劝侄子节哀时所说的。中西方虽然文化背景不同，但却有着共同的"人性"本质。梁实秋将"to give these mourning duties"和"to do obsequious sorrow"译为"尽心守孝"和"以全孝道"，符合中国人传统的伦理道德规范。"孝"在中国文化中是一个核心观念和首要的道德标准，"善事父母"是"孝"的基本含义。在古代，"孝"有立身、事君、处世等宽泛意义，"孝"也是形成现代和谐人际关系与社会风尚的价值渊源。梁实秋充分关注文本的"互文性"特征，"孝"字使中国读者获得认同本土文化的体验，从而达到传递信息与沟通感情的目的。可见，梁实秋以中国伦理观念为参照对异域文化进行阐释，这与他的生存环境和文化背景有关。梁实秋出生在一个家境富裕、讲究礼法的书香家庭，从小受到"忠""孝""礼""义"等道德观念的熏陶，在潜意识中就认同中国社会伦理的权力话语，从而以自己的文化立场对原文进行解读。当然，将"读者接受理论"运用于文学翻译有其合理性，但也要考虑到其局限性。读者对于"文化空缺词"的接受能力是一个动态的变化过程，某个译本、某种翻译方法也就不可能一直适合读者。

　　第二，对莎剧中民族声像化符号的处理。

　　"语言音位系统和文字系统都属于民族声像化符号。声像化符号具有不同程度和不同性质的象征性。语言中声像化符号象征性最强的是数以万计的声色词、比喻词、形象性词语以及其他以听觉与视觉为感应媒介的声、象、色描摹性词语、成语、谚语、俗语、歇后语、俚语，等等。"②语言文字的独特性使得某些词只能在同系语言或同族语言中找到

---

①〔英〕莎士比亚：《哈姆雷特》，《莎士比亚全集》32，梁实秋译，北京，中国广播电视出版社，2001，第 1 版，第 34～35 页。

② 刘宓庆：《新编当代翻译理论》，北京，中国对外翻译出版公司，2005，第 1 版，第 138 页。

对应体，在非亲属语言之间则很难找到对应体。莎剧中的"双关语"和某些"拟声词"的深层含义就很难在汉语中找到恰切的对应词。梁实秋透彻理解这类词的言外之意，巧妙借用汉语中的一些方言俗语来表达，从而使译文最大限度地传情达意。

以下是《罗密欧与朱丽叶》一剧第一幕第一景中的一段对白。

原文：

SAMPSON　Gregory, o'my word，we'll not carry coals.

GREGORY　No，for then we should be colliers.

SAMPSON　I mean，an we be in *choler*，we'll draw.

GREGORY　Ay，while you live，draw your neck out o'the *collar*.

梁实秋译文：

萨　格来高利，我们不能给人搬煤。

格　不能，因为那样我们就成煤黑子啦。

萨　我的意思是说，如果我们动了火，我们就要把刀抽出来。

格　是的，只要是活着，就要把你的颈子抽出领口来。①

这是凯普莱特（Capulet）家两个仆人萨姆普孙（Sampson，简称"萨"）和格来高利（Gregory，简称"格"）之间的对白，表达了不愿受辱的愤怒之情。"搬煤"是"忍辱"的意思，因为在各种劳力活中这是最下贱而且艰苦的工作。梁实秋借用北京方言将"colliers"一词翻译成"煤黑子"，形象贴切，该词在《北平的冬天》中多次被使用。②可见，梁实秋善于运用汉语的方言俗语进行翻译，体现了翻译与创作的相互借鉴。另外，"choler"和"collar"是"脾气暴躁"和"衣领"的意思，二词构成同音异形双关，这类双关语翻译成汉语虽然可以在语义层实现转换，但不能在语音层上实现转换。梁实秋将其译成"动了火"和"领口"，虽然在音与形方面不如原文之妙，但却是舍其形似而求其神似的选择。关于这类双关语的翻译，有待于译者进一步去探索兼顾两方的更好的翻译方式。

① 〔英〕莎士比亚：《罗密欧与朱丽叶》，《莎士比亚全集》28，梁实秋译，北京，中国广播电视出版社，2001，第1版，第16～17页。

② 梁实秋在《北平的冬天》一文中写道："摇煤球是一件大事。一串骆驼驼着一袋袋的煤末子到家门口，煤黑子把煤末子背进门，倒在东院里，堆成好高的一大堆。"（梁实秋：《北平的冬天》，《梁实秋雅舍小品全集》，上海，上海人民出版社，1993，第1版，第391页。）

以下是该剧第一幕第三景中外来语双关的一段台词。

原文：

LADY CAPULET 　…This precious book of love, this unbound

　　　　　　　　　lover, To beautify him, only lacks a *cover* …

梁实秋译文：

卡夫人　……这爱情的奇书，这无拘束的情人，

　　　　要想加以美化，只差封面的装帧……①

　　少年贵族帕里斯（Paris）曾经向朱丽叶的母亲卡帕莱特夫人（Lady Capulet，简称"卡夫人"）求亲，夫人认为要是朱丽叶嫁给帕里斯，就能永享富贵。帕里斯犹如一卷良好的、尚未装订封面的书。这里"cover"一词有两层意思：一是表面意思"binding"（封面），二是暗含意思"feme covert"（法文的法律术语：称已婚女子），构成双关。这里"装帧"即指结婚，"封面"即指新娘。梁实秋译出了"cover"这一双关的神韵，风趣幽默，既涉及朱丽叶的母亲在比喻中所说的封面，又包含着更深层的意思，也就是让朱丽叶做一本恋爱经典的封面——做个新娘，嫁给帕里斯。可见，双关语不是绝对不可译的，译者应该采取适当的变通以达到与原文相似的效果，正如奈达的观点：如果译者在修辞手法上也力求跟原作一模一样，那他们几乎不可避免地都会失败。②

　　除了双关语较难翻译以外，莎剧中句子押韵处也是翻译的难点之一。以下是《如愿》（*As You Like It*）一剧第三幕第二景中的一段台词。

原文：

TOUCHSTONE 　For a taste：—

　　　　　　　　If a hart do lack a hind,

　　　　　　　　Let him seek out Rosalind.

　　　　　　　　If the cat will after kind,

　　　　　　　　So be sure will Rosalind.

---

① 〔英〕莎士比亚：《罗密欧与朱丽叶》，《莎士比亚全集》28，梁实秋译，北京，中国广播电视出版社，2001，第1版，第46～47页。

② See Nida, E. A："Approaches to Translating in the Western World"，*Foreign Language Teaching and Research*，1984(2).

Winter-garments must be lin'd,

So must slender Rosalind.

They that reap must sheaf and bind,

Then to cart with Rosalind.

Sweetest nut hath sourest rind,

Such a nut is Rosalind.

He that sweetest rose will find

Must find love's prick and Rosalind.

梁实秋译文：

试　举个例：——

　　若是公鹿没有伴，

　　让他去找罗萨兰。

　　猫找同类才合欢，

　　此情无异罗萨兰。

　　冬天的衬绒不可免，

　　也得穿暖罗萨兰。

　　割下粮食得捆拴，

　　装车得叫着罗萨兰。

　　甜的果儿皮最酸，

　　这果就是罗萨兰。

　　莫说玫瑰最香甜，

　　当心爱刺和罗萨兰。①

　　这段台词是小丑试金石（Touchstone，简称"试"）对公爵之女罗萨兰（Rosalind）说的。原文不仅押尾韵，而且节奏感很强。"节奏"是声音在大致相等的时间段里所产生的起伏。这大致相等的时间段落就是声音的单位，与人的发音器官构造相关。人的呼吸有一定的长度，而且有起有伏。因为有一定的长度，连续读出的音节也就有一定的限制；因为有起伏，一句话的长短轻重也就不一样，超过限度就失去了节奏。戏剧语言具有音乐性，好的戏剧语言读起来应当朗朗上口。因此，译者要考虑文字的意、形、

---

① 〔英〕莎士比亚：《如愿》，《莎士比亚全集》10，梁实秋译，北京，中国广播电视出版社，2001，第1版，第96～99页。

音因素。文学翻译中的源语和目的语作为两个不同的语言符号系统，在表达上往往各有优势。梁实秋翻译时也注意到译文的尾韵问题，像"伴""兰""欢""拴""酸"等字读起来就很顺口，较好地发挥了汉语的表现力。

以下是《空爱一场》一剧第四幕第二景中描写春天的一首歌谣。

原文：
The cukoo then, on every tree,
Mocks married men; for thus sings he,
　　　　　　　　　Cuckoo；
Cuckoo, *cuckoo*：O, word of fear,
Unpleasing to a married ear!

梁实秋译文：
于是杜鹃鸟，在每一株树上，
讥嘲结过婚的男人；它们歌唱，
　　　　　　　　　苦苦；
苦苦，苦苦：啊，好令人心惊，
结过婚的男人都觉得不中听！①

这首歌谣感情浓烈，具有音乐般的韵律和节奏。梁实秋将杜鹃鸟的叫声"cuckoo, cuckoo"翻译成"苦苦，苦苦"，这个精炼形象、内涵丰富的潜台词诉说了已婚男人的悲切、无奈与落寞之情。另外，译文中两个单音节词"惊"与"听"互相押韵，念起来清脆有力，增强了这种感叹的凄切哀婉之情，由此可见译者选词的良苦用心。梁实秋说："选用一个最为恰当的字，便不那么容易。十个八个字，同样的常用，同样的清楚，几乎有同样的意义，要在其中选择一个便不简单，其间差异微乎其微，但是却具有绝对的影响。"②梁实秋的译文不仅模拟了原文的读音，而且在表意方面发挥了汉语的优势，具有很强的艺术感染力。

第三，对莎剧中的民族社会化符号的处理。

"反映民族习俗与风情及人际的、社会的、阶级的、群落的惯用称

---

① 〔英〕莎士比亚：《空爱一场》，《莎士比亚全集》7，梁实秋译，北京，中国广播电视出版社，2001，第1版，第216~217页。
② 梁实秋：《亲切的风格》，梁实秋著，刘天华、维辛编选：《梁实秋读书札记》，北京，中国广播电视出版社，1990，第1版，第2页。

呼、服饰、行为特征、活动形式、生活方式的词语都属于民族社会化符号。"①仅拿"称谓语"和"生活场景"的翻译来说,梁实秋在忠实传达原文信息的基础上,通过巧用"变通"手段使译文更加符合中国读者固有的表达习惯和审美心理。

以下分别是《空爱一场》一剧第三幕第一景中的一段台词、《威尼斯商人》一剧第二幕第一景中的一段台词以及《考利欧雷诺斯》(*The Tragedy of Coriolanus*)一剧第二幕第三景中的一段台词。

原文:

BEROWINE　...Well, I will love, write, sigh, pray, sue, and
　　　　　　groan:
　　　　　　Some men must love my lady, and some *Joan*.

梁实秋译文:

伯　……好,我要恋爱,作诗,叹息,祈祷,追求,呻吟:
　　有些人喜爱小姐,有些人喜爱小姐左右的人。②

原文:

MOROCCO　...I tell thee, lady, this aspect of mine
　　　　　Hath fear'd the valiant: by my love, I swear
　　　　　The best regarded *virgins* of our clime
　　　　　Have lov'd it too: I would not change this hue,
　　　　　Except to steal your thoughts, my gentle queen.

梁实秋译文:

摩　……小姐,我告诉你,我的这份仪表曾经吓倒过勇敢的男子:
　　我们国土里最著名的闺秀也都爱我的容貌:我的温柔的王后,
　　除了为赢得你的爱情,我是不愿改变我的肤色的。③

---

① 刘宓庆:《新编当代翻译理论》,北京,中国对外翻译出版公司,2005,第1版,第139页。

② 〔英〕莎士比亚:《空爱一场》,《莎士比亚全集》7,梁实秋译,北京,中国广播电视出版社,2001,第1版,第80~81页。

③ 〔英〕莎士比亚:《威尼斯商人》,《莎士比亚全集》9,梁实秋译,北京,中国广播电视出版社,2001,第1版,第46~47页。

原文：

CORIOLANUS　Better it is to die，better to starve，

Than crave the hire which first we do deserve.

Why in this woolvish toge should I stand here，

To beg of *Hob and Dick*，that do appear ...

梁实秋译文：

考　向人乞讨自己早该得到的酬报，

还不如挨饿，还不如死掉。

为什么我穿着粗袍站在这里，

向过路的张三李四乞求同意？……①

　　第一段台词是侍奉国王的贵族伯龙（Berowine，简称"伯"）对"恋爱"表达看法时的内心独白。第二段台词是摩洛哥亲王（the Prince of Morocco，简称"摩"）向富家女波西亚（Portia）求婚而标榜自己的容貌时所说的。第三段台词是考利欧雷诺斯（Coriolanus，简称"考"）不愿低三下四向别人乞讨酬劳时的独白。称谓语是表明社会角色、维护社会关系的指示语，有尊卑之分、雅俗之异、亲疏之别等。在上面三例称谓语中，梁实秋没有按字面意思将"Joan""virgins"以及"Hob and Dick"分别翻译成"简""处女"以及"郝博和迪克"，而是分别翻译成"小姐左右的人""闺秀"以及"张三李四"。"Joan"是普通乡下姑娘的名字，也是普通婢女的名字；"闺秀"旧时是指世家望族中有才德的女子，现在泛指有钱有势人家的高贵典雅的女儿，是一种"雅"的称呼；"张三李四"泛指某某人，表示一种陌生关系。梁实秋的译文具有明显的"中国化"色彩，实现了原文与译文读者之间的有效沟通。然而，称谓语是随着交际场合、交际时间与交际对象等因素的变化而变化的，有些在当时看起来很合适的称谓语随着时代的发展则变成了陈腐的说法。译者要善于根据具体的情况做出相应的调整。梁实秋在翻译莎剧的称谓语时一般采用中性的译法。

　　另外，梁实秋在翻译某些莎剧中的某些行为方式或生活场景时，也进行了适当的变通。

　　以下是《威尼斯商人》一剧第五幕第一景中的一段台词。

---

① 〔英〕莎士比亚：《考利欧雷诺斯》，《莎士比亚全集》26，梁实秋译，北京，中国广播电视出版社，2001，第1版，第118～119页。

原文：

GRATIANO　　Let it be so：the first inter'gatory

That my Nerissa shall be sworn on is，

Whe'r till the next night she had rather stay，

Or *go to bed* now，being two hours to day：

But were the day come，I should wish it dark．

That I were couching with the doctor's clerk．

Well，while I live I'll fear no other thing

So sore as keeping safe Nerissa's ring．[Exeunt．]

梁实秋译文：

格　　就这样办：第一个问题要我的拿利萨回答的就是——

还有两个钟头就要到天亮，

等到明晚，还是立刻入洞房？如果天亮，我愿天快点黑，

我好同博士的书记去睡。

好，我一生什么也不担忧，

只怕把拿利萨的戒指丢。[众下。]①

　　这段台词是在威尼斯法庭上格拉西安诺（Gratiano，简称"格"）对拿利萨（Nerissa）说的话。梁实秋将"go to bed"意译成"入洞房"，不仅符合说话者的高贵身份，也符合中国人的传统文化观念。自古以来，中国人一般把新人完婚的新房称作"洞房"。古人关于"洞房"咏诗的佳作也不胜牧举。另外，"入洞房"也是一种关于"性"的委婉说法。莎剧中有很多通过"性"的描写来刻画戏剧人物形象和增进舞台效果的表达。梁实秋本人并不主张文学作品中过多赤裸裸地表现"性"，因此在译莎时非常注重含蓄的表达，这与他强调文学的"节制性"原则是一致的。读者的心理因素对文学翻译的影响很大程度上体现在它对译者文化心理的制约上，所以译者在翻译过程中就要考虑到读者的接受心理，通过一定的变通手段传递原文的艺术效果。虽然梁实秋翻译莎剧时贯彻"雅处译雅，俗处译俗"的基本原则，但是在具体情况下他也会对原文进行灵活处理。

　　第四，对莎剧中民族地域化符号的处理。

---

①　〔英〕莎士比亚：《威尼斯商人》，《莎士比亚全集》9，梁实秋译，北京，中国广播电视出版社，2001，第1版，第192~193页。

"反映操某一语言的民族或群落的自然地理生态环境、气候条件与特征、山川、市镇称号等文化内涵的词语都属于该语言的民族地域化符号。"①梁实秋在翻译外国地名和人名等"民族地域化符号"时，一般采用音译法。但是，有时也使用一些音与意兼具的表达或者是意译的方法。

以下分别是《空爱一场》一剧第四幕第三景中的一段台词和《奥赛罗》(Othello)一剧第三幕第一景中的一段台词。

原文：

BEROWINE　I could put thee in comfort：not by two that I know：

Thou mak'st the triumviry，the corner-cap of society，

The shape of love's *Tyburn*，that hangs up simplicity.

梁实秋译文：

伯　我可使你放心：在你以前还有两个：

你，成鼎足而三，像一顶三角帽，

也像爱情的绞架，痴情人在那里上吊。②

原文：

CASSIO　I humbly thank you for't.〔Exit IAGO.〕

I never knew

A *Florentine* more kind and honest.

梁实秋译文：

卡　我非常感谢你。〔依阿高下。〕我从没见过更和蔼更诚恳的翡冷翠人。③

第一段台词是侍奉国王的贵族伯龙(Berowine，简称"伯")对朗葛维(Longaville)说的。第二段台词是奥赛罗的副官卡西欧(Cassio，简称"卡")对旗手依阿高(Iago)表达感激之情时所说的。原文"Tyburn"为伦敦执行死刑之地，常常建有三角形绞架。梁实秋没有采用音译法，而是译成"爱情的绞架"，使意思更加明朗化。"Florentine"按音译是"佛罗伦萨

---

① 刘宓庆：《新编当代翻译理论》，北京，中国对外翻译出版公司，2005，第1版，第139页。

② 〔英〕莎士比亚：《空爱一场》，《莎士比亚全集》7，梁实秋译，北京，中国广播电视出版社，2001，第1版，第110～111页。

③ 〔英〕莎士比亚：《奥赛罗》，《莎士比亚全集》34，梁实秋译，北京，中国广播电视出版社，2001，第1版，第110～111页。

人"，梁实秋将其翻译成"翡冷翠人"，不仅读音优美，而且能够引起中国读者美好的联想。由于不同民族人们的生活经验各异，因此读者对译者再创造的艺术形象和氛围的理解也会不同。如何正确地理解原文信息、通过适度加工后合理地输出新信息，是译者应该追求的目标。梁实秋在翻译实践中的变通并非是任意发挥，而是在"信"的前提下以引起译文读者的审美联想。

第五，对莎剧中的民族物质化符号的处理。

"语言中涉及物质经济生活、日常用品及生产或生活工具、科技文化及设施等承载文化内涵的词语都属于该语言的物质化符号。"①梁实秋对莎剧中的某些"民族物质化符号"进行了意译，显示了他渊博的民俗文化知识。

以下是《空爱一场》第五幕第二景中的一段台词。

原文：

ROSALINE　'Ware pencils! How? Let me not die your debtor,

　　　　　My red dominical，my *golden letter*：

　　　　　O，that your face were not so full of O's!

梁实秋译文：

罗　当心我的化妆小毛笔！怎么？我不能在死前欠你一笔债，我的
　　日历上的赤字，我的红色的字母：我愿你脸上没有那么多的麻
　　子就好了！②

这段台词是侍奉公主的宫女罗萨兰（Rosaline，简称"罗"）对喀撒琳（Katharine）所说的。梁实秋没有将"golden letter"直译成"金色的字母"，而是翻译成"红色的字母"，因为在莎士比亚时代，金色与红色不分。这就让中国读者了解到"golden"一词，在当时还可以表达"红色"之意。由此可见，梁实秋不仅具备深厚的语言功底，而且还谙熟莎士比亚时代的风土人情，他常常将翻译与研究相结合，并且进行细致的考证工作。作家的创作过程是将自己的经验转化成文字的过程，译者在翻译时就是要

---

①　刘宓庆：《新编当代翻译理论》，北京，中国对外翻译出版公司，2005，第1版，第139页。

②　〔英〕莎士比亚：《空爱一场》，《莎士比亚全集》7，梁实秋译，北京，中国广播电视出版社，2001，第1版，第148～149页。

将作者的经验转化成译入语，只有具备广博的知识和深厚的语言修养才能在翻译活动中游刃有余。梁实秋兼具著名作家、翻译家和学者的多重身份，译莎具有得天独厚的条件。

以下是《罗密欧与朱丽叶》一剧第一幕第五景中的一段台词。

原文：

FIRST SERVINGMAN　Where's *Potpan*, that he helps not to take away? he shift a trencher! he scrape a trencher!

梁实秋译文：

仆甲　钵盘哪里去了，怎么不来帮着收拾盘碗？他也算得是一个端盘换碗的！他也算得上一个擦盘洗碗的！①

这段台词是仆人甲（First Servingman，简称"仆甲"）在卡帕莱特（Capulet）家中的厅堂为即将举行的舞会做准备时对仆人乙所说的。"Potpan"一词是"盘子"的意思，梁实秋将其翻译成"钵盘"，这是借鉴了汉语中的"衣钵"一词，突出了"民以食为天"的含义。虽然文学翻译和创作是两种不同的心智活动，然而译莎无疑也是一种再创作，对于同一个词往往会有多种可能的译法，译者要做出合理的选择。鲁迅曾经说："我向来总以为翻译比创作容易，因为至少是无须构想。但到真的一译，就会遇着难关，譬如一个名词或动词，写不出，创作时候可以回避，翻译上却不成，也还得想，一直弄到头昏眼花，好像在脑子里面摸一个急于要开箱子的钥匙，却没有。"②梁实秋以源语文化为出发点，从译入语文化中找到与源语文化相似的文化切入点，通过锻字炼句进行恰当的表达。

由此可见，梁实秋在处理文化信息方面，体现了"权变"意识。不仅如此，梁实秋在处理语言形式方面也有按照汉语的行文习惯改变了原文语序的。

以下是《奥赛罗》一剧第二幕第一景中的两段台词。

---

① 〔英〕莎士比亚：《罗密欧与朱丽叶》，《莎士比亚全集》28，梁实秋译，北京，中国广播电视出版社，2001，第1版，第56～57页。

② 鲁迅：《且介亭杂文二集》，北京，人民文学出版社，1973，第1版，第109页。

原文：

IAGO　She never yet was foolish that was fair,

　　　　For even her folly help'd her to an heir.

梁实秋译文：

依　若是美的从来不会蠢，

　　她的淫欲帮她养儿孙。①

原文：

OTHELLO　It gives me wonder great as my content

　　　　　To see you here before me...

梁实秋译文：

奥　你比我先到了此地，真使我又惊又喜……②

　　按照汉语的行文习惯，一般是先说条件或原因，再说结果。英语中的表达方式正好相反，往往是开门见山地先说明结果。梁实秋在译莎时基本遵循原文的句序，但是也有做了适当变通的情况。在上面两例中"若是……"以及"你比我先到了此地"就属于变通情况。

　　综上所述，译者的哲学倾向、翻译策略与具体的翻译方法往往相互关联。梁实秋的译莎策略受其"中庸"的人生哲学的影响，一是注重在凸显"差异性"基础上的整体和谐；二是注重原则性和灵活性的有机结合。在这样的哲学思想和总体翻译策略之下，梁实秋适当运用变通手段对莎剧的"民族文化符号"进行不同程度的意译，主要表现在译者注重彰显中国传统的伦理道德观念、契合中国读者的审美心理和接受习惯以及巧妙运用方言俗语以发挥汉语优势等方面。梁实秋的莎剧译文彰显了"存真"特色，"权变"思想和局部的变通体现了一种情理精神和经权智慧，它既是译者对翻译伦理道德和基本翻译原则等"理"的操守，也是对客观语境与主体情感等"情"的衡量。"传真"的翻译诗学与"巧"的模仿的创作诗学是相互印证的。梁实秋的汉译《莎士比亚全集》传承了莎剧艺术的真实性，

---

① 〔英〕莎士比亚：《奥赛罗》，《莎士比亚全集》34，梁实秋译，北京，中国广播电视出版社，2001，第1版，第68～69页。

② 〔英〕莎士比亚：《奥赛罗》，《莎士比亚全集》34，梁实秋译，北京，中国广播电视出版社，2001，第1版，第72～73页。

从而使艺术得以永恒。正如莎士比亚所说："石碑或金碧辉煌的帝王纪念碑不会比这有力的诗篇寿命更长；你在这诗篇里发射出来的光辉将比多年积尘不扫的石碑更亮。"①

第二节　"真"的文化心态

梁实秋的"雅舍"系列散文和汉译《莎士比亚全集》以"真"的文化心态构成了其遣词造句的基调，主要包含"隔"与"不隔"两个层面，反映了其创作与翻译的"中庸"之道。"隔"与"不隔"是中国诗学理论中的一个概念，由王国维在《人间词话》中从文学创作的角度提出来。"隔"主要指作者所写事物不真切，读起来令人有一种茫然模糊之感。王国维说："美成《青玉案》（当做《苏幕遮》）词：'叶上初阳干宿雨。水面清圆，一一风荷举。'此真能得荷之神理者。觉白石《念奴娇》《惜红衣》二词，犹有隔雾看花之恨。"②"不隔"主要指作者所写事物明白透彻，读者因此能获得一种身临其境的感受，即所谓'语语都在目前，便是不隔'。"③可见，"隔"与"不隔"的区别就在于前者对事物的描写是略带模糊生涩的，而后者则是真切自然的。实际上，"隔"与"不隔"不仅可以指文学创作的行文特色，而且也可以指著译主体的某种文化心态。一方面，梁实秋的创作与翻译是时代话语中的另类声音，与主流意识形态和文学思潮呈现出"隔"的文化心态；另一方面，梁实秋的创作与翻译渗透着儒家思想的人文情怀和"信""仁""中""和"等品质，这与中国读者的价值理念又呈现出"不隔"的文化心态。分析梁实秋著译的文化心态，就可以发现渗透于字里行间的中西文化、传统与现代精神的复杂交融。

---

① 原文：

Not marble, nor the gilded monuments

Of princes, shall outlive this powerful rime;

But you shall shine more bright in these contents

Than upswept stone, besmear'd with sluttish time.

（〔英〕莎士比亚：《十四行诗》，《莎士比亚全集》40，梁实秋译，北京，中国广播电视出版社，2001，第1版，第86～87页。）

② 王国维：《人间词话》，《国学基础文库》，北京，中国人民大学出版社，2004，第1版，第36页。

③ 王国维：《人间词话》，《国学基础文库》，北京，中国人民大学出版社，2004，第1版，第11页。

一、"隔"：时代话语的另类声音

（一）"雅舍"系列散文的"陌生化"效应

在中国 20 世纪 30 年代至 40 年代的历史背景和文化语境下，"雅舍"系列散文以闲适、幽默、雅致的风格寻求"陌生化"效应。"陌生化"是俄国"形式主义"理论的主要观点之一。形式主义理论家们分析了审美感知的一般规律。他们认为："人们感知已经熟悉的事物时，往往是自动感知的。这种自动感知是旧形式导致的结果。要使自动感知变为审美感知，就需要采取'陌生化'手段，创造出新的艺术形式，让人们从自动感知中解放出来，重新审美地感知原来的事物。作家应该尽可能地延长人们这种审美感知的过程。所谓'陌生化'就是要使现实中的事物变形。"[①]形式学派美学家们发现很多作家往往通过改变词语通常的组合来使接受者获得某些新奇的效果。其实，这种手法在中国诗文里早就使用了。例如，"'红杏枝头春意闹'，著一'闹'字，而境界全出。'云破月来花弄影'，著一'弄'字，而境界全出矣"[②]。"陌生化"不仅是一种创作手法，也是一种观察和感受事物的文化心态。用"陌生化"的方式感知事物，就是要打破认知定式，让人们从机械、固定的思维状态中解脱出来。著译选材的文化视角可以借鉴"陌生化"理论来分析。

梁实秋用艺术的手法突破中国传统抒情散文的创作理路，以描摹"人性"、匡救世风为宗旨写出风格独具的"文化散文"，他在对"人性"百态的反思和自省方面比传统散文更加全面和深刻。梁实秋在絮语闲谈之中通过描写人们一些共有的心理、习惯、喜好、行为等，深入剖析"人性"的某些劣根性来警醒世人。例如，在《排队》一文中，梁实秋形象地描写了人们前拥后挤，像是橄榄球赛似的聚成一团而难以钻出来的情景，从侧面告诫人们要培养谦让的意识以及处处为他人着想的良好品质[③]；在《南游杂感》一文中，梁实秋生动地勾勒了某些不注意公共卫生、随地吐痰的中国人把鞋底放在痰上擦几下的情形，戏称这是"一个中国人特备的国

[①]　朱立元：《当代西方文艺理论》，上海，华东师范大学出版社，1997，第 1 版，第 39 页。

[②]　王国维：《人间词话》，《国学基础文库》，北京，中国人民大学出版社，2004，第 1 版，第 3 页。

[③]　参见梁实秋：《排队》，《梁实秋雅舍小品全集》，上海，上海人民出版社，1993，第 1 版，第 215 页。

粹"①；在《小声些》一文中，梁实秋如实记叙了某些在火车与轮船里目无旁人的人大声喧哗的坏习惯，讽刺那些滔滔不绝的声音正可以表示"豪爽、直率、堂皇"的一点国民性②；在《算命》一文中，梁实秋狠狠地批判了人们潜意识中的宿命意识和奴性心理，暗示出世风的陈腐、低俗和愚昧对社会发展的阻碍作用③。在《衣裳》一文中，梁实秋描绘了中国人对西装的麻木崇拜，以及由于人们不明白穿西装的常识而弄巧成拙的事情。他这样写道："当然后来技术渐渐精进，有的把裤管烫得笔直，视如第二生命，有的在衣袋里插一块和领结花色相同的手绢，俨然像是一个绅士，猛然一看，国籍都要发生问题。"④可见，梁实秋非常注重"不协调"的审美意义，他善于以幽默的笔调对日常生活中缺乏修养的行为举止、陈腐愚昧的思想观念、崇洋媚外的心理进行揶揄和批评，这种于闲适中暗含哲理，于亲切中暗含警世的散文显然有别于传统散文，它反映了创作主体的"个性真实"。"有个性就可爱"⑤道出了"雅舍"系列散文之美在于表现"自我"。

（二）梁译莎剧的"异化"选择

"真"的文化心态体现在文学翻译方面，就是译者选择翻译与自己气质相近的作品，并且尽可能忠实地再现原作风貌。梁实秋说："文学的创造固不能超离一切物质环境的影响，但其内容如何选择，主旨如何趋向，还要以作家的个性及修养为最大之关键。什么样的时代就产生什么样的文学，什么样的人就写出什么样的作品，这是一点不错的。"⑥不仅文学创作如此，文学翻译也一样。莎剧翻译在中国文化史和中国翻译史上意义重大，梁实秋肩负重任，他反对"五四"时期缺乏理性、不加选择地翻译外国文学作品。清末民初的启蒙主义者和"五四"新文化运动的先驱们以"救亡图存""启发民智"为历史使命，提倡翻译富于宣传鼓动性的戏剧

---

① 参见梁实秋：《南游杂感》，徐静波：《梁实秋散文选集》，天津，百花文艺出版社，1988，第1版，第2页。

② 参见梁实秋：《小声些》，徐静波：《梁实秋散文选集》，天津，百花文艺出版社，1988，第1版，第11~12页。

③ 参见梁实秋：《算命》，《梁实秋雅舍小品全集》，上海，上海人民出版社，1993，第1版，第183~185页。

④ 梁实秋：《衣裳》，《梁实秋雅舍小品全集》，上海，上海人民出版社，1993，第1版，第30页。

⑤ 参见梁实秋：《雅舍》，《梁实秋雅舍小品全集》，上海，上海人民出版社，1993，第1版，第3页。

⑥ 梁实秋：《现代文学论》，徐静波编：《梁实秋批评文集》，珠海，珠海出版社，1998，第1版，第161页。

作品，这是具有进步意义的。但是，文化和文学按其本质或形态，应该是多样化的。从这种意义上讲，梁实秋选择翻译《莎士比亚全集》以其自身独特的审美价值与当时文学翻译的单一化和程式化相比照，促进了现代中国文化与文学的良性互动。梁实秋翻译选择的标准与他的文艺思想是紧密相关的，他试图在"古典主义"和"浪漫主义"之间寻求协调。同样，"莎士比亚从来不追求纯粹和单一，他的艺术是混合的艺术"①。莎士比亚的作品在张扬个性解放与宣泄情感自由的同时，也蕴涵着对人类理性精神的呼唤与坚守。莎士比亚真实地展示了放纵、贪婪、野心、虐待、杀戮、嫉妒、猜疑等卑劣的"人性"所导致的人与人之间的不和谐关系，同时也热情讴歌了真诚、纯真、仁慈、忠贞、宽容、奉献、谦让等高尚的"人性"给人们带来的幸福生活。梁实秋借译莎来表现真实的"人性"，因为"人性"是普遍的与共通的，莎剧人物的喜怒哀乐与悲欢离合，其实就是现实生活中我们的喜怒哀乐与悲欢离合。正如莎士比亚在《哈姆雷特》一剧中借主人公哈姆雷特之口说出："自古至今，演戏的目的不过是好像把一面镜子举起来映照人性；使得美德显示她的本相，丑态露出她的原形，时代的形形色色一齐呈现在我们眼前。若形容得过火，或是描摹得不足，虽然可以令门外汉发笑，却要使明眼人为之唏嘘了……"②彰显"人性"，提倡以理制欲，这种文学主张在一个以"反传统"为潮流的特定文化语境里显得有些不合时宜。

西方翻译文化学派的代表人物勒菲弗尔（Lefevere）认为：翻译是对原文的改写，并不能反映原作的面貌，因为它始终都受到三种因素的操纵：诗学（poetics）、译者或当代的意识形态（ideology）和赞助人（patronage）。③ 也就是说，译者在翻译活动中所做出的一系列选择往往要受目的语语境中占主导地位的意识形态和诗学观念的影响。中国近代的文学翻译家们更加注重原作的思想性，并且依照自己的需要在不同程度上对

---

①　王佐良：《英国文学史》，北京，人民文学出版社，1996，第1版，第35页。

②　原文：

HAMLET ...Both at the first and now, was and is, to hold, as'twere, the mirror up to nature; to show virtue her own feature, scorn her own image, and the very age and body of the time his form and pressure. Now, this overdone, or come tardy off, though it make the unskillful laugh, cannot but make the judicious grieve ...

（〔英〕莎士比亚：《哈姆雷特》，《莎士比亚全集》32，梁实秋译，北京，中国广播电视出版社，2001，第1版，第144～145页。）

③　See Andre Lefevere: *Translation*, *Rewriting and the Manipulation of Literary Fame*, Shanghai, Shanghai Foreign Language Education Press, 2004: 41.

原作进行改译，以期达到"诗可以群"的目的。在这样的翻译潮流中，梁实秋以传播"原汁原味"的异域文化和突出世界经典文学作品的审美本质为目的，他采取以"异化"为主、"归化"为辅的翻译策略传递文化信息层面和语言形式层面的"陌生性"。"译语的异化是艺术传达上的一种变形。这种'变形'既是客观存在，也是审美的需要。"①一般来讲，在文化信息层面，翻译应该以"异化"为主，"归化"为辅，以达到文化传播的首要目的，尽管文化信息层面要做到完全"异化"是不可能的。在语言形式层面，翻译应该以"归化"为主，"异化"为辅，以便保证译入语语言的可读性和流畅性。当然，语言形式上的适当"异化"，可以增强译入语语言的表现力。相比较"权变"的意识，梁实秋"宗经"的原则在译莎实践中占了上风，他以"诚信"的态度和"存真"的原则译莎，并没有一味迎合一般读者的欣赏口味，彰显了莎剧的"艺术性"特征，以"异化"为主的译文体现了一种"隔"的文化心态。

二、"不隔"：价值理念的心灵相通

（一）"雅舍"系列散文的人文情怀

梁实秋在"雅舍"系列散文中表达了对温馨和谐人伦关系的向往、强烈的民族自尊心以及忧国忧民的意识，其中渗透的儒家思想的人文情怀与中国读者的接受心理具有"不隔"的文化心态。"不隔"虽然是从文学创作而来，但却是通过读者的接受体现的。当作者能够清晰地描写出自身的感受，而这一感受又能引起读者的思考时，这时的文学作品就是"不隔"了。关于这个问题，钱钟书是这样论述的："只要作者的描写能跟我们亲身的观察、经验、想象相吻合，相调和，有同样的清楚或生动（Hume 所谓 liveliness），像我们自己亲身经历过一般，这便是'不隔'。"②当然，"不隔"并非意味着文字的赤裸与浅显。"'犹抱琵琶半遮面'，似乎半个脸被隔了，但是假使我们看得清半个脸是遮着的，没有糊涂地认为整个脸是露着的，这便是隔而'不隔'。"③"雅舍"系列散文描写真情实感，因而更能打动人心，其中的"怀旧恋秝"情结拉近了梁实秋与读者之间的心理距离，因为旧的事物之所以可爱，往往是因为它有内容，

---

①　邓笛：《美学与戏剧翻译》，《苏州大学学报》（哲学社会科学版）2009 年第 6 期，第 92 页。

②　钱钟书：《论不隔》，于涛编：《钱钟书散文精选》，长春，时代文艺出版社，2000，第 1 版，第 258 页。

③　钱钟书：《论不隔》，于涛编：《钱钟书散文精选》，长春，时代文艺出版社，2000，第 1 版，第 259 页。

能唤起人的回忆。① 在《北平年景》一文中，梁实秋结合自己的亲身体验，描述了中国人过年思念故乡、期盼全家团圆的情景，并且深深感受到过年须要在家乡才有味道。羁旅凄凉，到了年关只有长吁短叹的份儿。所谓"家"，至少要有老小二代，若是上无双亲，下无儿女，剩下相敬如宾的一对伉俪，则不能营造过年的热闹气氛。② 这种天伦之乐、和和美美的情愫正是中国人"以和为美"的文化心理的体现；此外，民族自尊心和对国家前途的忧患意识也是任何一个爱国者所具备的。在《忆青岛》一文中，梁实秋就抒发了质朴的、浓烈的民族情结和拳拳爱国之心。他赞叹青岛这座城市的美丽，可是却不喜欢第一公园的樱花，因为樱花是日本的象征，日本帝国主义者侵略中国而造成中华民族的深重灾难。虽然花树无辜，然而他却对樱花也带着几分憎恶之情。当梁实秋看到青岛一个小丘上的像堡垒似的楼阁，尽管赞叹其雄伟姿态，不过却不喜欢这座建筑物，因为它曾经是德国总督的官邸，带给中国人不愉快的印象和耻辱的回忆。③ 在《美国去来》一文中，梁实秋记叙了自己在美国草草巡游一番之后，虽然感受到美国社会的繁荣景象以及各方面的长足进展，但是他却时时不忘记自己是一个中国人，最萦心的还是自己祖国的前途。他说："美国的休戚，与我们息息相关，可是我们自己的国家才是我们自己安身立命之处。于是摒挡行装，赶快回来。忆起昔人一首小诗：'花开蝶满枝，花谢蝶还稀，惟有旧巢燕，主人贫亦归。'"④可见，梁实秋的人生感悟具有人文意蕴，与中国传统文化精神是一脉相承的。梁实秋不仅把"闲适"散文推进了一个新的阶段，在轻松随意、亲切幽默的氛围中增强了散文的意蕴和哲理，而且他的散文在与"主流文学"之"隔"的状态中呈现出"不隔"的文化效应。

（二）梁译莎剧的"信""仁""中""和"

梁实秋翻译《莎士比亚全集》，传递了莎剧的"信""仁""中""和"等伦理价值观，这说明在某些方面中西方文化具有"不隔"的基础。莎剧能够在中国得以接受和传播，是因为它与中国读者有很大程度上的亲近感，比如《哈姆雷特》《李尔王》《马克白》《威尼斯商人》等，其主题就多与中国

---

① 参见梁实秋：《旧》，《梁实秋雅舍小品全集》，上海，上海人民出版社，1993，第1版，第112页。

② 参见梁实秋：《北平年景》，《梁实秋雅舍小品全集》，上海，上海人民出版社，1993，第1版，第198页。

③ 参见梁实秋：《忆青岛》，《雅舍散文》，北京，群众出版社，1995，第1版，第150页。

④ 梁实秋：《美国去来》，梁实秋著，刘天华、维辛编选：《梁实秋散文》（一），北京，中国广播电视出版社，1989，第1版，第338～339页。

人崇尚的孝顺、忠君、贞节、仁义、因果报应等儒家思想有关。当莎剧进入中国传统文化语境时，它的主题往往会受到一定程度的整合，因为人的主观心灵在观察世界时并不是把事物当做孤立的存在，而是把它们整合为各种元素、主题或者有意义的有机的整体。①

　　"信"是儒家思想强调的一个基本道德准则。孔子说："人而无信，不知其可也。"②"君子喻于义，小人喻于利。"③莎士比亚崇尚"信"的品质，他在《雅典的泰门》(Timon of Athens)一剧中对"背叛"和"诱惑"进行了批判。主人公泰门(Timon)在经历了朋友和仆人背信弃义的一系列精神打击之后，他对金钱的罪恶发出了深刻的控诉："这是什么？金子！黄澄澄的，亮晶晶的，宝贵的金子！不，天神呀，我不是一个信口发誓的信徒。我要的是草根，你们这一层层清沏的天哟！这么多的这种东西将要把黑变成白，丑变成美，非变成是，卑贱变成高贵，老变成少，怯懦变成勇敢。"④泰门的感叹中表达了建立人与人之间真诚互信关系的强烈愿望。梁实秋说："金钱之为害人间，古今中外的文学家颇多概乎言之。我们的《晋书》隐逸《鲁褒传》内有一篇《钱神论》就是一篇出色的讽刺文。"⑤此外，莎剧中的"信"还表现在臣对于君的"忠诚"方面。在《李尔王》一剧中，坎特(Kent)因为直言进谏而遭李尔王的放逐，但是他仍然不改初衷。坎特化装后自言自语地说："如果我能借用别人的口音改变我自己的声调，那么我这番毁容化装的苦心便可大大的成功了。被放逐的坎特哟，如其你能在放逐之中效忠，早晚会有这样一天，你所爱戴的主上会有不少事要

---

① 　See Ramans: *A Reader's Guide to Contemporary Literary Theory*, Beijing, Foreign Language Teaching and Research Press, 2004: 47.

② 　《里仁第四》，《论语》，张燕婴译注，北京，中华书局，2006，第1版，第47页。

③ 　《里仁第四》，《论语》，张燕婴译注，北京，中华书局，2006，第1版，第44页。

④ 　原文：

TIMON　...What is here?

　　　　　Gold! Yellow, glittering, precious gold! No, gods,

　　　　　I am no idle votarist. Roots, you clear heavens!

　　　　　Thus much of this will make black white, foul fair,

　　　　　Wrong right, base noble, old young, coward valiant.

（〔英〕莎士比亚：《雅典的泰门》，《莎士比亚全集》29，梁实秋译，北京，中国广播电视出版社，2001，第1版，第132～133页。）

⑤ 　〔英〕莎士比亚：《雅典的泰门》，《莎士比亚全集》29，梁实秋译，北京，中国广播电视出版社，2001，第1版，第10页。

你做的。"①在《马克白》一剧中，班柯（Banquo）面对象征巨大诱惑的女巫预言，表现出对于君王邓肯（Duncan）的忠心耿耿。他感叹道："瞌睡像铅一般重的压在我心上，可是我不想睡：慈悲的众神啊！使我心中不得安息的那些魔念，请你给抑止住吧。"②这种内心的超我原则正是一种"忠诚"与"至善"的本性。

　　莎剧中博爱的精神体现出儒家思想"仁"的内涵。"仁"在《威尼斯商人》一剧中表现得尤为突出。波西亚（Portia）女扮男装，劝诱夏洛克（Shylock）要有仁慈之心，放弃自己的复仇欲望，同时巧用威尼斯法律中的模糊性为安图尼欧（Antonio）的违约辩护。波西亚说："所以，犹太人，你要求的虽然只是公平，但是要想想，如果真要公平，我们死后谁也不能获救；所以我们祈祷慈悲，而这一番祈祷也教训了我们要做慈悲的事。我说这些话，是劝你不要坚持法律解决的要求，但如果你要坚持，这严

---

① 原文：

KENT　If but as well I other accents borrow,

　　　　That can my speech diffuse, my good intent

　　　　May carry through itself to that full issue

　　　　For which I raz'd my likeness. Now, banish'd Kent,

　　　　If thou canst serve where thou dost stand condemn'd,

　　　　So may it come, thy master, whom thou lov'st,

　　　　Shall find thee full of labours.

（〔英〕莎士比亚：《李尔王》，《莎士比亚全集》33，梁实秋译，北京，中国广播电视出版社，2001，第1版，第48～51页。）

② 原文：

BANQUO　...A heavy summons lies like lead upon me,

　　　　　And yet I would not sleep; merciful powers!

　　　　　Restrain in me the cursed thoughts that nature

　　　　　Gives way to in repose.

（〔英〕莎士比亚：《马克白》，《莎士比亚全集》31，梁实秋译，北京，中国广播电视出版社，2001，第1版，第52～53页。）

格守法的威尼斯法庭也只好秉公裁判，惩处那个商人。"①在《亨利四世》
（上）一剧中，以哈利（Henry）王子为代表的正义一方反对战争，还要以
上帝的仁慈、博爱和宽恕来和平治理国家，他的英明果断和宽厚仁慈受
到颂扬，成为莎士比亚笔下被肯定的人物之一。此外，兄弟关系是中国
传统伦理中的五伦之一，而兄弟之间的"仁"也一直是莎剧中的重要主题。
在《暴风雨》（The Tempest）一剧中，米兰公爵普罗斯帕罗（Proapero）由于
他弟弟安图尼欧（Antonio）的篡位而被流放至孤岛，普罗斯帕罗在孤岛的
原始自然状态下最终原谅了他，这种宽容精神和儒家"克己复礼为仁。一
日克己复礼，天下归仁焉"②的说法是一致的。

　　莎剧中充满了"中"与"和"的主题。这种观念在中国文化中很早就出
现，根据《礼记·中庸》中的记载："喜怒哀乐之未发，谓之中；发而皆中
节，谓之和。中也者，天下之大本也；和也者，天下之达道也。致中和，
天地位焉，万物育焉。"③"中和"之美所包含的理性精神具有高度的伦理
价值和实际意义。莎士比亚曾经在多部戏剧中宣扬"中"的精神。例如，
在《雅典的泰门》（Timon of Athens）一剧中，莎士比亚借一个性格乖戾的
哲学家阿泊曼特斯（Apemantus）之口指出泰门的过度慷慨将会导致后患。
他说："你一向不曾履行中庸之道，总是趋于两个极端。你在衣锦薰香的
时候，他们讥笑你过度考究；衣裳褴褛的时候，谁也不理你，因为你潦

---

① 原文：

PORTIA　　Therefore，Jew，

　　　　　　Though justice be thy plea，consider this，

　　　　　　That in the course of justice none of us

　　　　　　Should see salvation：we do pray for mercy，

　　　　　　And that same prayer doth teach us all to render

　　　　　　The deeds of mercy. I have spoke thus much

　　　　　　To mitigate the justice of thy plea，

　　　　　　Which if thou follow，this strict court of Venice

　　　　　　Must needs give sentence' gainst the merchant there.

　　（〔英〕莎士比亚：《威尼斯商人》，《莎士比亚全集》9，梁实秋译，北京，中国广播电视
　　出版社，2001，第1版，第150～152页。）

② 《颜渊第十二》，《论语》，张燕婴译注，北京，中华书局，2006，第1版，第39页。

③ 子思原著：《中庸》，王国轩译注：《大学·中庸》，北京，中华书局，2006，第1版，
　　第46页。

倒而被人轻蔑。"①"中"与"和"密切相连，莎剧中的"和"，包括人自身的和谐，人与人之间的和谐，人与自然之间的和谐。莎剧中那些充满浪漫主义色彩的爱情故事往往在大自然的"绿色世界"中实现最终的和谐，那些被放逐、被迫害的悲剧人物也往往是在大自然的"绿色世界"里获得了自由。"绿色世界"既是戏剧人物活动的场景，充满了浪漫色彩和梦幻气氛，同时也具有一定的象征意义。例如，在《暴风雨》一剧中，莎士比亚描写了一个叫爱丽儿（Ariel）的精灵，她执行着普洛斯帕罗（Prospero）的旨意，在海上刮起狂风暴雨，使那不勒斯王公贵族们遭遇不幸。同时，她又和其他小精灵们一起在岛上纵情欢歌。在即将得到自由的时候，她弹奏起动听的音乐，这样吟唱道："在蜜蜂吸蜜的地方我吸蜜，我卧在莲香花的钟儿里；我一直睡到枭鸟的名声起。我骑在蝙蝠背上飞去，快活的去追寻着夏季；我现在可以快乐的流连在那枝头悬挂着的花朵下边。"②通过梁实秋的翻译，中国读者了解到莎剧中的"绿色世界"可以化解矛盾，净化人们的心灵，使现实生活获得和谐。由此可见，修养于幽静之中，人们的想象力变得温柔细致，才智于闲散之中大放异彩。莎士比亚在沉重而艰巨的历史题材里逃出了宫廷与军营，描绘森林的背景，浪漫的恋爱，牧人的生活，哲理的风味，并且找到了安逸、自由与快乐。③

可见，"信""仁""中""和"都是高尚的"人性"，莎剧在弘扬人的优良品质方面和"儒""道""释"的思想是吻合的。莎士比亚强调人生的价值、人生

---

① 原文：

APEMANTUS The middle of humanity thou never knewest, but the extremity of both ends. When thou wast in thy gilt and thy perfume, they mocked thee for too much curiosity; in thy rags thou knowest none, but art despised for the contrary.

（〔英〕莎士比亚：《雅典的泰门》，《莎士比亚全集》29，梁实秋译，北京，中国广播电视出版社，2001，第 1 版，第 152～153 页。）

② 原文：

ARIEL　Where the bee sucks, there suck I

In a cowslip's bell I lie;

There I couch when owls do cry.

On the bat's back I do fly

After summer merrily;

Merrily, merrily shall I live now

Under the blossom that hangs on the bough.

（〔英〕莎士比亚：《暴风雨》，《莎士比亚全集》1，梁实秋译，北京，中国广播电视出版社，2001，第 1 版，第 154～155 页。）

③ 参见〔英〕莎士比亚：《如愿》，《莎士比亚全集》10，梁实秋译，北京，中国广播电视出版社，2001，第 1 版，第 5 页。

的意义和人的尊严，他热情洋溢地赞美人："人是何等巧妙的一件天工！理性何等的高贵！智能何等的广大！仪容举止是何等的匀称可爱！行动是多么像天使！悟性是多么像神明！真是世界之美，万物之灵！"①梁实秋通过翻译《莎士比亚全集》探索"人性"，他在文学与道德关系的把握上表现出了相当稳健、理性的态度，显示出与中国传统文化"不隔"的文化心态。

三、"隔"与"不隔"的"中庸"之道

梁实秋创作与翻译的"隔"与"不隔"的文化心态与他"中庸"的哲学倾向密切相关。"中庸"是中国哲学的重要概念，虽然"儒""道""释"对其有不同的表述，但是都有着共同的内涵。它是个人的内心世界和外在言行的统一，内心之"中庸"是言行之"中庸"的基础，而言行之"中庸"又是内心之"中庸"的外显。"中庸"既是世界观，也是方法论。"中"是矛盾对立双方平衡的连接点，它能保持旧质和新质在一定范围的动态平衡，有"度"的含义。"庸"即"用"，有"实践"的含义。由于"中"会随时间、空间、条件而发展变化，因此"中庸"之道最难的是对"中"的把握。

梁实秋深知"中庸"精神在中国哲学思想中的源流，并且十分推崇这种精神，他说："有时在一国的文学里，在一个时代的文学里，甚至在一个人的文学里，都可以看出一方面是开阔的感情的主观力量；另一方面是集中的理性的客观力量，互相激荡。纯正的古典观察点，是要在二者之间体会到一个中庸之道。"②一方面，"中庸"之道注重彰显"差异性"原则，也就是强调在"不同"基础上的"和"。梁实秋创作与翻译的"隔"的文化心态正是契合了这一精神。梁实秋以反映永恒的"人性"以及追求文学作品的"永恒价值"为基调。他说："文学的作品经过时间的淘汰以后，还能令人诵读不倦者，是之谓古典 classic，此种作品的内容必不仅是一时的社会问题，或某地的特殊现象，必定是于短暂的浮光掠影之外还抓住了基本人性的一面，否则千百年之后谁肯再去读它？否则怎能有广大的

---

① 原文：

HAMLET　... What a piece of work is a man! How noble in reason! how infinite in faculty! in form, in moving, how express and admirable! in action how like an angel! in apprehension how like a god! the beauty of the world! the paragon of animals!

（〔英〕莎士比亚：《哈姆雷特》，《莎士比亚全集》32，梁实秋译，北京，中国广播电视出版社，2001，第1版，第110～111页。）

② 梁实秋：《文学的纪律》，黎照编：《鲁迅梁实秋论战实录》，北京，华龄出版社，1997，第1版，第141页。

读众在不同的区域？"①这种文学主张虽然夸大了时间对文学的淘汰作用，但是却强调了文学的"人性"本质，它对"时代文学"主潮是一个有益的补充；另一方面，"中庸"之道主张"适度""调和"的美学原则，也就是认同"经权互补"精神。梁实秋创作与翻译的"不隔"的文化心态正是遵循了这一要旨。梁实秋注重文学的伦理道德价值，他吸纳了欧美的"自由主义"思想与中国的传统文化精神，用理性、纪律、传统等"古典主义"原则通过著译理性地看待"人性"，关注人的命运和前途，在某种程度上秉承了孔子倡导的"礼乐教化"观念。"雅舍"系列散文和梁译《莎士比亚全集》中渗透的"礼教"之下的善行引起了具有中华传统文化情结读者的共鸣。但是，梁实秋否定"文学工具论"，他在文学活动的"为人生"与"为艺术"之间进行协调，体现了"中庸"的原则。梁实秋创作与翻译的"隔"与"不隔"的文化心态虽然在很大程度上并非有意而为之，但是却反映了著译主体的个性与修养。可见，创作与翻译并不是一项简单的语言创造与转换活动，而是渗透着著译主体人生哲学的复杂活动。

梁实秋将中国学者的稳健性与西方学者的开拓性相结合，他的"中庸"哲学倾向使"雅舍"系列散文和梁译《莎士比亚全集》在题材选择、著译策略、审美风格等方面既呈现出"隔"的文化心态，又呈现出"不隔"的文化心态，二者相互参照。"隔"不仅有助于纠正特定历史时期文学活动中的"浪漫的混乱"的局面，而且为现代中国的文化整合提供了共生互补的合力。"不隔"有助于挖掘和弘扬中西传统文化中的某些优良特质，从而引导人们以文化视角观照社会与人生。在当今"文化多元化"的历史语境下审视梁实秋创作与翻译的"隔"与"不隔"的文化心态，对于正确理解不同时代、不同特点的文化之间的理性交往和平等对话具有一定的现实意义。

第三节　"真"的差异性探源

从审美品位看，梁实秋的"雅舍"系列散文和汉译《莎士比亚全集》都具有"真"的诗学内涵，体现了中国文学的精神实质。但是，这种"崇真"的理念，在行文风格上却具有明显的差异性。"雅舍"系列散文自然明快，梁译《莎士比亚全集》则显得"刚性"有余。梁实秋译本于1968年在台湾地区出版发行以后，在很长一段时间内多数大陆读者并不熟悉。除了某些历史原因以外，从译文

---

① 梁实秋：《文学讲话》，徐静波编：《梁实秋批评文集》，珠海，珠海出版社，1998，第1版，第222页。

本身来看，梁实秋译本确实更加适合搞研究的学者阅读。梁实秋是"散文大师"和"翻译大师"，造成这种"柔性"文风与"刚性"文风的原因显然不是语言修养问题，应该从影响著译主体背后的哲学精神和翻译目的分析。

一、"他者"文化的引入

梁实秋翻译《莎士比亚全集》，涉及异域文学在中国的传播、接受、影响和交流，这是与"译介学"①有关的一个问题。"译介学关注的是译语文化对文学译介的操纵，以及由此建构起的文学、文化关系。它要求译本的对比研究，译本的删改、增添、有意误译等现象的研究，都不能简单地停留在译文分析层面，而要探讨这些现象背后的文化原因，揭示译语文化系统中的政治、意识形态、文学观念、经济因素等对文学翻译的操纵和影响，并由此切入某个时期的文学、文化关系的分析，探讨翻译文学的文学、文化功能及其意义。"②

梁实秋翻译《莎士比亚全集》的"刚性"文风，表明了译者对"他者"文化完整引入的观念和实践，体现了"刚健中正"的儒家风骨，其外在表现是翻译主体的伦理道德操守。许钧说："文学，是文字的艺术，文化的一个组成部分，而文字中又有文化的沉淀。文学翻译既是不同语言的转换活动，也是一种艺术再创造活动，同时也是一项跨文化的交流活动。"③翻译作为一项跨文化的人类交际活动，涉及作者、译者、赞助人、读者、批评者等不同主体之间的复杂关系，这些主体有着各自的伦理观念。例如，译者对作者的忠诚体现了"再现的伦理"，译者对委托人的忠诚体现了"服务的伦理"，源语文化与目的语文化之间的交流则体现了"交际的伦理"，译文读者的期待在某种程度上要与"规范的伦理"相协调，译者的译风、译德则遵循"承诺的伦理"。当然，这些伦理观是一个整体概念，它

---

① 谢天振在他的专著《译介学》中指出："译介学"尚没有相应的固定术语，曾有人建议翻译成"medio-translatology"，这是根据"medio"的"媒介"之意而来的，"mediology"是"媒介学"，"translatology"是"翻译学"，这样可以勉强表达"译介学"的意思。关于"译介学"研究的内容，谢天振主要探讨了三个方面的问题：一是文学翻译的再创造性质，并揭示它与文学创作的相通之处，从而从理论上肯定文学翻译家劳动的创造性价值；二是翻译文学在国别（民族）文学中的地位，这也是肯定文学翻译家的劳动；三是由此提出了撰写翻译文学史的设想，从而可以把自古以来文学翻译家的劳动以史的形式展示在世人面前。（参见谢天振：《译介学》，上海，上海外语教育出版社，1999，第1版，第2、334页。）

② 查明建：《译介学：渊源、性质、内容与方法——兼评比较文学论著、教材中有关"译介学"的论述》，《中国比较文学》2005年第1期，第49页。

③ 许钧等：《文学翻译的理论与实践：翻译对话录》，南京，译林出版社，2010，第1版，前言第4页。

们共同影响着译者的翻译行为。梁实秋"刚性"的译文反映了译者遵循翻译的伦理道德以及尊重异域文化的思想，也是对晚清以降"中华文化乃世界中心"这种文化本位意识的纠偏。梁实秋翻译《莎士比亚全集》时非常重视"文化移情"，"情"是文化心理中最活跃的因素，它本身就是一种文化心态。从美学意义上来讲，"移情"是指审美活动中主体的感情移入对象，使对象仿佛有了人的情感。从心理学意义上讲，它是指想象自己处于他人的境地，去理解他人的感情、欲望、思想、动机和行为。梁实秋在译莎过程中自觉转换文化立场，带着莎士比亚创作时的心态进行翻译，并且有意识超越本土文化传统的积淀和约束，向中国读者如实传递异域文化。他的"刚性"译文彰显了异域文化的差异性，这是"多元"文化共处的原则。汤一介指出："要承认'不同'，在'不同'基础上形成的'和'（和谐或融合）才能使事物得到发展，反之会使事物衰败……在不同文化传统中应该可以通过交往和对话，在讨论中取得某种共识，这是一个从'不同'到某种意义上的'同'的过程。这种'同'不是一方消灭一方，也不是一方'同化'另一方，而是在两种不同文化中寻找交汇点，并在此基础上推动双方文化的进展，这正是'和'的作用。"①纵观历史，每一种文化的发展都离不开两种因素的结合，一是历时性的纵向继承；二是共时性的横向借鉴。前者具有整合作用，后者具有拓展效应。本土文化可以与外来文化相互比照和借鉴，从而使本土文化更加丰富，这也是一种文化协商行为。"五四"新文化运动之后，中国读者开始倾向于接受新事物，梁实秋的译文传递了莎剧的文化价值观，充分体现了译者对当时中国读者"期待视野"的观照。

可见，梁实秋翻译的《莎士比亚全集》在跨文化交际中起了重要的桥梁作用，刘炎生是这样评价梁实秋的译莎成就的："完成《莎士比亚全集》的翻译，是梁实秋耗费了大半生的心血做成的一件宏大而艰巨的文化工程，是为中西文化交流付出了卓越的努力，是为中国人民引进世界文学艺术珍品做出了非凡的贡献，是他的文学事业的辉煌成就之一。"②

二、语言变革的实践

莎剧的语言经典美妙，涉及诗歌、散文、民谣等。莎士比亚的语言尽管是古代的语言，但是和现代语言在本质上并没有差异，精妙的语言

---

① 汤一介：《多元文化共处——"和而不同"的价值资源》，杨晖、彭国梁、江堤主编：《千年论坛——思想无疆》，长沙，湖南大学出版社，2002，第1版，第49页。

② 刘炎生：《坚持著译及家庭变故》，《才子梁实秋》，南昌，百花洲文艺出版社，1996，第1版，第251页。

在现代仍然具有无限的活力。伊丽莎白时期，成千上万的拉丁语、希腊语、意大利语和法语词汇融入了英语之中。据估计，莎剧中约使用了两万五千个不同的词汇，其中有两千多个词是新词。① 梁实秋翻译《莎士比亚全集》有助于引进一些新词充实现代汉语。文学翻译是语言的艺术，译者应该注重译作的"文学性"，而"文学性"最终体现在语言上，文学语言在本质上是凸显审美特征的。自近代开始，中国的语言变革问题并不仅仅是语言层面的问题，而且也是关系到中国文化如何走向现代化的思想意识问题。

对译本的评价应该注重两个方面的问题：一是把译文与原文进行比较分析；二是将同一作品的不同译本进行比较分析。梁实秋的汉译《莎士比亚全集》忠实于原文内容，与其他译本以及如今的现代汉语相比，显得有些"硬"，但是也从另一个侧面反映了译者借助西方语言改造现代汉语的意识和实践的自觉，在当时有助于丰富现代汉语。从译作与原作的关系来说，译作是原作的新的存在形式。从译作与译入语的文学关系来说，译作是译入语文学系统中的一部新的文学作品。追求译文对原作的"忠实"是译者的努力方向。当然，译本对原作的"忠实"只是相对的，译作只能最大限度地接近原作。越是优秀的文学作品，它的审美信息和文化意蕴也就越丰富，译者对它的理解和传达也就越困难。某些经过译者随意删改的顺畅的译文恰恰是他们使用译入语对原文实施暴力的结果。在这样的文化语境下，梁实秋等知识分子开始借鉴外来语言和文法表达新思想。鲁迅说："一面尽量的输入，一面尽量的消化，吸收，可用的传下去了，渣滓就听他剩落在过去里……但这情形也当然不是永远的，其中的一部分，将从'不顺'而成为'顺'，有一部分，则因为到底'不顺'而被淘汰，被踢开。这最要紧的是我们自己的批判。"② 通过这样一个选择、淘汰的过程，那些由"不顺"到"顺"的句法就会给现代汉语带来新的生命力，今天以为不"达"的，明天可能就算是"达"了。鲁迅和梁实秋曾经就"翻译问题"进行论争，实质上并非是"直译"与"意译"之争，而仅仅是"直译"的程度之争。梁实秋翻译《莎士比亚全集》十分尊重原文的语言特征。正如刘重德所说："就翻译本质上是两种不同语言的语际转换这一中外共识来说，译出语是矛盾的主要方面，因而仍应以译出语（源语）为本。作为译

---

① 参见〔美〕迪克·瑞利等：《开演莎士比亚》，刘军平等译，广州，暨南大学出版社，2005，第1版，第175页。

② 陈福康：《中国译学理论史稿》，上海，上海外语教育出版社，2000，第1版，第297页。

者，就应吃透原文，融会贯通，一方面，力求忠于原作：'信于内容，达如其分，切合风格'或文体，另一方面，在译文遣词造句上，也要力争文通字顺，基本上符合译入语的表达习惯。说'基本上'是因为操两种语言的不同民族在生活环境、风俗习惯以及思想方式的不尽相同，在翻译过程中，有时不得不进行一些'再创造'，以便接纳一些对译入语的发展有用的新词汇和句法而收到更加达意传神的效果；但无论如何，译者都不宜凭个人的好恶来任意增删而把自己的意志强加于作者。在以原文为本的前提下，译者争取做到上述两个'力求'，仍然是翻译之正规。"①

　　梁实秋十分赞同中国文学传统的"知人论世"接受观，"以意逆志"的接受方法以及西方"风格即人"的思想，他全身心地体悟莎士比亚的思想与情感。从鉴赏角度讲，梁实秋的"刚性"译文有着"韵外之味"的美感，这也是他所理解的佛禅要旨在翻译思维方式上的借鉴。任何语言都会受到外来语言的影响发生变化，英语的词汇、句式、语法以及思维形式不可避免地影响到现代汉语的发展。对于中国目前已经出版的上百种莎剧译本，学者自然有不同的评价，即使是同一译本也常常是褒贬不一。由于读者群体的不同，所以不同类型译本的存在就具有合理性和必要性。对于这些不同类型的译本，也就应该有不同的评价标准。莎剧在中国的读者群体大致可以分成四组：第一组是英文基础薄弱，需要依赖译本阅读莎剧的普通读者；第二组是借助译本学习英语的学生等；第三组是用汉语表演莎剧的演员和导演等；第四组是用中、英文进行比较研究的学者和评论家。现有的大部分莎剧译本可以满足普通读者和部分学生的要求。但是，学者和评论家则需要一种既忠实于原剧内容，又包含了中外几百年来莎学研究成果的译本。从整体上来说，梁实秋的汉译《莎士比亚全集》是最接近这两个要求的译本。他的译文尽可能地忠实原文内容，体现了翻译的"中庸"之道，在此可以借用刘重德的话进行概括："我们不妨拿现代射箭或打枪的'环靶'来说明中道的范围或幅度，箭射中或枪打中靶心当然是中靶，但只要不射（打）出那个圆圈的 10 环中的任何一环都算中靶，以此类推，凡是在以源语为本的前提下能够万变不离其宗在中道范围或幅度内的译文译著，均可称为正规的佳译，因为实际上只此一家的范译是不存在的，我们只能说它们合格的程度不尽相同。"②

---

①　刘重德：《试以"中道"来评判翻译问题》，《长沙铁道学院学报》（社会科学版）2000 年第 1 期，第 88 页。
②　刘重德：《试以"中道"来评判翻译问题》，《长沙铁道学院学报》（社会科学版）2000 年第 1 期，第 88 页。

可见，文学翻译的语言经历了从以严复、林纾为代表的文言翻译到浅近文言翻译以及白话翻译的过程，现代汉语的发展与翻译语言的变化基本同步。从改造语言的角度上来看，梁实秋的"刚性"译文是合理的。这是因为：在中国首先是翻译家促进了现代汉语的发展，接着是作家促进了现代汉语逐渐走向成熟。现代汉语的不断丰富与完善，在很大程度上是借助了文学翻译的力量。但是，仅仅依靠翻译改造的现代汉语还是有限的，现代汉语更加离不开本土化的创新。

三、建设新文学的尝试

几个世纪以来，莎士比亚的作品被全世界文学爱好者欣赏和研读，莎剧在舞台和银幕上盛演不衰。作为世界文学经典，莎剧的某些创作手法也纷纷被中国作家所借鉴，大大丰富了中国现代文学的表现力。现代汉语与中国现代文学是一种彼此促进的关系，新文学要求新语言，新语言的产生和发展需要新文学的支持，而新语言和新文学的产生都需要借助于翻译。

从建设新文学的角度来看，梁实秋希望通过译莎借鉴和学习外国文学，增强中国新文学的表现形式，扩大读者的视野，为文学界多提供一些范本。在一定程度上可以说翻译《莎士比亚全集》奠定了梁实秋"翻译大师"的地位。同时，梁实秋的译莎活动也对中国现代文学的发展产生了重要影响。梁实秋有着作家的汉语功底和翻译家的外语优势，他的"雅舍"系列散文创作与译莎活动相得益彰。中国新文学的先辈们常常把输入外国文学作为促进本民族文学发展的强大动力。在当时"西风东渐"的文化语境中，中国作家们自然而然地会吸收西方文学的某些写作技巧与叙事策略。如果没有外来文化和外国文学的滋养，传统的文学必将缺少生机。郑振铎说："至少须于幽暗的中国文学的陋室里，开了几扇明窗，引进户外的日光和清气和一切美丽的景色；这种开窗的工作便是翻译者努力做去的！"[①]梁实秋"刚健"的文风表现出他向中国读者介绍世界经典文学所做的尝试。

在此，我们可以借用"多元系统论"（Polysystem Theory）来分析梁实秋的"刚性"译文。该理论是特拉维夫学派的理论奠基人佐哈尔（Zohar）在20世纪70年代初提出的，它以"形式主义"为基础，把各种社会符号现象（如语言、文学、经济、政治、意识形态等）视为一个开放、动态的大系统，或者说一个包容多种现象的关系网络。佐哈尔把这一网络看做是

---

① 陈福康：《中国译学理论史稿》，上海，上海外语教育出版社，2000，第 1 版，第 219 页。

由多个系统组成的大系统，或称多元系统。这些系统互相交叉，部分重叠，是一种互相依存的关系。当然这些系统的地位并不平等，有的处于中心，有的处于边缘，但互相之间永远在争夺中心位置。任何多元系统都是一个较大的多元系统即整体文化的组成部分，因此必然与整体文化以及整体内的其他多元系统相互关联；与此同时，它又可能与其他文化中的对应系统共同组成一个"大多元系统"（Mega- 或 Macro-polysystem）。因此，任何一个多元系统内发生的变化，都不能孤立地看待，而必须与整体文化甚至世界文化这一人类社会中最大的多元系统中的变化因素联系起来研究。① 文学本身就是一个多元系统，该系统可以用一系列对立的系统来描述，即中心（决定整个多元系统的文学规范和模式）与边缘的对立、经典文学与非经典文学的对立、通俗文学与纯文学的对立、成人文学与儿童文学的对立、原创文学与翻译文学的对立，等等。其中的翻译文学在三种情形下会出现繁荣，甚至占据文学多元系统的中心位置：第一，当文学多元系统还没有形成，即文学还"幼嫩"，正处于创立阶段的时候；第二，当文学多元系统在大多元系统中处于边缘或者处于"弱势"时；第三，当文学多元系统出现转折点、危机或真空的时候。② 另外，当翻译文学处于多元系统的中心位置时，往往会打破译入语文化的传统规范，译者会注重译文的"充分性"，译者通常会遵守源语文化的规范；而当翻译文学处于边缘时，则常常套用本国文学中现成的模式，这时译者注重的是译文的"可接受性"，亦即遵守目的语文化的规范。③ 由此可见，一个民族的文学、文化地位决定了翻译文学在文学多元系统中的地位，而翻译文学的不同文化地位反过来也会在很大程度上影响译者的翻译策略。当一国文学系统资源有限时，就会引进本身所欠缺的文体形式。中国近代的传统戏曲出现渐渐式微的情况，这样当其他文学系统中有这类体裁时，翻译文学就会弥补这种缺少的文学体裁，并且译者会使用接近原文的"充分"翻译。梁实秋试图以世界文学经典影响本国戏剧创作者，希望帮助中国现代文学引进"戏剧文本类型"。

　　总之，梁实秋的"刚性"译文反映了他的翻译态度、翻译目的、翻译策略等诸多非语言因素，也体现了"中庸"思想中"和而不同"的文化视野

---

① See Even-Zohar, Itamar: "Polysystem Studies", *Poetics Today*, 1990(11): 1-2.

② See Even-Zohar, Itamar: *Papers in Historical Poetics*, Tel Aviv, University Publishing Projects, 1978: 121.

③ See Gideon Toury: *Descriptive Translation Studies and Beyond*, Shanghai, Shanghai Foreign Language Education Press, 2001: 56-57.

以及"古典主义"精神中"刚健守正"的文学原则，它受到译者自身的语言能力、文化取向、文学素养、社会环境等内在因素和外在因素的影响。也就是说："翻译不再被看做是一个简单的两种语言之间的转换行为，而是译入语社会中的一种独特的政治行为、文化行为、文学行为，而译本则是译者在译入语社会中的诸多因素作用下的结果，在译入语社会的政治生活、文化生活乃至日常生活中扮演着有时是举足轻重的角色。"①

---

① 谢天振：《当代西方翻译研究的三大突破和两大转向》，《四川外语学院学报》2003 年第 5 期，第 114～115 页。

第四章　益智论：融旧铸新，中西并采

在中国现代文学史上，梁实秋的"雅舍"系列散文和汉译《莎士比亚全集》以一种纯正博雅的人文精神、丰富多彩的民俗文化以及独特的语言艺术展现了"智性"魅力。"文化智性""主体智性"与"形式智性"是其主要内涵。

第一节　文化智性

"文化"是一个内涵丰富的概念，包含物质的、制度的和精神层面的内容。"朱光烈先生所写的《知识就是力量》，提出了一个被认为是时代性的命题，即'文化就是力量'。今天我们说'文化'是一个国家的软实力，其实'文化'又何尝不是一种生产力！'文化'可以感奋民众，凝聚人心，产生一种无形而巨大的力量！"①文学创作和文学翻译作为文化现象的集中体现，总是与相应的社会文化、民俗文化与语言文化等紧密联系在一起。从"文化"的角度来解析和阐释文学现象，就可以管窥作者或者译者的文化倾向。本章所谈"文化智性"主要是指精神文化层面上的智性。也就是说，笔者侧重考察梁实秋在"雅舍"系列散文创作和翻译《莎士比亚全集》的过程中是如何将个人情感、民情风俗和哲学思考熔铸于行文当中，形成一种"情""理""智"三者交融的美学情致。

一、传统文化价值的传承

"传统"是一个民族的文化精髓，它是一切新事物的基础。梁实秋认为：任何一个中国人都不可避免地受到"儒""释""道"思想的影响，但影响他最深刻的还是儒家思想对于现实世界的关怀。历史背景和个人经历使他在表达这种关怀时立足于文化观照的立场，他推崇典雅、稳健、传统的"古典主义"文学观。在梁实秋看来，古典文学并没有时间的限制。他说："……我把顶好的文学就叫做古典文学……古典的就是好的，经过时间淘汰而证明是好的。古不古，没有关系；典不典，也没有关系。不

---

① 徐明稚：《简论文化的力量》，《光明日报》2009 年 6 月 30 日。

过顶好的文学作品，都是不怕时间的试验的，所以常常是古远的留下来的精华；顶好的文学作品永远是精美的，有完美的形式与风格，所以亦常常是极其典雅的……古典文学的精髓并不在其'古'与'典'，'古'与'典'是顶好的文学所常备的两项特点罢了。"①梁实秋以著译并举的方式继承和弘扬中外传统文化的精华。

首先，梁实秋的创作与翻译展示了中外民俗文化的画卷。民俗文化具有强大的凝聚力，它是一种潜藏的、约定俗成的社会文化规范。"雅舍"系列散文对中国人的衣食住行、道德规范与思想观念等都进行了细致的介绍和描摹。例如，在《衣裳》一文中，梁实秋通过对西装和中国长袍的比较，赞扬了长袍具有不分贫富贵贱的优点，他说："中国长袍还有一点妙处，马彬和先生（英国人人我国籍）曾为文论之。他说这钟形长袍是没有差别的，平等的，一律的遮盖了贫富贤愚……衣裳是文化中很灿烂的一部分。"②"服装"在民俗文化中反映了一个民族的审美观，梁实秋在此表达了对中国服装的喜爱之情。在《敬老》一文中，梁实秋对中国人在重阳节给老年人送饭碗的风俗是这样解释的："饭碗当然是以纯金制者为最有分量，但是瓷质饭碗也就足够成为吉祥的象征。民以食为天，人最怕的就是没有饭吃，尤其是老来没有饭吃。"③由此可见"饭碗"在中国文化中的象征意义以及在中国普通老百姓心目中的地位。梁实秋精通经史典籍，在"雅舍"系列散文中融入了不少诗词佳句，体现了深厚的中国传统文化底蕴。例如，在《笋》一文中，梁实秋引用了《诗经·大雅·韩奕》中的"其簌为何，维笋维蒲"，唐书百官志中的"司竹监掌植行苇，岁以笋供尚食"以及《剪灯余话》中的"秋波浅浅银灯下，春笋纤纤玉镜前"④等诗句，说明中国人自古以来对笋的钟爱之情。在《手杖》一文中，梁实秋引用了陶渊明《归去来兮辞》中的"策扶老以流憩"⑤这句话，说明手杖深受中国古代文人的青睐。它不仅具有扶持功能，而且也是名士身份的象征。"扶老"即是手杖的别称，扶上去颤巍巍的，好像是扶在小丫鬟的肩膀上，

---

① 梁实秋：《古典文学的意义》，《偏见集》，上海，上海书店影印，1988，第1版，第247页。

② 梁实秋：《衣裳》，《梁实秋雅舍小品全集》，上海，上海人民出版社，1993，第1版，第31～32页。

③ 梁实秋：《敬老》，李柏生编：《梁实秋抒情散文》，北京，文化艺术出版社，1991，第1版，第114页。

④ 梁实秋：《笋》，《雅舍谈吃》，济南，山东画报出版社，2005，第1版，第87页。

⑤ 梁实秋：《手杖》，《梁实秋雅舍小品全集》，上海，上海人民出版社，1993，第1版，第124页。

惹人产生爱怜之意。在《群芳小记》一文中，梁实秋借用吕东莱的诗句"短篱残菊一枝黄，正是乱山深处过重阳"[①]来描写菊花的野趣。这种丰富的民俗文化知识不仅反映了梁实秋对华夏文明的热爱，而且是在以一种特殊的方式"整理国故"。传统是一个扎根于历史并向现在和未来开放着的文化载体，文化如果与传统割裂，则会失去根基和发展的潜力。

　　莎士比亚是一位受传统文化熏陶很深的戏剧家，他对古希腊和古罗马的神话、传说、民间故事的借鉴和运用，丰富了莎剧剧情，体现了他对历史、现实以及未来的理解和阐释。翻译是通过译者而形成的一种文化交流，是"人在其心理、生理的'人化'之后，以其社会性的文化意识所形成的整体性功能发挥的跨文化机制"[②]。在翻译活动中，译者的文化意识影响着译者的翻译态度和翻译策略。梁实秋通过翻译《莎士比亚全集》展示了莎剧中民俗文化的异彩纷呈。莎剧涉及记述时间的方式、节日来源、弹奏乐器、四季植物、服饰风格、体液学说等方面的知识。关于记述时间的方式，梁实秋让中国读者了解到英国伊丽莎白时期人们用随时体察到的，带有较强规律性的事体来记述时间的习惯。天色的明暗，日月星辰的运行，风霜雨雪的出现以及动物的鸣叫等都可以被用作记述时间的参照物，这些记述时间的方式反映了当时缓慢的生活节奏和人们神秘的宇宙观；关于节日来源，英国一年四季都有假日，大多数节日的庆祝和宗教有关。例如，一月六日是圣诞节的第十二夜，也叫"主显节"，是基督徒们庆祝三位国王朝见圣婴的日子。"四月斋"被称作"圣灰星期三"，当时的英国仍保持着古老的天主教在复活节前四十天限制吃肉的传统，主要是为了繁荣英国的渔业。《温莎的风流妇人》一剧曾两次提到"四月斋的杰克"。四月二十三日是"圣乔治日"，是纪念英格兰守护神的日子，该节日在《亨利四世》（上）中被提到；关于弹奏乐器，从王公贵族到普通百姓都爱拨弄乐器。鲁特琴是当时最为流行的乐器，可以增强宁静或浪漫的戏剧效果。在露天演出戏剧时，吹喇叭表示戏剧演出就要开始了。横笛和风笛则是用于战场的乐器；关于四季植物，莎士比亚是个辛勤的园丁，他对植物的生长习性和象征意义了如指掌。例如，蔓德拉草被拔出时，人们会说它们在地底下发出难受的呻吟，路人听见了就会发疯，朱丽叶想象着自己喝下毒酒被埋在棺材里，耳边响起蔓德拉草的声音时，气氛十分恐怖。另外，玫瑰是纯真美丽的象征，紫罗兰代表着早

---

① 梁实秋：《群芳小记》，《梁实秋雅舍杂文》，上海，上海人民出版社，1993，第1版，第13页。

② 蔡新乐：《文学翻译的艺术哲学》，开封，河南大学出版社，2001，第1版，第101页。

逝，柳树代表着悲伤；关于服饰风格，伊丽莎白时代城市人的衣着往往浮夸鲜艳，乡下人的衣着一般朴素平实。在《空爱一场》一剧中，莎士比亚用服饰来比喻语言，热情的伯龙表示他不会再用像丝绸一样虚无的语言讨好姑娘，宁愿用平凡得像庄稼人穿的粗呢布料一样的语言和她交流；关于体液学说，当时人们认为人的身体和心理特点源于四种液体或气质的平衡，即人由血液、黏液、胆汁和忧郁汁构成。可见，这些英国民俗文化知识扩大了中国读者的知识视野。译者应该彰显翻译的"异化"成分，在作者、译者、读者、译语、源语和历史语境等范畴之间建立互动关系。

究其原因，梁实秋重视对传统文化价值的传承与胡适、"学衡"派人士以及白璧德的影响密不可分。胡适是"五四"新文化运动的领导者，他曾经提出"整理国故"的口号，这是对传统文化的一种价值重估。梁实秋十分赞同胡适的文学主张，他曾经对胡适创作时使用明白清楚的白话文这样评价："明白清楚并不是散文艺术的极致，却是一切散文必须具备的起码条件。他的《文学改良刍议》，现在看起来似嫌过简，在当时是振聋发聩的巨著。他的《白话文学史》的看法，他对于文学（尤其是诗）的艺术的观念，现在看来都有问题。例如他直到晚年还坚持地说律诗是'下流'的东西，骈四俪六当然更不在他眼里。这是他的偏颇的见解。可是在五四前后，文章写得象他那样明白晓畅不枝不蔓的能有几人？我早年写作，都是以他的文字作为模仿的榜样。不过我的文字比较杂乱，不及他的纯正。"①"雅舍"系列散文融合了现代口语和文言的一些表达方法，或多或少是受胡适文学主张的影响。但是，梁实秋对于胡适反对使用文言表达的观点则是不赞同的。此外，梁实秋的文学主张与创作实践与一些"学衡"派人士的诸多观点颇为一致，都是以白璧德的"新人文主义"思想为理论根底。他们提倡重视传统与历史，反对"五四"新文化运动中某些人鄙弃传统的态度，同时也反对"全盘西化"。晚清以降，中国传统文化受到了冲击与挑战，但是却受到中国文化复兴者们的强烈反抗。他们吸取了中外传统文化的积极因素，并且努力开启民族文化的新生命。中国新文化和新文学的发展必须要以传统文化为基础。梁实秋说："就文学而论，自古至今，有其延续性，有所谓'传统'，从各方面一点一滴的设法改进，是可行的，若说把旧有的文学一脚踢翻，另起炉灶，那是不可能的。"②

---

① 梁实秋：《影响我的几本书》，梁实秋著，陈子善编：《梁实秋文学回忆录》，长沙，岳麓书社，1989，第1版，第18页。

② 梁实秋：《"五四"与文艺》，徐静波编：《梁实秋批评文集》，珠海，珠海出版社，1998，第1版，第249页。

可以说，传统文化的熏染、自己的生存环境、与"学衡"派人士的交往等都影响了梁实秋的文学活动。"雅舍"系列散文有力地矫正了当时杂文的刻薄与抒情散文的煽情文风，继承并且发扬了中外散文中的优良传统，拓展了中国现代散文艺术的天地。梁实秋选择翻译《莎士比亚全集》，把传统文化意识渗透到对人生、社会与历史的描摹当中，这是主张文学"健康与尊严"的体现，反映了梁实秋"中庸"的文学立场以及从容、矜持的传统学人风范。同时，也表明中国传统的人文精神可以通过与西方近代"人文主义"思潮的暗合而获得新生。

二、现代文化意识的守望

面对现代社会中人文精神和文化品位的不断失落，梁实秋以严谨、内敛的文学态度和现代知识视野通过创作与翻译积极倡导"古典主义"的文学主张，追求文学的自由、和谐。

首先，梁实秋在理论形态和著译实践上提倡"中庸"之道。这是中西哲人们认同的价值观和方法论，有助于纠正特定历史时期文学中的情感过度泛滥的局面。梁实秋说："是以人类行为之善恶，固可自由选择，而选择之标准则应不背于中庸之道。中庸者，即避免极端，以求事物之宜。"①"'抒情主义'的自身并无什么坏处，我们要考察情感的质是否纯正，及其量是否有度。"②也就是说，梁实秋讲究"适度"原则，他在"雅舍"系列散文中表达的情感是温和的、得体的。例如，在《谈话的艺术》一文中，梁实秋指出"谈话"的适宜表现时说："谈话不是演说，更不是训话，所以一个人不可以霸占所有的时间，不可以长篇大论地絮聒不休，旁若无人。"③"谈话，和作文一样，有主题，有腹稿，有层次，有头尾，不可语无伦次。"④在《读书苦？读书乐？》一文中，梁实秋谈到对于自己学习数学，自以为与性情不近而甘愿放弃，后来由于美国老师的循循善诱竟产生兴趣的事情，向读者展示了人的内省与"纪律性"原则。他说："读书上课就是纪律，越是自己不喜欢的学科，越要加倍鞭策自己努力钻研。

---

① 梁实秋：《亚里士多德的〈诗学〉》，徐静波编：《梁实秋批评文集》，珠海，珠海出版社，1998，第 1 版，第 83 页。

② 梁实秋：《现代中国文学之浪漫的趋势》，徐静波编：《梁实秋批评文集》，1998，第 1 版，珠海，珠海出版社，第 1 版，第 40 页。

③ 梁实秋：《谈话的艺术》，《梁实秋杂文集》，北京，中国社会出版社，2004，第 1 版，第 62～63 页。

④ 梁实秋：《谈话的艺术》，《梁实秋杂文集》，北京，中国社会出版社，2004，第 1 版，第 62～63 页。

克制自己欲望的这一套功夫，要从小时候开始锻炼。读书求学，自有一套正路可循，由不得自己任性。"①在《紧张与松弛》一文中，梁实秋认为紧张与松弛、工作与游戏等都是一种辩证的关系。他说："工作时工作，游戏时游戏，这乃是健全身心之道。因此在工作时要认真，不懈怠，不偷油，有奖赏的鼓励，有惩罚的制裁，再加上一些标语的刺激也无妨事。游戏时也要认真，不欺骗，不随便，各随其好，各得其趣，这时节便不需要再把任何大道理插入其间。"②这种观点对我们今天如何处理好工作与娱乐的关系都有启示意义。实际上，梁实秋并不是只重视理性而忽略情感，而是认为"古典主义"者不把理性作为文学创作和批评的唯一的标准，而把理性作为最高的节制的机关。可见，梁实秋既有对传统性的继承，又有对现代性的追求，反映了一个现代知识分子的文化感悟和艺术感悟。

"中允、客观"的美学风格在梁实秋翻译《莎士比亚全集》时也常有体现。

以下是《利查二世》(*The Life and Death of Richard the Second*)一剧第一幕第三景中的一段台词。

原文：

MOWBARY　　A heavy sentence，my most sovereign liege，

And all unlook'd for from your highness' mouth：

A dearer merit，not so deep a maim

As to be cast forth in the common air，

Have I deserved at your *highness' hands*...

梁实秋译文：

毛　　好严厉的判决，我的主上，从陛下口中说出真是料想不到：我应该从陛下手中得到较好的报酬，不应是这样严重的伤害，被驱逐到茫茫的人世中去……③

---

① 梁实秋：《读书苦？读书乐？》，《梁实秋杂文集》，北京，中国社会出版社，2004，第 1 版，第 9 页。

② 梁实秋：《紧张与松弛》，《梁实秋杂文集》，北京，中国社会出版社，2004，第 1 版，第 61 页。

③ 〔英〕莎士比亚：《利查二世》，《莎士比亚全集》16，梁实秋译，北京，中国广播电视出版社，2001，第 1 版，第 48～49 页。

朱生豪译文：

毛勃雷 一个严重的判决，我的无上尊严的陛下；从陛下的嘴里发出这样的宣告，是全然出于意外的；陛下要是顾念我过去的微劳，不应该把这样的处分加在我的身上，使我远窜四荒，和野人顽民呼吸着同一的空气。①

这段台词是诺佛克公爵（Duke of Norfolk）毛伯雷（Mowbray，简称"毛"）对国王利查二世（Richard the Second）所说的，表达了毛伯雷怨恨国王所做出的决定。梁实秋使用了中性词"茫茫的人世"，朱生豪将其翻译成"野人顽民"，带有贬义色彩，情感表达更加直接和外露。可见，梁实秋反对"坦白而奔放"的宣泄，注重"情绪"表达的委婉，这和他"以理节情"的文学思想是相互印证的。

其次，梁实秋的创作与翻译以文化"自律"原则为基础，凸显了文学的"人性"内涵以及"艺术性"价值，渗透着"理性主义"规范下的文学"精品意识"，有助于提升中国现代文学的品位。"雅舍"系列散文创作的发展历程是随着梁实秋生活阅历和思想的丰赡而日渐成熟的，始终追求高雅与正统的艺术格调。梁实秋宣扬平等意识、博爱意识、公德意识、环境意识、现代意识等，在刻画"人性"的深度与提高散文艺术的人文精神等方面，他把"闲适絮语"散文推进到了一个新的阶段。20世纪90年代以来，与中国台湾一样，中国大陆的"随笔热"开始盛行，人们在聊天、喝茶、饮酒、吃饭、旅行之类的轻松与闲适的氛围中进行自由言说，"雅舍"系列散文的当代魅力越来越明显。在文化价值"多元化"的现代社会，人们迫切需要一种正统的阅读体验来有效摆脱精神困境。梁实秋所提倡的"高雅的""艺术性"等就是指的"文艺精品"这个命题。努力构建文艺精品，是民族文化的希望所在。真正的"文艺精品"是民族的，也是世界的；是时代的，也是全人类的。"文艺精品"的建构能够祛除低俗化文艺所带来的负面影响。尽管"文艺精品"在各个时代里会发生变化，但构成作品的基本内涵则是不变的。努力构建"文艺精品"，是时代的要求，是人们的期望，更是民族文化的希望所在。②

同样，中国读者通过阅读梁译《莎士比亚全集》，唤起了对社会和生活的感悟与思索。梁实秋展现出来的莎士比亚的世界是中国读者似曾相

---

① 〔英〕莎士比亚：《理查二世》，《莎士比亚戏剧》，朱生豪译，上海，上海古籍出版社，2002，第1版，第21页。

② 参见周思明：《文艺精品：拒绝低俗 彰显崇高》，《光明日报》2010年10月21日。

识的世界以及刻骨铭心的体验，充满着皈依精神家园的亲切与实在。他以汉语的"欧化"为契机，通过译莎促使人们树立"语言改良"的现代意识。译莎丰富了梁实秋的散文创作，而散文创作则对其翻译原则的确立和翻译风格的形成起了一定的导引作用。翻译文学对中国现代文学的创作影响深远。可以说，中国现代文学作品的语言形态从词汇到句法都与翻译文学的"欧化"语言有密切关系。"五四"新文化运动以后，中国文学的语言应该朝什么方向发展，是学者们一直关心和探讨的问题。梁实秋建议懂外文者不妨以渐进的态度，试用一些外国的句法与词法来改良现代汉语。他说："文字文法原不是一成不变的东西，各国文字都各有历史背景和习俗的因袭。中国文字文法因接触欧语之故将起新的变化，也许是不可免的事。但此乃语言学家所应研讨之问题，其改革当是渐进的。翻译者也许最感觉这问题的迫切，也不妨作种种尝试……"①汉语"欧化"作为一种异质文化相互融合的实践，吻合了不同文化在相互交融中对话、发展的规律。"雅舍"系列散文本身就具有"欧化"的特点，主要表现在思想倾向与艺术风格两方面。梁实秋的汉译《莎士比亚全集》使"欧化"汉语成为拓展白话文表现功能的有效途径之一。"五四"新文化运动以降，翻译文学是中国读者最基本的、最直接的参与文化对话的载体。由于翻译文学的语言既不同于原作语言，又不同于译入语，因此，汉语"欧化"不可避免地成了翻译文学语言的特征之一。梁实秋译莎体现了他借鉴西方经验，追求文学与文化"现代性"的实践。"如果以'现代意识'来重新观照'传统'，将寻找自我和寻找民族文化精神联系起来，这种'本原'性（事物的'根'）的东西，将能为社会和民族精神的修复提供可靠的根基。"②

　　总之，梁实秋以中学为体，西学为用，昌明国粹，融化新知。他推崇关注社会与人生的"现实主义"精神，主张"中庸和谐"的审美倾向，坚持纯正高雅的文学品位。"雅舍"系列散文和梁译《莎士比亚全集》的"文化智性"充满了诗意的悟性与生活的灵性，在倡导"古典主义"的人文意蕴方面起了重要作用。

第二节　主体智性

　　著译主体是文学活动中首先被关注的对象，其精神风骨决定着文学

---

① 梁实秋：《欧化文》，黎照编：《鲁迅梁实秋论战实录》，北京，华龄出版社，1997，第1版，第619～620页。

② 洪子诚主编：《中国当代文学史》，北京，北京大学出版社，1999，第1版，第323页。

作品的思想内容与审美价值。梁实秋以"古典主义"平实稳健的风格和深厚的文学修养显示了他的"主体智性"，这是他的博雅智慧和严谨精神的融合，主要体现在"雅舍"系列散文和汉译《莎士比亚全集》的书卷气息、"现实性"品格和"审美性"品格的整合等方面。

一、"学者著译"的书卷气息

梁实秋著译"主体智性"的外在表现是作品的宏富知识，它在某种意义上说得力于"雅舍"系列散文中"滑笔艺术"的巧妙运用和翻译《莎士比亚全集》过程中细密的考证工作和研究工夫。

"滑笔"艺术是散文独抒性灵的一种特殊表达方式，作者往往在叙述主线的过程中滑入对历史知识、典故趣闻、民间传说等的描述，并且有针对性地对这些材料展开阐发，从而增加文学作品的"智性"特征。"雅舍"系列散文收放有度，精巧细致，作者善于围绕"话题"进行絮语闲谈，利用了"滑笔"艺术的效果。首先，梁实秋往往配合写作意图对引用的材料加以引申。例如，在《洗澡》一文中，梁实秋以中国民间风俗"洗儿会"和"洗三"引入话题，使读者对这种司空见惯的日常生活行为的渊源有了一些了解。接着作者对古今中外的洗澡习惯进行描述，在结尾处旨在说明真正有德行的人不仅注重身体清洁，而且注重心理健康。梁实秋说："《礼记·儒行》云：'儒有澡身而浴德'。我看人的身与心应该都保持清洁，而且并行不悖。"[1]在《睡》一文中，梁实秋列举了许多生动的例子来评说睡眠的时间、姿态、卧具等，中间穿插了一段对东汉人杨震回绝暮夜曾有人馈送他十斤黄金的议论："睡眠是自然的安排，而我们往往不能享受。以'天知地知我知子知'闻名的杨震，我想他睡觉没有困难，至少不会失眠，因为他光明磊落。心有恐惧，心有挂碍，心有忮求，倒下去只好辗转反侧，人尚未死而已先不能瞑目。"[2]这样，像"睡眠"如此普通的题材就暗含着光明磊落的人生意义。在《拜年》一文中，梁实秋于文章开始引用田汝成《熙朝乐事》的记载："正月元旦，夙与盥漱，啖黍糕，谓年年糕，家长少毕拜，姻友投笺互拜，谓拜年。"[3]可见，"拜年"风俗自古有之，接着梁实秋描述在北京和台湾地区所见到的人们拜年时胡闹的

---

① 梁实秋：《洗澡》，《梁实秋雅舍小品全集》，上海，上海人民出版社，1993，第 1 版，第 116 页。

② 梁实秋：《睡》，《梁实秋雅舍小品全集》，上海，上海人民出版社，1993，第 1 版，第 129 页。

③ 梁实秋：《拜年》，梁实秋著，刘天华、维辛编选：《梁实秋散文》（一），北京，中国广播电视出版社，1989，第 1 版，第 256 页。

风气，究其原因是人们过年放假在家无所事事便串门解闷的心理在作怪，于是他在文章结尾处得出结论：拜年是一种苦闷的象征。由此真实地道明了人们对拜年中的某些陋习的无奈心理。

其次，梁实秋擅长剪裁零散的材料以漫谈方式进行勾连。例如，在《雅舍》一文中，梁实秋对"雅舍"的记叙，既有初来乍到时仅求其能遮风挡雨的愿望，也有后来好感油然而生的心境；既陶醉于葱翠远山与繁茂竹林的情调，也习惯于粪坑、老鼠和蚊子的困扰；既有细雨濛濛之时如诗如画的氛围，也有雨势加大，房屋漏雨而令人措手不及的真实写照。①梁实秋将即时感受和瞬间思绪于娓娓而谈之中进行巧妙组合，显示出严谨的构思。在《早起》一文中，梁实秋既有对"黎明即起"习惯的赞美和建议，也有对山东韩主席强迫省府官员清晨五时集中在操场跑步做法的否定和包容；他既有对清晨适宜工作时心情舒畅愉快的描摹，也有对弄堂里"哗啦哗啦"刷马桶等嘈杂声音所带来的苦恼的刻画。②由此反映出作者认识事物的客观态度和辩证的思维方法。在《烧饼油条》一文中，梁实秋既有对北京的烧饼油条的念念不忘之情，也有对海外羁旅生活中将火腿、鸡蛋、牛油面包作为标准早点的接受心理。他既写出了做烧饼油条时的肮脏环境，也写出了人们始终喜爱这平常早点的原因③，这种褒贬适中的比照与评论形成跌宕起伏的结构。

梁实秋的"滑笔"艺术是"雅舍"系列散文创作的话语特色之一，这种写法沿袭了桐城派的"义理、考据、辞章"这一散文观念，"义理"是文章的命脉，具有统领全文的作用；"考据"是文章的筋骨，具有追本溯源的作用；"辞章"是文章的血肉，具有传情达意的作用。梁实秋自幼受中国传统文化的熏陶，"德""学""才""识"兼具，"雅舍"系列散文的感染力来自"忠""信""孝""廉""礼""勤""义""勇"等美德，而这些价值规范以"学者散文"方式表现出来。书卷气同样贯穿于梁实秋翻译《莎士比亚全集》的过程当中。梁实秋倾注了浓厚的热情与兴趣，他细读文本、耐心考证、认真翻译、中肯评论，对推动中国莎学的研究功不可没。

首先，梁实秋英文功底扎实，对译莎饱含热情和兴趣。他早年在主编《新月》月刊和创办《自由评论》周刊时就写了一些评论文章论述翻译的

---

① 参见梁实秋：《雅舍》，《梁实秋雅舍小品全集》，上海，上海人民出版社，1993，第1版，第5页。

② 参见梁实秋：《早起》，梁实秋著，刘天华、维辛编选：《梁实秋散文》（一），北京，中国广播电视出版社，1989，第1版，第243～245页。

③ 参见梁实秋：《烧饼油条》，梁实秋著，刘天华、维辛编选：《梁实秋散文》（三），北京，中国广播电视出版社，1989，第1版，第122～125页。

技巧。1921 年 3 月，梁实秋与顾毓琇等同学翻译了一本《短篇小说作法》，标志着他翻译生涯的开始。1923 年 8 月，梁实秋在由上海赴美国留学的途中，与冰心、许地山等人合办《海啸》壁报，翻译了罗塞蒂(Rossetti)的《约翰我对不起你》，初显翻译才华。1924 年夏，梁实秋从美国科罗拉多大学(Colorado University)英文系毕业，进入哈佛大学学习，留学经历使他的英文水平有了进一步提高。梁实秋最早接触莎士比亚的作品是在清华留美预备学校读书期间，当时他学习过不少外国文学作品，但是对不少外国文学名著也不是一开始就非常喜欢的，他这样回忆道："在英文班上读这些文学名著，也觉得枯燥无味，莎士比亚的戏剧亦不能充分赏识，他的文字虽非死文字，究竟嫌古老些，哪有时人翻译出来的现代作品那样轻松 ?"[1]可见，梁实秋起初对莎士比亚作品不是很感兴趣，更谈不上深入研究，可是他却花了近 40 年时间独自翻译《莎士比亚全集》，这是在翻译实践中慢慢培养了对莎剧的兴趣与热情，也是他学问累积之后浑然天成的结果。作为"新月派"的成员之一，梁实秋在译莎之前就很注重外国文学作品的译介工作，他早年翻译了一些英国诗歌，比如华兹华斯的《尘劳》和《莫轻视十四行诗》，克勒夫的《最新十诫》，丁尼孙的《轻骑队冲锋》《你问我为什么》和《驶过沙洲》；拜伦的《题骷髅杯》等。梁实秋后来回忆道："在翻译莎氏之前我已经译了几本书，像最近重印的《阿伯拉与哀绿绮思的情书》《潘彼得》《织工马南传》皆是。还有一本《西塞罗文录》是从拉丁文翻译的。这时期我翻译没有标准和计划。只是拣自己喜欢的东西译。幸而胡适之先生提议翻译莎氏全集，使我有了翻译的方向。"[2]这些早年的翻译实践经历不仅为梁实秋翻译《莎士比亚全集》积累了深厚的英文功底，也使他对翻译外国文学作品的兴趣越来越浓。

如果说梁实秋翻译《莎士比亚全集》除了自己渐渐产生了热情和兴趣的话，那么胡适的倡导、父亲的鼓励和妻子的支持则使他译莎具有强烈的责任心和情感力量。梁实秋说："我之所以能竟全功，益得三个力量的支持：第一是胡适之先生的倡导。他说俟全部译完他将为我举行盛大酒会以为庆祝。可惜的是译未完而先生远归道山。第二是我父亲的期许。抗战胜利后我回北京，有一天父亲扶着拐杖走到我的书房，问我莎剧译成多少，我很惭愧这八年中缴了白卷，父亲勉励我说：'无论如何要译完

---

① 梁实秋：《清华八年》，梁实秋著，刘天华、维辛编选：《梁实秋散文》(一)，北京，中国广播电视出版社，1989，第 1 版，第 226 页。

② 梁实秋：《岂有文章惊海内——答丘彦明女士问》，梁实秋著，陈子善编：《梁实秋文学回忆录》，长沙，岳麓书社，1989，第 1 版，第 83 页。

它。'我闻命，不敢忘。最后但非最小的支持来自我的故妻程季淑，若非她四十多年和我安贫守素，我不可能顺利完成此一工作。"①梁实秋以愚公移山的精神，在忙碌教书之余，着手搜集有关莎剧的资料，并且开始他的翻译工作。他能够以愉快的心情、顽强的毅力和强大的动力译莎，虽然内因起着至关重要的作用，但是外部力量的影响也不可忽视，这是儒家思想的情感美德在译莎实践中的体现。

其次，梁实秋翻译《莎士比亚全集》的书卷气息表现在他非常重视精读作品，研究传记以及进行相关的考证工作等方面。梁实秋认为：最基本的研究文学的方法是精读作品。精读包括两个条件：第一，作品要经过适当的选择；第二，读的方法要力求精到。另外，传记的研究也是不可少的，因为读其书而不知其人，自然是不可以的，传记是帮助读者理解作家与作品的工具，是研究作品以外之进一步研究。他说："传记若是已经有人整理得好好的，那是再好不过，取来阅读便是；若是没人整理过，或是没整理得好，那么便要自己下手去做一番搜集考订编纂的工作。在西洋文学里，这种传记大部分已经有了规模，虽然新的材料随时不断的发见，大约都无关大体。"②"再进一步的研究便是考察作者的时代的背景，当时的政治状况，社会情形，哲学潮流，文艺背景等，此种背景的研究能增加读者对于作品的了解……由精读作品以至背景研究，这便是普通研究文学的正当途径。此外别无第二法门，更无捷径。"③当然，在研究作品、传记与背景这三者的过程中，精读作品是最基本的，因为研究文学的人如果对于作品尚未曾精读便去做背景研究，那只是好高骛远的行为。译者进行翻译应该有个积累材料的过程，对原作者的文艺思想、审美倾向、个人经历和语言风格力求进行深入细致的研究。译者必须具有学者的文化底蕴，谙熟不同民族之间的文化差异，尽可能地缩小与原作者之间的距离。作为"学者型"翻译家的梁实秋不仅精读了《莎士比亚全集》，而且对莎士比亚其人与其文进行了大量的研究工作，其中既有他本人的研究心得，又有整合了世界上其他学者几百年来的莎学研究成果。在版本选择问题上，经过比较与筛选，他认定了未经删节且流传广泛的

---

① 梁实秋：《岂有文章惊海内——答丘彦明女士问》，梁实秋著，陈子善编：《梁实秋文学回忆录》，长沙，岳麓书社，1989，第 1 版，第 85～86 页。
② 梁实秋：《现代文学论》，徐静波编：《梁实秋批评文集》，珠海，珠海出版社，1998，第 1 版，第 184 页。
③ 梁实秋：《现代文学论》，徐静波编：《梁实秋批评文集》，珠海，珠海出版社，1998，第 1 版，第 184 页。

《牛津版莎士比亚全集》作为翻译的原始文本。① 另外，梁实秋将自己的批评意见穿插在某些译本的序言中表达出来。例如，在《维洛那二绅士》（*The Two Gentlemen of Verona*）一剧的序言中，梁实秋写道："第五幕第四景瓦伦坦有这样的一句话：And，that my love may appear plain and free，All that was mine in Sylvia I give you. 这两行引起了很多批评，这过于突兀的慷慨是嫌粗率，但如 Hanmcr 所云'此剧主要部分非出自于莎士比亚之手，是为一大明证'，则亦未免过于臆断。中古及文艺复兴作家喜欢重视'友谊'，有时推崇过分，对'爱情''孝道'不成比例。中古时之传奇 Amis and Amiloun 即其一例。莎士比亚自己的《威尼斯商人》也是一例。这两行本身并无可议，惟莎士比亚没有能充分把握剧情，没有能做更深刻的剖析，没有写出更充实更动听的戏词而已。"②读者根据梁实秋的批评意见，可以了解莎剧创作过程中的某些不足之处。不仅如此，梁实秋对莎剧中双关语、文字游戏、俗语、俚语等的细密注解更使得普通读者和研究者获益匪浅。例如，在《无事自扰》（*Much Ado about Nothing*）一剧第一幕第一景中，涉及三个单词"quiver""quake""earthquake"的巧妙组合。以下是该剧的一段对白。

原文：

DON PEDRO　　Nay，if Cupid have not spent all his *quiver* in Ven-
　　　　　　　ice，thou wilt *quake* for this shortly.

BENEDICK　　I look for an *earthquake* too then.

梁实秋译文：

唐佩　不，如果邱比得在威尼斯尚未用完他的剑，你不久就会被射
　　　得发抖。

---

① 莎士比亚作品的最早版本是《第一对折本》，1623 年出版发行。之后又有了《第二对折本》和《第三对折本》。1709 年尼古拉斯·罗伊出版了多册《莎士比亚戏剧集》，可是他的版本没有把戏剧分成场景和幕，读者阅读起来很不方便。1725 年亚历山大·薄柏出版了他整理的版本。18 世纪后期约翰逊博士的《莎士比亚集》还增添了他对相关作品的评注，这个版本一经出版就广受好评。1863 年剑桥版的《莎士比亚全集》出版并被当做是标准版本。很多的出版公司都有莎士比亚戏剧的单册和多册版本，外加不同的注解，版面编排也不同。这些版本有阿普洛斯版，阿登版，矮脚鸡版，多佛版，新佛尔杰图书馆版，牛津版，鹈鹕版，企鹅版，河畔版。（参见〔美〕迪克·瑞利等：《开演莎士比亚》，刘军平等译，广州，暨南大学出版社，2005，第 1 版，第 370 页。）

② 〔英〕莎士比亚：《维洛那二绅士》，《莎士比亚全集》2，梁实秋译，北京，中国广播电视出版社，2001，第 1 版，第 7 页。

班　　　地震才使我发抖哩。①

注释：箭（quiver），发抖（quake），地震（earthquake），三个字连续，取其音义近似，此为莎氏时代之文字游戏的风尚之一种，无法译出。②

从该例中可以看出，梁实秋将三个单词"quiver""quake""earthquake"的关联语义翻译出来了，但是却没有翻译出语音关联的戏谑性特点。梁实秋在注解中进行了如实说明，从而使读者知道英汉语言的差异以及翻译之难。这也从一个侧面反映了译者诚信的翻译态度。莎士比亚的文字游戏精彩纷呈，意思往往是多重的，因此在传情达意时比较含蓄曲折，多重复义给莎剧加了一层朦胧美。

梁实秋通过自己精读莎士比亚作品，研究莎士比亚传记以及考察相关背景知识为译莎进行了充分的准备工作，体现了一种独立思索的精神和认真负责的治学态度。除了他本人是一个严谨的学者之外，胡适的影响也很重要。梁实秋十分推崇胡适善于考证的学术态度。他说："胡先生有一句话：'不要被别人牵着鼻子走！'像是给人的当头棒喝。我从此不敢轻信人言。别人说的话，是者是之，非者非之，我心目中不存有偶像……胡先生对于任何一件事都要寻根问底，不肯盲从。他常说他有考据癖，其实也就是独立思考的习惯。"③

再次，梁实秋翻译《莎士比亚全集》的书卷气息体现在他结合文本发表莎学评论文章上。这些文章包括《莎士比亚的演出》《莎翁夫人》《莎士比亚与性》《莎士比亚与时代错误》，等等。莎士比亚诞辰400周年时，梁实秋主编了《莎士比亚四百年诞辰纪念集》，由台湾地区中华书局出版。书中收录了梁实秋撰写的《莎士比亚四百年诞辰纪念》《莎士比亚的戏剧作品》《关于莎士比亚的翻译》，梁实秋翻译的《莎士比亚的作品是谁作的？》《关于莎士比亚》《莎士比亚传略》，显示了台湾地区莎学研究初期的一些情况。此外，梁实秋在研究批评家兰姆（Lamb）的过程中认为其独到之处在于指出了莎士比亚的戏适合于阅读，他引用兰姆的《论莎氏悲剧是否合于舞台排演》中的话说："莎士比亚的戏，比起任何别的作家，实在最不

---

① 〔英〕莎士比亚：《无事自扰》，《莎士比亚全集》6，梁实秋译，北京，中国广播电视出版社，2001，第1版，第28～29页。
② 〔英〕莎士比亚：《无事自扰》，《莎士比亚全集》6，梁实秋译，北京，中国广播电视出版社，2001，第1版，第198页。
③ 梁实秋：《影响我的几本书》，梁实秋著，陈子善编：《梁实秋文学回忆录》，长沙，岳麓书社，1989，第1版，第18页。

该在舞台上排演……里面有一大部分并不属于演出的范围以内，与吾人之眼、声、姿势，漫不相关。"①梁实秋也认为莎剧适合阅读，但是他分析了莎士比亚创作的初衷是为了吸引观众。他说："莎氏剧中人物确实有些个是不容易表演的，其中有些台词也确是相当深刻不易理解的。表演一出戏，不过匆匆三两个小时，当然不及阅读剧本之较多体认的机会。但是平心而论，莎氏剧中之情节、人物、对话之较深刻的只是其中一部分，其余大部分在舞台表演上没有问题。事实上，莎氏编剧原是为了表演，原是为了娱乐观众，而且是层次不同的观众，上至缙绅学士，以至贩夫走卒，所以其写作内容也是深浅兼备，雅俗共赏……他重视的是如何把戏编得精彩以取悦观众，使剧团赚钱……"②通过阅读梁实秋的莎评文章，读者不仅可以了解莎剧的创作特点和有关背景知识，还可以了解梁实秋的译莎策略。李伟昉指出："梁实秋的莎评主要是基于学术的探讨。他所关注的是世界范围内莎士比亚研究的观点与问题，体现出来的是对西方莎学研究自觉的整体把握。他的莎评文章虽然主要取译介的方式，但终究是经过他个人的视角和感受而写就的，其间融会着他的宝贵见解，因此也就具有不同于他人的个性化特点。这个特点就是超然于当时社会政治主流的不带功利性的文学批评。"③

最后，梁实秋翻译《莎士比亚全集》的书卷气息还体现在其译文的"学院派"风格上。戏剧翻译应该考虑到剧本的使用目标群体。苏珊·巴斯耐特（Susan Bassnett）将剧本的阅读方式大致分为七类：一是将剧本纯粹作为文学作品来阅读，此种方式多用于教学。二是观众对剧本的阅读，这完全出于个人的爱好与兴趣。三是导演对剧本的阅读，其目的在于决定剧本是否适合上演。四是演员对剧本的阅读，主要为了加深对特定角色的理解。五是舞美对剧本的阅读，旨在从剧本的指示中设计出舞台的可视空间和布景。六是其他任何参与演出的人员对剧本的阅读。七是用于排练的剧本阅读，其中采用了很多辅助语言学的符号，例如：语气（tone）、曲折（inflexion）、音调（pitch）、音域（register）等，对演出进行准备。④ 译者可能与这七种阅读方式都有关系，既可以把剧本作为文学

①　梁实秋：《莎士比亚的演出》，《梁实秋杂文集》，北京，中国社会出版社，2004，第 1版，第 50 页。
②　梁实秋：《莎士比亚的演出》，《梁实秋杂文集》，北京，中国社会出版社，2004，第 1版，第 50 页。
③　李伟昉：《梁实秋莎评特色论》，《外国文学评论》2010 年第 2 期，第 216 页。
④　See Susan Bassnett & Andre Lefevere：*Constructing Cultures—Essays on Literary Translation*，Shanghai，Shanghai Foreign Language Education Press，2001：101-102.

阅读作品来翻译，也可以把剧本作为演出蓝本来翻译，其侧重点显然是不同的。梁实秋更加看重戏剧的艺术审美特征，他说："戏剧是艺术的一种，是文学的一种，是诗的一种。"①"现今最流行的误解，以为戏剧是各种艺术的总合，以为舞台指导员、布景人、化妆者均与戏剧者占同样之重要，同为戏剧上不可少之成分。殊不知戏剧之为物，故可演可不演，可离舞台而存在。"②也就是说，戏剧可以宣传宗教意识，可以宣传道德信条，可以宣传政治与社会思想，不过戏剧自有其本身的文艺价值。③因此，梁实秋并不强调莎剧的"表演性"功能，而是将其作为以阅读为主的文学作品来翻译的④，从他对莎剧中人物姓名的翻译就能管窥一斑。莎剧中有不少人物的名字与他们的身体特征、性格特点、身份职业等有关，梁实秋一般采用音译，而不刻意缩短译文中的人物姓名，尽管这样的翻译比较难记，也不易于区分角色。当然，除音译之外，梁实秋也采用了意译方法作为必要的补充。例如，《仲夏夜梦》一剧中的几个工匠的名称都与他们的职业特点相关，梁实秋将"Starveling""Quince""Flute""Snout""Bottom"分别译为"瘦鬼""木锲""笛子""壶嘴""线团"，指代"裁缝""木匠""修风箱匠""补锅匠""织工"。从总体上来看，梁实秋的译文传递了莎剧的艺术特色、思想内容和审美情趣。译者与原作者之间客观地存在着心智距离，经过译者"内化"的原文反映了译者的翻译倾向。梁实秋的"学院派"译文体现了他的英文造诣和深厚的文学修养，读者靠着心灵的感悟可以体味到弥漫于整个作品的文学氛围。

可见，热情与兴趣，精读莎作，研究莎翁传记，考证背景知识以及"学院派"的译文都体现出译莎时浓郁的书卷气息，这是梁实秋的学识、修养、性情与文采的有机统一。

二、"现实性"品格与"审美性"品格的融合

梁实秋的"雅舍"系列散文和汉译《莎士比亚全集》展示着两种品格：一是"现实性"品格，二是"审美性"品格，两者相辅相成。前者反映了文

---

① 梁实秋：《戏剧艺术辨正》，徐静波编：《梁实秋批评文集》，珠海，珠海出版社，1998，第 1 版，第 54 页。

② 梁实秋：《戏剧艺术辨正》，徐静波编：《梁实秋批评文集》，珠海，珠海出版社，1998，第 1 版，第 56 页。

③ 参见梁实秋：《听戏、看戏、读戏》，《梁实秋杂文集》，北京，中国社会出版社，2004，第 1 版，第 220 页。

④ 陆谷孙认为："欣赏或研究莎剧宜提倡阅读和表演并重，书斋与舞台沟通。"（陆谷孙：《莎剧书话》，《莎士比亚研究十讲》，上海，复旦大学出版社，2005，第 1 版。）

学与社会现实的直接关联，后者反映了文学的"诗性"特征。这两种品格既具有学理内涵又具有艺术品位，既凸显个性又遵循"节制"的原则。

梁实秋创作与翻译的"现实性"品格主要体现在"儒""释""道"兼具的精神内核。他反对"为艺术的艺术"以及纯粹的"功利主义"文学，提倡文学家应该具有关注社会与人生的严肃态度。梁实秋历经了人生的曲曲折折之后，"达则兼济天下，穷则独善其身"的儒家理念在他身上逐渐体现出来，他开始通过创作"雅舍"系列散文和翻译《莎士比亚全集》将"新人文主义"思想加以外化。"雅舍"系列散文的主色调体现出君子"修身养性"的标准。例如，在《雅舍》一文中，梁实秋极为推崇"唯吾德馨"的儒家观点，他对抗战时期居住条件的简陋并不介意，而是追求精神生活的充实。他说："'雅舍'之陈设，只当得简朴二字，但洒扫拂拭，不使有纤尘……我有一几一椅一榻，酣睡写读，均已有着，我亦不复他求……'雅舍'所有，毫无新奇，但一物一事之安排布置俱不从俗。人入我室，即知此是我室。"①在《书房》一文中，梁实秋赞扬了寒窗学子在艰苦的生活环境中发奋苦读的精神，告诫人们不要太看重物质条件的奢华。他说："书房不在大，亦不在设备佳，适合自己的需要便是。局促在几尺宽的走廊一角，只要放得下一张书桌，依然可以作为一个读书写作的工厂，大量出货。光线要好，空气要流通，红袖添香是不必要的，既没有香，'素碗举，红袖长'反倒会令人心有别注。书房的大小好坏，和一个读书写作的成绩之多少高低，往往不成正比例。有好多著名作品是在监狱里写的。"②在《平山堂记》一文中，梁实秋记录了战乱时期自己应聘到中山大学以后迁入平山堂的生活情景。他对那些满身渍泥、躺在平山堂边的操场上的、流亡的青年学生非常同情，领到微薄薪水后叫他的孩子买大米送给他们煮粥吃。③ 这种同情心与救济饥寒交迫的学生的行动正是孔子"仁者爱人"精神的表现。在《疲马恋旧秣，羁禽思故栖》一文中，梁实秋认为：人与疲马羁禽并无差异，高飞远走，疲于津梁，不免怀念自己的旧家园。④ 这种意识与儒家文化中"忠恕"的美德是一致的。此外，梁实秋还十分注重

① 梁实秋：《雅舍》，《梁实秋雅舍小品全集》，上海，上海人民出版社，1993，第1版，第5页。

② 梁实秋：《书房》，梁实秋著，刘天华、维辛编选：《梁实秋散文》（三），北京，中国广播电视出版社，1989，第1版，第4页。

③ 参见梁实秋：《平山堂记》，梁实秋著，刘天华、维辛编选：《梁实秋散文》（一），北京，中国广播电视出版社，1989，第1版，第241页。

④ 参见梁实秋：《疲马恋旧秣，羁禽思故栖》，梁实秋著，刘天华、维辛编选：《梁实秋散文》（二），北京，中国广播电视出版社，1989，第1版，第335页。

个人的进德修业，这需要持之以恒的身体力行。他曾经说："例如我翻译莎士比亚，本来计划于课余之暇每年翻译两部，二十年即可完成，但是我用了三十年，主要的原因是懒。翻译之所以完成，主要的是因为活得相当的长久，十分惊险。翻译完成之后，虽然仍有工作计划，但体力渐衰，有力不从心之感。假使年轻的时候鞭策自己，如今当有较好或较多的表现。然而悔之晚矣。"①梁实秋就是这样时常反省自己的。他对待创作与翻译的责任心就是其学格与人格的体现。梁实秋非常赞同居浩然先生提出的有关学者的三点"学格"要求："第一是诚实，第二是认真，第三是纪律。"②在此基础上，他进一步提出一个学者应有的"人格"要求：一是"学者以探求真理为目的，故不求急功近利"。二是"学者不发表正式论文则已，发表则必全盘公布他的研究经过，没有一点夹带藏掖"。三是"学者不可强不知以为知"③。梁实秋著译的"学格"和"人格"，体现了"格物""致知""正心"的态度，对于当今我们做学问来说也是相当可贵的。

除了儒家思想的"唯吾德馨""仁爱""忠恕""自省"等品质在"雅舍"系列散文中是一个重要主题以外，道家"超然物外"的心境和佛禅"清心寡欲"的观点也是梁实秋所追求的，这实际上是中国文人对待现实世界的一种乐观态度。在《快乐》一文中，梁实秋表达了只要热情地对待生活，就会自得其乐的观点。他说："快乐是在心里，不假外求，求即往往不得，转为烦恼……有时候，只要把心胸敞开，快乐就会逼人而来。这个世界，这个人生，有其丑恶的一面，也有其光明的一面。良辰美景，赏心乐事，随处皆是。智者乐水，仁者乐山。雨有雨的趣，晴有晴的妙。小鸟跳跃啄食，猫狗饱食酣睡，哪一样不令人看了觉得快乐？"④梁实秋还谈了自己生病住院，而后出院时的感受。他刚迈出医院大门，徒见日丽中天，阳光普照，又见市景熙攘，光怪陆离，不由得从心里赞叹这艳丽盛装的世界。在《聋》一文中，梁实秋认为：对于耳聋、眼花等衰老现象要顺其自然，这并不意味着生命的衰败，而是人生的成熟阶段。他将人的衰老

---

① 梁实秋：《时间即生命》，中国现代文学馆编：《梁实秋代表作》，北京，华夏出版社，1999，第1版，第43页。

② 梁实秋：《谈学者》，梁实秋著，刘天华、维辛编选：《梁实秋散文》（一），北京，中国广播电视出版社，1989，第1版，第270页。

③ 梁实秋：《谈学者》，梁实秋著，刘天华、维辛编选：《梁实秋散文》（一），北京，中国广播电视出版社，1989，第1版，第271页。

④ 梁实秋：《快乐》，梁实秋著，刘天华、维辛编选：《梁实秋散文》（三），北京，中国广播电视出版社，1989，第1版，第193页。

过程比作霜降以后叶子由黄而红，由枯萎而摇落的过程，因此对于血肉之躯的老态龙钟不必大惊小怪，世界上没有万年常青的树，蒲柳之姿望秋而落，也不过是在时间上有迟早先后之别而已。① 梁实秋是一个富有情趣、喜欢享受生活的人。他习惯于早起，聆听鸟鸣，在露珠还未干的清晨走上街头，目睹男男女女热闹的活动，由此他充满了喜悦之情，并且觉得：这是一个活的世界，这是一个人的世界，这就是生活。② 梁实秋还喜欢独自一人如名士般策杖而行地散步，他随心所欲地快步慢步，觉得只有在这种时候才特别容易领略到"前不见古人，后不见来者"那种"分段苦"的味道。③ 在《了生死》一文中，梁实秋告诫人们要承认长江后浪推前浪的法则，并且要在有限的生命当中养成积极向上的生活态度。他认为佛家的克己修行方式虽然过分了些，但是由此获得的心灵解放却是值得推崇的。所以他慨叹道："如果了生死即是了解生死之谜，从而获致大智大勇，心地光明，无所恐惧，我相信那是可以办到的。所以在我的心目中，宗教家乃是最富理想而又最重实践的哲学家。"④在《养成好习惯》一文中，梁实秋倡导人们要培养吃苦耐劳的精神。他说："古圣先哲总是教训我们要能过得俭朴的生活。所谓'一箪食，一瓢饮'，就是形容生活状态之极端的刻苦，所谓'嚼得菜根'，就是表示一个有志的人之能耐得清寒。恶衣恶食，不以为耻，丰衣足食，不以为荣，这在个人修养上是应有的认识。"⑤接着，他还列举了古罗马皇帝马科斯从来不参观当时风靡全国的赛车比武之类的娱乐，最终成为一名严肃的苦修派哲学家并且建立功勋的事情，说明我们要拒绝一切奢侈，这种观点非常符合道禅之旨。

　　梁实秋也时常在"雅舍"系列散文中流露出淡淡的苦涩味道，这是对社会众生相描摹后作出的理性思考，具有深刻的现实意义。例如，在《握手》一文中，梁实秋展示了在官场中因个人地位的不同而产生的不同握法：僵伸（不握）、摸（轻握）、恶握……由此可以管窥人与人之间的关系

① 参见梁实秋：《聋》，梁实秋著，刘天华、维辛编选：《梁实秋散文》（二），北京，中国广播电视出版社，1989，第1版，第260页。
② 参见梁实秋：《早起》，梁实秋著，刘天华、维辛编选：《梁实秋散文》（一），北京，中国广播电视出版社，1989，第1版，第245页。
③ 参见梁实秋：《散步》，梁实秋著，李柏生编：《梁实秋抒情散文》，北京，文化艺术出版社，1991，第1版，第284页。
④ 梁实秋：《了生死》，梁实秋著，刘天华、维辛编选：《梁实秋散文》（一），北京，中国广播电视出版社，1989，第1版，第355～356页。
⑤ 梁实秋：《养成好习惯》，王晖编著：《名家名著经典文集　梁实秋文集》，长春，吉林摄影出版社，2000，第1版，第481页。

是否真诚。① 在《送行》一文中，梁实秋对以"吃"为主的"饯行"方式表示了质疑，提倡简单文明的送行方式。② 在《讲价》一文中，梁实秋写出了商人乱抬价格，买者"讲价"时不动声色、狠心还价的情态，指出买卖双方应该合情合理地进行交易。③ 在《匿名信》一文中，梁实秋批评了某些人写匿名信的恶行，认为这除了发泄愤怒怨恨之外，还表现了"人性"的怯懦。④ 在《旁若无人》一文中，梁实秋对那些在公共场合高谈阔论、踏脚、伸腿等不文明行为进行了针砭，提醒人们应该注重社会公德，要养成多为他人着想的习惯，对任何人都要有礼貌，这样才无愧于中国"礼仪之邦"的称号。⑤

梁实秋不仅在"雅舍"系列散文创作中凸显了"现实性"品格，而且借翻译《莎士比亚全集》也阐释了这种品格。莎士比亚的悲剧常以"人格的扭曲"为主题，喜剧则常以"爱情与狂欢"为主题，历史剧多以"争权夺利"为主题，传奇剧多以"宽容与和解"为主题。莎剧的各种形式都对中国读者颇具吸引力，其中"狂欢"的色彩、"扬善惩恶"的思想、悲剧的"崇高"精神等更能引起共鸣。

莎士比亚的喜剧精神实质上是一种交织着快乐、狂欢与解脱的游戏精神。例如，在《第十二夜》(*Twelfth Night*)一剧中，美丽单纯的瑰欧拉(Viola)在沉船丧兄之后就女扮男装跑到公爵府中去寻求爱情，她还曾经立誓为她的兄弟尽哀，但是读者却能理解她的行为和心情，并且自然地被她的游戏所吸引。在《威尼斯商人》一剧中，莎士比亚非常精妙地处理了游戏精神与现实精神之间的关系。夏洛克(Shylock)十分固执，他要从安图尼欧(Antonio)的胸前割下一磅肉，这似乎给那些尽情享受生活安宁与快乐的人们出了一个难题，但是具有报复思想的他最终受到了人们的戏弄，他的现实精神在游戏者的宽恕中化为游戏的一部分。这种游戏精神表达了对仁慈与宽容的"人文主义"精神的呼唤。《仲夏夜梦》一剧也具有强烈的狂欢氛围。淘气的小精灵扑克(Puck)拥

① 参见梁实秋：《握手》，《梁实秋雅舍小品全集》，上海，上海人民出版社，1993，第 1 版，第 54 页。
② 参见梁实秋：《送行》，《梁实秋雅舍小品全集》，上海，上海人民出版社，1993，第 1 版，第 70 页。
③ 参见梁实秋：《讲价》，《梁实秋雅舍小品全集》，上海，上海人民出版社，1993，第 1 版，第 85 页。
④ 参见梁实秋：《匿名信》，《梁实秋雅舍小品全集》，上海，上海人民出版社，1993，第 1 版，第 39 页。
⑤ 参见梁实秋：《旁若无人》，《梁实秋雅舍小品全集》，上海，上海人民出版社，1993，第 1 版，第 76 页。

有一种神奇的"花汁"，可以通过它主宰他人的爱情，"花汁"其实是不合理的法律与专制的象征。能够控制扑克的是自然界的仙王，他强迫扑克用"花汁"让两对有情人终成眷属，意味着对权威的抗争。整部喜剧在游戏中表明主宰秩序与权威的应该是大自然，只有回归到自然主宰的世界中，一切才会井然有序。由此可见，"喜剧的本质就是以丑的自我炫耀为特征发笑，这里有两个方面值得注意：一个是批判性，就是面对可笑的事情我们进行讽刺、取笑。这实际上就是对丑的事物进行揭露和鞭挞。另一个是它的有趣性、机智性。内在的道理、趣味通过怪诞、夸张的形式表现出来，这样的形式特征所显示出来的不合理的颠倒、错位，就必然成为人们笑的对象"①。中国读者通过阅读梁实秋的莎剧译文，从游戏精神中体会到"扬善惩恶"的道德力量以及包容之情，体会到"幸福是最高的善行"等理念，这对于拓宽人们的精神视野，提高自我修养会起到一种独特的作用。

"扬善惩恶"也是莎士比亚悲剧中的重要主题，符合中国人的天命观。"上帝"是主持公道的正义之神，他按照严格的道德标准审视世人的言行与思想，倾听不幸者的哭诉和呐喊。例如，在《哈姆雷特》一剧第三幕第四景中，哈姆雷特误杀了御前大臣普娄尼阿斯（Polonius）之后，一方面他很后悔自己的鲁莽行为；另一方面他又以这是上帝的意志为由减轻自己的罪责。② 在《李尔王》一剧第一幕第四景中，李尔祈求上天惩罚大逆不道的女儿。他说："亲爱的天神，听我说！如其你是要令这东西生育的，请你改变主意吧！令她的子宫不孕吧！干涸了她的生殖的机能，从她的下贱的肉体永远不要生出婴孩！如她一定要怀胎，把她的孩子造成一个坏脾气的，长成为乖戾的不近人情的，使她苦恼！在她的青春的额上刻皱纹，用热滚的泪在她的腮上蚀成沟，使她的为母的劬劳全变成了一场耻笑，好让她也感觉到有一个忘恩负义的孩子是比毒蛇的牙还要尖

---

① 於贤德：《笑的奥秘》，《光明日报》2009 年 6 月 25 日。

② 原文：

HAMLET　I do repent，but heaven hath pleas'd it so，
　　　　　To punish me with this，and this with me，
　　　　　That I must be their scourge and minister.
　　　　　I will bestow him，and will answer well
　　　　　The death I gave him.

（〔英〕莎士比亚：《哈姆雷特》，《莎士比亚全集》32，梁实秋译，北京，中国广播电视出版社，2001，第 1 版，第 192 页。）

锐多少！"①自古以来，中国人就非常重视传宗接代，因此李尔的话特别能引起中国读者的认同。读者们在梁实秋的译文中体会到莎士比亚悲剧或起或伏的表现方式及其惊心动魄的"崇高"感，从而在精神迷茫或者情绪低落的时候获得了寄托和期盼。

梁实秋的创作与翻译中除了呈现出"现实性品格"以外，也具有"审美性品格"，这主要是指"尚中尚和"的"诗性"精神。它意味着著译主体能够在浮夸的当代心态中拥有一种情理相融的诗意目光。文学是以审美为最高本质的语言艺术，作为精神向度的情感及审美评价和作为媒介的语言是两个重要的因素。②

"雅舍"系列散文温婉、深情、亲切，这是梁实秋对于中国传统文化"诗意"的理解和阐释。例如，在《槐园梦忆》一文中，梁实秋回忆与结发妻子程季淑的晚年生活，季淑想去染头发，梁实秋对她说："'千万不要，我爱你的本色。头白不白，没有关系，不过我们是已经到了偕老的阶段。'从这天起，我开始考虑退休的问题。我需要更多的时间享受我的家庭生活，也需要更多的时间译完我久已应该完成的《莎士比亚全集》……"③梁实秋通过描写"染发"这样平凡的生活小事，自然而感伤地表现了夫妻相濡以沫的深厚情感。在《喝茶》一文中，梁实秋向往淡然而超脱的生活境界，他非常喜欢清茶的风雅以及人的豁达情怀。他说："抗战前造访知

① 原文：

LEAR　... dear goddess, hear!

Suspend thy purpose, if thou didst intend

To make this creature fruitful!

Into her womb convey sterility!

Dry up in her the organs of increase,

And from her derogate body never spring

A babe to honour her! If she must teem,

Create her child of spleen, that it may live

And be a thwart disnatur'd torment to her!

Let it stamp wrinkles in her brow of youth,

With cadent tears fret channels in her cheeks,

Turn all her mother's pains and benefits

To laughter and contempt, that she may feel

How sharper than a serpent's tooth it is

To have a thankless child!

（〔英〕莎士比亚：《李尔王》，《莎士比亚全集》33，梁实秋译，北京，中国广播电视出版社，2001，第1版，第66～69页。）

② 参见杨明贵：《文学教学者的使命》，《光明日报》2010年11月4日。

③ 梁实秋：《槐园梦忆》，梁实秋著，刘天华、维辛编选：《梁实秋散文》（二），北京，中国广播电视出版社，1989，第1版，第199页。

堂老人于苦茶庵，主客相对总是有清茶一盅，淡淡的、涩涩的、绿绿的。
我曾屡侍先君游西子湖，从不忘记品尝当地的龙井，不需要攀登南高峰
风篁岭，近处平湖秋月就有上好的龙井茶，开水现冲，风味绝佳。茶后
进藕粉一碗，四美具矣。正是'穿牖而来，夏日清风冬日日；卷帘相见，
前山明月后山山'。"①可见，这是一种充满了"诗性"的淡泊意境。除了梁
实秋本人的个性气质之外，也有中国传统文化的惠泽。庄子在《天道》《刻
意》篇中描述了"淡"的心理发生情况，陶渊明以"返璞归真"的田园诗阐释
了"淡"美的韵味，从隋唐开始，追求"清水出芙蓉，天然去雕饰"的自然
美非常盛行。宋代更是一个全面推崇"淡"美的时代，苏轼认为朴素美是
绚烂美的更高级的形态，袁宏道将"淡"纳入"性灵"散文，这是一种"绚烂
之极归于平淡"的美，它的前提是对艺术技巧的从容把握，需要审美主体
的修身养性。散文的本质应该是"诗"的，"韵味""风骨""格调""情趣""性
灵"等要素都具备独立的美质和精神。"雅舍"系列散文中的"诗性"成分为
当代散文摆脱平庸而走向大气和"智性"提供了参照。

　　文学的审美层面主导着作品的艺术价值和品位。梁实秋的汉译《莎士
比亚全集》从一个侧面强调了应当从文学本体来理解和研究文学。莎士比
亚通过戏剧舞台和匠心独具的故事，将人类的命运、男女的情感、生存
的纠葛等问题描绘得淋漓尽致。他礼赞青春与爱情、友谊与仁爱、宽恕
与勇敢，梁实秋将莎士比亚的丰富想象以及敏锐洞察传达给中国读者，
让他们了解到莎士比亚所生活的时代的政治、经济、思想、道德等面貌，
给他们带来了情感的抚慰与智慧的启迪。不仅如此，梁实秋通过译莎传
达莎士比亚高超的语言艺术。莎士比亚的文字美应是所有学英语的人必
备的语言养分，不论写作还是说话，如何起承转合，怎样收到抑扬顿挫
之效，需要一种比语音、词汇、语法更深一层的语言敏感——对节奏、
收放、开合、韵味等的敏感，而这种语感唯有多读莎士比亚的作品，才
能形成。②梁实秋将莎剧中的贵族语言、市井俚语、哲理独白、插科打
诨等尽量如实翻译，使中国读者获得了相应的审美体验。读莎士比亚戏
剧，不应该只读一遍，而应该读三遍。读第一遍时困难重重，读第二遍
时就会熟悉作品的主题和著名台词，待到读第三遍时，就会对这些诗歌
和奇妙地组合起来的句子着迷。学者、读者和戏迷们已经为此津津乐道

---

① 梁实秋：《喝茶》，《梁实秋雅舍小品全集》，上海，上海人民出版社，1993，第 1 版，
　　第 289 页。

② 参见陆谷孙：《莎剧书话》，《莎士比亚研究十讲》，上海，复旦大学出版社，2005，第
　　1 版，第 215 页。

了四百多年。①

总之，梁实秋的创作与翻译体现了儒家思想的"仁者爱人"与道禅美学的"超然物外"等人文精神，是"现实性品格"和"审美性品格"的融合，它既是一种精神存在，也是一种"文以化成"的朴素与温暖，它的力量润泽着读者的内心，给那些充满浮躁和困惑的灵魂得以慰藉和充实。

第三节　形式智性

"形式"是使语言更加生动、形象、明晰的一种有力表达手段，同时也是文学作品构成的重要元素之一，它与著译主体的艺术个性和诗学倾向有着密切联系。受儒家思想"中和之美"观念的深刻影响，梁实秋注重著译作品中的内容与形式的和谐。他说："文学的形式是说文学的内质表示出来有没有一个范围的意思。至于字句的琢饰，语调的整肃，段落的均匀，倒都不是重要的问题。所以讲起形式来，我们注意的是在单一，是在免除枝节，是在完整，是在免除冗赘。"②从总体上来讲，梁实秋的"雅舍"系列散文和汉译《莎士比亚全集》行文简洁精悍，音韵节奏错落有致。

一、简洁精悍的语言特点

梁实秋在《作文的三个阶段》一文中指出：写文章总要经过从"文思枯涩难以为继，或者搜索枯肠而敷衍成篇"，到"枝节横生的洋洋洒洒与拉拉杂杂"，再到"去除枝蔓后的整洁与精神"这三个阶段。文思枯涩，自然无话可说，那就得充实学问，增广见闻，尽可能地启发思想，这样才能做到文如春华与思若涌泉；度过枯涩的阶段，便又是一种境界，洋洋洒洒之时就得注意"下笔不能自休"的毛病；至于更高的要求，才是懂得割爱的整洁，删除枝蔓后才能使行文清楚而有姿态。③ 在这里，梁实秋虽然谈的是文学创作的思路问题，但是同样适用于文学翻译。

"雅舍"系列散文美在简洁精悍。梁实秋说："简单者，即是经过选择删削以后之完美的状态。普通一般的散文，在艺术上的毛病，大概全是

① 参见〔美〕迪克·瑞利等：《开演莎士比亚》，刘军平等译，广州，暨南大学出版社，2005，第1版，第3页。

② 梁实秋：《文学的纪律》，黎照编：《鲁迅梁实秋论战实录》，北京，华龄出版社，1997，第1版，第152页。

③ 参见梁实秋：《作文的三个阶段》，《梁实秋杂文集》，北京，中国社会出版社，2004，第1版，第103页。

与这个简单的理想相反的现象。"①梁实秋还指出散文的毛病通常有下面几种："太多枝节；太繁冗；太生硬；太粗陋。枝节多了，文章的线索便不清楚，使读者难得一纯之印象。太繁冗，则令人生厌，且琐碎处致力太过，反使主要之点不能充分直达于读者。太生硬，则干枯无趣。太粗陋，则启人反感。散文艺术中之最根本原则，即是'割爱'。一句有趣的俏皮话，若与题旨无关，便要割爱；一段题外的枝节，与全文论旨不生关系，也便要割爱；一个美丽的典故，一个漂亮的字眼，凡与原意不甚洽合者，都要割爱。"②因此，对于不成熟的思想、不切题的材料、不简洁的描写、不恰当的词句，梁实秋都毫不吝啬地删减。当然，文章的好坏与长短无关，文章的长短应以内容的需要为准。不过，就写作过程而言，一般都要经过作文的这三个阶段。

使用"象声词"是使行文简洁精悍的手段之一。梁实秋在"雅舍"系列散文中使用了适当的"象声词"以激起读者丰富的联想。文中出现的象声词以单音节词和双音节词居多，增强了趣味性和形象性。例如，在《痰盂》一文中，梁实秋谈到老舍描述"火车"的一篇文章时，他非常赞同作者对坐头等车的客人那种惊人态势的描写，说旅客进得头等车厢就能"吭"的一声把一口黏痰从气管里咳到喉咙口，然后"咔"的一声把那口痰送到嘴里，再"啐"的一声把那口痰直吐在地毯上。"吭、咔、啐"这一笔确是写实，凭想象是不容易编造出来的。③ 在《吃相》一文中，梁实秋这样写道："墙那边经常有几十口子在院子里进膳，我可以清晰地听到'呼噜，呼噜，呼—噜'的声响，然后是'咔嚓！'一声，他们是在吃炸酱面，于猛吸面条之后咬一口生蒜瓣。"④"呼噜"与"咔嚓"二词生动地刻画了那些自食其力的劳动者吃面条，咬生蒜时发出的声响以及无拘无束的本分形象。在《雅舍》一文中，梁实秋将"雅舍"隔音条件不好，能与邻人互通声息的情景描写得诙谐幽默，表达了以苦为乐、自得其乐的心态。他说："邻人轰饮作乐，咿唔诗章，喁喁细语，以及鼾声，喷嚏声，吮汤声，撕纸声，

---

① 梁实秋：《现代文学论》，徐静波编：《梁实秋批评文集》，珠海，珠海出版社，1998，第 1 版，第 173～174 页。

② 梁实秋：《现代文学论》，徐静波编：《梁实秋批评文集》，珠海，珠海出版社，1998，第 1 版，第 173～174 页。

③ 参见梁实秋：《痰盂》，《梁实秋雅舍小品全集》，上海，上海人民出版社，1993，第 1 版，第 234 页。

④ 梁实秋：《吃相》，《梁实秋雅舍小品全集》，上海，上海人民出版社，1993，第 1 版，第 172 页。

脱皮鞋声，均随时由门窗户壁的隙处荡漾而来，破我岑寂。"①梁实秋还善于借用描写一种事物的象声词形容另外一种事物。例如，在《下棋》一文中，他将形容爆裂的象声词"劈劈啪啪"用来摹拟棋子与棋盘接触发出的声响，传神地刻画出那些急匆匆、大大咧咧的弈者形象。他说："有性急的人，下棋如赛跑，劈劈啪啪，草草了事，这仍旧是饱食终日无所用心的一贯作风。"②在《让》一文中，梁实秋描写电梯里拥挤的情况时，他将形容虫叫声音的"唧唧"一词借用形容人的叫喊声，形象地勾勒了被挤在电梯间的人们的窘迫之态，从而提醒人们应该具有谦让意识。他说："绅士型的男士和时装少女，一见电梯门启，便疯狂地往里挤，把里面要出来的人憋得唧唧叫。"③

行文简洁精悍的手段之二是梁实秋恰当运用文言的简洁代替白话的冗长。余光中曾经这样评价梁实秋的语言特征："梁先生最恨西化的生硬和冗赘，他出身外文，却写得一手地道的中文。一般作家下笔，往往在白话文言西化之间徘徊歧路而莫知取舍，或因简而就陋，一白到底，一西不回；或弄巧而成拙，至于不文不白，不中不西。梁氏笔法一开始就逐走了西化，留下了文言。他认为文言并未死去，反之，要写好白话文，一定得读通文言文。他的散文里使用文言的成分颇高，但不是任其并列，而是加以调和。他自称文白夹杂，其实应该是文白融会。"④文言是汉语的传统与精华，简洁雅致，节奏感强，梁实秋在白话文中恰当地使用文言，起到了"繁冗削尽见精神"的效果。例如，在《书法》一文中，梁实秋叙写自己当年在故宫博物院看到名家书法而仰慕书法家的情怀时说："……王羲之父子的真迹，如行云流水一般的萧散，'纤纤乎似初月之出天崖，落落乎犹众星之列河汉'，我痴痴的看，呆呆的看，我爱，我恨，我怨，爱古人书法之高妙，恨自己之不成材，怨上天对一般人赋予之吝啬。"⑤在《狗》一文中，梁实秋描写"雅舍"的狗面对陌生人表现出的警觉模样以及人狗相斗的情景时说："雅舍无围墙，而盗风炽，于是添置了一

① 梁实秋：《雅舍》，《梁实秋雅舍小品全集》，上海，上海人民出版社，1993，第 1 版，第 4 页。

② 梁实秋：《下棋》，《梁实秋雅舍小品全集》，上海，上海人民出版社，1993，第 1 版，第 55 页。

③ 梁实秋：《让》，《梁实秋雅舍小品全集》，上海，上海人民出版社，1993，第 1 版，第 334 页。

④ 余光中：《文章与前额并高》，刘炎生编：《雅舍闲翁——名人笔下的梁实秋　梁实秋笔下的名人》，上海，东方出版中心，1998，第 1 版，第 97 页。

⑤ 梁实秋：《书法》，《梁实秋雅舍小品全集》，上海，上海人民出版社，1993，第 1 版，第 370 页。

只狗。一日邮差贸贸然来，狗大咆哮，邮差且战且走，蹒跚而逃，主人拊掌大笑。"①其中"盗风炽""贸贸然来""狗大咆哮""且战且走"等均为文言，生动地再现了"雅舍"的狗忠心耿耿、尽心尽力为主人看护家园的情景。在《不亦快哉》一文中，梁实秋描写了孩子们放学回家，一路上打打闹闹，以随意按别人的电铃搞恶作剧的事情。他说："铃虽设而常不响，岂不形同虚设，于是举臂舒腕，伸出食指，在每个钮上按戳一下。随后，就有人仓皇应门，有人倒屣而出，有人厉声叱问，有人伸颈探问而瞠目结舌。躲在暗处把这些现象尽收眼底，略施小计，无伤大雅，不亦快哉！"②

　　行文简洁精悍的手段之三是梁实秋善于使用汉语的流水句和方言土语。在《信》一文中，梁实秋用简洁的语言表达了对"写信"这种方式传达情谊的一种赞赏态度。他这样写道："我所说的爱写信的人，是指家人朋友之间聚散匆匆，睽违之后，有所见，有所闻，有所忆，有所感，不愿独秘，愿人分享，则乘兴奋笔，藉通情愫，写信者并无所求，受信者但觉情谊翕如，趣味盎然，不禁色起神往……"③在《包装》一文开始，梁实秋用了"佛要金装，人要衣装，货要包装"④点明要旨，以此展开话题，对国货的粗糙包装提出了批评。在《四君子》一文中，梁实秋深情地描绘了梅、兰、竹、菊四君子的风骨和品质。他说："梅，剪雪裁冰，一身傲骨；兰，空谷幽香，孤芳自赏；竹，筛风弄月，潇洒一身；菊，凌霜自得，不趋炎热。合而观之，有一共同点，都是清华其外，淡泊其中，不作媚世姿态。"⑤在《北平年景》一文中，梁实秋栩栩如生地叙写了人们不顾冰天雪地，在严寒中嬉戏打闹的场景。他说："赶着天晴雪霁，满街泥泞，凉风一吹，又滴水成冰，人们在冰雪中打滚，甘之如饴。"⑥可见，紧凑的流水句能起到表情达意的传神效果。梁实秋在《中国语文的三个阶

①　梁实秋：《狗》，《梁实秋雅舍小品全集》，上海，上海人民出版社，1993，第1版，第49页。

②　梁实秋：《不亦快哉》，梁实秋著，刘天华、维辛编选：《梁实秋散文》（二），北京，中国广播电视出版社，1989，第1版，第264页。

③　梁实秋：《信》，《梁实秋雅舍小品全集》，上海，上海人民出版社，1993，第1版，第14页。

④　梁实秋：《包装》，《梁实秋雅舍小品全集》，上海，上海人民出版社，1993，第1版，第357页。

⑤　梁实秋：《四君子》，徐静波：《梁实秋散文选集》，天津，百花文艺出版社，1988，第1版，第172页。

⑥　梁实秋：《北平年景》，《梁实秋雅舍小品全集》，上海，上海人民出版社，1993，第1版，第200页。

段》中将国语与国文分为三个层次：粗俗的、标准的、文学的。方言土语就是属于粗俗的语文这一范畴。"这种语文，一方面固然粗俗、鄙陋、直率、浅薄，但在另一方面有时却也有朴素的风致、活泼的力量和奇异的谐趣。"①梁实秋在行文当中往往夹杂着北京方言或俗语、谚语，读起来更加亲切生动。例如，在《北平的零食小贩》一文中，他称"糯米团子加豆沙馅"为"爱窝窝"，称"芡实"为"老鸡头"，称"煮白薯"为"锅底儿热和"，称"油条"为"油鬼"，称"卖糖果的"为"打糖锣的"②等，凸现了浓郁的北京地方特色。另外，他称四川的猪是"天佬儿"③，拭粪的工具是"干屎橛"④，尖尖的女鞋是"踢死牛"⑤，练习写书法时的笨拙是"狗熊甩扁担"⑥，等等。在《爆竹》一文中，梁实秋引用了活泼有趣的儿歌来说明人们对新年放爆竹风俗的热衷："新年来到，糖瓜祭灶，姑娘要花，小子要炮，老头子要买新毡帽，老婆子要吃大花糕。"⑦这里的"炮"就是指"爆竹"，接着他称发出轰然巨响的爆竹为"大麻雷子"，声音不大的爆竹为"滴滴金儿"。⑧ 在《吃相》一文中，梁实秋描写赶车的轿夫中气十足地向店主购买食物时的情景，他们把食物往柜台上一拍，对着店主大声叫喊道："掌柜的，烙一斤饼！再来一碗燉肉！"⑨在《奖券》一文开始，便有"人非横财不富，马无夜草不肥""舍不得孩子套不住狼"⑩之类的谚语，严肃中渗透着讽刺。这些生动的俗语土话，言之有理，也是构成"雅舍"系列散文"雅俗共赏"的重要原因。

---

① 梁实秋：《中国语文的三个阶段》，《梁实秋杂文集》，北京，中国社会出版社，2004，第1版，第100页。

② 参见梁实秋：《北平的零食小贩》，梁实秋著，刘天华、维辛编选：《梁实秋散文》（一），北京，中国广播电视出版社，1989，第1版，第313页。

③ 参见梁实秋：《猪》，《梁实秋雅舍小品全集》，上海，上海人民出版社，1993，第1版，第88页。

④ 参见梁实秋：《干屎橛》，《梁实秋雅舍小品全集》，上海，上海人民出版社，1993，第1版，第444页。

⑤ 参见梁实秋：《鞋》，《梁实秋雅舍小品全集》，上海，上海人民出版社，1993，第1版，第244页。

⑥ 参见梁实秋：《书法》，《梁实秋雅舍小品全集》，上海，上海人民出版社，1993，第1版，第370页。

⑦ 梁实秋：《爆竹》，梁实秋著，刘天华、维辛编选：《梁实秋散文》（三），北京，中国广播电视出版社，1989，第1版，第16页。

⑧ 梁实秋：《爆竹》，梁实秋著，刘天华、维辛编选：《梁实秋散文》（三），北京，中国广播电视出版社，1989，第1版，第16页。

⑨ 梁实秋：《吃相》，《梁实秋雅舍小品全集》，上海，上海人民出版社，1993，第1版，第172页。

⑩ 梁实秋：《奖券》，《梁实秋雅舍小品全集》，上海，上海人民出版社，1993，第1版，第407页。

　　简洁精悍的语言风格，主要得益于梁实秋深厚的古文根底。他虽然接受的是西式教育，但是从小在家庭的熏陶和父亲的指导之下，具有一定的中国古典文学素养，特别推崇李白、杜甫、韩愈、柳宗元的诗文。在梁实秋赴美留学之前，他的父亲将占去一大半铁箱的同文书局石印大字本的前四史交给他，让他在课余闲暇随便翻翻。另外，教国文的徐先生对他影响也很大。梁实秋回忆道："我在学校上国文课，老师教我们读古文，大部分选自《古文观止》《古文释义》，讲解之后要我们背诵默写。这教学法好像很笨，但无形中使我们认识了中文文法的要义，体会了撷词练句的奥妙。"①徐先生最独到的是改作文："他大幅度的削，大涂大抹，把千把字的文章缩成百把字的短文，他说这就叫做'割爱'。我悟出了一点道理，作文要少说废话。短的文章未必好，坏的文章一定长。"②很显然，梁实秋写文章的精简功夫与徐老师的教诲是分不开的，他在文章布局上的疏简是以内涵上的丰盈为前提的。"尚简"的风尚可以追溯到《老子》的"少则得，多则惑"和《论语》中的"礼，与其奢也，宁俭"。

　　梁实秋充分发挥其古文功底深厚的优势，他的汉译《莎士比亚全集》也具备了简洁精悍的特点。"简洁"是戏剧的主要特征之一，它既指剧本的长短或文字的多少，也指戏剧情节的迅速展开。译者在忠实剧本内容的基础上，要注意避免拖沓冗长。由于莎剧的文字是 16 世纪的，不是现代的英文，因此梁实秋十分注意协调"古雅"与"通俗"之间的关系。"五四"新文化运动时期译者纷纷抛弃文言采用纯白话翻译。梁实秋认为："白话文是一笼统名词，其中也有类别、等级、成色之分……白话归白话，文归文，要写精致一点的'白话文'须要借鉴'文言文'，从中学习中国文字之传统的技巧。如果一个人不能写出相当通顺的文言文，他大概也不会写出好的白话文。"③在莎剧翻译中，梁实秋适当采用简洁的文言文配合白话文，使译文符合原文的某些高雅氛围。

　　以下是《皆大欢喜》(*All's Well that Ends Well*)一剧第三幕第二景中的一段台词。

---

①　梁实秋：《岂有文章惊海内——答丘彦明女士问》，梁实秋著，陈子善编：《梁实秋文学回忆录》，长沙，岳麓书社，1989，第 1 版，第 95 页。

②　梁实秋：《岂有文章惊海内——答丘彦明女士问》，梁实秋著，陈子善编：《梁实秋文学回忆录》，长沙，岳麓书社，1989，第 1 版，第 95 页。

③　梁实秋：《岂有文章惊海内——答丘彦明女士问》，梁实秋著，陈子善编：《梁实秋文学回忆录》，长沙，岳麓书社，1989，第 1 版，第 85 页。

原文：

COUNTESS　"I have sent you a daughter-in-law：she hath recovered the king，and undone me. I have wedded her，not bedded her；and sworn to make the 'not' eternal. You shall hear I am run away：know it before the report come. If there be breadth enough in the world，I will hold a long distance. My duty to you.

Your unfortunate son，
BERTRAM."

梁实秋译文：

夫人　"儿已将媳妇送归吾母：伊为国王疗病，但已把我整惨。我已娶她为妻，但未与她共枕；发誓永不与她同居。您将听说儿已逃走；在传闻未到之前，特先禀告您知道。如果世界尚够广阔，我将永为异乡之客。敬请崇安。不幸儿贝绰姆谨禀。"①

　　这是卢西雍伯爵夫人（Rousillion Countess，简称"夫人"）打开他的儿子贝绰姆（Bertram）信件时所看到的内容。贝绰姆竟把国王看中的女子视若敝屣，夫人非常懊恼。贝绰姆写给母亲的信件很正式，显示了他的渊博学识和高贵身份。梁实秋使用了"吾母""禀告""崇安""谨禀"等文言词语，恰当地传达了原文庄重、正式的风格特征。
　　以下是该剧第五幕第三景中的一段台词。

原文：

KING　"Upon his many protestations to marry me when his wife was dead，I blush to say it，he won me. Now is the Count Rousillon a widower：his vows are forfeited to me，and my honour's paid to him. He stole from Florence，taking no leave，and I follow him to his country for justice. Grant it me，O king！In you it best lies；otherwise a seducer flouri-

---

① 〔英〕莎士比亚：《皆大欢喜》，《莎士比亚全集》12，梁实秋译，北京，中国广播电视出版社，2001，第 1 版，第 105～107 页。

shes，and a poor maid is undone.

DIANA CAPILET.”

梁实秋译文：

王 “因其屡次宣称，一俟其妻死亡，即与我结婚，说来惭愧，我即
为他所骗。卢西雍现已成为鳏夫：彼置誓言于不顾，我则为彼
而失身。他私离佛劳伦斯，不辞而别，我追随至其本土，请求
法办。国王乎！请准我所请，唯有陛下始能主持公道；否则勾
引良家妇女者逍遥法外，一弱女子长此沉沦矣。

戴安娜卡皮雷特”①

这是国王阅读戴安娜(Diana)陈情书时上面所写的内容。戴安娜出自
卡皮雷特世家，想证明自己的高贵清白。梁实秋用了“俟”“彼”“矣”等文
言词语，显得古雅、正式、简洁。由此可见，梁实秋在译莎中善于使用
文白夹杂的表现方式。他说：“文白夹杂，很多人引以为病。其实这是自
然发展。白话文运动初期，排斥文言文，以为文言是死文字，视用典为
游戏，这种热狂是可以理解的，现在热狂消歇，文言文的好处又渐为人
所赏识。文言文的词藻用典未尝不可融化在白话文里。我们谈话本来也
应该求其文雅简练，何况写成文字？所以我看文白夹杂不足为病……”②

除了古雅的措辞能使行文简洁明了之外，粗话俗语也能起到类似的
效果。梁实秋在《中国语文的三个阶段》一文中说：“在哪一种环境里便应
使用哪一种语文。事实上也没有一个人能永远使用某一阶层的语文，除
非那一个人永远是文盲。粗俗的语文在文学作品里有时候也有它的地位，
例如在小说里要描写一个市井无赖，最好引用他那种粗俗的对话。优美
的文学用语如果用在日常生活的谈吐中间，便要令人觉得不亲切、不自
然，甚至是可笑。”③也就是说，梁实秋主张根据不同语境恰当使用“雅
语”与“俗语”，莎剧中梁实秋对“咒骂语”的翻译不仅体现了原文“俗”的特
征，而且也展现了“简”的行文特点。

以下是《亨利四世》(上)一剧第二幕第二景中的一段台词。

---

① 〔英〕莎士比亚：《皆大欢喜》，《莎士比亚全集》12，梁实秋译，北京，中国广播电视出
版社，2001，第1版，第200～201页。

② 梁实秋：《岂有文章惊海内——答丘彦明女士问》，梁实秋著，陈子善编：《梁实秋文学
回忆录》，长沙：岳麓书社，1989，第1版，第93页。

③ 梁实秋：《中国语文的三个阶段》，《梁实秋杂文集》，北京，中国社会出版社，2004，
第1版，第101～102页。

原文：

TRAVELLERS　　Jesu bless us!

FALSTAFF　　　Strike; down with them; *cut the villains' throats*:
　　　　　　　ah! whoreson caterpillars! *baconfed knaves*! they
　　　　　　　hate us youth: down with them; fleece them.

TRAVELLER　　O! We are undone, both we and ours for ever.

FALSTAFF　　　Hang ye, *gorbellied knaves*, are ye undone? No,
　　　　　　　ye fat chuffs; I would your store were here! On,
　　　　　　　bacons, on! What! ye knaves, young men must
　　　　　　　live. You are grand-jurors are ye? We'll jure
　　　　　　　ye, i'faith.

梁实秋译文：

客等　　耶稣保佑我们!

孚　　　打，打倒他们，切这些坏人的脖子，啊! 姨子养的蠢虫! 吃
　　　　肥肉的坏蛋! 他们恨我们年轻人。打倒他们，抢他们的东西。

客等　　啊! 我们完了，我们和我们的全完了。

孚　　　你们该死，大肚子的恶棍，你们完了吗? 不，胖荅嗇鬼，我
　　　　愿你们的全部财产都在这里! 走，死肉，走! 怎么! 你们这
　　　　些坏人，年轻人必须要活呀。你们是陪审员吗? 我们来审
　　　　你们。①

朱生豪译文：

众旅客　　　耶稣保佑我们!

福斯塔夫　　打! 打倒他们! 割断这些恶人们的咽喉! 啊，姨子生的
　　　　　　毛虫! 大鱼肥肉吃得饱饱的家伙! 他们恨的是我们年轻
　　　　　　人。打倒他们! 把他们的银钱抢下来!

众旅客　　　啊! 我们从此完了!

福斯塔夫　　哼，你们这些大肚子的恶汉，你们完了吗? 不，你们这
　　　　　　些胖胖的蠢货; 我但愿你们的家当一起在这儿! 来，肥

----

① 〔英〕莎士比亚：《亨利四世》(上)，《莎士比亚全集》17，梁实秋译，北京，中国广播电
　　视出版社，2001，第 1 版，第 74～75 页。

猪们，来！嘿！混账东西，年轻人是要活命的。你们作威作福作够了，现在可掉在咱们的手里啦。①

这是孚斯塔夫(Falstaff，简称"孚")与一群旅客的对话。孚斯塔夫是莎士比亚笔下著名的喜剧人物之一，他好色淫荡、吹牛拍马、玩世不恭、贪图享受、趁火打劫、厚颜无耻、胆小怕死……在他身上，昔日骑士的翩翩风度和侠义精神早已荡然无存，正直和良心也已经逐渐消退。但是，他也拥有许多市民阶层所特有的美好性格，如乐观、坦率、天真、机智等。梁实秋与朱生豪的译文都生动刻画了孚斯塔夫粗俗、说话不拘小节的形象。相比之下，梁实秋使用了"切这些坏人的脖子""吃肥肉的坏蛋""大肚子的恶棍""胖吝啬鬼""死肉"等词，朱生豪使用了"割断这些恶人们的咽喉""大鱼肥肉吃得饱饱的家伙""你们这些大肚子的恶汉""这些胖胖的蠢货""肥猪们"等词。很明显，梁实秋的译文更加简洁畅快，更能体现旅客咒骂孚斯塔夫时一吐为快的形象，因为人在咒骂时所讲的短促有力的语句更加符合当时的语境。

综上所述，梁实秋简洁精悍的著译风格不是文思未开的粗陋，也不是淡而无味的平淡，而是不露斧凿之痕的一种艺术韵味，是一种"整洁而有精神，清楚而有姿态，简单而有力量"的美好状态。

二、错落有致的音韵节奏

"音韵节奏"是著译主体传情达意的重要媒介，它是通过语句的长短与语气的轻重缓急表现出来的。英语与汉语都有各自的方式来表达"音韵节奏"，梁实秋认为汉语在这方面更加具有优势。他说："我们中国文字，因为是单音，有一种特别优异的功能，几个字适当的连缀起来，可以获致巧妙的声韵音节的效果。单就这一点而论，西方文字，无论是讲究音量的或重音的，都不能和我们的文字比。"②梁实秋还在《论散文》一文中详细阐述了句子的长短以及平仄的问题，他指出："至于字的声音，句的长短，都是艺术上所不可忽略的问题。譬如仄声的字容易表示悲苦的情绪，响亮的声音容易显出欢乐的神情，长的句子表示温和驰缓，短的句子代表强硬急迫的态度，在修辞学的

---

① 〔英〕莎士比亚：《亨利四世上篇》，《莎士比亚戏剧》，朱生豪译，上海，上海古籍出版社，2002，第1版，第149~150页。

② 梁实秋：《散文的朗诵》，梁实秋著，刘天华、维辛编选：《梁实秋散文》(四)，北京，中国广播电视出版社，1989，第1版，第233页。

范围以内，有许多的地方都是散文的艺术家所应当注意的。"①

　　"雅舍"系列散文抑扬顿挫，平仄和谐。例如，在《北平的冬天》一文中，梁实秋是这样描写鸽子和风筝的："不知什么人放鸽子，一对鸽子划空而过，盘旋又盘旋，白羽衬青天，哨子忽忽响。又不知是哪一家放风筝，沙雁蝴蝶龙睛鱼，弦弓上还带锣鼓。"②这些优美的、朗朗上口的语言描绘出北京隆冬之中由鸽子和风筝点缀着的一丝情趣。梁实秋还经常使用一些对仗的句式增加音韵的节奏感。例如，在《猪》一文中，他描写猪在睡醒之后争先恐后吃食的样子时说："这时节它会连滚带爬的争先恐后地奔向食槽。随吃随挤，随咽随哑，嚼菜根则戛戛作响，吸豆渣则呼呼有声，吃得满脸狼藉……"③句中的"随吃随挤""随咽随哑""戛戛作响""呼呼有声"呈现出俏皮活泼与轻松诙谐的效果。在《狗》一文中，梁实秋生动刻画了各种狗神态各异、无拘无束的形象。他说："也常常遇到大耳披头的小猎犬，到小腿边嗅一下摇头晃脑而去。更常看到三五只土狗在街心乱窜，是相扑为戏，还是争风动武，我也无从知道，遇到这样的场面我只好退避三舍绕道而行。"④其中"摇头晃脑""街心乱窜""相扑为戏""争风动武"等词悦耳动听，传神逼真。梁实秋对声律音节效果的追求反映了一种"尚音"意识。"尚音"是人类所有语言的共性，然而，"每一种语言本身都是一种集体的表达艺术。其中隐藏着一些审美因素——语音的、节奏的、象征的、形态的——是不能和任何别的语言全部共有的"⑤。汉语的"尚音"情结常使得"节律"优先，"汉语句子的生动之源就在于流块顿进之中显节律，于循序渐行之中显事理……利用单音词和双音词的弹性组合，灵活运用而成为音句，再循自然事理之势巧为推排成为义句，于音节铿锵之中传达交际意念，这就是汉语句子建构由组块到流块的全过程"⑥。"音韵节奏"在很大程度上决定着汉语的美感。"雅舍"系列散文自然地保持了声韵的巧妙搭配。

　　客观地说，梁实秋在译莎时也曾细心体味莎剧的节奏，并且认为莎

---

① 梁实秋：《论散文》，卢济恩编：《梁实秋散文鉴赏》，太原，北岳文艺出版社，1991，第 1版，第 342 页。

② 梁实秋：《北平的冬天》，《梁实秋雅舍小品全集》，上海，上海人民出版社，1993，第 1 版，第 393 页。

③ 梁实秋：《猪》，《梁实秋雅舍小品全集》，上海，上海人民出版社，1993，第 1 版，第 89 页。

④ 梁实秋：《狗》，《梁实秋雅舍小品全集》，上海，上海人民出版社，1993，第 1 版，第 144 页。

⑤ 〔美〕爱德华·萨丕尔：《语言论》，陆卓元译，北京，商务印书馆，1985，第 1 版，第 201 页。

⑥ 申小龙：《汉语与中国文化》，上海，复旦大学出版社，2003，第 1 版，第 338 页。

士比亚不仅仅是使用"五步十音抑扬格"这样的艺术手段。他读了珀西·辛普森(Percy Simpson)的《莎士比亚的标点符号》一书之后得到一点启示：莎士比亚使用的标点符号自成体系，其目的乃是借以指点演员们在舞台上如何背诵台词，如何产生抑扬顿挫的效果。因此，梁实秋便决定在译文中尽可能地保存莎士比亚原文的标点符号，采用以句为单位的译法，这样也许可以多少保留一些原文的节奏。①

以下是《仲夏夜梦》一剧第二幕第一景中的一段台词。

原文：

PUCK　　The king doth keep his revels here tonight.

　　　　　Take heed the queen come not within his sight；

　　　　　For Oberon is passing fell and wrath，

　　　　　Because that she as her attendant hath

　　　　　A lovely boy，stol'n from an Indian King；

　　　　　She never had so sweet a changeling；

　　　　　And jealous Oberon would have the child

　　　　　Knight of his train，to trace the forests wild；

　　　　　But she，perforce，withholds the loved boy，

　　　　　Crowns him with flowers，and makes him all her joy.

　　　　　And now they never meet in grove，or green，

　　　　　By fountain clear，or spangled starlight sheen，

　　　　　But they do square；that all their elves，for fear，

　　　　　Creep into acorn—cups and hide them there.

梁实秋译文：

扑　　仙王今夜在此欢宴。

　　　仙后可别被他发现；

　　　奥伯龙近来脾气暴躁，

　　　因为她从印度王那里偷到

　　　一个美丽的孩子做他的侍者；

　　　这样美的孩子她从未偷到过；

　　　嫉妒的奥伯龙一定要这小孩，

　　　做他的随从，跟他在丛林里徘徊；

① 参见柯飞整理：《梁实秋谈翻译〈莎士比亚〉》，《外语教学与研究》1988 年第 1 期，第 3 页。

　　　　　但她偏要保留那可爱的孩童，
　　　　　给他戴上花冠，作为她的爱宠。
　　　　　他们不见便罢，无论是森林或青草地，
　　　　　清澈的泉边，或星光灿烂的黑夜里，
　　　　　见面就是争吵；小仙都吓得发慌，
　　　　　爬进橡子壳里面去躲藏。①

朱生豪译文：

迪克　　今夜大王在这里大开欢宴，
　　　　　千万不要让他俩彼此相见；
　　　　　奥布朗的脾气可不是顶好，
　　　　　为着王后的固执十分着恼；
　　　　　她偷到了一个印度小王子，
　　　　　就像心肝一样怜爱和珍视；
　　　　　奥布朗看见了有些儿眼红，
　　　　　想要把他充作自己的侍童；
　　　　　可是她哪里便肯把他割爱，
　　　　　满头花朵她为他亲手插戴。
　　　　　从此林中、草上、泉畔和月下，
　　　　　他们一见面便要破口相骂；
　　　　　小妖们往往吓得胆战心慌，
　　　　　没命地钻向橡斗中间躲藏。②

　　这是雅典森林中扑克（Puck，简称"扑"）的自言自语，希望仙后不要遇见暴躁的仙王，因为两人为争夺一个印度小王子做侍童而伤了和气。莎士比亚借助有规律的韵脚，使联句之间相互照应，具有吟诵的和谐之美。朱生豪的译文不仅注意了诗行字数的整齐，而且注意了押韵，在视觉上给人以均齐之感。梁实秋的译文富于节奏感，但是并不拘泥于每行字数的相同。也就是说，梁实秋虽然注重内容美与形式美的和谐统一，但是二者还是有所侧重的。在二者不能兼顾的情况下，他更加注重内容的如实传达。

────────

① 〔英〕莎士比亚：《仲夏夜梦》，《莎士比亚全集》8，梁实秋译，北京，中国广播电视出版社，2001，第1版，第46～49页。
② 〔英〕莎士比亚：《仲夏夜之梦》，《莎士比亚戏剧》，朱生豪译，上海，上海古籍出版社，2002，第1版，第127页。

以下是《李尔王》一剧第一幕第四景中的一段台词。

原文：

FOOL   Mark it，nuncle：—
        Have more than thou showest，
        Speak less than thou knowest，
        Lend less than thou owest，
        Ride more than thou goest，
        Learn more than thou trowest，
        Set less than thou throwest；
        Leave thy drink and thy whore，
        And keep in-a-door，
        And thou shalt have more
        Than two tens to a score.

梁实秋译文：

弄   请听吧，大爷：——
      有的要比露出来的多，
      你知道的别尽量的说，
      出借不可多于你所有，
      能骑马时莫徒步走，
      多听而不可太轻信，
      赌注不可过于野心，
      莫纵酒，莫宿娼，
      足迹不可出户堂，
      你再数你的那二十，
      就将不只是个双十。[①]

朱生豪译文：

弄人   听着，老伯伯：——
        多积财，少摆阔；
        耳多听，话少说；
        少放款，多借债；

---

① 〔英〕莎士比亚：《李尔王》，《莎士比亚全集》33，梁实秋译，北京，中国广播电视出版社，2001，第1版，第56～59页。

> 走路不如骑马快；
>
> 三言之中信一语，
>
> 多掷骰子少下注；
>
> 莫饮酒，莫嫖妓；
>
> 呆在家中把门闭；
>
> 会打算的占便宜，
>
> 不会打算叹口气。①

这是弄人（Fool，简称"弄"）劝诱李尔王（King Lear）做事要三思而行时所说的话。梁实秋以简洁的文字传达了弄人的内心感叹，他的译文读起来节奏感很强，"多"与"说""有"与"走""信"与"心""娼"与"堂"分别押韵，但是每行的字数仍然不一致。相比较而言，朱生豪的译文从形式上来看更加整齐，读起来明快流畅。

总之，注意音律和谐，可以说是每个译者的追求，自古以来，中国文人就对"音韵"问题多有论述，刘勰在《文心雕龙》中提出的"和韵"之说体现了"和"与"同"的美学思想。如果没有"异音相从"，一成不变的语言形式就不会有起伏跌宕的音乐美。从多样中求整齐，从不同中寻求协调，这样才能获得"滋味流于下句，气力穷于和韵"②的效果。

第四节　著译"智性"的当代意义

梁实秋雍容的气度、渊博的学识、淡泊的胸襟形成了其独特的著译话语形式。当 20 世纪 20 年代至 30 年代多数中国作家偏重于"革命"与"救亡"的主题时，"智性"则是梁实秋一种自觉的文学追求，它对沟通人的情感、培养人的智慧、激发人的热情和提高人的修养等方面具有积极的现实意义，并且对当代"台湾文学"和"大陆文学"以及 20 世纪"留学生文学"产生了一定的影响。

一、对当代"台湾文学"和"大陆文学"的影响

在特定的历史背景下，梁实秋的"雅舍"系列散文和汉译《莎士比亚全集》独立于当时的文学主潮和意识形态，但是其著译作品中蕴涵的"人性"

---

① 〔英〕莎士比亚：《李尔王》，《莎士比亚戏剧》，朱生豪译，上海，上海古籍出版社，2002，第 1 版，第 281 页。

② 刘勰说："异音相从谓之和，同声相应谓之韵。"（刘勰：《声律》，《文心雕龙》，里功、贵群编：《中国古典文学荟萃》，北京，北京燕山出版社，2001，第 1 版，第 342 页。）

内涵却体现了他深切关注人类的生存与发展问题，以及关注理性、平等、自由等人类的共同话题。当代"台湾文学"和"大陆文学"在不同程度上都反映了这样的主题。

首先，当代"台湾文学"逐渐彰显"以人为本"的观念。20世纪50年代以后台湾地区的一批著名作家，比如林海音、聂华苓、夏志清、余光中、於梨华等，都在文学创作中注重深入剖析和挖掘"人性"。一方面，他们延续了"五四"时期"人文主义"的文学传统；另一方面，梁实秋对他们的影响不容忽视。梁实秋倡导"人性论"的文艺思想，他所理解的"人性"主要包含两层含义：一是"人性"是不分古今中外的，是长久不变的；二是"人性"不同于"兽性"，人有理性、高尚的情感以及严肃的道德观念。梁实秋在吸收西方"自由主义""古典主义""现代主义"等文学思想的同时，注意挖掘和弘扬中国传统文化中的某些优良特质，比如提倡伦理道德准则，追求"人性"的高尚与和谐，等等。"雅舍"系列散文以文化视角关照社会与人生，交融着文化寻根和"人文主义"精神，丰富了散文的内容，拓展了散文的审美空间。梁实秋的汉译《莎士比亚全集》也是译者"人性论"文艺思想的外化，"含蓄内敛"与"节制平和"是其中的重要特征。20世纪60年代以后梁实秋的著译作品逐渐受到台湾地区读者的青睐。当时的"台湾文学"虽然已经有了较大发展，但是就散文创作而言，"雅舍"系列散文中渗透的品位人生、关注社会与淡泊闲适、超脱旷达的境界令人耳目一新。梁实秋将儒家"乐生"的生存态度和道家"超功利"的人生境界相结合，呈现出文学与生活，文学与社会以及文学与审美的内在关联。当时台湾地区的一些作家们秉承了这种创作理路，在关注"人性"的文学创作中将日常生活"审美化"，也将审美"日常生活化"，从而创造出一种有"情"的人生，并且适当地上升到美学的高度。

朱双一指出：当代台湾地区文学思潮常常以"现代派""乡土派"以及"三民主义文艺"分类，而"人文主义"思潮则是时隐时显地贯穿于当代"台湾文学"全过程中的。当代"台湾文学"的"人文主义"脉流早在20世纪50年代就已经萌生，当时推动这一思潮的是《文学杂志》。该杂志的"人文主义"倾向和"人性论"观点与"五四"时期以《新月》为代表的留美、留英自由派知识分子的观点有着明显的传承关系。《文学杂志》远"政治"而重"人生"，提倡朴实、理智、冷静的作风，表现出融会中、西的"中庸"色彩。这些特点都和梁实秋的文学观念有着很多的暗合之处。由《文学杂志》所代表的"人文主义脉流"在20世纪60年代由温和的"现代派"继续延续着，其代表人物是《现代文学》和"蓝星诗社"的一批现代诗人和小说家。余光中、白先勇等作家采取的"上承传统、旁汲西洋"的中间路线以及文学创作中那种喜好自然、亲情、故园的特色，也显示了与"人文主义"脉流的某种血缘关系。这支脉流在 20 世纪 80 年代以后则更多地表达对现代人的生存处境和生存质量的关怀。①

可见，梁实秋著译"智性"中渗透的"文学描写人性"的理念，深深影响了当代台湾地区不同派别的作家的价值取向和审美取向，构成了当代"台湾文学"与长期忽视"人性论"的中国"大陆文学"颇为不同的总体文学风貌和特征。20 世纪 80 年代以后，海峡两岸文坛从隔绝状态中逐渐走出来，大陆文坛自身也有了深刻的变化，"人的文学"或多或少开始接续，两岸文学正走向深层次的整合。我们有必要将"台湾文学"纳入视野，才能比较全面地呈现中国新文学诸多思潮脉络产生、发展和演变的完整图像。②

其次，当代"大陆文学"对"经典"与"崇高"的呼唤日益深入人心。虽然当代"大陆文学"正日趋重视文学的审美本质，但是现在的文学界面临着对商业和金钱的媚俗，新生代作家们高扬"反传统"以及"对抗经典写作"的话语态势日渐盛行，特别是 20 世纪 90 年代以来，读图倾向与快餐文化开始占据人们生活的空间，文学作品缺乏"经典"的参考标准和理性的指引，因而缺少了文学应有的精神内核。梁实秋著译的"智性"渗透着丰赡的文化意蕴以及审美价值，他在埋头笔耕之中绵延着对民族文化的情思，唤起了当代读者对文学经典的怀念以及对"真""善""美"的追求，使得社会群体向着完美和谐的精神境界努力行进。文学的特质如何继承和发展仍是一个重要的话题。虽然如今的文学作品不得不考虑商业效益和社会效益，似乎更加贴近了读者和现实生活，但是与此同时它也失去了"五四"时期文学作品的那份优雅品质和深层思考。"经典"与"崇高"的文学特质已经淡化，"审美缺失"与"拒绝崇高"带来了文学诗性内涵的减弱。文学现象异彩纷呈，但是规定着文学性质的"风骨"应该始终体现在作家和作品之中。"风骨"是在对"人性"的探寻中产生的，它对善的"人性"的呼唤与传达是最本真的"文学性"，也是对"人文主义"思想的一种诗意诠释。梁实秋通过翻译《莎士比亚全集》阐明了"崇高"的意义，它主要

_____

① 参见朱双一：《当代台湾文学的人文主义脉流》，《厦门大学学报》（哲学社会科学版）1995 年第 3 期，第 1～6 页。
② 参见朱双一：《中国新文学思潮脉络在当代台湾的延续》，《台湾研究集刊》2007 年第 2 期，第 63 页。

表现为"秩序"的重构。"秩序"是一种渗透在莎剧中的文化精神，它不仅反映在自然界与人类社会当中，而且每个人的内心活动也具有一定的秩序，"心灵秩序"与"客观秩序""社会秩序"等有着同等地位。当代著译主体要在道德的框架中确立崇高的"心灵秩序"，并且融合古今中外的审美情感、审美理想、审美趣味，以"智性"的态度尊重经典、学习经典、传承经典、弘扬经典，这种态度并不意味着反对创新和发展。面对文学"异化"的危机，著译主体和读者应该在人生内涵和艺术格调上不断提升，力求展示健康的人生状态和心灵归宿。

"经典"与"崇高"要以"修身"为基础，"修身"强调的是个体对"仁""义""礼""忠""信"等品质的主动、积极的内在认同。但是，在如今的物质化和商业化的时代，人们对"修身"这一中国传统观念有所忽视和淡化。因此，当我们重新体验梁实秋著译中渗透的"修身"品质时，不仅是出于继承中国优秀的传统文化精神的需要，而且具有更加重要的现实意义。只有做到"修身"，著译主体对客观事物才会有深刻的洞察力和敏锐的穿透力，才能使自己的思想与客观事物融会贯通，从而达到"致广大而尽精微"的境界。

二、对 20 世纪"留学生文学"的影响

中国在 20 世纪兴起过三次集中而具有文化意味的留学生热潮：一是"五四"时期；二是台湾地区 20 世纪 60 年代至 70 年代；三是大陆始于 20 世纪 80 年代至今方兴未艾的"留学潮"。① "留学生文学"随"留学潮"产生，这是近代以来中西文化交流的产物，其知识与学理结构具有跨国别、跨地域、跨文化的特点。不同的生活方式、文化背景、思想观念以及羁旅异国他乡的酸甜苦辣反映了远离故土亲人的留学生的复杂心态。梁实秋的著译"智性"不仅对 20 世纪之初以及 20 世纪 60 年代至 70 年代的"留学生"文学产生了影响，而且对 20 世纪 80 年代之后的"留学生"文学也有一定的借鉴意义。

首先，梁实秋的著译"智性"引领了"新月派""留学生文学"稳健、理性、规范、秩序的"古典主义"文学观。20 世纪初期，中国现代文学史上的著名文学家鲁迅、胡适、郭沫若、茅盾、巴金、郁达夫、冰心、徐志摩、闻一多等人都有留学国外的经历，他们中的许多人都是在此期间开

---

① 参见池志雄：《20 世纪中国留学生文学与中西文化交流》，《探求》1999 年第 4 期，第 61 页。

始走上文学创作道路的。从这个意义上说，中国现代文学是从"留学生文学"开始起步的。梁实秋作为 20 世纪 20 年代中国留美学生的代表人物之一，他的思想观点多多少少折射出"五四"时期"新月派"留美群体的文化心态和价值取向。梁实秋在留学美国期间接受了白璧德的"新人文主义"思想，并且在白璧德的观点和儒家思想之间找到了相通之处。白璧德对中国留学生在文学和哲学方面的影响很大，按照其治学的路数大致可分成三组。最有名、最容易被人提起的自然是学衡派，以吴宓、梅光迪二人为代表的文化保守主义者，他们主要接受白璧德对东西方文化以及价值观的影响；第二组是梁实秋、林语堂等新文学运动的参与者，他们主要受白璧德文学思想的影响；第三组包括在印度学、佛学方面颇有造诣和成就的学者，即陈寅恪、汤用彤以及俞大维等人。① "新月派"的"留学生文学"疏离"革命"的时代大潮，表现出传统的审美倾向，更加注重表现普遍的、共通的"人性"，在保守与激进之间寻求平衡，在现实社会和文化秩序的基础上谋求改进和完善，反对狂热和偏执。他们虽然也关心社会现实，但是却以某种超脱的心态来化解自己无力解决的社会现实问题，表现出"保守"和"中立"的文学意向。例如，在《南游杂感》一文中，梁实秋倾注了对轿夫的同情，但是却承认自己写不出"人力车夫"式的文学。他说："嘉善是沪杭间的一个小城。我到站后就乘小轿进城，因为轿子是我的舅父雇好了的。我坐在轿子上倒也觉得新奇有趣。轿夫哼哈相应，汗流浃背，我当然觉得这是很不公道的举动，为什么我坐在轿子上享福呢。但是我偶然左右一望，看着黄金色的油菜花，早把轿夫忘了。达夫曾说：'我们只能做 Hougeoisie 的文学，人力车夫式的血泪文学是做不来的。'我正有同感。"②

　　"新月派"留学生群体首先接受的是本土文化的熏陶。与此同时，他们又身临其境地感受到西方文化，对西方文化有着不同程度的认同感和亲近感。置身于中与西、古与今文化的交叉点上，他们借助文学媒介对自身的生存状态以及文化倾向进行思考。他们的文学观点虽然有较大差异，但是在强调文学的"艺术性"价值，提倡西方现代"自由主义"和"改良主义"的文学观等方面具有很强的一致性，折射出现代中国文化运动的部分特点。现

---

① 参见陈怀宇：《白璧德之佛学及其对中国学者的影响》，《清华大学学报》（哲学社会科学版）2005 年第 5 期，第 41～42 页。

② 梁实秋：《南游杂感》，徐静波：《梁实秋散文选集》，天津，百花文艺出版社，1988，第 1 版，第 4 页。

代中国文化运动，大致包含三个方面的内容："一是世界化视域中的、以中外跨文化交流为主导的、不同文化圈之间的文化交汇或影响，它更具体地体现为中国本土文化与域外文化或曰世界文化的相互作用乃至趋同。二是现代化视域中的、以新旧文化的更替为主导的、不同文化形态之间的文化对立和冲突，它更进一步集中在现代文化对传统文化的扬弃，以及从传统文化向现代文化的转型。三是文化视域中的、以诸种新文化潮流的互动为主导的、不同文化派别之间的矛盾乃至互补，它更多地表现为价值和文化选择方面的差异，尤其是多源与多元意义上的现代文化的整合与重建。"[①]从文化来源和文化构成的角度看，梁实秋的著译活动以及"新月"派"留学生文学"中渗透的文化价值观是本土与外来、传统与现代相融合的"多源"与"多元"的文化品格，这种兼容并包的文化品格也正是白璧德给予梁实秋的深层影响，它为现代中国的文化整合提供了共生互补的合力。

　　自 20 世纪 30 年代以来，白璧德"新人文主义"思想中包含的"多源"与"多元"的文化观念也一直受到美国学者的关注，他们在一系列研究白璧德的专著或论文中都涉及该问题。其中的代表专著包括：Francis E. McMahon 的《欧文·白璧德的人文主义》[②]、Frederick Manchester 的《欧文·白璧德：男人与教师》[③]、Levin Harry 的《欧文·白璧德与文学教学》[④]、J. David Hoeveler 的《人文主义：现代美国评论(1900—1947)》[⑤]、George A. Panichas 与 Claes G. Ryn 的《白璧德在我们的时代》[⑥]、Milton Hindus 的《白璧德：文学和民主文化》[⑦]；代表论文包括：James Seaton 的《白璧德与文化复兴》[⑧]、James J. Dillon 的《白璧德的新人文主

---

①　周晓明：《留学族群视域中的新月派》，《华中师范大学学报》(人文社会科学版)2000 年第 1 期，第 59 页。

②　Francis E. McMahon：*The humanism of Irving Babbitt*，Washington，D. C.，Catholic University of America，1931.

③　Frederick Manchester & Odell Shepard (ed.)：*Irving Babbitt*，*Man and Teacher*，New York，G. P. Putnam's sons，1941.

④　Levin Harry：*Irving Babbitt and the Teaching of Literature*，Cambridge Mass，Harvard Univ. Press，1961.

⑤　J. David Hoeveler：*The New Humanism*：*A Critique of Modern America*，1900—1940，Charlottesville，University Press of Virginia，1977.

⑥　George A. Panichas & Claes G. Ryn：*Irving Babbitt in Our Time*，Washington，D. C.，Catholic University of America Press，1986.

⑦　Milton Hindus：*Irving Babbitt*：*Literature and the Democratic Culture*，New Brunswick. N. J.，U. S. A.，Transaction Publishers，1994.

⑧　James Seaton："Irving Babbitt and Cultural Renewal"，*Humanitas*，Volume XVI，No. 1，2003.

义及其人文心理学的潜在价值》①、Glenn A. Davis 的《白璧德：道德想象与开明教育》②，等等。学者们总结出：白璧德认为文化就是要在"一"和"多"之间保持最佳的平衡。他主张以恢复古典文化，如古希腊文化、儒家文化、基督教文化和佛教文化的传统和精神，重新建立一种"人的法则"来匡救现代文明的缺陷。

文化的"多源"与"多元"观念有助于增强民族文化的凝聚力，在新的历史时期注定要被重新理解、阐释和重构。这种观点对当今全球化语境下的文化交流与融合也具有启示意义。美国学者 Jan Servaes 教授在《作为发展的传播：同一个世界，多元文化》一书中指出：文化的多样性是人类文明的基本特征，它使不同文化相互影响，推动了人类文明的进步，也丰富了人类生活。树立文化的"多源"与"多元"观念有利于促进世界的和平与发展。不同文化之间应该互相尊重，进行广泛、深入、持久的交流与合作，这样才能解决人类面临的许多共同问题。实现文化的"多元化"也是一个任重道远的过程。③ 中国作家协会主席铁凝说："相互的凝视将唤起我们对感知不同文化的渴望，这里也一定有对他者的激赏，对自身新的发现，对世界不断的追问，对生活永远的敏感，以及对人类深沉的同情心和爱。"④文学的沟通"不是为了让人们变得相同，而是为了理性平等地认识欣赏并尊重彼此的不同。平等的交流也有可能使双方找到并感受人类共通的良知、道德和美"⑤。由此可见，文化的"多源"与"多元"越来越受到中外学者的认同，它是国与国之间、民族与民族之间进行平等对话和友好交往的共识。

可以说，"新月派"留学生群体在中国文化和中国文学从传统向现代的转型中发挥了先导作用，他们以留学文化自身的"多源"性和"多元"性为现代中国文化的发展注入了活力。在当今多元文化语境下重新审视梁实秋与白璧德的思想有着重要的现实意义。20 世纪 60 年代至 70 年代台

---

① James J. Dillon："Irving Babbitt's 'New Humanism' and Its Potential Value to Humanistic Psychology"，*The Humanistic Psychologist*，2006：34 (1).

② Glenn A. Davis："Irving Babbitt，the Moral Imagination and Progressive Education"，*Humanitas*，Volume XXI，No. 1，2006.

③ See Jan Servaes：*Communication for Development：One World，Multiple Culture*，Hampton Press，1999.

④ 付小悦：《以文学的方式对话世界——中国作家协会主席铁凝访谈》，《光明日报》2010年 3 月 2 日。

⑤ 付小悦：《以文学的方式对话世界——中国作家协会主席铁凝访谈》，《光明日报》2010年 3 月 2 日。

湾地区"留学生文学"在时间上起到了承前启后的作用。这一代人大都出生中国大陆，长于中国台湾，历经纷飞的战火，背井离乡去留学，他们的漂泊感和被放逐感更加强烈，这一时期的留学生在文学史上被称为"无根的一代"。"根"从深层意义上讲是一种民族的文化认同。① "根"的情结在"雅舍"系列散文中多有体现，像《雅舍谈吃》《槐园梦忆》等作品就具有浓郁的乡愁。自从离开中国大陆，梁实秋并没有料到，此一别竟长达 40 年之久。在台湾地区的生活虽然安定优越，但是浮萍无根的漂流心情，随着愈近暮年，愈起思乡之情。每当忆及那与父母家人温馨度过十余载寒暑春秋的家院——北京内务部街 20 号，这位游子总是老泪纵横。② 1986 年，当梁实秋的好友何怀硕向他索求墨宝时，梁实秋挥毫写下了"露从今夜白，月是故乡明"。③ 可见，"文化认同"使"留学生文学"具有强烈的文化归属感和自豪感，并且常常借助中国文学传统的"羁旅"母题而体现在文学创作中。

20 世纪 80 年代以来，中国留学热潮持续高涨，留学生队伍不断扩大，构成人员更加复杂，而且趋向低龄化。反映异域文化、事业奋斗、情感生活的"留学生文学"在题材、体裁、技巧等方面也就更加丰富多样。这些"留学生文学"一方面沿袭了先辈的文学传统。但是在另一方面，有些作品缺乏思想性以及历史穿透力。作者们往往聚焦于海外留学生活情景的浅层叙写，对"人性"的探寻也缺乏深入的思考。先辈们用冷静的眼光审视世界和探索世界，用清醒的头脑思考民族的未来和国家的前程，而当今的一些留学生们却局限在叙写感伤的自我情绪的宣泄之中，这是两代留学生的明显差别。究其原因，主要是当今的一些留学生缺乏传统文化的积累，与异国文化又存在着一定隔膜，文化取向上两难的选择使他们成了游走在中西方文化中的"边缘人"。此外，他们对域外生活的理解和体验还受"功利性"利益的牵绊，因而不太重视对文学价值的审美追求和精神品位，所创作的文学作品往往拘泥于事件本身，在美学方面较少作进一步提升。相比之下，"新月派"的留学生们充满了强烈的"自省"意识和"改良"愿望，对中国传统文化的糟粕部分进行无情地解剖和批判，对西方合理的文化观念表现出认同和欣赏。当时的中国，面临深重的民

① 参见池志雄：《20 世纪中国留学生文学与中西文化交流》，《探求》1999 年第 4 期，第 62 页。

② 参见玉声：《梁实秋在台湾最看重写作》，《扬子晚报》2008 年 7 月 8 日。

③ 参见叶永烈：《梁实秋的梦》，《上海文学》1988 年第 6 期，第 5 页。

族灾难与社会危机，血气方刚的留学生们希望寻找强国之路，通过文学的力量担当起"救国救民"的重任。梁实秋以埋头著译的方式参与中国的文化与文学的现代化建构。读者们应该以一种学习的态度吸取其作品中有益的部分，发掘它们在现代社会中的文化价值。

我们不能苛求 20 世纪末期的留学生作家群体，因为他们毕竟不处在水深火热的历史背景当中。但是，"留学生文学"应该是体验与感悟的融合，只有这样才能使文学作品鲜活灵动与通脱透彻。在当今人们的审美视角日益媚俗的情况下，人们迫切需要一种高雅的阅读和古典诗情的润泽。当代"留学生文学"不仅仅应该展示个人微观的心灵波折和生活体验，而且应该融合"时代性""思想性"与"审美性"，以艺术的方式和客观的态度作出自己的价值判断，将文学活动推向一个新的高度。

第五章　局限论：体用分歧，守持有余

回望中国现代文学史，梁实秋是一位颇具个性的"散文大师"和"翻译大师"。他对中西诗学理论的融会贯通以及对自己文艺思想的执着坚守，无疑对处于"多源"和"多元"文化语境中的当代中国学者，有着宝贵的借鉴意义。然而，梁实秋的"雅舍"系列散文创作与汉译《莎士比亚全集》也有一定的局限性，主要体现在文学理论倡导与著译实践的偏差、守成多于创新、不充分的"审美现代性"以及重"善"轻"美"等方面。

第一节　文学理论倡导与著译实践的偏差

梁实秋的"古典主义"文学理论自成体系。他十分推崇亚里士多德在《诗学》一书中提出的文学的"古典主义"观点，认为文学的本质是对现实人生和社会现象的判断与透视，"文学创作"是有秩序的符合规则的心灵活动，并且具有严肃的伦理道德意义。梁实秋的著译实践虽然在总体上贯彻了他的文学理论倡导，但是二者之间还是存在着一定程度的偏差。

首先，梁实秋将"人性"作为文学创作和文学批评的标准，但是其"人性"概念却有偏颇之处。梁实秋所说的"人性"主要是指人的自然属性，像生老病死、喜怒哀乐、七情六欲等。他认为"文学就是表现这最基本的人性的艺术"①。梁实秋对于人的社会属性——"阶级性"却认识不深，然而，在"雅舍"系列散文中作者在不经意间却承认人是有阶级界限的。例如，在《穷》一文中，梁实秋指出人从出生到长大成人，便渐渐有了贫富贵贱的区别。他说："人生下来就是穷的，除了带来一口奶之外，赤条条的，一无所有，谁手里也没有握着两个钱。在稍稍长大一点，阶级渐渐显露，有的是金枝玉叶，有的是'杂和面口袋'。"②在《一只野猫》一文中，梁实秋借描写流浪猫与家猫的不同境遇，发出"世间没有平等可言"③的

---

① 梁实秋：《文学是有阶级性的吗？》，黎照编：《鲁迅梁实秋论战实录》，北京，华龄出版社，1997，第1版，第174页。
② 梁实秋：《穷》，《梁实秋雅舍小品全集》，上海，上海人民出版社，1993，第1版，第106页。
③ 参见梁实秋：《一只野猫》，《梁实秋雅舍小品全集》，上海，上海人民出版社，1993，第1版，第397页。

感叹，他说家猫是食鲜眠锦，野猫是踵门乞食。动物况且如此，何况人呢？门第之差，便会造成幸与不幸。在《北平的冬天》一文中，梁实秋描写在冬天富人们穿着裘皮锦衣，多数平民都穿着粗大臃肿的棉袍。人们无须走到粥厂就能体会出什么是饥寒交迫的境况，北京也是"朱门酒肉臭，路有冻死骨"的地方。① 在《现代中国文学之浪漫的趋势》一文中，梁实秋还反对不受理性控制的"人道主义"以及某些"浪漫主义"作家对下层民众的同情，指责他们美化"人力车夫"。他说："其实人力车夫凭他的血汗赚钱糊口，也可以算是诚实的生活，既没有什么可怜恤的，更没有什么可赞美的。但是悲天悯人的浪漫主义者觉得人力车夫的生活可怜、可敬、可歌、可泣，于是写起诗来张口人力车夫，闭口人力车夫。普遍的同情心复施及于农夫、石匠、打铁的、抬轿的，以致于倚门卖笑的娼妓……同情是要的，但普遍的同情是要不得的。平等的观念，在事实上是不可能的，在理论上也是不应该的。"② 也就是说，梁实秋认为人与人之间是不平等的，人生的许多现象并不是超阶级的，作为反映人类情感和现实生活的文学创作也是反映了一定的阶级倾向的。他在理论上试图用"人性"涵盖"阶级性"，在客观上走向了片面性，不符合"古典主义"的"中庸"原则。

此外，梁实秋信奉白璧德的"二元人性论"，即"人性"有"善"与"恶"两个方面，以"善"却"恶"才能健全伦理道德和拯救现实社会。但是，他在"雅舍"系列散文中却花费了不少笔墨写人的陋习，这就在一定程度上违背了"古典主义"文学理论中有关"理性""节制""适中"等特征。例如，在《诗人》一文中，梁实秋尽力描绘诗人与常人的不同之处是他们不拘小节的装束以及诡异的行为方式。他说："诗人没有常光顾理发店的，他的头发作飞蓬状，作狮子狗状，作艺术家状……他游手好闲；他白昼做梦；他无病呻吟，他有时深居简出，闭门谢客；他有时终年流浪，四海为家。他哭笑无常，饮食无度，他有时贫无立锥，有时挥金如土。如果是个女诗人，她嘴里会衔只大雪茄；如果是男的，他会向各形各色的女人去膜拜……"③ 在《医生》一文中，梁实秋说医生常常将芝麻大的病也要说得如火如荼，病好了是他的功劳，病死了怪不得他，如果真的碰上疑难大症

---

① 参见梁实秋：《北平的冬天》，《梁实秋雅舍小品全集》，上海，上海人民出版社，1993，第 1 版，第 393 页。
② 梁实秋：《现代中国文学之浪漫的趋势》，徐静波编：《梁实秋批评文集》，珠海，珠海出版社，1998，第 1 版，第 42 页。
③ 梁实秋：《诗人》，《梁实秋雅舍小品全集》，上海，上海人民出版社，1993，第 1 版，第 79～80 页。

就干脆推脱自己而介绍病人到大医院治疗，由此反映出医生不仅医术不高明，而且医德也值得怀疑。① 在《第六伦》一文中，梁实秋说仆人总是懒洋洋的，而且饭量很大，往往举着碰鼻尖的饭往嘴里扒。仆人买菜总要赚钱，洗衣服偷肥皂，倔强顶撞主人显得傲慢无礼，主人因此不能容忍。由此我们看到的是仆人的不良品质和坏习惯。② 很显然，梁实秋的这种描述带有较强的夸张口吻，并不能将某些人的陋习看成普遍的、永久不变的"人性"。因此，梁实秋所谈论的"人性"是不全面的，他自己也认识到这一点，并且说："我对'人性'解释不够清楚，自己的认识不够彻底，也都是事实。"③

其次，在"文学货色论"问题上，梁实秋的文学理论倡导和著译实践也存在着某些偏差。"文学货色"指的是梁实秋在 20 世纪 30 年代与"无产阶级文学"作家群体之间的那场论争。④ 梁实秋的"文学货色论"是一种关于文学作品、文学现象、文学批评、文学理论以及它们之间相互关系的理论。在他看来，文学批评与文学理论往往以文学作品与文学现象为中心。文学创作应该遵循"自由主义"精神，而不应该受政治因素以及各种先在理论的影响，文学作品本身最为重要。梁实秋说："在历史的顺序上，是先有作品，后有理论，不是先有理论，后有作品。我们常常听说，某某时期或某某派别的文艺理论奠定之后，于是文学便发达起来，好像理论家是开路的先锋，是指路的向导，文学作家是听命的士卒，是追随的后劲，这是错误的……有什么样的文学，然后有什么样的文学理论，

---

① 参见梁实秋：《医生》，《梁实秋雅舍小品全集》，上海，上海人民出版社，1993，第 1 版，第 105 页。

② 参见梁实秋：《第六伦》，《梁实秋雅舍小品全集》，上海，上海人民出版社，1993，第 1 版，第 43～46 页。

③ 梁实秋：《我是这么开始写文学评论的？——〈梁实秋论文学〉序》，梁实秋著，陈子善编：《梁实秋文学回忆录》，长沙，岳麓书社，1989，第 1 版，第 13 页。

④ 梁实秋在这场论争中特别强调优秀文艺作品的力量和价值。他说："从文艺史上观察，我们就知道一种文艺的产生不是由于几个理论家的摇旗呐喊便可成功，必定要有力量的文学作品来证明其自身的价值。无产文学的声浪很高，艰涩难懂的理论书也出了不少，但是我们要求给我们几部无产文学的作品读读。我们不要看广告，我们要看货色。"（梁实秋：《文学是有阶级性的吗？》，徐静波编：《梁实秋批评文集》，珠海，珠海出版社，1998，第 1 版，第 144 页。）

梁实秋还说："我们不要看广告，我们要看货色。我的意思是，马克思唯物史观、列宁阶级斗争等的名词，我们已听过了不少，请拿出一点点'无产阶级文学'的作品给我们看看。否则专登广告，不贩真货，令人只听楼板响不见人下来，那岂不是太滑稽了么？"（梁实秋：《无产阶级文学》，黎照编：《鲁迅梁实秋论战实录》，北京，华龄出版社，1997，第 1 版，第 290 页。）

这是事实，颠倒过来便不是事实。马在车前，车不在马前。"①梁实秋以亚里士多德的《诗学》的写作背景为例，指出《诗学》的理论主要来源于希腊的悲剧、喜剧以及史诗。没有沙孚克里斯(Sha Fu Chris)的悲剧，阿里斯陶芬尼斯(Aris Pottery Finnis)的喜剧与荷马(Homer)的史诗，就没有亚里士多德的《诗学》。当然，文学批评和文学理论也可以影响文学作品。但是，"凡批评影响到作品的时候，其影响往往是有害的"②。梁实秋仍然以亚里士多德为例阐明了这样的现象："三一律"经过意大利文艺复兴时期的阐释，成为一套死板的定律，对于西方文学创作没有产生什么有益影响。相比之下，"在这期间偏偏不受这一影响的莎士比亚，成了一切批判家的绊脚石。他不遵守亚里士多德的规律，虽然法国的批评家福尔德说他野蛮，但不能损及他的光荣之毫末"③。由此可见，梁实秋认为文学作品在整个文学活动中具有主导地位和枢纽位置。但是，他的"人性论"的文艺思想并不仅仅来自于对文学作品中所渗透的观点的提炼和概括，而在更大程度上来自于白璧德"新人文主义"思想的启发。梁实秋在美国留学期间自觉地认同并且接受了这一理论，后来在其影响下写出了风格独特的"雅舍"系列散文以及选择翻译《莎士比亚全集》。近代以来，文学运动大致遵循这样的发展过程：首先进行革新的并不是文学创作，而是文学观念。也就是说，新的文学理论总是引导着文学创作的动向。文学作品、文学现象、文学批评、文学理论之间相互影响。梁实秋的"文学货色论"过于强调文学作品的中心地位，这就在一定程度上忽略了文学理论在整个文学活动中的先导作用。实际上，梁实秋自己有时也在不经意间流露出文学理论、文学批评能够激发文学创作的观点。例如，在谈及"文学的任务"时，他说："中国文学之最应改革的乃是文学思想，换言之，即是文学的基本观念。文学是什么？文学的任务是什么？中国过去对于这些问题是怎样解答的？我们现在对于以前的解答是否满意？如不满意应如何修正？这些问题我以为是新文学运动的中心问题。"④在著译活动中，梁实秋也十分重视对中外文艺理论的学习、总结和评论，特别

---

① 梁实秋：《文学讲话》，徐静波编，《梁实秋批评文集》，珠海：珠海出版社，1998，第1版，第240～241页。

② 梁实秋：《文学讲话》，徐静波编，《梁实秋批评文集》，珠海：珠海出版社，1998，第1版，第240～241页。

③ 梁实秋：《文学讲话》，徐静波编，《梁实秋批评文集》，珠海：珠海出版社，1998，第1版，第240～241页。

④ 梁实秋：《现代文学论》，徐静波编：《梁实秋批评文集》，珠海，珠海出版社，1998，第1版，第156页。

是在介绍和引进西方文艺理论方面很有造诣。他的代表性的评论文章主要包括：《亚里士多德的〈诗学〉》《何瑞思之〈诗的艺术〉》《评〈沉思录〉》《怎样读〈英国文学史〉》以及《辛克莱尔的〈拜金艺术〉》，等等。① 读这些文学评论可以使读者了解西方文艺理论的源流和发展脉络。可想而知，梁实秋正是在"人性论"文艺思想的影响下，创作了畅谈人与人生的"雅舍"系列散文，选择翻译了充满"人性"色彩的《莎士比亚全集》。

再次，梁实秋在自己制定的"翻译标准"与他的译莎实践之间产生了一定的偏差。1929 年梁实秋发表了《论鲁迅先生的"硬译"》一文，揭开了20 世纪 30 年代"鲁梁"论战的序幕，并且自始至终与政治斗争交织在一起。在该文中，梁实秋称鲁迅的翻译为"硬译""死译"，并且对鲁迅所说的"中国文本来的缺点"是使他的译文"艰涩"的两个原因之一进行了批评。他说："中国文和外国文是不同的，有些句法是中文里没有的，翻译之难即难在这个地方。假如两种文中的文法、句法、词法完全一样，那么翻译还成为一件工作吗？我们不能因为中国文有'本来的缺点'便使读者'硬着头皮看下去'。我们不妨把句法变换一下，以使读者能懂为第一要义。"②梁实秋认为译者采取"硬译"的方法是为了跨过自己看不懂的原文，这实质上即是误译原文。他既不赞成鲁迅的"宁信而不顺"，也反对赵景深提出的"宁顺而不信"，主张翻译应该是"信"与"顺"的结合，他说："'信而不顺'与'顺而不信'是一样的糟。硬译不必即信，顺译亦不必即误。不生造除自己之外，谁也不懂的句法词法之类。"③这样的"中庸翻译观"在当时实属难能可贵。然而，梁实秋自己也承认要做到这一点殊为不易，译者往往要字斟句酌，有时难免搔首踟蹰。在《欧化文》一文中，梁实秋主张在引进外国语言的表达方法时要依据汉语的文法特点以及中国人的心理习惯逐渐融入现代汉语之中去，也就是要"欧化"有度。④ 但是，他在翻译《莎士比亚全集》的过程中却也有"欧化"过度的倾向，因而使得某些译文生硬拗口，具体表现在以下几方面：莎剧译文中名词中心词之前"的"字结构用得比较多，造成汉语的冗长定语；添加了"关于""有关""对于""在"等某些不需要使用的介词；使用了某些可以省略不用的连词；

---

① 参见伍杰：《梁实秋与书评》，《中国图书评论》2005 年第 1 期，第 22 页。

② 梁实秋：《论鲁迅先生的"硬译"》，黎照编：《鲁迅梁实秋论战实录》，北京，华龄出版社，1997，第 1 版，第 192～193 页。

③ 梁实秋：《通讯一则——翻译要怎样才会好？》，黎照编：《鲁迅梁实秋论战实录》，北京，华龄出版社，1997，第 1 版，第 593 页。

④ 参见梁实秋：《欧化文》，黎照编：《鲁迅梁实秋论战实录》，北京，华龄出版社，1997，第 1 版，第 619 页。

被动语态用得比较频繁。

第一，梁实秋的莎剧译文中名词中心词之前"的"字结构用得比较多，造成汉语的冗长定语。

汉语的零散句多于整句，整句由零散句组成，零散句既可作为整句的主语，又可作为整句的谓语，整句与零散句混合交错形成了流水句。遇到英语的定语时，译者要多考虑使用汉语的零散句表达，善于使用"化整为零"的翻译技巧，否则就会造成汉语定语的"欧化"过度。"欧化"过度是梁实秋一直反对的，他说："有一种白话文，句子长得可怕，里面充满了不少的'底''地''的''地底''地的'，读起来莫名奇妙，——有人说这就是'欧化文'。"①但是，梁实秋在译莎时却也出现了一些这样的"欧化文"。

以下是《仲夏夜梦》一剧第一幕第一景中的一段台词。

原文：

THESESUS 　…But earthlier happy is the rose distill'd,

　　　　　　Than *that which withering on the virgin thorn*

　　　　　　Grows，lives，and dies，in single blessedness.

梁实秋译文：

提　……但是一朵被提炼过的玫瑰，究竟比孤芳自赏的自生自灭的萎在处女枝头的花儿，更多些人间的乐趣。②

朱生豪译文：

忒修斯　……但是结婚的女子有如被采下炼制过的玫瑰，香气留存不散，比之孤独地自开自谢，奄然腐朽的花儿，在尘俗的眼光看来，总是要幸福得多了。③

方平译文：

希修斯　……但是一朵炼制成香精的玫瑰，比了那在带刺的枝头孤芳自赏，自开自谢、自生自灭的蔷薇，毕竟享受着更多的

---

① 梁实秋：《欧化文》，黎照编：《鲁迅梁实秋论战实录》，北京，华龄出版社，1997，第1版，第618页。

② 〔英〕莎士比亚：《仲夏夜梦》，《莎士比亚全集》8，梁实秋译，北京，中国广播电视出版社，2001，第1版，第24～25页。

③ 〔英〕莎士比亚：《仲夏夜之梦》，《莎士比亚戏剧》，朱生豪译，上海，上海古籍出版社，2002，第1版，第115页。

人世的幸福啊。[①]

这段台词是雅典公爵提西阿斯（Theseus，简称"提"）对荷米亚（Hermia）所说的，叫她顺从父亲的意愿成婚，否则会永远被关在阴森的斋堂里，忍受贞女的生涯。梁实秋在中心词"花儿"之前用了"孤芳自赏的""自生自灭的""萎在处女枝头的"三个"的"字结构，而且中间没有使用逗号加以停顿，使得译文拗口。朱生豪和方平虽然也用了"的"字结构，但是译文中间有断句来修饰名词中心词，符合汉语多流水句的特点。汉语是主题凸显的语言，围绕着某个主题往往有多个小句展开。实际上，汉语的某些结构与英语的某些成分之间也存在着一定的转换联系，英语中的定语从句、介词结构以及不定式短语等往往可以翻译成汉语中的"的"字结构，但是连续使用三个以上的"的"字结构时就会有累赘之感。

以下是《温莎的风流妇人》第二幕第二景中的一段台词。

原文：

FORD　…Now，Sir John，here is the heart of my purpose：your are a gentleman of excellent breeding，admirable discourse，of great admittance，authentic in your place and person，*generally allowed for your many war-like，courtlike，and learned preparations.*

梁实秋译文：

福　……约翰爵士，我的用意集中在这一点：您是一个出身高贵，谈吐文雅，交游广大的绅士，在社会地位和私人品格上都是煊赫一时的，您的军事的礼仪的学术的成就是众所公认的。[②]

朱生豪译文：

福德　……爵爷，我的用意是这样的：我知道您是一位教养优良、谈吐风雅、交游广阔的绅士，无论在地位上人品上都是超人

---

① 〔英〕莎士比亚：《仲夏夜之梦》，方平译，方平编选：《莎士比亚精选集》，北京，北京燕山出版社，2004，第1版，第7页。

② 〔英〕莎士比亚：《温莎的风流妇人》，《莎士比亚全集》3，梁实秋译，北京，中国广播电视出版社，2001，第1版，第80～81页。

一等，您的武艺、您的礼貌、您的学问，尤其是谁都佩服的。①

方平译文：

傅德 ……约翰老爷，现在，我就要讲到我到底有什么用意这个节骨眼儿上来了。你是一位门第高贵的大爷，谈吐风雅，往来的全都是头面人物，你身份高、人品好，是有口皆碑的；何况又是文武全才，刀枪笔墨，全都来得，礼貌又周到，难怪博得大家一致的仰慕了。②

这是绅士福德（Ford，简称"福"）对约翰·孚斯塔夫爵士（Sir John Falstaff）所说的话。福德化名布鲁克（Brook），想利用孚斯塔夫勾引自己的老婆以此试探她是否忠贞。在此他大加赞赏孚斯塔夫的"才学"。朱生豪和方平分别用了几个分句来赞叹，而梁实秋在名词中心词"成就"一词之前连续使用"您的""军事的""礼仪的""学术的"四个"的"字结构作定语，读起来比较费劲。可见，文学翻译如果不根据具体情况在形式进行一定的变通，那么读者就很难得到美的感受。

第二，梁实秋的莎剧译文中添加了"关于""有关""对于""在"等某些不需要使用的介词。

介词是英语中最活跃的词类之一，特别是一些常用介词，搭配能力很强，可以用来表示多种意思。在英译汉的过程中，有些介词可以逐词对译，有些介词则可以省略不译，从而使译文更加简洁并且符合汉语习惯。

以下是《温莎的风流妇人》一剧第一幕第四景中的一段台词。

原文：

QUICKLY You shall have An fool's— head of your own. No, *I know Anne's mind for that*: never a woman in Windsor knows more of Anne's mind than I do; nor can do more than I do with her, I thank heaven.

---

① 〔英〕莎士比亚：《温莎的风流娘儿们》，《莎士比亚戏剧》，朱生豪译，上海，上海古籍出版社，2002，第1版，第46页。

② 〔英〕莎士比亚：《温莎的风流娘儿们》，方平译，方平编选：《莎士比亚精选集》，北京，北京燕山出版社，2004，第1版，第239页。

梁实秋译文：

魁　你只能得到一场无趣。关于这件事我知道安的心：在温莎没有
　　一个女人比我更深知安的心；也没有人能比我对她更有办法，
　　我谢天谢地。①

朱生豪译文：

桂嫂　呸！做你的梦！安的心思我是知道的；在温莎地方，谁也没
　　　有像我一样明白安的心思了；谢天谢地，她也只肯听我的话，
　　　别人的话她才不理哩。②

方平译文：

桂嫂　你只配得到一个驴子头，跟你配成一对！可不，安妮的心事
　　　我是知道的——在这儿温莎再找不出第二个女人，像我那样
　　　懂得安妮的心事了；我怎么说，安妮就怎么听，换了哪个女
　　　人也办不到呀；我感谢上天。③

　　这段台词是魁格莱太太（Mistress Quickly，简称"魁"）对凯斯医生（Doctor Caius）所说的。凯斯医生爱上了安妮（Anne），但是安妮却爱樊顿（Fenton），魁格莱太太想让凯斯医生明白此事。梁实秋将原文的"for I know Anne's mind for that"翻译成"关于这件事我知道安的心"，书面语色彩较浓。朱生豪和方平都省略了介词，分别翻译成"安的心思我是知道的"和"安妮的心事我是知道的"，译文显得比较口语化。

　　以下是该剧第一幕第四景中的另外一段台词。

原文：

QUICKLY　Will I? i'faith, that we will: and I will tell your wor-
　　　　ship more *of the wart* the next time we have confi-
　　　　dence; and of other wooers.

① 〔英〕莎士比亚：《温莎的风流妇人》，《莎士比亚全集》3，梁实秋译，北京，中国广播电
　 视出版社，2001，第1版，第48～49页。
② 〔英〕莎士比亚：《温莎的风流娘儿们》，《莎士比亚戏剧》，朱生豪译，上海，上海古籍
　 出版社，2002，第1版，第26页。
③ 〔英〕莎士比亚：《温莎的风流娘儿们》，方平译，方平编选：《莎士比亚精选集》，北京，
　 北京燕山出版社，2004，第1版，第219页。

梁实秋译文：

魁　我会先见到她吗？当然，我们会先见到的：下次我们密谈，我
　　会再多告诉您一些有关那颗痣的话；以及有关别位求婚者的
　　事情。①

朱生豪译文：

桂嫂　那还用说吗？下次要是有机会，我还要给您讲起那个疙瘩哩；
　　　我也可以告诉您还有些什么人在转她的念头。②

方平译文：

桂嫂　要我代问好吗？说实话，那是一定的。下次咱们谈心，我再
　　　给你少爷讲那个疙瘩；还要告诉你，有哪几个上她家去
　　　求婚。③

　　这段台词是魁格莱太太对绅士樊顿所说的，暗示安妮是很纯洁的，
而且魁格莱太太也很了解她。梁实秋将"of the wart"翻译成"有关那颗
痣"显得过于正式，朱生豪和方平译成"那个疙瘩"，读起来比较顺口。
　　以下是《威尼斯商人》一剧第二幕第七景中的一段台词。

原文：

MOROCCO　...The Hyrcanian deserts and the vasty wilds
　　　　　　Of wide Arabia are as throughfares now
　　　　　　For princes to come view fair Portia ...

梁实秋译文：

摩　……希堪尼亚沙漠和阿伯拉荒原，对于来看波西亚的亲王们，

---

① 〔英〕莎士比亚：《温莎的风流妇人》，《莎士比亚全集》3，梁实秋译，北京，中国广播电
　　视出版社，2001，第1版，第50～51页。
② 〔英〕莎士比亚：《温莎的风流娘儿们》，《莎士比亚戏剧》，朱生豪译，上海，上海古籍
　　出版社，2002，第1版，第28页。
③ 〔英〕莎士比亚：《温莎的风流娘儿们》，方平译，方平编选：《莎士比亚精选集》，北京，
　　北京燕山出版社，2004，第1版，第220页。

现在却像是康庄大道一般……①

朱生豪译文：

摩洛哥亲王 ……赫堪尼亚的沙漠和广大的阿拉伯的辽阔的荒野，
现在已经成为各国王子们前来瞻仰美貌的鲍西亚的通
衢大道……②

方平译文：

摩洛哥 ……那一片虎豹出没的黑坎尼沙漠，阿拉伯一望无际的荒
野，如今都成了康庄大道，只因为川流不息的王爷们都赶
奔来瞻仰美人儿波希霞……③

这段台词是摩洛哥亲王向波西亚(Portia)求婚，面对三个匣子做出选择之前的独白。梁实秋将"For princes to come view fair Poria"翻译成"对于来看波西亚的亲王们"，可以看出他对原文"亦步亦趋"，显然是受原文介词"for"的影响，而朱生豪和方平分别翻译成"各国王子们前来瞻仰美貌的鲍西亚的"和"川流不息的王爷们都赶奔来瞻仰美人儿波希霞"，自然流畅，符合汉语习惯。

以下是《温莎的风流妇人》一剧第二幕第三景中的一句台词。

原文：

HOST   ... throw cold water on thy choler：go about the fields with
me through Frogmore ...

梁实秋译文：

店   ……在你的怒火上泼些冷水：和我到原野走走，走过佛劳格
摩……④

① 〔英〕莎士比亚：《威尼斯商人》，《莎士比亚全集》3，梁实秋译，北京，中国广播电视出
版社，2001，第1版，第78～79页。
② 〔英〕莎士比亚：《威尼斯商人》，《莎士比亚戏剧》，朱生豪译，上海，上海古籍出版社，
2002，第1版，第44页。
③ 〔英〕莎士比亚：《威尼斯商人》，方平译，方平编选：《莎士比亚精选集》，北京，北京
燕山出版社，2004，第1版，第131页。
④ 〔英〕莎士比亚：《温莎的风流妇人》，《莎士比亚全集》3，梁实秋译，北京，中国广播电
视出版社，2001，第1版，第90～91页。

朱生豪译文：

店主　……来，把你的怒气平一平，跟我在田野里走走，我带你到
　　　弗劳莫去……①

方平译文：

店主　……冲着你的怒火泼冷水吧。跟我绕着田野到弗罗摩去
　　　吧——②

这句台词是店主（Host，简称"店"）对凯斯医生（Doctor Caius）所说的，店主投其所好，叫医生平息怒火。梁实秋将"throw cold water on thy choler"翻译成"在你的怒火上泼些冷水"，这是受原文介词"on"的影响。朱生豪和方平分别翻译成"把你的怒气平一平"和"冲着你的怒火泼冷水"，没有拘泥于原文的介词。

第三，梁实秋的莎剧译文中使用了某些可以省略不用的连词。

英语连词是英语中连接句子的基本手段。英语造句注重显性接应和以形显义，注重句子形式和结构完整，英语句子中的词语或分句之间一般是靠连词连接来表达语法意义和逻辑意义的，所以英语连词不仅数量大、种类多，而且频繁使用。此外，英语中的分号也有连接的作用。相比之下，汉语具有较强的依赖上下文展示内涵的表意功能，注重意思的隐性连贯。因此，处理好连词的翻译是将英语的"形合"特点转化为汉语的"意合"特点的关键所在。

以下是《威尼斯商人》一剧第二幕第九景中的一段台词。

原文：

SERVANT　Madam, there is alighted at your gate

　　　　A young Venetian, one that comes before

　　　　To signify the approaching of his lord;

　　　　From whom he bringeth sensible regreets,

　　　　To wit, — besides commends and courteous breath, —

---

① 〔英〕莎士比亚：《温莎的风流娘儿们》，《莎士比亚戏剧》，朱生豪译，上海，上海古籍出版社，2002，第1版，第53页。

② 〔英〕莎士比亚：《温莎的风流娘儿们》，方平译，方平编选：《莎士比亚精选集》，北京，北京燕山出版社，2004，第1版，第245页。

Gifts of rich value...

梁实秋译文：

仆　小姐，在门前来了一位年青的威尼斯商人，他是先来报信说他的
　　主人随后就到；并且他替他带来了一番具体的敬意，那就
　　是，——除了口头的客套之外，——还带了些贵重的礼品……①

朱生豪译文：

仆人　小姐，门口有一个年轻的威尼斯人，说是来通知一声，他的
　　　主人就要来啦；他说他的主人叫他先来向小姐致意，除了一
　　　大堆恭维的客套以外，还带来了几件很贵重的礼物……②

方平译文：

仆人　小姐，门口有一个年轻的威尼斯人，特来通报，他的主人就
　　　要到啦；除了口头的敬仰，还带来了看得见、摸得着的敬意：
　　　那是说，贵重的礼品……③

　　这段台词是仆人（Servant，简称"仆"）向波西亚（Portia）小姐通报情况时所说的。莎士比亚使用了分号表示两个句子之间的关联。梁实秋在译文中增加了连词"并且"，显得多余。朱生豪没有用任何连词，方平调整了语序，使用了连词"还"，其实也可以省略。

　　第四，梁实秋的莎剧译文中被动语态用得比较频繁。

　　英语的结构被动句远远比意义被动句多。汉语则常用意义被动句，被动意义一般借助主动式来表示。在汉语中"被字式"多指"不幸语态"，主要用以表达对主语而言是不如意或不期望发生的事情。

　　以下是《罗密欧与朱丽叶》一剧第三幕第三景中的一段台词。

原文：
NURSE　Where's Romeo?

---

① 〔英〕莎士比亚：《威尼斯商人》，《莎士比亚全集》3，梁实秋译，北京，中国广播电视出版社，2001，第1版，第92～93页。
② 〔英〕莎士比亚：《威尼斯商人》，《莎士比亚戏剧》，朱生豪译，上海，上海古籍出版社，2002，第1版，第51页。
③ 〔英〕莎士比亚：《威尼斯商人》，方平译，方平编选：《莎士比亚精选集》，北京，北京燕山出版社，2004，第1版，第138页。

FRIAR LAURENCE　　There on the ground，*with his own tears*
made drunk.

梁实秋译文：

乳媪　罗密欧在哪里？

劳　　在那边地上躺着呢，被他自己的眼泪给醉翻了。①

朱生豪译文：

乳媪　　罗密欧呢？

劳伦斯　在那边地上哭得死去活来的就是他。②

方平译文：

奶妈　罗密欧在哪儿呀？

神父　在那儿，石板地上，哭得像个泪人儿。③

这段台词是乳媪（Nurse）向神甫劳伦斯（Laurence，简称"劳"）询问罗
密欧去向时所说的。罗密欧刚刚杀死了朱丽叶的表哥，莎士比亚用
"drunk"一词来形容罗密欧此时悲痛欲绝的情形。梁实秋保留了原文句
式，将"drunk"翻译成"被他自己的眼泪给醉翻了"，读来有生硬之感。朱
生豪和方平都进行了相应转换，分别翻译成"哭得死去活来的就是他"和
"哭得像个泪人儿"，读起来比较顺畅自然。

以下是《威尼斯商人》一剧第二幕第三景中的一段台词。

原文：

JESSICA　...I would not *have my father*

　　　　　See me in talk with thee.

---

①　〔英〕莎士比亚：《罗密欧与朱丽叶》，《莎士比亚全集》28，梁实秋译，北京，中国广播
电视出版社，2001，第1版，第150~151页。

②　〔英〕莎士比亚：《罗密欧与朱丽叶》，《莎士比亚戏剧》，朱生豪译，上海，上海古籍出
版社，2002，第1版，第80页。

③　〔英〕莎士比亚：《罗密欧与朱丽叶》，方平译，方平编选：《莎士比亚精选集》，北京，
北京燕山出版社，2004，第1版，第473页。

梁实秋译文：

杰 ……再会了：我不愿被我父亲看见我和你交谈。①

朱生豪译文：

杰西卡 ……现在你快去吧，我不敢让我的父亲瞧见我跟你谈话。②

方平译文：

吉茜卡 ……现在你去吧，我不愿让爸爸看到我在跟你谈话。③

这段台词是夏洛克(Shylock)的女儿杰西卡(Jessica，简称"杰")对仆人朗西洛特高波(Launcelot Gobbo)所说的。梁实秋将"have my father see"翻译成"被我父亲看见"，朱生豪和方平分别翻译成"让我的父亲瞧见"和"让爸爸看到"。梁实秋的译法是受"源语干扰律"的影响。在翻译的过程中，原文的某些文本结构在译文中保留。这条规律虽然与"异化"策略相对应，不过"异化"策略是译者主动译介并保留外来文化的差异性的翻译策略，而源语干扰规律则从客观描述的角度指出原文对译文的影响。如果译文偏离了目标语的惯常用法，这种移译就是负面的。源语对译作的干扰是一种常规现象，完全不受源语干扰的译作，或者退一步讲把受源语干扰降低到最低程度的译作，只能在特殊情况下出现或者需要译者付出特别的努力。④

由此可见，梁实秋自己所制定的翻译原则和他的翻译实践产生的偏差造成了翻译中的"隔"，像"欧化"过度就是"隔"的具体表现。"隔"有轻与重之分，这其中的关键就是要把握"信"和"达"的协调，译者要注重原文和译文的审美等效果。梁实秋的译文有句法结构与修辞手段等方面的忠实再现，但是并不完全迎合中国读者的接受习惯，因此译文中难免出现一些"翻译腔"。正如王宏志所说："任何认真从事过翻译的人，都清楚知道翻译时'译文腔'几乎是无可避免的，把外语(主要是欧洲语)作品翻

---

① 〔英〕莎士比亚：《威尼斯商人》，《莎士比亚全集》3，梁实秋译，北京，中国广播电视出版社，2001，第1版，第62～63页。

② 〔英〕莎士比亚：《威尼斯商人》，《莎士比亚戏剧》，朱生豪译，上海，上海古籍出版社，2002，第1版，第34页。

③ 〔英〕莎士比亚：《威尼斯商人》，方平译，方平编选：《莎士比亚精选集》，北京，北京燕山出版社，2004，第1版，第122页。

④ See Gideon Toury：*Descriptive Translation Studies and Beyond*，Shanghai，Shanghai Foreign Language Education Press，2001：259-281.

译成中文，最显著的'译文腔'便是'欧化'，也就是译者自觉或不自觉地借用外语的句式和句法，这是因为中西语文在语式句法等各方面都有明显差异的缘故，译者过于讲究直译，'欧化'的情形便自然而然地出现。"①梁实秋的某些"欧化"译文就是有时在潜意识中过于讲究直译产生的结果。也就是说，梁实秋在翻译的"规范"与"变异"之间，更加强调的是"规范"的一面，这是"中庸"思想的保守意识束缚翻译实践的体现。客观地讲，梁实秋的"欧化"译文在某种程度上也推进了文化吸收和语言变革。他的"欧化"不仅体现在语言层面，而且也体现在思想层面。前者是一种显性"欧化"，后者则是一种隐性"欧化"，具有更强的包容性和开放性。因此，我们有必要对梁实秋莎剧译文中的"欧化"的文化内涵进行深入思考和客观评价，进而管窥"欧化"在中国现代文学中的整体意义。需要指出的是，中国现代文学与现代汉语的发展是由各种因素综合而成的，翻译是其中一个不可或缺的因素，它给我们提供了新观念与新表达，这些养分能否被恰当借鉴则取决于语言和文学发展的内在动力与外在契机。

第二节　守成多于创新

无论是文学观还是翻译观，梁实秋都凸显出鲜明的"古典主义"倾向和儒家思想的保守意识。这主要表现在：他在接受白璧德的"新人文主义"思想方面，继承多于创新；"雅舍"系列散文创作中的表达形式显得比较单一，取材缺乏时代气息；他的汉译《莎士比亚全集》的书面语味道浓重，受原文表达习惯的干扰也比较多。

首先，梁实秋"人性论"的文艺思想基本沿袭了白璧德的思路，缺乏新发展。梁实秋受家庭环境的熏陶，具有浓厚的中国传统士大夫精神和保守意识，留学美国哈佛大学时开始推崇文学创作的规范、秩序、均衡等"理性主义"原则。他的"人性论"的文艺思想在著译上最明显的表现就是忽略文学的"时代性"特征。梁实秋在 20 世纪 30 至 40 年代不写与抗战有关的题材，后来对台湾地区当代社会的现实问题也很少谈论。同样，他选择翻译《莎士比亚全集》，在国难当头的年代必定不会引起广泛关注。虽然梁实秋的著译有利于培养作家的"精品"意识，但是却缺少鲜明的时代色彩。具有鲜明时代色彩的文学往往能及时而集中地传达本时代的社

---

① 王宏志：《"欧化"："五四"时期有关翻译语言的讨论》，谢天振编：《翻译的理论建构与文化透视》，上海，上海外语教育出版社，2000，第 1 版，第 131 页。

会、政治和文化内容，有助于改造人的思想、推动时代的发展。中国要发展文艺，要产生反映时代精神的大作品，任何作家显然不能回避"主旋律"这个话题。"主旋律"是客观存在的，每个时代都有。一个被历史与人民认可的作家是不会拘泥于小我的。真正的"主旋律"：第一体现了人民的生存意志；第二体现了时代前进的力量和需要。文学家要贴近现实，抗日战争时期中华民族的主要生命诉求就是救亡救国。当今人们的诉求呈现多元化，革新求变、实现民族复兴是当代中国现阶段的"主旋律"。①也就是说，如何彰显文学的"思想性"，让文学回到思想前沿，事关文学的进一步发展以及文学在中国文化格局中的位置。然而，提倡文学的"思想性"，出发点必须是艺术，文学的思想不一定非得在重大主题的反思和抒写当中，而更多的应该是从微小角度切入到文学当中。② 客观地讲，梁实秋的著译疏离了时代的"主旋律"和"思想性"是事实，但是如果说他不关心政治和社会现实问题，只潜心著译的话，则有失偏颇。梁实秋在留学美国期间曾经参加了以"国家主义"为宗旨的、具有浓厚政治色彩的"大江会"③，提倡"自由""民主""平等""人权"，主张加强经济建设，把国家从农业社会建设成工业社会，并且主张以和平的手段改造政权。此外，梁实秋在20世纪30年代参加了由胡适发起的"人权运动"，抗战爆发后连续四届担任国民参政会参政员。季羡林也曾经高度评价了梁实秋的学术成就和爱国情怀。他说："实秋先生活到耄耋之年。他的学术文章，功在人民，海峡两岸，有目共睹，谁也不会有什么异辞。我想特别提出一点来说一说。他到了老年，同胡适先生一样，并没有留恋异国，

---

① 参见陆天明：《反映时代不能回避"主旋律"》，《光明日报》2010年9月29日。

② 2009年11月21日，在珠海举行的第八届中国青年作家批评家论坛上，《人民文学》主编李敬泽的演讲《文学：回到思想的前沿》引起了与会作家和评论家的共鸣和探讨。（参见杨连成：《让文学回到"思想的前沿"》，《光明日报》2009年11月24日。）

③ "大江会"是罗隆基、何浩若、沈宗濂、浦薛凤、闻一多、潘光旦、时昭瀛、吴文藻、吴景超、顾毓琇、梁实秋等部分清华留美预备学校的毕业生于20世纪20年代在美国建立的一个提倡"国家主义"的社团，其纲领性文件是《大江会宣言》。"大江会"的人数不多，存在的时间也不长，会员们对中华民族的危难有清醒的认识，其目的是为着争取中华民族的独立与自由。在这一点上，它顺应了当时革命的时代潮流。当然，"大江会"的阶级局限性也相当突出。"大江会"要建立一个没有外族欺凌、人人平等、自由竞争的社会，这也是自由资本主义的理想王国。会员的出身与社会地位，也决定了他们不可能理解无产阶级彻底革命的历史法则。因此，在革命的方法上也只能主张"改良"。不过，以当时的客观条件来说，这并未掩盖"大江会"的历史进步意义。"大江的国家主义"也包括文化的内容。大江会员中有几个人特别提倡"文化的国家主义"。

而是回到台湾定居。这充分说明，他是热爱我们祖国大地的。"①可见，梁实秋曾经胸怀文学理想和抱负并且身体力行地参与一些社会活动，但是由于理想与现实之间的差异，在时代的洪流中他选择了"独善其身"的著译方式，由此可以管窥这个现代"自由主义"知识分子的彷徨心理。

其次，"中庸"思想的保守意识使得梁实秋在"雅舍"系列散文创作中的表达形式和取材方面缺少变化。《雅舍小品》以及它的"续集""三集""四集"都是同样的风格。例如，《怒》《礼貌》《吃相》《守时》《商店礼貌》等文章都是谈礼仪问题；《信》《书》《讲演》《读画》《书房》《看报》等文章都与做学问有关；《病》《聋》《偏方》等文章都与治病有关；《衣裳》《汽车》《手杖》《旅行》《运动》《观光》《腌猪肉》《饮酒》《抽烟》等文章都与衣食住行有关；《猪》《鸟》《狗》《骆驼》《虐待动物》《一只野狗》等文章都与动物有关……虽说梁实秋倡导不受形式束缚的观点，但是他在实际创作中的选材、结构、写法等却显得有些单调。同样，梁实秋在翻译《莎士比亚全集》时也表现出一种"保守主义"的小心拘谨。一般来说，重"克己"轻"创造"，容易导致翻译中的"形式主义"，重"创造"轻"克己"，容易导致翻译中的"自由主义"，这两种态度都不可取。译者应该力求在"创造"与"克己"之间寻求平衡。梁实秋在译莎时坚持"不删节、了解正确、不草率"的原则，这是译者诚信态度的表现。但是，由此在客观上造成的结果就是有的行文比较呆板，主要表现在使用生硬的词语、书面语色彩偏重、受原文表达习惯的干扰等方面。

梁实秋译莎时使用生硬的词语，缺少变通。

以下是《罗密欧与朱丽叶》一剧第二幕第一景中的一段台词。

原文：

ROMEO　Can I go forward when my heart is here?

　　　　　Turn back, dull earth, and find thy *centre* out.

梁实秋译文：

罗　我的心在这里，我还能往前走么？转回去，蠢笨的身躯，去寻觅你的心灵的枢纽。②

---

①　季羡林：《回忆梁实秋先生》，陈子善编：《回忆梁实秋》，长春，吉林文史出版社，1992，第1版，第30页。

②　〔英〕莎士比亚：《罗密欧与朱丽叶》，《莎士比亚全集》28，梁实秋译，北京，中国广播电视出版社，2001，第1版，第72～73页。

朱生豪译文：

罗密欧 我的心还逗留在这里，我能够就这样掉头前去吗？转回去，
 你这无精打采的身子，去找寻你的灵魂吧。①

方平译文：

罗密欧 我的心丢在这儿了，我还能往前走吗？回头走吧，没灵性
 的人，去找回你的魂！②

曹禺译文：

柔蜜欧 （走到凯布花园墙侧，忐忑不止，四顾踌躇，担心后面朋友
 们跟来，望着花园）
 我的心明明在此停留，我还能向前走么？
 转过身来吧，失了魂的肉体，去把你的灵魂找到。③

　　这段台词是罗密欧在卡帕莱特花园墙外一条小巷里的内心独白，表
达了他想见朱丽叶时的矛盾心情。梁实秋将"centre"一词直译成"枢纽"，
显得别扭。朱生豪和曹禺翻译成"灵魂"，方平译成与"魂"，比较通俗
易懂。
　　梁实秋译莎时书面语色彩偏重。
　　以下是《李尔王》一剧第一幕第一景中的一句台词。

原文：

GLOUCESTER　　His breeding, sir, hath been at my charge: I
　　　　　　　 have so often *blushed to acknowledge him, that*
　　　　　　　 now I am brazed to it.

梁实秋译文：

格　　他的抚养是由我担负的：我常常的赧颜承认他，现在倒忝不知

①　〔英〕莎士比亚：《罗密欧与朱丽叶》，《莎士比亚戏剧》，朱生豪译，上海，上海古籍出
　　版社，2002，第1版，第36页。
②　〔英〕莎士比亚：《罗密欧与朱丽叶》，方平译，方平编选：《莎士比亚精选集》，北京，
　　北京燕山出版社，2004，第1版，第433页。
③　〔英〕莎士比亚：《柔蜜欧与幽丽叶》，曹禺译，北京，中国对外翻译出版公司，2002，
　　第1版，第97页。

惭了。①

朱生豪译文：
葛罗斯特　他是在我手里长大的；我常常不好意思承认他，可是现
　　　　　在习惯了，也就不以为意啦。②

方平译文：
葛乐斯德　把他抚养到这么大，是我包下来的，伯爵。我红着脸儿
　　　　　承认他，回数多了，脸皮也就厚了。③

孙大雨译文：
葛洛斯忒　将他抚养成人是由我担负的，伯爵；我红着脸承认他的
　　　　　回数多了，也就脸皮老了。④

　　这句台词是格劳斯特伯爵（Earl of Gloucester，简称"格"）回答坎特
伯爵（Earl of Kent）时说的。李尔王（King Lear）年事已高，决定三分国土
给女儿们。梁实秋使用了"赧颜承认"和"忝不知惭"，带有文言文的味道。
朱生豪翻译成"不好意思承认"和"不以为意"，方平翻译成"红着脸儿承
认"和"脸皮也就厚了"，孙大雨翻译成"我红着脸承认他的回数多了，也
就脸皮老了"，这些译文口语色彩都比较浓，语气显得轻松明快。语言表
现了戏剧人物的身份地位、文化程度、性格特征等情况，莎剧中个性化
的人物语言也成为推动剧情发展、揭示人物性格、表现作家创作意图的
主要手段之一。在翻译剧本时译者也应充分考虑不同人物的语言特征，
努力使译文也能像原文那样做到什么人说什么话。
　　以下是该剧第一幕第二景中的一句台词。

原文：
EDMUND　...Who in the lusty steath of nature take

---

①　〔英〕莎士比亚：《李尔王》，《莎士比亚全集》33，梁实秋译，北京，中国广播电视出版
　　社，2001，第1版，第14～15页。
②　〔英〕莎士比亚：《李尔王》，《莎士比亚戏剧》，朱生豪译，上海，上海古籍出版社，
　　2002，第1版，第255页。
③　〔英〕莎士比亚：《李尔王》，方平译，方平编选：《莎士比亚精选集》，北京，北京燕山
　　出版社，2004，第1版，第791页。
④　〔英〕莎士比亚：《黎琊王》，《莎士比亚四大悲剧》，孙大雨译，上海，上海译文出版社，
　　1995，第1版，第289页。

More composition and fierce quality
Than doth，within a dull，stale，tired bed，
Go to the creating a whole tribe of fops，
Got'tween asleep and wake? ...

梁实秋译文：

哀　……我们在情浓幽会之际所秉受的遗传胎教，岂不远胜过于半睡半醒之际在陈旧无谓的床上所苟合出来的成群的蠢材？……①

朱生豪译文：

爱德蒙　……难道在热烈兴奋的奸情里，得天地精华、父母元气而生下的孩子，倒不及拥着一个毫无欢趣的老婆，在半睡半醒之间制造出来的那一批蠢货？……②

方平译文：

爱德蒙　……咱们才真是得天独厚呢——趁人家偷鸡摸狗，正打成火热一片，盗来了天地的精华，爹娘的元气；那些在冷冰冰的床上，没精打采、半睡不醒的那会儿制造出的蠢货，又有哪一个能跟咱们比一下……③

这是格劳斯特伯爵的私生子哀德蒙（Edmund，简称"哀"）想得到产业，对自己是私生子的身份不服气时所说的话。梁实秋使用了"遗传胎教"与"苟合"等词，显得很正式。朱生豪使用了"得天地精华、父母元气"和"制造"，方平使用了"天地的精华，爹娘的元气"和"制造"，比较随意。"口语化"是戏剧语言最突出的特征之一，它与戏剧语言的"社会性""即时性"和"无注性"有关。戏剧表演面对的是不同文化层次的观众，观众对于剧本台词的理解是当时完成的，剧作者不能在演员表演的同时进行注解和说明，"口语化"的语言则是最佳选择。

---

① 〔英〕莎士比亚：《李尔王》，《莎士比亚全集》33，梁实秋译，北京，中国广播电视出版社，2001，第36～37页。
② 〔英〕莎士比亚：《李尔王》，《莎士比亚戏剧》，朱生豪译，上海，上海古籍出版社，2002，第1版，第268页。
③ 〔英〕莎士比亚：《李尔王》，方平译，方平编选：《莎士比亚精选集》，北京，北京燕山出版社，2004，第1版，第802页。

再次，梁实秋译莎时受原文表达习惯的干扰。

以下是《罗密欧与朱丽叶》一剧第三幕第一景中的例子。

原文：

ROMEO　　　Courage，man；the hurt cannot be much.

MERCUTIO　*No*，'tis not so deep as a well，nor so wide as a church door；but' tis enough，'twill serve：ask for me tomorrow，and you shall find me a grave man . . .

梁实秋译文：

罗　鼓起勇气，男子汉；这伤一定不会重。

墨　不，没有一口井深，也没有教堂大门宽；但是足够我受用的了：你明天再打听我，你会发现我已经在坟墓里了……①

朱生豪译文：

罗密欧　　　放心吧，老兄；这伤口不算十分厉害。

茂丘西奥　是的，它没有一口井那么深，也没有一扇门那么阔，可是这一点伤也就够要命了；要是你明天找我，就到坟墓里来看我吧……②

方平译文：

罗密欧　振作些，哥儿，这点儿伤算不了什么。

牟克休　可不，还没有一口井那么深，一座教堂的大门那么宽，可也够啦——够送你的命啦……③

曹禺译文：

柔蜜欧　（安慰）勇敢点，朋友，伤并不大。

墨古求　（苦笑）哼，不大，没有井那么深，也没有教堂的门那么大，

---

①　〔英〕莎士比亚：《罗密欧与朱丽叶》，《莎士比亚全集》28，梁实秋译，北京，中国广播电视出版社，2001，第1版，第126~127页。

②　〔英〕莎士比亚：《罗密欧与朱丽叶》，《莎士比亚戏剧》，朱生豪译，上海，上海古籍出版社，2002，第1版，第67页。

③　〔英〕莎士比亚：《罗密欧与朱丽叶》，方平译，方平编选：《莎士比亚精选集》，北京，北京燕山出版社，2004，第1版，第433页。

不过这就够了，很够了。明天你要找我，你只有到坟里去找了……①

　　这是墨枯修与提拔特（Tybalt）斗殴受伤之后与罗密欧的对话。梁实秋将"No"译为"不"，忽略了英汉两种语言对"否定"意义的表达差异。英语中上文是一个否定句时，紧随其后的"no"应该翻译成"是的"，用来表示对上文的肯定，梁实秋的译文给读者的理解造成了干扰。朱生豪、方平和曹禺分别翻译成"是的""可不""哼，不大"，都是肯定的表达，符合原意。英汉否定句就其意义来讲，都是对句子内容进行否定。汉语是分析型和粘着型语言，没有屈折变化，词的组合主要依靠词素粘着。而英语是分析型和综合型语言，其分析型特征体现在词序和助词的组句功能上。这些特点使得英汉语言在表达否定概念时所使用的词汇手段、语法手段以及逻辑手段等方面都有差异。译者要合理吸收源语体系中的某些成分。
　　以下是《无事自扰》第一幕第一景中的对白。

原文：
MESSENGER　I will hold friends with you，*lady*.
BEATRICE　　Do，good friend.
LEONATO　　You will never run mad，*niece*.
BEATRICE　　No，not till a hot January.

梁实秋译文：
信　我愿小心翼翼的和你维持友谊，小姐。
璧　好呀，好朋友。
李　你是永远不会发狂的，侄女。
璧　不会的，除非赶上一个炎热的正月。②

朱生豪译文：
使者　　　小姐，我愿意跟您交个朋友。

① 〔英〕莎士比亚：《柔蜜欧与幽丽叶》，曹禺译，北京，中国对外翻译出版公司，2002，第1版，第238页。
② 〔英〕莎士比亚：《无事自扰》，《莎士比亚全集》6，梁实秋译，北京，中国广播电视出版社，2001，第1版，第17～18页。

贝特丽丝　很好，好朋友。

里奥那托　侄女，你是永远不会发疯的。

贝特丽丝　不到大热的冬天，我是不会发疯的。①

方平译文：

使者　　　小姐，我但愿能跟您交上朋友。

白特丽丝　欢迎，好朋友。

廖那托　　侄女儿，你是怎么也不会发疯发狂的了。

白特丽丝　不，除非是冬天里也会有人中暑。②

这是李昂拿图（Leonato，简称"李"）总督的侄女璧阿垂斯（Beatrice，简称"璧"）以及信使（Messenger，简称"信"）之间的对话。称呼语"lady"和"niece"在原文中都放在句末。梁实秋受原文语序影响，翻译时未做调整，朱生豪和方平都将"小姐"和"侄女"放在句子的开头，符合中国人开始谈论某话题时的一般原则。另外，梁实秋使用了"小心翼翼的和你维持友谊"这样的说法，相比"愿意跟您交个朋友"和"但愿能跟您交上朋友"这样的翻译，显得比较拗口。

最后，梁实秋著译活动中"守成"思想的另外一个表现是他坚持"天才的戏剧观"和"体裁纯净说"。这是他维护文学艺术"纯正性"的一个消极体现，与"雅舍"系列散文创作中表现手法的单一性以及译莎中某些"生硬"之处的本质上都是一致的。梁实秋认为：戏剧是天才的创造，是属于戏剧家的，剧本不能与剧场相提并论，剧场是属于普通民众的。他将莎士比亚戏剧看做是最高的艺术，最高的艺术只能是少数有修养的人在书斋里慢慢品味、仔细研读。因此，他否定戏剧的综合性特征，不把演员、布景、灯光放在与剧本的同等地位。他说："我们评判一个戏剧的好坏，只要看戏剧中剧情是否人生的模仿，其文字是否动人，其效果是否纯正，其结构是否完整，至于此剧排演时之动作、光线、化装、布景则皆不属于真正戏剧的范围之内。"③这种观点偏离了戏剧的"表演性"特征和"社会性"功能。梁实秋运用白璧德的"新人文主义"文学观，对"五四"新文化运

---

① 〔英〕莎士比亚：《莎士比亚戏剧》，《无事生非》，朱生豪译，上海，上海古籍出版社，2002，第1版，第118页。

② 〔英〕莎士比亚：《捕风捉影》，方平译，方平编选：《莎士比亚喜剧五种》，北京，北京燕山出版社，2001，第1版，第260页。

③ 梁实秋：《戏剧艺术辨正》，徐静波编：《梁实秋批评文集》，珠海，珠海出版社，1998，第1版，第56页。

动以来的中国戏剧进行审视与反思。他认为中国现代戏剧脱离了古希腊戏剧的贵族化精神，显得过于平民化与大众化。另外，"五四"时期的中国戏剧被用作宣传革命与改造社会的工具，这就违背了"古典主义"的文学标准。梁实秋始终坚持贵族化的审美立场，戏剧由此变成了"阳春白雪"的东西，这显然不利于戏剧的普及和发展。梁实秋沿用亚里士多德在《诗学》中的思路，把戏剧艺术分为"诗的艺术"与"演剧艺术"两部分，并且认为"诗的艺术"比"演剧艺术"更为重要。他从不同角度强调戏剧的诗性特征，绝不容许把戏剧艺术与舞台艺术混为一谈，否则戏剧艺术就会由最高艺术变为混合艺术，由混合艺术沦为技术的趋向。梁实秋反对文学类型的混杂，表现了其理性、规范的贵族化的文学追求。例如，他认为韵文与散文的结合的散文诗在文学里可备一格，但这是一种变例，不是常态，偶一为之，未尝不可。① 从维护各种文体的基本特质而言，对体裁纯粹的追求有一定的合理性。但是，他却忽视了不同文体之间的相互参照性和借鉴性。

　　梁实秋作为具有深厚文化底蕴的"散文大师"和"翻译大师"，通过对"经典化"与"精英化"等观点的文化认同来显示自己的"古典主义"文学主张，其著译的"文化守成"是"中庸"思想的保守方面，与不断进取的时代精神有较大的隔膜，因此是一种艰难的和孤立的文学话语。需要指出的是，梁实秋的"文化守成"并不是对别人的观点亦步亦趋。例如，他谈到白璧德对自己的影响时说："白璧德教授是给我许多影响，主要的是因为他的若干思想和我们中国传统思想颇多暗合之处。我写的批评文字里，从来不说'白璧德先生云……'或'新人文主义者主张……'之类的话。运用自己的脑筋说自己的话，是我理想中的写作态度。"② 可见，梁实秋坚持独立思考，不盲目地崇拜权威人物，也不趋于流俗，而是试图在"融化新知"与"倡明国粹"之间力求寻找一条"中庸"之道，他的文学观呈现出进步性与保守性交织并存的特征。由于"古典主义"的文学观和"文化守成"具有某种"雅致"的特质和独特的价值，因此梁实秋的著译作品也已经逐步受到重视。

---

① 参见梁实秋：《现代文学论》，徐静波编：《梁实秋批评文集》，珠海，珠海出版社，1998，第 1 版，第 165 页。

② 梁实秋：《我是这么开始写文学评论的？——〈梁实秋论文学〉序》，梁实秋著，陈子善编：《梁实秋文学回忆录》，长沙，岳麓书社，1989，第 1 版，第 13 页。

第三节　不充分的"审美现代性"

"现代性"这一概念内涵丰富，可以从政治、经济、文化等层面做不同的理解，它是一种价值判断和思想倾向，往往与"传统性"相对立。"现代性"包含两层基本含义：一是社会的现代化，它体现在"启蒙现代性"对社会生活的广泛渗透和制约；二是以文学、艺术等文化运动为代表的"审美现代性"，它通过审美活动使"人性"更加丰富和完善，并且常常表现为对"启蒙现代性"的反思、质疑和对话。

"审美现代性"具有较强的文学批评功能和审美救赎功能，可以纠正"理性主义"的某些缺陷和人的异化。在现代社会中，机械的生活模式和阅读体验使人们渐渐失去了感觉的灵动性和思想的深刻性，导致了人生意义的消解和心灵自由的丧失。正是在这种情况下，梁实秋特别强调审美的救赎功能，即审美主体通过对审美感觉的培养，将自己从现代社会"工具理性"的压力以及从日常生活的世俗中解救出来。梁实秋的"雅舍"系列散文和汉译《莎士比亚全集》一方面是一种对审美愉悦的追求；另一方面更具有恢复和追求"人性"和谐的现实意义。如果说鲁迅等人所倡导的"启蒙现代性"是一种振奋民心的时代诉求和一种文学策略的话，那么梁实秋等人所倡导的"审美现代性"则是通过与传统的对话对"工具理性"的某些质疑和思考。梁实秋以著译的方式缓解了自己处于边缘文学话语位置的焦虑，表达了一个提倡"自由主义"和"古典主义"文学主张的知识分子拯救文学的不懈努力。然而，梁实秋的著译仍然是一种不充分的"审美现代性"。文学活动中真正充分的"审美现代性"应该注意凸显这样两个特征：一是著译主体必须积极面对时代与社会现实，而不应该仅仅局限于"改良"的审美理想，否则都是某种程度的躲避与偏离；二是文学艺术总是包含着充分的"大众化"与"平民化"取向，而不应当仅仅停留在"精英化"的模式之中。

首先，梁实秋的"审美现代性"中所蕴涵的"传统性""经典性""永恒性"等特点与"现代性"的求新求变的标准有一定距离。梁实秋既受过传统的启蒙教育，又受过现代的新学教育，推崇儒家文化的"中庸"平和观念，注重个人的道德修养，反对个性张扬和情感泛滥，这些品质与"新人文主义"思想有着异曲同工之妙，可以说他是在中国传统文化的范围里接受了"新人文主义"思想，又在"新人文主义"思想的引导下来反观中国传统文化，在学术派别上具有很强的归依性。梁实秋怀抱着"自由""民主""平等""宽容"的理想从美国回到中国，从现代的、开放的工业社会回到传统的、封闭的农业社会，并且试图以文学的"自律"原则通过著译活动来弘扬传统文化和引进西方文化。他尊重传统，向往和谐社会，希望以逐步改良的方式来解决中国社会的现实问题。但是，梁实秋"节制""均衡""和谐"的审美精神在当时中国内忧外患的情形下显得过于理想化。另外，梁实秋对"新人文主义"思想没有在吸收中进行改造和创新，而是以该学说为依据，用批判的目光抨击"无产阶级文学"的革命性和浪漫性。可以说，他对"新人文主义"思想进行了脱离具体国情和文化语境的横向移植。因此，20世纪30年代以后"新人文主义"思想在中国逐渐式微，以该学说为理论依据的梁实秋的文艺思想也显得势单力薄。直到20世纪80年代中期以后，随着"文化热"的兴起，梁实秋的"人性论"的文艺思想和"传统文化本位观"才又重新受到关注和研究。从这个意义上来说，梁实秋的"审美现代性"应该在学理和语境方面进行深刻比较、探究与整合，由此获得在理论形态和实践层面上的互相沟通，实现中西文学理论交流的对话性原则。

其次，梁实秋的"审美现代性"中包含的"精英""天才"等标准与"现代性"的"大众化""平民化"的因素相去甚远。梁实秋的著译与"古典主义"的理性原则息息相通，呈现出较浓的文学"精英"意识。他极力反对"革命文学"的提法，并且说："在文学上，只有'革命时期中的文学'，并无所谓'革命的文学'。"①"文学家不仅仅是群众的一员，他还是天才，他还是领袖者，他还是不失掉他的个性。"②梁实秋批评中国文学中的道家传统，也批评"无产阶级文学"，这使得他的文学观举步维艰。究其原因，书香门第的熏陶、琴棋书画的浸淫、留学美国的经历，塑造了梁实秋的儒雅气质和"中学为体，西学为用"的文化底蕴。他在衣食无忧的家庭氛围中成长，传统的家规和优越的环境使他从年少时便在潜意识中与劳苦大众保持了一定的距离。留学回国以后，梁实秋与各界社会名流广泛结交，他是"新月派"的主要成员之一，该学派的其他几位知名人士如徐志摩、胡适等人对劳动人民的苦难生活也缺乏理解和体验，这势必也会对梁实

---

① 梁实秋：《文学与革命》，黎照编：《鲁迅梁实秋论战实录》，北京，华龄出版社，1997，第1版，第158页。

② 梁实秋：《文学与革命》，黎照编：《鲁迅梁实秋论战实录》，北京，华龄出版社，1997，第1版，第159页。

秋的文学观产生一定影响。梁实秋表现出修身养性的儒家伦理观念、超然物外的道家气息以及觉行圆满的佛家旨趣，他希望通过吸收外来文化的优秀成分，继承传统文化的精髓，促进本土文化观念的改良和转型，这是有很多合理之处的。事实上，他的文化理念和审美理想确实对本时期和以后的文学产生了很大影响。但是，梁实秋过多专注"规范"与"标准"，注定不能得到广大民众的理解与响应，这就造成了不充分的"审美现代性"。

第四节　重"善"轻"美"

中国古典美学往往把审美与政治、伦理、修身整合在一起。梁实秋认为优秀的文学作品是艺术审美特性与道德修养的完美统一。但是，他却把"善"作为文学的最高目标，"美"则是第二位的。他说："文学不能不讲题材的选择，不一定要选美的，一定要选有意义的，一定要与人生有关系的……那么美究竟在文学里有什么样的艺术地位呢？我承认文学里有美，因为有美所以文学才能算是一种艺术，才能与别种艺术息息相通，但是'美'在文学里面只占一个次要的地位，因为文学虽是艺术，而不纯粹是艺术，文学和音乐图画是不同的。"①梁实秋重视"善"，主要体现在他不过分追求著译作品的"音乐美"和"形式美"方面。

首先，梁实秋更加注重著译作品的思想质地，并且认为文学里的音乐美是有限度的。他说："因为文字根本的不是一个完美的表现音乐美的工具。艺术中的各部门，各有各的任务，其间可以沟通，但不容混淆。可是'型类的混淆'（confusion of genres）正是近代艺术的一种不健全的趋势。"②例如，梁实秋在谈到关于诗歌的看法时，声称对于一首诗不仅欣赏其声调音韵之美，结构的波澜起伏之妙，描写的细腻绚烂之致，还要体会其中的情感、想象、意境。另外，还要接受其中的煽动、暗示、启发，还要了解其中的理想、理论、宗旨。③也就是说，文学作品应该渗透对社会和人生的沉静观察与思考，从而启迪读者形成更严肃、更崇高

---

① 梁实秋：《文学的美》，徐静波编：《梁实秋批评文集》，珠海，珠海出版社，1998，第1版，第207页。

② 梁实秋：《文学的美》，徐静波编：《梁实秋批评文集》，珠海，珠海出版社，1998，第1版，第207页。

③ 参见梁实秋：《诗与诗人》，徐静波编：《梁实秋批评文集》，珠海，珠海出版社，1998，第1版，第244页。

的思想。这种不追求"音乐美"的观点在翻译《莎士比亚全集》时表现得较为典型。莎剧的大部分是"无韵诗"（blank verse），"无韵诗"的那种节奏不容易完全移译到汉语里。正如梁实秋所说："翻译不是容易事，因为两种文字（尤其是象中文西文这样不同的文字）文法不同，句法不同，字法不同。而要译得既不失原意，又能朗朗上口，岂不是很难？译诗最难。因为诗的文字最精练，经过千锤百炼，几度推敲，要确切，要典雅，又要含蓄，又要有韵致，又要有节奏，又要有形式，条件实在太多。"①

以下是《仲夏夜梦》一剧第二幕第二景中的一段歌词。

原文：

You spotted snakes with double tongue,

Thorny hedge-hogs, be not seen;

Newts, and blind-worms, do no wrong;

Come not near our fairy queen.

Philomel, with melody,

Sing in our sweet lullaby:

Lulla, lulla, lullaby; lulla, lulla, lullaby:

Never harm,

Nor spell, no charm,

Come our lovely lady nigh;

So, good night, with lullaby.

梁实秋译文：

双舌尖的花斑蛇，

披箭的刺猬，不要出现；

水蜥，蛇蜥，别做恶；

不要走近仙后的身畔。

夜莺，曼妙的

陪我们合唱催眠曲；

睡呀，睡呀，睡眠去；睡呀，睡眠去：

---

① 梁实秋：《岂有文章惊海内——答丘彦明女士问》，梁实秋著，陈子善编：《梁实秋文学回忆录》，长沙，岳麓书社，1989，第 1 版，第 86 页。

永远没有伤害，

没有魔，没有怪，

走近女王的身畔；

好好睡吧，再见。①

朱生豪译文：

两舌的花蛇，多刺的猬，

不要打扰着她的安睡；

蝾螈和蜥蜴，不要行近，

仔细毒害了她的宁静。

夜莺，鼓起你的清弦，

为我们唱一曲催眠：

睡啦，睡啦，睡睡吧！睡啦，睡啦，睡睡吧！

一切害物远走高飏，

不要行近她的身旁；

晚安，睡睡吧！②

方平译文：

伸着舌叉的小花蛇，

多刺的箭猪，都不许露面；

不许伤人，壁虎和水蛇，

你们别来到女王身边。

夜莺，快奏起音乐，

跟大家唱催眠曲，

睡啦，睡啦，安睡吧——

一切灾祸，

还有妖法，邪魔，

别来碰好娘娘，避开吧。

① 〔英〕莎士比亚：《仲夏夜梦》，《莎士比亚全集》8，梁实秋译，北京，中国广播电视出版
　社，2001，第1版，第64～67页。
② 〔英〕莎士比亚：《仲夏夜之梦》，《莎士比亚戏剧》，朱生豪译，上海，上海古籍出版社，
　2002，第1版，第136页。

晚安啦，安睡吧，安睡吧……①

这段歌词是小仙们在森林里唱的。相比较三个译者的译文，朱生豪的译文更加富有音乐性，更加有利于表现戏剧的舞台效果和体现剧本的表演性功能。例如，"猬"与"睡""弦"和"眠""飏"和"旁"，读起来很押韵。梁实秋的译文虽然扣紧原文，但读起来欠音乐性。他曾经说："音乐在诗里的地位只是一种装饰品，只是工具使用的一种技巧，不是太重要的因素。我们宁可为了顾全内容而牺牲一点音乐性，不能只求文字的声调铿锵，反而牺牲了内容的恰当。"②换言之，梁实秋并不十分看重修辞的装饰性，他更加注重文字的精神诗性。

由于译者的理解和表达跟原作的内容和形式之间是有一定的距离的，有时译者往往不能完全呈现给读者原文的曼妙之处。例如，梁实秋在处理莎剧"押头韵"问题时，在某些地方也没有能够呈现原文的音乐美。"押头韵"指相邻或相近的单词以相同的字母或声韵开头。莎士比亚尤其擅长这样的表达，该修辞格能产生悦耳之音，但是很难翻译成汉语。

以下是《哈姆雷特》一剧第一幕第五景中的一段台词。

原文：

GHOST ...I could a tale unfold whose lightest word

Would harrow up thy soul，freeze thy young blood，

Make thy two eyes，like stars，start from their spheres，

Thy knotted and combined locks to part，

And each particular hair to stand an end，

Like quills upon the fretful porpentine...

梁实秋译文：

鬼 ……若非我被禁止宣布狱中的秘密，我不妨讲给你听听，顶轻描淡写的几句话就可以使你的灵魂迸裂，使你的青春之血凝冻，使你的两只眼睛像星球一般脱离了眶子，使你的编结的发辫松

---

① 〔英〕莎士比亚：《仲夏夜之梦》，方平译，方平编选：《莎士比亚精选集》，北京，北京燕山出版社，2004，第1版，第28~29页。

② 梁实秋：《文学讲话》，徐静波编：《梁实秋批评文集》，珠海，珠海出版社，1998，第1版，第226页。

散，一根根地竖起来，像激怒的豪猪的刺似的……①

朱生豪译文：

鬼魂　……若不是因为我不能违犯禁令，泄露我的狱中的秘密，我
　　　可以告诉你一桩事，最轻微的几句话，都可以使你魂飞魄散，
　　　使你年轻的血液凝冻成冰，使你的双眼像脱了轨道的星球一
　　　样向前突出，使你的纠结的鬈发根根分开，像愤怒的豪猪身
　　　上的刺毛一样森然耸立……②

方平译文：

阴魂　……可是地狱里的禁令不许我泄露秘密啊——要是我能把那
　　　里的亲身遭遇讲一讲，只消一句话，就吓破你的胆！——冻
　　　结了你的青春热血，叫你那一双眼球，流星般跳出了轨道，
　　　一束束纠结的鬈发，一根根都分开，都直竖起来，像那愤怒
　　　的豪猪蟊竖着一身毛刺……③

卞之琳译文：

鬼　　……不能泄露我狱中的任何秘密，
　　　要不然我可以讲讲，轻轻的一句话
　　　就会直穿你灵府，冻结你热血，
　　　使你的眼睛，像流星，跳出了框子，
　　　使你纠结的发鬈鬈鬈分开，
　　　使你每一根发丝丝丝直立，
　　　就像发怒的毫猪身上的毛刺……④

　　这是哈姆雷特的父亲变成鬼魂时对儿子所说的话，有神秘的、恐怖
的味道。莎士比亚在原文中反复使用了以辅音 / f/、/ p/、/ s/开头的单

---

①　〔英〕莎士比亚：《哈姆雷特》，《莎士比亚全集》32，梁实秋译，北京，中国广播电视出
　　版社，2001，第1版，第64～67页。
②　〔英〕莎士比亚：《哈姆莱特》，《莎士比亚戏剧》，朱生豪译，上海，上海古籍出版社，
　　2002，第1版，第30页。
③　〔英〕莎士比亚：《哈姆莱特》，方平译，方平编选：《莎士比亚精选集》，北京，北京燕
　　山出版社，2004，第1版，第545页。
④　〔英〕莎士比亚：《哈姆雷特》，卞之琳译，杭州，浙江文艺出版社，2001，第1版，第29页。

词，比如"freeze，fearful ，from""stars，start，spheres""porpentine，particular"，试图突出鬼魂言辞的庄严肃穆。这种口吻在梁实秋译本中没有得到体现。朱生豪使用了"魂飞魄散"等四字格结构的词语，方平使用了"一束束""一根根"等量词，与原文口吻比较相近，卞之琳使用了象声词"簌簌簌""丝丝丝"，更加突出了阴森恐怖的气氛。

其次，梁实秋翻译《莎士比亚全集》也不苛求译文的形式美。例如，在莎剧翻译文体的选择上，梁实秋参考了已有的多种译本，最终采取的是"散文体"的译法。莎剧的"无韵诗"实际上已经很接近散文，其原文约三分之一是散文，这一部分译成汉语的散文没有大问题。概览世界各国的莎剧译文，还是用散文译出意思的占多数。但是由于语种的不同，翻译之难是可以想象的。"德语和英语比较相近，一般认为A．W．施莱格尔和蒂克的译本最成功。日语和英语相距甚远，坪内逍遥在译完莎著，出了40卷之后，重新译过一遍，改用现当代的日语，但仍为散文译本。俄语和英语差距也大，莫罗佐夫和阿尼克斯特合作译编的莎士比亚全集被认为较好，也只是散文本。意大利语有卡克诺的诗体译本，而法语、西班牙语也只有部分莎剧有诗体译本。可见以诗体译莎确实不易。"①国内学者一直在对莎剧译本的文体选择进行探讨，主要集中在是"以诗译诗"还是采取其他文体译出原文的诗意上。梁实秋认为："诗和散文在形式上划不出一个分明的界线，倒是散文和韵文可以成为两个适当的区别。这个区别的所在，便是形式上的不同：散文没有准定的节奏，而韵文则有规则的韵律。"②不过，莎剧是诗体的戏剧，它是作为戏剧艺术形式展现给读者的，梁实秋以"散文体"翻译莎剧虽然也能表达原文的意境，但是毕竟改变了文体形式。

此外，梁实秋译莎时并不苛求字句和段落的均匀，而是在"意"的方面遵守原文。

以下是《维洛那二绅士》(*The Two Gentlemen of Verona*)一剧第四幕第二景中的一段歌谣。

原文：
SONG

---

① 裘克安：《莎士比亚全集诗体中译本出版随想》，《中国翻译》2005年第3期，第79页。
② 梁实秋：《论散文》，卢济恩编：《梁实秋散文鉴赏》，太原，北岳文艺出版社，1991，第1版，第341页。

Who is Silvia? what is she?

That all our swains commend her?

Holy, fair, and wise is she;

The heaven such grace did lend her,

That she might admired be.

Is she kind as she is fair?

For beauty lives with kindness：

Love doth to her eyes repair,

To help him of his blindness；

And, being help'd, inhabits there.

Then to Silvia let us sing,

That Silvia is excelling；

She excels each mortal thing

Upon the dull earth dwelling；

To her let us garlands bring.

梁实秋译文：

歌

西尔维亚是谁？她是什么人？

我们的情郎们这样赞美她？

她是贞洁，美丽，而又聪明；

上天把这些优点送给她，

好让它受人崇敬。

她的好心能和她的美貌相比？

因为美貌和善心常是并存：

爱神跑到她的眼边去，

去医疗她的一双瞎眼睛；

医好之后就居住在那里。

我们来对西尔维亚歌唱，

西尔维亚是并世无伦；

她不和任何人一样，

压倒一切尘世的人；

我们去拿些花环给她带上。①

朱生豪译文：
歌
西尔维亚伊何人，
乃能颠倒众生心？
神圣娇丽且聪明，
天赋诸美萃一身，
俾令举世诵其名。
伊人颜色如花浓，
伊人宅心如春柔；
盈盈妙目启瞽瞶，
创平痍复相似瘳，
寸心永驻眼梢头。
弹琴为伊歌一曲，
伊人美好世无伦；
尘世萧条苦寂寞，
唯伊灿耀如星辰；
穿花为束献佳人。②

这是图利欧(Thurio)叫乐师在西尔维亚(Silvia)小姐的窗前奏夜曲献殷勤的歌谣。图利欧和情敌普洛蒂阿斯(Proteus)都趁夜幕降临以后来到小姐住处，都想赢得西尔维亚的芳心，尽管小姐钟情于维洛那绅士瓦伦坦(Valentine)。这首歌谣赞美了西尔维亚美丽、温柔、善良、坚贞的形象和品质。梁实秋的译文忠实了原剧的内容和句式，但是却并不注重汉语表达的形式。相比之下，朱生豪的译文具有形式美和音乐美，表达了图利欧和普洛蒂阿斯的爱慕之情。

由此可见，梁实秋认为美学不能涵盖文学，这与他对“美”的理解有关。他把“美”仅仅当成是一种孤立的形式，如“音乐美”“图画美”之类的

① 〔英〕莎士比亚：《维洛那二绅士》，《莎士比亚全集》2，梁实秋译，北京，中国广播电视出版社，2001，第1版，第128～129页。

② 〔英〕莎士比亚：《维洛那二绅士》，《莎士比亚戏剧》，朱生豪译，上海，上海古籍出版社，2002，第1版，第198～199页。

东西。梁实秋说:"文学与图画、音乐、雕刻、建筑等不能说没有关系,亦不能说没有类似之点,但是我们也要注意到各个型类间的异点,我们要知道美学的原则往往可以应用到图画、音乐,偏偏不能应用到文学上去。即使能应用到文学上去,所讨论的也只是文学上最不重要的一部分——美。"①实际上,文学的"美"应当包含内容美、形式美、音韵美、意境美等,而且强调文学的"善"也完全可以与美学相结合得以体现。

---

① 梁实秋:《文学的美》,徐静波编:《梁实秋批评文集》,珠海,珠海出版社,1998,第1版,第197页。

第六章　结　语：文学本体，多元视野

本书以最能代表梁实秋的创作和翻译成就的"雅舍"系列散文和汉译《莎士比亚全集》为研究对象，以"跨文化"与"跨学科"的视角，主要从"情""真""智"三方面勾勒梁实秋新旧兼顾、中西并采的文化个性，同时将他的著译活动置于中国传统文论和当代西方翻译理论的大背景下进行审视，阐明梁实秋的创作与翻译对中国现代文学发展中"多源"与"多元"文化形态的形成与整合的独特意义。在此基础上，笔者进一步分析了梁实秋创作与翻译的局限性等问题。

第一节　"情""真""智"的贯通

梁实秋的创作与翻译以情动人，率性真诚，启迪心智。鉴于此，本书稽考钩沉，溯源披流，总结出如下主要学术观点：

第一，研究者应该用美学的、历史的观点客观解读与评价梁实秋的创作与翻译活动。

梁实秋有着在中国与美国生活的经历，在中国时他又曾生活于中国大陆和中国台湾，他是中国现代文学史上一个有建树、有影响、有个性、有争议的文化名人。由于某些历史原因，在很长一段时间内梁实秋在中国大陆曾经受到不公正的评价。事实上，梁实秋是一个具有"自由主义"精神的爱国知识分子，他留学美国时虽然受到了白璧德"新人文主义"思想的影响，但他还是最具"中国情结"的学者之一，他的精神世界中占据主导地位的仍然是中华文化的思想传统。无论是在战争年代，还是在和平时期，梁实秋始终没有忘记自己的文化根基和心灵归属。即使在客居异国他乡时，他也时时眷恋并热爱着祖国与故土。"雅舍"系列散文寓深刻的哲思于平实、亲切、幽默、雅致的文字之中，闲适中含有深沉，轻松中含有讽刺，其谈吐的气度彰显了中华传统文化的儒雅特质。梁实秋翻译的《莎士比亚全集》激起了中国读者对"真""善""美"的向往和追求，其刚健、雅正的译文反映了译者"古典主义"的文学倾向与传播异域文化的宗旨。梁实秋的创作与翻译虽然在某种程度上疏离了"时代文学"的主潮，但是在抗日战争时期却也从另一个侧面启示人们要有以苦为乐的心态，修身养性的意识以及热爱生活的情怀。

在中西思想与文化产生激烈碰撞的 20 世纪初期，梁实秋的创作与翻译活动成为构建中国现代文学多元话语系统的一股力量。他的著译在题材选择、文化心态、审美倾向以及局限之处等宏观方面都是相通一致的。一方面，"雅舍"系列散文创作影响了他的翻译原则的确立与遵循；另一方面，他通过翻译《莎士比亚全集》，有选择地吸收了外国文学作品的思想内容与艺术手法。正是因为梁实秋的创作与翻译之间的相互借鉴，其著译作品都渗透了对"人性"的关注和探讨，强调了文学的伦理道德价值，反映了纷繁复杂的社会现象，彰显了文学作品的"艺术性"本质。对梁实秋创作与翻译的探讨与评价，我们既不能因为某些历史原因否定其著译作品的艺术价值，也不能因为其著译作品越来越受瞩目和欢迎而随意拔高他的文学史地位。我们应该充分利用其中的有益部分，发掘它们在当今"多源"与"多元"文化语境中的积极意义。梁实秋的创作与翻译突出地表现为两个方面的意义：一是继承并且发扬了中国古代文学的优良传统，借鉴并且吸收了世界经典文学的优秀成分，促进了中国现代文学、中国古代文学与世界经典文学之间的对话；二是在反思"五四"新文学与"左翼"文学思潮方面同步而异路，拓宽了中国现代文学的路向选择。创作与翻译可以互相促进，对世界优秀文化遗产的追溯以及对民族传统文化的自省是当今学术研究者不可缺少的一项工作。反思中才会有前瞻，追本溯源中才会有新的认识。

第二，梁实秋"主情"的文学倾向体现了著译主体重视文学向自身审美价值的回归以及文学活动的"人学"本义。

梁实秋用热情、毅力、修养和才思构筑了硕果累累的著译生涯。从内在构成看，梁实秋的著译活动由三股"情感流"交织而成，分别称为"动机情感流""对象情感流"和"审美情感流"，它们相辅相成、相互作用，共同构成一股强大的力量影响着他的创作与翻译。

"动机情感流"是指促成梁实秋创作和翻译欲望的情感活动，它主要表现为梁实秋"审美自律"的题材观。这种题材观与他的审美倾向、文化底蕴以及历史境遇有关。"审美自律"的题材观以"新人文主义"思想的"人性论"为参照标准，它切入"人性"的深层，倡导为人处世之正道，表现文学的至情至美。"雅舍"系列散文和梁译《莎士比亚全集》探讨了"人性""理性""道德""审美"等这些人类共通的话题，从而与读者产生了共鸣，同时也奠定了梁实秋"散文大师"和"翻译大师"的地位。梁实秋"审美自律"的题材观是一个具有"民主"思想、"自由主义"精神以及"改良"意识的中国现代知识分子书写的文学边缘话语，对中国现代文学彰显文学的审美特质起到了一定的导向作用。

"对象情感流"是一种创作主体与接受主体之间的双向情感交流活动，主要体现为梁实秋与读者如何互相成为"知音"的。也就是说，梁实秋采用何种著译策略"以情入文"，读者以何种标准对梁实秋的著译活动进行评价，从而达到"以文寻情"的境地。梁实秋以强调文学的"善"来努力使自己成为读者的"知音"，"为情造文"是其著译活动的良好开端，他将自己的情感和思考融入对客观的社会现实与生活图景的描摹之中。梁实秋通过阅读、欣赏与研究，深刻把握《莎士比亚全集》的语言风格与思想内涵，在"人性"层面找到沟通，从而进入二度创作——"翻译"。梁实秋的译文吸取了中国古代文学的典雅风韵，也借鉴了英国文学的精巧气质，展现了文学的情感美和译者的感悟力，并且发挥了文学"观民风""观风俗"的作用。梁实秋的创作与翻译通过"知音"群体之间的相互交流，体现了文学作品"兴""观""群""怨"的内涵和功能。读者要成为梁实秋的"知音"，就必须要有广博的知识、深厚的学养以及真挚的情感，在重视文学实践积累的基础上进行文学鉴赏和批评。

"审美情感流"是指审美主体在观察和感受审美对象时产生的一种愉悦的情感活动，它体现了梁实秋创作与翻译中的一种"感知相依、情理相融"的雅士品位。梁实秋具有学者的渊博才识与绅士的洒脱气质，"雅舍"系列散文以"雅"为本，以"雅"化"俗"，呈现出一种西方"古典主义"和"儒""道""释"相结合的审美内蕴，使读者在谐趣盎然当中获得某种思想启迪。梁实秋本着对莎士比亚和中国读者负责的态度翻译《莎士比亚全集》，在忠实原文内容的基础上讲究"雅俗互见"的翻译理念，这种理念就是"中庸审美观"，它的总体价值取向是"和"，即追求一种"随心所欲不逾矩"的尺度。梁实秋著译的"雅兴"基调逐步奠定了他的雅致之风，并且积淀了他的雅致人生。

第三，梁实秋的著译以"崇真"与"诚信"为根本，强调著译主体应该以真实无伪的态度表现文学客体。

"情"的本义也被界定为"真"，梁实秋"崇真"的诗学内涵涉及文学活动的主体与客体的关系，它包括"巧"的模仿的创作诗学和"传真"思想的翻译诗学。梁实秋注重"素材的真实"和"个性的真实"，"雅舍"系列散文质朴而坦诚，恬淡而洒脱，自然而然地引导读者从平凡琐事中领悟深刻哲理，反映了"崇尚真实、体现个性、注重闲适"的散文观。梁实秋翻译《莎士比亚全集》时遵循"真"的情感规范，向中国读者传播异域文化和文学，他的翻译诗学包含了"宗经"的翻译原则和"权变"的翻译意识。一方面，"宗经"原则主要体现在梁实秋积极引进"戏剧文本类型"，尽可能忠实传递莎剧中的风俗习惯、生活常识、民族心理、文化意象等文化信息，以及尽可能忠实表现莎剧中的句法结构、标点符号、舞台提示语、十四行诗等语言形式；另一方面，"权变"的意识主要体现在梁实秋兼顾到中国读者的接受心理，采用局部变通的方法灵活翻译莎剧中的民族意识化符号、民族声像化符号、民族社会化符号、民族地域化符号以及民族物质化符号等文化信息，以及适当调整莎剧中的某些句法结构，由此可以管窥梁实秋译莎的情理精神和"中庸"调和的哲学视野。

如果从"文化心态"的视角来审视"雅舍"系列散文和梁译《莎士比亚全集》的话，梁实秋一方面是以"隔"的文化心态寻求"陌生化效应"。他突破程式的框架，创作了闲适雅致的"文化散文"，翻译了世界经典文学名著，使读者对原本习以为常的"人性"百态进行反思和自省，在"时代文学"的洪流中坚守着文学的独立性原则和个性化阐释；另一方面，梁实秋以"中庸之道"为根基，"雅舍"系列散文凸显了"温柔敦厚"的审美心理，梁译《莎士比亚全集》在"信""仁""中""和"等方面与中国读者产生了心灵共通，因而又呈现出"不隔"的文化心态。梁实秋于平朴的创作与翻译活动中传递着"真"的诗学品质，这是一种"自然"与"文采"相结合的审美文质观，具有震撼人心的情感力量。

第四，梁实秋的知识积累与文化修养在其著译中表现出"文化智性""主体智性"与"形式智性"的特点，这是对中国文学现代化建设的一种积极参与。

"文化智性"体现了梁实秋的传统文化观和现代文化意识。温家宝总理说，"文化"是沟通人与人心灵和情感的桥梁，是国与国加深理解和信任的纽带。文化交流比政治交流更久远，比经济交流更深刻。随着时光的流逝和时代的变迁，许多人物和事件都会变成历史，但文化却永远存在，历久弥新，并长时间地影响着人们的生活。① 梁实秋注重对人类文化经验的抒写和对"人性"的剖析，这是儒家的"中庸"思想、道家的"超脱"态度、佛禅的"妙悟"观念以及西方"古典主义"精神的融合，但影响他最深刻的还是儒家对于现实世界的关怀以及拯济民生的社会责任感。"雅舍"系列散文是"文化散文"，反映的是文化精神，研究的是民俗、风俗与乡俗以及国人的文化心理。同样，梁实秋以感觉的唤起，给予中国读者对莎剧真实的体验。他通过翻译《莎士比亚全集》，以特殊的言说方式实

---

① 参见温家宝：《在中欧文化高峰论坛上的致辞》，《光明日报》2010 年 10 月 8 日。

现对西方文学和文化经验的借鉴，从而丰富中国现代文学的某些思维方式和表现手法。梁实秋著译的"文化智性"不仅是用现代意识去感受历史的变迁，更是着力于对中外文化优良传统的继承和弘扬。他以文学审美的愉悦和心灵的共鸣，牵引着人们向精神高地不断攀升，从而在时代风潮中找到与民族文化血脉的相通点，执着地守望着文学的独立性价值。

"主体智性"是梁实秋中西文化的智慧和严谨的逻辑精神的融合。他在"雅舍"系列散文中巧妙地运用了"滑笔艺术"，在叙述主线的过程中引入与文章话题相联系的古今中外的有关知识，并且有针对性地对这些材料展开阐发，或者剪裁零星的素材以絮语漫谈方式进行勾连，由此形成"雅舍"系列散文跌宕起伏的结构，体现了作者的宏富学识和写作技巧。这种写法与梁实秋注重"比兴"的传统有关。梁实秋在翻译《莎士比亚全集》的过程中进行了细密的考证和深入的研究，反映了译者平实稳健的翻译风格。他将感悟与分析结合起来，既追求文学审美上的鲜活灵动，又讲究学理研究上的通脱透彻，这正是"格物""致知""正心"的文人"学格"和"人格"。梁实秋一方面借鉴西方的文学与文化去改善当时中国比较封闭的文学和文化园地；另一方面，以中国传统文化的良知修补西方文化的弊端。梁实秋清楚地认识到："人的发现"以及"个性解放"正是西方文化走向现代的历史与逻辑的起点。他以表现"人性"和彰显"个性"作为文化交流的契合之处，在诠释经典作品的同时，其实也诠释了自己的文学理念与文化理想。

"形式智性"是梁实秋著译的文化外在表现形式。"雅舍"系列散文的写作艺术可以用"简单""选择""割爱""适当"八个字概括。梁实秋追求行文的简洁明快，善于使用"象声词"传递抑扬顿挫的音乐美感，并且在挥洒自如的白话文中适当使用文言句式与俗语行话，用来营构错落有致的行文方式。梁实秋的汉译《莎士比亚全集》在很大程度上也得益于他深厚的中文根底，翻译时根据原文语境适当使用文白夹杂的表达，其文质彬彬的翻译风格体现了独特的艺术韵味。梁实秋并不十分注重译文汉语字数的整齐，而是更加注重忠实地传达原文内容和精神内核，反映了一种经理性调节后的审美情感。

梁实秋的著译"智性"与"中庸"思想有着勾连，它是一种全面深邃、具体而微的文化理想。也就是，"当下地打开天下，个体地接纳全体。这意味着，这一理想既表达了一种宇宙论的全体视野，也表达了个人在其日常生活的当下承担世界的责任意识"①。这种视野与意识是一种自觉的文学追求，它有助于启迪人的智慧、提升人的精神境界。另外，这种视野与意识对当代"台湾文学"和"大陆文学"以及 20 世纪"留学生文学"产生了深刻影响，"人性"观念更加深入人心。"人性，一直是当下文学的主题。无论是国家命运的宏大叙事，还是个体命运的微观记叙，人性，始终是贯穿文学的一根血脉，充盈，丰沛，坚韧，既显示着文学永恒的人学底蕴，又显示着文学强大的艺术生命。当下的文学，因为人性的贯通而变得生动、深邃和雄强。人性的力量穿透世道人心。"②当今的中国正处在一个思想和文化多样与多变的时代，从一种声音到杂语喧哗和百花齐放，体现着中国文学的前进方向。梁实秋著译的"多源"与"多元"的文化理念也更加具有现实意义。

第五，梁实秋的著译实践虽然在总体上试图贯彻他的文学理论，但是二者之间还是存在着一定程度的偏差。

尽管梁实秋以"人性"为逻辑起点，把握了中西文化交流与融合的契合点，但是他试图用"人性"的自然属性涵盖社会属性，并且用"人性论"来解释文学的本质、规范文学的内容以及进行文学批评等，显然脱离了中国具体的文化语境和历史背景在抽象地谈论"人性"。梁实秋的"文学货色论"偏重于文学作品的主导性，对于文学理论在引领文学创作和文学翻译方面的先导作用则认识不深。梁实秋主张在引进外国文法时要依据汉语特点以及中国读者的接受习惯，但是他的《莎士比亚全集》译文有时也有"硬译"的痕迹，主要体现以下几个方面：莎剧译文中的名词中心词之前"的"字结构用得比较多，造成汉语的冗长定语；添加了"关于""有关""对于""在"等某些不需要使用的介词；使用了某些可以省略不用的连词；被动语态用得比较频繁；受原文表达习惯干扰。梁实秋的文学观和翻译观中的"保守意识"使得"雅舍"系列散文的主题缺乏时代气息，疏离了"时代文学"的"主旋律"。文学永远是社会生活的"晴雨表"，作家们可以书写自己的"小我"，但是更要有大江东去的姿态来书写社会的大变革时代。③梁实秋的文学理论性格表现出一种不充分的"审美现代性"特点，其明显的文学"精英"意识在客观上使他的著译作品偏重于"雅"。梁实秋认为优

---

①　陈赞：《中庸之道：作为一种全面深邃的文化理想》，《学术月刊》2006 年第 4 期，第 56 页。

②　彭学明：《以人性的力量穿透世道和人心——第五届鲁迅文学奖获奖作品纵览》，《光明日报》2010 年 11 月 12 日。

③　参见张胜友：《文学要书写大变革时代》，《光明日报》2011 年 3 月 8 日。

秀的文学作品是艺术审美特性与道德修养的完美统一。但是，他却以
"善"为文学的最高目标，"美"的地位则是次要的，因此他在译莎时不太
注重"音乐美"和"形式美"。

第二节　著译互动与翻译的中华传统文化元素

本书将文学研究与翻译研究相结合，宏观研究和微观研究相结合，
中国文论和西方译论相结合。其学术创新之处主要体现在以下两点：将
梁实秋的创作与翻译进行整合研究，并分析了其著译行文风格差异的成
因；挖掘中华传统文化的某些元素，用以阐释翻译现象、解决翻译问题。

第一，在中国现代文学史上研究梁实秋的学者不算多，且研究者们
比较多地侧重于对其文学创作的探讨，对梁实秋翻译方面的成就，尤其
对他的翻译思想进行系统研究的比较少，有的学者在谈翻译问题时往往
未能与文学创作结合起来进行分析。因此，尚有一些课题有待学界进一
步挖掘与研讨。笔者在《梁实秋中庸翻译观研究》一书等前期成果以及其
他学者研究的基础上，将梁实秋的创作与翻译结合起来，从横向比较的
角度着重探讨二者之间的相互关系以及同步性与互动性这一文学现象，
有助于形成"梁实秋研究"方法论的多元化视角。笔者分析了二者的异同
之处以及形成的原因，指出：梁实秋的创作与翻译在"情""真""智"等宏
观层面是相通一致的，但是在行文特点的微观层面存在着明显的差异，
其原因是西方"古典主义"精神和儒家思想的"中庸"之道在他身上的积淀。

梁实秋的"雅舍"系列散文流畅隽永，他的汉译《莎士比亚全集》则显
得"学究气"较为浓重。梁实秋中英文造诣颇深，造成这种"柔性"文风与
"刚性"文风的原因显然不是语言素养问题，而是与支撑翻译主体背后的
哲学精神和翻译目的有很大关系。首先，梁实秋翻译《莎士比亚全集》旨
在对"他者"文化的完整引入。因此，译者采取以"异化"为主、"归化"为
辅的翻译策略，他翻译的"中庸"之道是突出异域文化的差异性，这是一
种"和而不同"的翻译理念，并不是等距离地用"中"。其次，梁实秋翻译
《莎士比亚全集》旨在进行现代汉语变革的实践。文学创作和文学翻译虽
然都是创造性活动，但是作者主要是把自己对社会现实与人生百态的思
考直接转化为语言现实，而译者则要依靠和尊重原文本，因而在语言的
运用方面是有所限制的。梁实秋的译文可以使文化水平比较高的读者接
受一些"欧化"的表达法，一些新词语、新句式、新修辞、新语法等得以
进入现代汉语，进而丰富了汉语的表现手法。最后，梁实秋翻译《莎士比

亚全集》旨在进行建设新文学的尝试。他的翻译扩大了中国读者的视野，为中国现代文学的创作提供了一些经验，也增强了"五四"新文学阵营的力量，由此也可以看出译者的翻译选择和翻译策略受到了历史、社会、文化等非语言因素的影响。"刚健""中正"的译文显示出梁实秋在整合中国传统文化精华的基础上放眼世界的宏阔视野。

与此同时，"中庸"思想的保守意识使得梁实秋的著译作品在某些方面缺少深刻的"思想性"。注重文学创作与翻译的"思想性"与"时代性"，不仅仅是为了"大叙事"，而且也是为了"小叙事"，这样文学作品才会更加充满活力。

第二，梁实秋具有"文学家"和"翻译家"的双重身份，本书肯定了"翻译家梁实秋"在中国现代文学史上应有的地位。这一"个案"研究，不仅为中国现代文学史上集"文学家"与"翻译家"于一身的学术名人的著译活动提供了实例参照，而且对中国现代文学研究中的翻译文学研究提供了较新的研究思路。

创作与翻译既包含本土文化，也涉及外来文化，它们共同构成了推动中国现代文学发展的历史合力，而以翻译的作用更为明显。翻译不仅是语言的转换与交流，也是隐性的文学与文化的对话与交流。翻译是沟通不同文化背景的人的心灵的桥梁，翻译文学促进了中国现代文学的发展和完善，对中国现代作家的文学创作产生了很大影响，同时也承担了文化启蒙与文化建构等使命。中国现代作家与翻译文学之间存在着互动关系，20世纪有些作家往往一边创作一边翻译。翻译文学为中国现代作家提供了世界视野和"多元化"思想，提供了审视自我和社会的哲学观和人生观，中国现代作家又通过自己的文学创作对翻译文学加以回应，他们的文学创作从表现手法到深层的文化精神往往折射出翻译文学的启发。

当今译论界不断有学者强调翻译文学研究要弘扬中华传统文化，使之形成"中国特色"，这就需要用相应的"个案"研究实例加以论证。本书将梁实秋的文学翻译与他的文学创作结合起来，并且将其置于东西文化交流的大背景下进行探讨，阐释了源远流长的中国传统文化精髓，尤其是儒家的"中庸"思想对他的创作与翻译的影响。翻译文学研究由此着手，为中国文学研究中的翻译文学研究提供了某种新颖的视角，学者可以从哲学和比较文学的视野理解文学和文化现象。

中国现代文学与外国文学之间的关系是中国现代文学研究的一大主题。如果要从中国文学的现代化进程中寻找翻译文学的发展轨迹，那么我们就要弄清楚"翻译家"在文学史进程中的角色和作用。以史为鉴、以人为本，因此追溯 20 世纪集"文学家"和"翻译家"为一身的学术名人的文学活动，不仅有助于理解中国传统翻译思想的演变过程，而且有助于认识翻译文学对于文学史的意义。梁实秋作为中国现代文学史上杰出的"散文大师"和"翻译大师"，他与本国文学和外国文学之间的关系尤其具有代表性。创作与翻译是如何相互渗透的，很多问题都可以由此得到启示。

"翻译家梁实秋研究"仍然是一个动态的、系统的、需要不断完善的过程，它要求研究者要有广博的文学史知识和深厚的学养，从多种角度对梁实秋的著译活动进行深入肌理的分析，从而客观地评价其人其文的文学史地位，揭示历史、现实与未来之间的关系。本书仍有以下可拓展之处：探究梁实秋创作与翻译之间的深层关系，借助比较文学的某些方法以及哲学的某些思路，会产生新的理论发现。梁实秋"多源"与"多元"的文化视野、融通传统与现代的理念、追求文学活动的"精品"意识、"中庸"平和的著译策略等构成其文学观念体系的主要内容，而他在翻译《莎士比亚全集》过程中比较难以移植的"雅舍"系列散文的某些行文特色所蕴涵的文化张力则有待于进一步研究。对梁实秋创作与翻译的局限之处仍然可以进行深入分析，这样可能会产生更多有益的发现。

参 考 文 献

外文文献

[1] Andre Lefevere: *Translation*, *Rewriting and the Manipulation of Literary Fame*, Shanghai, Shanghai Foreign Language Education Press, 2004.

[2] Baker, Mona: "Towards a Methodology for Investigating the Style of a Literary Translation", *Target : An International Journal on Translation Studies*, 2000 (2).

[3] Even-Zohar, Itamar: "Polysystem Studies", *Poetics Today*, 1990(11).

[4] Even-Zohar, Itamar: *Papers in Historical Poetics*, Tel Aviv, University Publishing Projects, 1978.

[5] Francis E. McMahon: *The Humanism of Irving Babbitt*, Washington, D. C. , Catholic University of America, 1931.

[6] Frederick Manchester & Odell Shepard (ed.): *Irving Babbitt*, *Man and Teacher*, New York, G. P. Putnam's sons, 1941.

[7] Gee, J. Paul: *An Introduction to Discourse Analysis: Theory and Method*, Beijing, Foreign Language Teaching and Research Press, 2000.

[8] George A. Panichas & Claes G. Ryn: *Irving Babbitt in Our Time*, Washington, D. C. , Catholic University of America Press, 1986.

[9] Gideon Toury: *Descriptive Translation Studies and Beyond*, Shanghai, Shanghai Foreign Language Education Press, 2001.

[10] Glenn A. Davis: "Irving Babbitt, the Moral Imagination and Progressive Education", *Humanitas*, Volume XXI, No. 1, 2006.

[11] Hermans, T: "Paradoxes and Aporias in Translation and Translation Studies", Riccardi (ed.), *Translation Studies: Perspectives on an Emerging Discipline*, Cambridge, Cambridge University Press, 2002.

[12] James Seaton: "Irving Babbitt and Cultural Renewal", *Humanitas* , Volume XVI, No. 1, 2003.

[13] James J. Dillon: "Irving Babbitt's 'New Humanism' and Its Potential Value to Humanistic Psychology", *The Humanistic Psychologist*, 2006: 34(1).

[14] J. David Hoeveler：*The New Humanism：A Critique of Modern America*，1900—1940，Charlottesville：University Press of Virginia，1977.

[15] Jan Servaes：*Communication for Development：One world，Multiple Cultures*，Hampton Press，1999.

[16] Levin Harry：*Irving Babbitt and the Teaching of Literature*，Cambridge Mass，Harvard Univ. Press，1961.

[17] Liang Kan："Hu Shi and Liang Shiqiu：Liberalism and Others"，*Chinese Studies in History*，Fall Vol. 39 Issue 1，2005.

[18] Mills，Sara：*Feminist Stylistics*，London and NewYork，Routledge，1995.

[19] Milton Hindus：*Irving Babbitt：Literature and the Democratic Culture*，New Brunswick，N. J.，U. S. A.，Transaction Publishers，1994.

[20] Nida，E. A："Approaches to Translating in the Western World"，*Foreign Language Teaching and Research*，1984(2).

[21] Ramans：*A Reader's Guide to Contemporary Literary Theory*，Beijing，Foreign Language Teaching and Research Press，2004.

[22] Susan Bassett & Andre Lefevere：*Translation Studies*，London and New York，Methuen，1980.

[23] Susan Bassett & Andre Lefevere：*Constructing Cultures—Essays on Literary Translation*，Shanghai，Shanghai Foreign Language Education Press，2001.

中文文献

[1]〔美〕爱德华·萨丕尔：《语言论》，陆卓元译，北京，商务印书馆，1985，第1版。

[2]〔俄〕别林斯基：《戏剧诗》，杨周翰：《莎士比亚评论汇编》(上)，北京，中国社会科学出版社，1979，第1版。

[3]〔古希腊〕柏拉图：《文艺对话集》，朱光潜译，北京，人民文学出版社，1963，第1版。

[4] 蔡新乐：《文学翻译的艺术哲学》，开封，河南大学出版社，2001，第1版。

[5] 常桂红：《贵族化审美趣味的追寻——论梁实秋诗歌、戏剧批评》，《语文学刊》2009年第4期。

[6] 陈福康：《中国译学理论史稿》，上海，上海外语教育出版社，2000，第1版。

[7] 陈怀宇：《白璧德之佛学及其对中国学者的影响》，《清华大学学报》(哲学社会科学版)2005年第5期。

[8] 陈漱渝：《今我来思　雨雪霏霏——访梁实秋公子梁文骐》，《鲁迅研究月刊》1993年第3期。

[9] 陈义芝：《梁实秋印象　海内外学者谈梁实秋》，《联合报》1987年11月4日。

［10］陈赟:《中庸之道:作为一种全面深邃的文化理想》,《学术月刊》2006年第
　　　4期。

［11］陈子善编:《梁实秋文学回忆录》,长沙,岳麓书社,1989,第1版。

［12］池志雄:《20世纪中国留学生文学与中西文化交流》,《探求》1999年第4期。

［13］〔日〕厨川白村:《苦闷的象征　出了象牙之塔》,鲁迅译,北京,人民文学出版
　　　社,1988,第1版。

［14］邓笛:《美学与戏剧翻译》,《苏州大学学报》(哲学社会科学版)2009年第6期。

［15］〔美〕迪克·瑞利等:《开演莎士比亚》,刘军平等译,广州,暨南大学出版社,
　　　2005,第1版。

［16］董莹:《浅析莎士比亚译本——朱生豪译本和梁实秋译本》,《理论建设》2009年
　　　第3期。

［17］付小悦:《以文学的方式对话世界——中国作家协会主席铁凝访谈》,《光明日
　　　报》2010年3月2日。

［18］高旭东:《梁实秋:在古典与浪漫之间》,北京,文津出版社,2004,第1版。

［19］葛红兵:《梁实秋新人文主义批评论》,《海南师范学院学报》(人文社会科学版)
　　　1995年第1期。

［20］〔美〕格里德:《胡适与中国的文艺复兴——中国革命中的自由主义(1917—
　　　1950)》,鲁奇译,南京,江苏人民出版社,1989,第1版。

［21］古远清:《雅舍主人在台湾——记梁实秋的后半生》,《武汉文史资料》2002年第
　　　9期。

［22］何怀硕:《怅望千秋一洒泪》,刘炎生编:《雅舍闲翁——名人笔下的梁实秋　梁
　　　实秋笔下的名人》,上海,东方出版中心,1998,第1版。

［23］洪子诚主编:《中国当代文学史》,北京,北京大学出版社,1999,第1版。

［24］胡博:《梁实秋新人文主义文学批评思辨》,《东岳论丛》2001年第6期。

［25］季羡林:《回忆梁实秋先生》,陈子善编:《回忆梁实秋》,长春,吉林文史出版
　　　社,1992,第1版。

［26］江胜清:《论梁实秋文艺思想之独特构成及传统理路》,《郧阳师范高等专科学校
　　　学报》2001年第5期。

［27］柯飞整理:《梁实秋谈翻译莎士比亚》,《外语教学与研究》1988年第1期。

［28］《里仁第四》,《论语》,张燕婴译注,北京,中华书局,2006,第1版。

［29］《卫灵公第十五》,《论语》,张燕婴译注,北京,中华书局,2006,第1版。

［30］《为政第二》,《论语》,张燕婴译注,北京,中华书局,2006,第1版。

［31］《宪问第十四》,《论语》,张燕婴译注,北京,中华书局,2006,第1版。

［32］《学而第一》,《论语》,张燕婴译注,北京,中华书局,2006,第1版。

［33］《颜渊第十二》,《论语》,张燕婴译注,北京,中华书局,2006,第1版。

［34］李伟昉:《论梁实秋与莎士比亚的亲缘关系及其理论意义》,《外国文学研究》
　　　2008年第1期。

[35] 李伟昉：《梁实秋莎评特色论》，《外国文学评论》2010 年第 2 期。

[36] 梁实秋：《关于莎士比亚的翻译》，梁实秋、余光中等：《翻译的艺术》，台北，晨钟出版社，1970，初版。

[37] 梁实秋：《古典文学的意义》，《偏见集》，上海，上海书店影印出版，1988，第 1 版。

[38] 梁实秋：《南游杂感》，徐静波：《梁实秋散文选集》，天津，百花文艺出版社，1988，第 1 版。

[39] 梁实秋：《四君子》，徐静波：《梁实秋散文选集》，天津，百花文艺出版社，1988，第 1 版。

[40] 梁实秋：《小声些》，徐静波：《梁实秋散文选集》，天津，百花文艺出版社，1988，第 1 版。

[41] 梁实秋：《〈雅舍小品〉合订本后记》，梁实秋著，陈子善编：《梁实秋文学回忆录》，长沙，岳麓书社，1989，第 1 版。

[42] 梁实秋：《岂有文章惊海内——答丘彦明女士问》，梁实秋著，陈子善编：《梁实秋文学回忆录》，长沙，岳麓书社，1989，第 1 版。

[43] 梁实秋：《我是这么开始写文学评论的？——〈梁实秋论文学〉序》，梁实秋著，陈子善编：《梁实秋文学回忆录》，长沙，岳麓书社，1989，第 1 版。

[44] 梁实秋：《影响我的几本书》，梁实秋著，陈子善编：《梁实秋文学回忆录》，长沙，岳麓书社，1989，第 1 版。

[45] 梁实秋：《拜年》，梁实秋著，刘天华、维辛编选：《梁实秋散文》（一），北京，中国广播电视出版社，1989，第 1 版。

[46] 梁实秋：《北平的零食小贩》，梁实秋著，刘天华、维辛编选：《梁实秋散文》（一），北京，中国广播电视出版社，1989，第 1 版。

[47] 梁实秋：《悼齐如山先生》，梁实秋著，刘天华、维辛编选：《梁实秋散文》（一），北京，中国广播电视出版社，1989，第 1 版。

[48] 梁实秋：《了生死》，梁实秋著，刘天华、维辛编选：《梁实秋散文》（一），北京，中国广播电视出版社，1989，第 1 版。

[49] 梁实秋：《美国去来》，梁实秋著，刘天华、维辛编选：《梁实秋散文》（一），北京，中国广播电视出版社，1989，第 1 版。

[50] 梁实秋：《平山堂记》，梁实秋著，刘天华、维辛编选：《梁实秋散文》（一），北京，中国广播电视出版社，1989，第 1 版。

[51] 梁实秋：《清华八年》，梁实秋著，刘天华、维辛编选：《梁实秋散文》（一），北京，中国广播电视出版社，1989，第 1 版。

[52] 梁实秋：《说俭》，梁实秋著，刘天华、维辛编选：《梁实秋散文》（一），北京，中国广播电视出版社，1989，第 1 版。

[53] 梁实秋：《谈闻一多》，梁实秋著，刘天华、维辛编选：《梁实秋散文》（一），北京，中国广播电视出版社，1989，第 1 版。

[54] 梁实秋：《谈学者》，梁实秋著，刘天华、维辛编选：《梁实秋散文》（一），北京，中国广播电视出版社，1989，第 1 版。

[55] 梁实秋：《早起》，梁实秋著，刘天华、维辛编选：《梁实秋散文》（一），北京，中国广播电视出版社，1989，第 1 版。

[56] 梁实秋：《哀枫树》，梁实秋著，刘天华、维辛编选：《梁实秋散文》（二），北京，中国广播电视出版社，1989，第 1 版。

[57] 梁实秋：《白猫王子》，梁实秋著，刘天华、维辛编选：《梁实秋散文》（二），北京，中国广播电视出版社，1989，第 1 版。

[58] 梁实秋：《北碚旧游》，梁实秋著，刘天华、维辛编选：《梁实秋散文》（二），北京，中国广播电视出版社，1989，第 1 版。

[59] 梁实秋：《不亦快哉》，梁实秋著，刘天华、维辛编选：《梁实秋散文》（二），北京，中国广播电视出版社，1989，第 1 版。

[60] 梁实秋：《槐园梦忆》，梁实秋著，刘天华、维辛编选：《梁实秋散文》（二），北京，中国广播电视出版社，1989，第 1 版。

[61] 梁实秋：《聋》，梁实秋著，刘天华、维辛编选：《梁实秋散文》（二），北京，中国广播电视出版社，1989，第 1 版。

[62] 梁实秋：《疲马恋旧秣，羁禽思故栖》，梁实秋著，刘天华、维辛编选：《梁实秋散文》（二），北京，中国广播电视出版社，1989，第 1 版。

[63] 梁实秋：《雪》，梁实秋著，刘天华、维辛编选：《梁实秋散文》（二），北京，中国广播电视出版社，1989，第 1 版。

[64] 梁实秋：《牙签》，梁实秋著，刘天华、维辛编选：《梁实秋散文》（二），北京，中国广播电视出版社，1989，第 1 版。

[65] 梁实秋：《爆竹》，梁实秋著，刘天华、维辛编选：《梁实秋散文》（三），北京，中国广播电视出版社，1989，第 1 版。

[66] 梁实秋：《怀念胡适先生》，梁实秋著，刘天华、维辛编选：《梁实秋散文》（三），北京，中国广播电视出版社，1989，第 1 版。

[67] 梁实秋：《快乐》，梁实秋著，刘天华、维辛编选：《梁实秋散文》（三），北京，中国广播电视出版社，1989，第 1 版。

[68] 梁实秋：《领带》，梁实秋著，刘天华、维辛编选：《梁实秋散文》（三），北京，中国广播电视出版社，1989，第 1 版。

[69] 梁实秋：《烧饼油条》，梁实秋著，刘天华、维辛编选：《梁实秋散文》（三），北京，中国广播电视出版社，1989，第 1 版。

[70] 梁实秋：《书房》，梁实秋著，刘天华、维辛编选：《梁实秋散文》（三），北京，中国广播电视出版社，1989，第 1 版。

[71] 梁实秋：《麦当劳》，梁实秋著，刘天华、维辛编选：《梁实秋散文》（四），北京，中国广播电视出版社，1989，第 1 版。

[72] 梁实秋：《满汉西点》，梁实秋著，刘天华、维辛编选：《梁实秋散文》(四)，北京，中国广播电视出版社，1989，第1版。

[73] 梁实秋：《散文的朗诵》，梁实秋著，刘天华、维辛编选：《梁实秋散文》(四)，北京，中国广播电视出版社，1989，第1版。

[74] 梁实秋：《亲切的风格》，梁实秋著，刘天华、维辛编选：《梁实秋读书札记》，北京，中国广播电视出版社，1990，第1版。

[75] 梁实秋：《莎士比亚与性》，梁实秋著，刘天华、维辛编选：《梁实秋读书札记》，北京，中国广播电视出版社，1990，第1版。

[76] 梁实秋：《敬老》，李柏生编：《梁实秋抒情散文》，北京，文化艺术出版社，1991，第1版。

[77] 梁实秋：《散步》，李柏生编：《梁实秋抒情散文》，北京，文化艺术出版社，1991，第1版。

[78] 梁实秋：《论散文》，卢济恩编：《梁实秋散文鉴赏》，太原，北岳文艺出版社，1991，第1版。

[79] 梁实秋：《包装》，《梁实秋雅舍小品全集》，上海，上海人民出版社，1993，第1版。

[80] 梁实秋：《暴发户》，《梁实秋雅舍小品全集》，上海，上海人民出版社，1993，第1版。

[81] 梁实秋：《北平年景》，《梁实秋雅舍小品全集》，上海，上海人民出版社，1993，第1版。

[82] 梁实秋：《北平的冬天》，《梁实秋雅舍小品全集》，上海，上海人民出版社，1993，第1版。

[83] 梁实秋：《沉默》，《梁实秋雅舍小品全集》，上海，上海人民出版社，1993，第1版。

[84] 梁实秋：《吃相》，《梁实秋雅舍小品全集》，上海，上海人民出版社，1993，第1版。

[85] 梁实秋：《第六伦》，《梁实秋雅舍小品全集》，上海，上海人民出版社，1993，第1版。

[86] 梁实秋：《饭前祈祷》，《梁实秋雅舍小品全集》，上海，上海人民出版社，1993，第1版。

[87] 梁实秋：《干屎橛》，《梁实秋雅舍小品全集》，上海，上海人民出版社，1993，第1版。

[88] 梁实秋：《狗》，《梁实秋雅舍小品全集》，上海，上海人民出版社，1993，第1版。

[89] 梁实秋：《孩子》，《梁实秋雅舍小品全集》，上海，上海人民出版社，1993，第1版。

[90] 梁实秋：《喝茶》，《梁实秋雅舍小品全集》，上海，上海人民出版社，1993，第
　　 1版。

[91] 梁实秋：《讲价》，《梁实秋雅舍小品全集》，上海，上海人民出版社，1993，第
　　 1版。

[92] 梁实秋：《奖券》，《梁实秋雅舍小品全集》，上海，上海人民出版社，1993，第
　　 1版。

[93] 梁实秋：《旧》，《梁实秋雅舍小品全集》，上海，上海人民出版社，1993，第
　　 1版。

[94] 梁实秋：《脸谱》，《梁实秋雅舍小品全集》，上海，上海人民出版社，1993，第
　　 1版。

[95] 梁实秋：《旅行》，《梁实秋雅舍小品全集》，上海，上海人民出版社，1993，第
　　 1版。

[96] 梁实秋：《匿名信》，《梁实秋雅舍小品全集》，上海，上海人民出版社，1993，
　　 第1版。

[97] 梁实秋：《鸟》，《梁实秋雅舍小品全集》，上海，上海人民出版社，1993，第
　　 1版。

[98] 梁实秋：《排队》，《梁实秋雅舍小品全集》，上海，上海人民出版社，1993，第
　　 1版。

[99] 梁实秋：《旁若无人》，《梁实秋雅舍小品全集》，上海，上海人民出版社，1993，
　　 第1版。

[100] 梁实秋：《乞丐》，《梁实秋雅舍小品全集》，上海，上海人民出版社，1993，第
　　 1版。

[101] 梁实秋：《谦让》，《梁实秋雅舍小品全集》，上海，上海人民出版社，1993，第
　　 1版。

[102] 梁实秋：《请客》，《梁实秋雅舍小品全集》，上海，上海人民出版社，1993，第
　　 1版。

[103] 梁实秋：《穷》，《梁实秋雅舍小品全集》，上海，上海人民出版社，1993，第
　　 1版。

[104] 梁实秋：《求雨》，《梁实秋雅舍小品全集》，上海，上海人民出版社，1993，第
　　 1版。

[105] 梁实秋：《让》，《梁实秋雅舍小品全集》，上海，上海人民出版社，1993，第
　　 1版。

[106] 梁实秋：《诗人》，《梁实秋雅舍小品全集》，上海，上海人民出版社，1993，第
　　 1版。

[107] 梁实秋：《手杖》，《梁实秋雅舍小品全集》，上海，上海人民出版社，1993，第
　　 1版。

[108] 梁实秋：《书法》，《梁实秋雅舍小品全集》，上海，上海人民出版社，1993，第1版。

[109] 梁实秋：《树》，《梁实秋雅舍小品全集》，上海，上海人民出版社，1993，第1版。

[110] 梁实秋：《双城记》，《梁实秋雅舍小品全集》，上海，上海人民出版社，1993，第1版。

[111] 梁实秋：《睡》，《梁实秋雅舍小品全集》，上海，上海人民出版社，1993，第1版。

[112] 梁实秋：《送行》，《梁实秋雅舍小品全集》，上海，上海人民出版社，1993，第1版。

[113] 梁实秋：《算命》，《梁实秋雅舍小品全集》，上海，上海人民出版社，1993，第1版。

[114] 梁实秋：《痰盂》，《梁实秋雅舍小品全集》，上海，上海人民出版社，1993，第1版。

[115] 梁实秋：《铜像》，《梁实秋雅舍小品全集》，上海，上海人民出版社，1993，第1版。

[116] 梁实秋：《握手》，《梁实秋雅舍小品全集》，上海，上海人民出版社，1993，第1版。

[117] 梁实秋：《洗澡》，《梁实秋雅舍小品全集》，上海，上海人民出版社，1993，第1版。

[118] 梁实秋：《下棋》，《梁实秋雅舍小品全集》，上海，上海人民出版社，1993，第1版。

[119] 梁实秋：《鞋》，《梁实秋雅舍小品全集》，上海，上海人民出版社，1993，第1版。

[120] 梁实秋：《信》，《梁实秋雅舍小品全集》，上海，上海人民出版社，1993，第1版。

[121] 梁实秋：《雅舍》，《梁实秋雅舍小品全集》，上海，上海人民出版社，1993，第1版。

[122] 梁实秋：《洋罪》，《梁实秋雅舍小品全集》，上海，上海人民出版社，1993，第1版。

[123] 梁实秋：《衣裳》，《梁实秋雅舍小品全集》，上海，上海人民出版社，1993，第1版。

[124] 梁实秋：《医生》，《梁实秋雅舍小品全集》，上海，上海人民出版社，1993，第1版。

[125] 梁实秋：《一只野猫》，《梁实秋雅舍小品全集》，上海，上海人民出版社，1993，第1版。

[126] 梁实秋：《音乐》，《梁实秋雅舍小品全集》，上海，上海人民出版社，1993，第1版。

[127] 梁实秋：《饮酒》，《梁实秋雅舍小品全集》，上海，上海人民出版社，1993，第1版。

[128] 梁实秋：《圆桌与筷子》，《梁实秋雅舍小品全集》，上海，上海人民出版社，1993，第1版。

[129] 梁实秋：《中年》，《梁实秋雅舍小品全集》，上海，上海人民出版社，1993，第1版。

[130] 梁实秋：《猪》，《梁实秋雅舍小品全集》，上海，上海人民出版社，1993，第1版。

[131] 梁实秋：《群芳小记》，《梁实秋雅舍杂文》，上海，上海人民出版社，1993，第1版。

[132] 梁实秋：《谈幽默》，《梁实秋雅舍杂文》，上海，上海人民出版社，1993，第1版。

[133] 梁实秋：《忆青岛》，《雅舍散文》，北京，群众出版社，1995，第1版。

[134] 梁实秋：《讽刺文学》，黎照编：《鲁迅梁实秋论战实录》，北京，华龄出版社，1997，第1版。

[135] 梁实秋：《论鲁迅先生的"硬译"》，黎照编：《鲁迅梁实秋论战实录》，北京，华龄出版社，1997，第1版。

[136] 梁实秋：《论文学里的秽语》，黎照编：《鲁迅梁实秋论战实录》，北京，华龄出版社，1997，第1版。

[137] 梁实秋：《欧化文》，黎照编：《鲁迅梁实秋论战实录》，北京，华龄出版社，1997，第1版。

[138] 梁实秋：《通讯一则——翻译要怎样才会好?》，黎照编：《鲁迅梁实秋论战实录》，北京，华龄出版社，1997，第1版。

[139] 梁实秋：《文学的纪律》，黎照编：《鲁迅梁实秋论战实录》，北京，华龄出版社，1997，第1版。

[140] 梁实秋：《文学的永久性》，黎照编：《鲁迅梁实秋论战实录》，北京，华龄出版社，1997，第1版。

[141] 梁实秋：《文学批评辨》，黎照编：《鲁迅梁实秋论战实录》，北京，华龄出版社，1997，第1版。

[142] 梁实秋：《文学与革命》，黎照编：《鲁迅梁实秋论战实录》，北京，华龄出版社，1997，第1版。

[143] 梁实秋：《诗与诗人》，徐静波编：《梁实秋批评文集》，珠海，珠海出版社，1998，第1版。

[144] 梁实秋：《所谓"题材的积极性"》，徐静波编：《梁实秋批评文集》，珠海，珠海出版社，1998，第1版。

[145] 梁实秋：《文学的严重性》，徐静波编：《梁实秋批评文集》，珠海，珠海出版社，1998，第1版。

[146] 梁实秋：《文学的美》，徐静波编：《梁实秋批评文集》，珠海，珠海出版社，1998，第1版。

[147] 梁实秋：《文学讲话》，徐静波编：《梁实秋批评文集》，珠海，珠海出版社，1998，第1版。

[148] 梁实秋：《文学批评论·结论》，徐静波编：《梁实秋批评文集》，珠海，珠海出版社，1998，第1版。

[149] 梁实秋：《文学是有阶级性的吗?》，徐静波编：《梁实秋批评文集》，珠海，珠海出版社，1998，第1版。

[150] 梁实秋：《"五四"与文艺》，徐静波编：《梁实秋批评文集》，珠海，珠海出版社，1998，第1版。

[151] 梁实秋：《戏剧艺术辨正》，徐静波编：《梁实秋批评文集》，珠海，珠海出版社，1998，第1版。

[152] 梁实秋：《现代文学论》，徐静波编：《梁实秋批评文集》，珠海，珠海出版社，1998，第1版。

[153] 梁实秋：《现代中国文学之浪漫的趋势》，徐静波编：《梁实秋批评文集》，珠海，珠海出版社，1998，第1版。

[154] 梁实秋：《亚里士多德的〈诗学〉》，徐静波编：《梁实秋批评文集》，珠海，珠海出版社，1998，第1版。

[155] 梁实秋：《纯文学》，梁实秋著，刘畅、袁志编：《雅舍札记》，北京，文化艺术出版社，1999，第1版。

[156] 梁实秋：《画梅小记》，梁实秋著，余光中、陈子善等编：《雅舍轶文》，北京，中国友谊出版公司，1999，第1版。

[157] 梁实秋：《寂寞》，梁实秋著，余光中、陈子善等编：《雅舍轶文》，北京，中国友谊出版公司，1999，第1版。

[158] 梁实秋：《时间即生命》，中国现代文学馆编：《梁实秋代表作》，北京，华夏出版社，1999，第1版。

[159] 梁实秋：《市容》，梁实秋：《雅舍轶文》，北京，中国友谊出版公司，1999，第1版。

[160] 梁实秋：《学问与趣味》，王晖编著：《名家名著经典文集·梁实秋文集》，长春，吉林摄影出版社，2000，第1版。

[161] 梁实秋：《养成好习惯》，王晖编著：《名家名著经典文集· 梁实秋文集》，长春，吉林摄影出版社，2000，第1版。

[162] 梁实秋：《读书苦? 读书乐?》，《梁实秋杂文集》，北京，中国社会出版社，2004，第1版。

[163] 梁实秋：《紧张与松弛》，《梁实秋杂文集》，北京，中国社会出版社，2004，第
　　　1版。

[164] 梁实秋：《莎士比亚的演出》，《梁实秋杂文集》，北京，中国社会出版社，
　　　2004，第1版。

[165] 梁实秋：《谈话的艺术》，《梁实秋杂文集》，北京，中国社会出版社，2004，第
　　　1版。

[166] 梁实秋：《听戏》，《梁实秋杂文集》，北京，中国社会出版社，2004，第1版。

[167] 梁实秋：《中国语文的三个阶段》，《梁实秋杂文集》，北京，中国社会出版社，
　　　2004，第1版。

[168] 梁实秋：《作文的三个阶段》，《梁实秋杂文集》，北京，中国社会出版社，
　　　2004，第1版。

[169] 梁实秋：《饺子》，《雅舍谈吃》，济南，山东画报出版社，2005，第1版。

[170] 梁实秋：《酸梅汤与糖葫芦》，《雅舍谈吃》，济南，山东画报出版社，2005，第
　　　1版。

[171] 梁实秋：《笋》，《雅舍谈吃》，济南，山东画报出版社，2005，第1版。

[172] 梁实秋：《蟹》，《雅舍谈吃》，济南，山东画报出版社，2005，第1版。

[173] 梁实秋：《粥》，《雅舍谈吃》，济南，山东画报出版社，2005，第1版。

[174] 梁文茜：《怀念先父梁实秋》，刘炎生编：《雅舍闲翁——名人笔下的梁实秋
　　　梁实秋笔下的名人》，上海，东方出版中心，1998，第1版。

[175] 梁文蔷：《爸爸的性格》，《梁实秋与程季淑：我的父亲母亲》，天津，百花文艺
　　　出版社，2005，第1版。

[176] 梁文蔷：《每周一信》，《梁实秋与程季淑：我的父亲母亲》，天津，百花文艺出
　　　版社，2005，第1版。

[177] 梁文蔷：《三十八年莎氏缘》，《梁实秋与程季淑：我的父亲母亲》，天津，百花
　　　文艺出版社，2005，第1版。

[178] 梁文蔷：《谈〈雅舍谈吃〉》，《梁实秋与程季淑：我的父亲母亲》，天津，百花文
　　　艺出版社，2005，第1版。

[179] 梁文蔷：《天伦之乐》，《梁实秋与程季淑：我的父亲母亲》，天津，百花文艺出
　　　版社，2005，第1版。

[180] 梁锡华：《一叶之秋——梁实秋先生逝世一周年》，刘炎生编：《雅舍闲翁——
　　　名人笔下的梁实秋　梁实秋笔下的名人》，上海，东方出版中心，1998，第
　　　1版。

[181] 梁文骐：《我所知道的父亲》，李正西、任合生编：《梁实秋文坛沉浮录》，合
　　　肥，黄山书社，1992，第1版。

[182] 林语堂：《中国人》，南宁，广西民族出版社，2001，第1版。

[183] 刘重德：《试以"中道"来评判翻译问题》，《长沙铁道学院学报》（社会科学版）
　　　2000年第1期。

[184] 刘聪：《古典与浪漫：梁实秋的女性世界》，郑州，河南人民出版社，2003，第1版。

[185] 刘锋杰：《论梁实秋在中国现代文学批评中的地位——兼谈认识梁实秋的方法》，《中国文学研究》1990年第4期。

[186] 刘宓庆：《英汉翻译技能训练手册》，北京，旅游教育出版社，1989，第1版。

[187] 刘宓庆：《新编当代翻译理论》，北京，中国对外翻译出版公司，2005，第1版。

[188] 刘茜、姚晓丹：《鲁迅仍是教材选收篇目最多的作家》，《光明日报》2009年8月26日。

[189] 刘勰：《明诗》，《文心雕龙》，里功、贵群编：《中国古典文学荟萃》，北京，北京燕山出版社，2001，第1版。

[190] 刘勰：《情采》，《文心雕龙》，里功、贵群编：《中国古典文学荟萃》，北京，北京燕山出版社，2001，第1版。

[191] 刘勰：《神思》，《文心雕龙》，里功、贵群编：《中国古典文学荟萃》，北京，北京燕山出版社，2001，第1版。

[192] 刘勰：《声律》，《文心雕龙》，里功、贵群编：《中国古典文学荟萃》，北京，北京燕山出版社，2001，第1版。

[193] 刘勰：《事类》，《文心雕龙》，里功、贵群编：《中国古典文学荟萃》，北京，北京燕山出版社，2001，第1版。

[194] 刘勰：《通变》，《文心雕龙》，里功、贵群编：《中国古典文学荟萃》，北京，北京燕山出版社，2001，第1版。

[195] 刘勰：《物色》，《文心雕龙》，里功、贵群编：《中国古典文学荟萃》，北京，北京燕山出版社，2001，第1版。

[196] 刘勰：《养气》，《文心雕龙》，里功、贵群编：《中国古典文学荟萃》，北京，北京燕山出版社，2001，第1版。

[197] 刘勰：《原道》，《文心雕龙》，里功、贵群编：《中国古典文学荟萃》，北京，北京燕山出版社，2001，第1版。

[198] 刘勰：《知音》，《文心雕龙》，里功、贵群编：《中国古典文学荟萃》，北京，北京燕山出版社，2001，第1版。

[199] 刘勰：《宗经》，《文心雕龙》，里功、贵群编：《中国古典文学荟萃》，北京，北京燕山出版社，2001，第1版。

[200] 刘炎生：《才子梁实秋》，南昌，百花洲文艺出版社，1995，第1版。

[201] 刘炎生：《坚持著译及家庭变故》，《才子梁实秋》，南昌，百花洲文艺出版社，1995，第1版。

[202] 刘炎生：《20世纪中国散文的奇葩——梁实秋〈雅舍〉系列散文略论》，《广东社会科学》1998年第4期。

[203] 卢今：《梁实秋的散文艺术》，卢济恩编：《梁实秋散文鉴赏》，太原，北岳文艺
　　　 出版社，1991，第1版。

[204] 鲁西奇：《梁实秋传》，北京，中央民族大学出版社，1996，第1版。

[205] 鲁迅：《"题未定"草》，《且介亭杂文二集》，北京，人民文学出版社，1973，第
　　　 1版。

[206] 陆谷孙：《莎剧书话》，《莎士比亚研究十讲》，上海，复旦大学出版社，2005，
　　　 第1版。

[207] 陆天明：《反映时代不能回避"主旋律"》，《光明日报》2010年9月29日。

[208] 吕俊：《论翻译研究的本体回归——对翻译研究"文化转向"的反思》，张柏然、
　　　 许钧主编：《译学新论》，上海，上海外语教育出版社，2008，第1版。

[209] 马逢华：《管领一代风骚——敬悼梁实秋先生》，刘炎生编：《雅舍闲翁——名
　　　 人笔下的梁实秋　梁实秋笔下的名人》，上海，东方出版中心，1998，第1版。

[210] 聂华苓：《怀念梁实秋先生》，刘炎生编：《雅舍闲翁——名人笔下的梁实秋
　　　 梁实秋笔下的名人》，上海，东方出版中心，1998，第1版。

[211] 彭学明：《以人性的力量穿透世道和人心——第五届鲁迅文学奖获奖作品纵
　　　 览》，《光明日报》2010年11月12日。

[212] 钱钟书：《论不隔》，于涛编：《钱钟书散文精选》，长春，时代文艺出版社，
　　　 2000，第1版。

[213] 丘秀芷：《文艺天地任遨游——送梁实秋先生》，陈子善编：《回忆梁实秋》，长
　　　 春，吉林文史出版社，1992，第1版。

[214] 裘克安：《莎士比亚全集诗体中译本出版随想》，《中国翻译》2005年第3期。

[215] 屈原：《离骚》，杨逢彬编注：《楚辞》，长沙，湖南出版社，1994，第1版。

[216] 〔英〕莎士比亚：《麦克白斯》，《莎士比亚悲剧四种》，卞之琳译，北京，人民文
　　　 学出版社，1998，第1版。

[217] 〔英〕莎士比亚：《罗密欧与朱丽叶》，《莎士比亚悲剧四种》，卞之琳译，北京，
　　　 人民文学出版社，1998，第1版。

[218] 〔英〕莎士比亚：《哈姆雷特》，卞之琳译，杭州，浙江文艺出版社，2001，第
　　　 1版。

[219] 〔英〕莎士比亚：《威尼斯商人》，《莎士比亚全集》9，曹未风译，上海，文化合
　　　 作股份有限公司，1946，第1版。

[220] 〔英〕莎士比亚：《柔蜜欧与幽丽叶》，曹禺译，北京，中国对外翻译出版公司，
　　　 2002，第1版。

[221] 〔英〕莎士比亚：《罗密欧与朱丽叶》，方平译，方平编选：《莎士比亚精选集》，
　　　 北京，北京燕山出版社，2004，第1版。

[222] 〔英〕莎士比亚：《哈姆莱特》，方平译，方平编选：《莎士比亚精选集》，北京，
　　　 北京燕山出版社，2004，第1版。

[223]〔英〕莎士比亚：《李尔王》，方平译，方平编选：《莎士比亚精选集》，北京，北京燕山出版社，2004，第 1 版。

[224]〔英〕莎士比亚：《仲夏夜之梦》，方平译，方平编选：《莎士比亚精选集》，北京，北京燕山出版社，2004，第 1 版。

[225]〔英〕莎士比亚：《威尼斯商人》，方平译，方平编选：《莎士比亚精选集》，北京，北京燕山出版社，2004，第 1 版。

[226]〔英〕莎士比亚：《温莎的风流娘儿们》，方平译，方平编选：《莎士比亚精选集》，北京，北京燕山出版社，2004，第 1 版。

[227]〔英〕莎士比亚：《亨利五世》，方平译，《莎士比亚全集》（五），朱生豪等译，北京，人民文学出版社，1978，第 1 版。

[228]〔英〕莎士比亚：《捕风捉影》，方平译，方平编选：《莎士比亚喜剧五种》，北京，北京燕山出版社，2001，第 1 版。

[229]〔英〕莎士比亚：《序言》，《莎士比亚全集》，梁实秋译，北京，中国广播电视出版社，2001，第 1 版。

[230]〔英〕莎士比亚：《暴风雨》，《莎士比亚全集》1，梁实秋译，北京，中国广播电视出版社，2001，第 1 版。

[231]〔英〕莎士比亚：《维洛那二绅士》，《莎士比亚全集》2，梁实秋译，北京，中国广播电视出版社，2001，第 1 版。

[232]〔英〕莎士比亚：《温莎的风流妇人》，《莎士比亚全集》3，梁实秋译，北京，中国广播电视出版社，2001，第 1 版。

[233]〔英〕莎士比亚：《无事自扰》，《莎士比亚全集》6，梁实秋译，北京，中国广播电视出版社，2001，第 1 版。

[234]〔英〕莎士比亚：《空爱一场》，《莎士比亚全集》7，梁实秋译，北京，中国广播电视出版社，2001，第 1 版。

[235]〔英〕莎士比亚：《仲夏夜梦》，《莎士比亚全集》8，梁实秋译，北京，中国广播电视出版社，2001，第 1 版。

[236]〔英〕莎士比亚：《威尼斯商人》，《莎士比亚全集》9，梁实秋译，北京，中国广播电视出版社，2001，第 1 版。

[237]〔英〕莎士比亚：《如愿》，《莎士比亚全集》10，梁实秋译，北京，中国广播电视出版社，2001，第 1 版。

[238]〔英〕莎士比亚：《皆大欢喜》，《莎士比亚全集》12，梁实秋译，北京，中国广播电视出版社，2001，第 1 版。

[239]〔英〕莎士比亚：《约翰王》，《莎士比亚全集》15，梁实秋译，北京，中国广播电视出版社，2001，第 1 版。

[240]〔英〕莎士比亚：《利查二世》，《莎士比亚全集》16，梁实秋译，北京，中国广播电视出版社，2001，第 1 版。

[241]〔英〕莎士比亚：《亨利四世》（上），《莎士比亚全集》17，梁实秋译，北京，中国广播电视出版社，2001，第1版。

[242]〔英〕莎士比亚：《亨利五世》，《莎士比亚全集》19，梁实秋译，北京，中国广播电视出版社，2001，第1版。

[243]〔英〕莎士比亚：《考利欧雷诺斯》，《莎士比亚全集》26，梁实秋译，北京，中国广播电视出版社，2001，第1版。

[244]〔英〕莎士比亚：《罗密欧与朱丽叶》，《莎士比亚全集》28，梁实秋译，北京，中国广播电视出版社，2001，第1版。

[245]〔英〕莎士比亚：《雅典的泰门》，《莎士比亚全集》29，梁实秋译，北京，中国广播电视出版社，2001，第1版。

[246]〔英〕莎士比亚：《马克白》，《莎士比亚全集》31，梁实秋译，北京，中国广播电视出版社，2001，第1版。

[247]〔英〕莎士比亚：《哈姆雷特》，《莎士比亚全集》32，梁实秋译，北京，中国广播电视出版社，2001，第1版。

[248]〔英〕莎士比亚：《李尔王》，《莎士比亚全集》33，梁实秋译，北京，中国广播电视出版社，2001，第1版。

[249]〔英〕莎士比亚：《奥赛罗》，《莎士比亚全集》34，梁实秋译，北京，中国广播电视出版社，2001，第1版。

[250]〔英〕莎士比亚：《十四行诗》，《莎士比亚全集》40，梁实秋译，北京，中国广播电视出版社，2001，第1版。

[251]〔英〕莎士比亚：《罕秣莱德》，《莎士比亚四大悲剧》，孙大雨译，上海，上海译文出版社，1995，第1版。

[252]〔英〕莎士比亚：《黎琊王》，《莎士比亚四大悲剧》，孙大雨译，上海，上海译文出版社，1995，第1版。

[253]〔英〕莎士比亚：《亨利五世》，文心译，《莎士比亚全集》（上），朱生豪等译，长春，时代文艺出版社，1996，第1版。

[254]〔英〕莎士比亚：《爱的徒劳》，《莎士比亚戏剧》，朱生豪译，上海，上海古籍出版社，2002，第1版。

[255]〔英〕莎士比亚：《温莎的风流娘儿们》，《莎士比亚戏剧》，朱生豪译，上海，上海古籍出版社，2002，第1版。

[256]〔英〕莎士比亚：《哈姆莱特》，《莎士比亚戏剧》，朱生豪译，上海，上海古籍出版社，2002，第1版。

[257]〔英〕莎士比亚：《亨利四世上篇》，《莎士比亚戏剧》，朱生豪译，上海，上海古籍出版社，2002，第1版。

[258]〔英〕莎士比亚：《李尔王》，《莎士比亚戏剧》，朱生豪译，上海，上海古籍出版社，2002，第1版。

［259］〔英〕莎士比亚：《罗密欧与朱丽叶》，《莎士比亚戏剧》，朱生豪译，上海，上海古籍出版社，2002，第1版。

［260］〔英〕莎士比亚：《理查二世》，《莎士比亚戏剧》，朱生豪译，上海，上海古籍出版社，2002，第1版。

［261］〔英〕莎士比亚：《麦克白》，《莎士比亚戏剧》，朱生豪译，上海，上海古籍出版社，2002，第1版。

［262］〔英〕莎士比亚：《威尼斯商人》，《莎士比亚戏剧》，朱生豪译，上海，上海古籍出版社，2002，第1版。

［263］〔英〕莎士比亚：《无事生非》，《莎士比亚戏剧》，朱生豪译，上海，上海古籍出版社，2002，第1版。

［264］〔英〕莎士比亚：《仲夏夜之梦》，《莎士比亚戏剧》，朱生豪译，上海，上海古籍出版社，2002，第1版。

［265］申小龙：《汉语与中国文化》，上海，复旦大学出版社，2003，第1版。

［266］师永刚、杨素、方旭：《命运与乡愁：移居台湾的九大师》，南昌，百花洲文艺出版社，2008，第1版。

［267］〔英〕斯图厄特：《莎士比亚的人物和他们的道德观》，杨周翰编选：《莎士比亚评论汇编》（下），北京，中国社会科学出版社，1981，第1版。

［268］宋培学：《梁实秋与〈莎士比亚全集〉》，《中华读书报》2002年6月26日。

［269］宋益乔：《梁实秋传——笑到最后》，太原，北岳文艺出版社，1994，第1版。

［270］汤一介：《多元文化共处——"和而不同"的价值资源》，杨晖、彭国梁、江堤主编：《思想无疆》，长沙，湖南大学出版社，2002，第1版。

［271］陶丽萍、方长安：《冲突与融合——梁实秋的自由主义思想论》，《湘潭大学学报》（哲学社会科学版）2005年第5期。

［272］王国维：《人间词话》，《国学基础文库》，北京，中国人民大学出版社，2004，第1版。

［273］王宏志：《"欧化"："五四"时期有关翻译语言的讨论》，谢天振编：《翻译的理论建构与文化透视》，上海，上海外语教育出版社，2000，第1版。

［274］王佐良：《英国文学史》，北京，人民文学出版社，1996，第1版。

［275］温家宝：《在中欧文化高峰论坛上的致辞》，《光明日报》2010年10月8日。

［276］伍杰：《梁实秋与书评》，《中国图书评论》2005年第1期。

［277］夏菁：《梁门雅趣——梁实秋先生的幽默和学养》，陈子善编：《回忆梁实秋》，长春，吉林文史出版社，1992，第1版。

［278］谢天振：《译介学》，上海，上海外语教育出版社，1999，第1版。

［279］谢天振：《当代西方翻译研究的三大突破和两大转向》，《四川外语学院学报》2005年第5期。

［280］辛克清：《梁实秋文艺思想简析》，《青岛大学师范学院学报》2002年第1期。

［281］徐静波：《梁实秋——传统的复归》，上海，复旦大学出版社，1992，第1版。

［282］徐明稚：《简论文化的力量》，《光明日报》2009年6月30日。

［283］许钧等：《文学翻译的理论与实践：翻译对话录》，南京，译林出版社，2001，第1版。

［284］许正林：《中国现代文学和基督教文化》，《文学评论》1999年第2期。

［285］许祖华：《双重智慧——梁实秋的魅力》，南宁，广西人民出版社，1994，第1版。

［286］〔古希腊〕亚里士多德：《诗学》，陈中梅译注，北京，商务印书馆，2003，第1版。

［287］严晓江：《梁实秋中庸翻译观研究》，上海，上海译文出版社，2008，第1版。

［288］杨匡汉：《闲云野鹤，亦未必忘情人世炎凉》，杨匡汉编写：《梁实秋名作欣赏》，北京，中国和平出版社，1993，第1版。

［289］杨匡汉：《深文隐秀的梦里家园——〈雅舍文集〉总序》，梁实秋：《雅舍小品》，北京，文化艺术出版社，1998，第1版。

［290］杨连成：《让文学回到"思想的前沿"》，《光明日报》2009年11月24日。

［291］杨明贵：《文学教学者的使命》，《光明日报》2010年11月4日。

［292］叶永烈：《梁实秋的梦》，《上海文学》1988年第6期。

［293］叶永烈：《倾城之恋——梁实秋与韩菁清》，乌鲁木齐，新疆人民出版社，2000，第1版。

［294］於贤德：《笑的奥秘》，《光明日报》2009年6月25日。

［295］余光中：《金灿灿的秋收》，徐静波编：《梁实秋批评文集》，珠海，珠海出版社，1998，第1版。

［296］余光中：《文章与前额并高》，刘炎生编：《雅舍闲翁——名人笔下的梁实秋 梁实秋笔下的名人》，上海，东方出版中心，1998，第1版。

［297］余光中：《作者，学者，译者——"外国文学中译国际研讨会主题演说"》，《余光中谈翻译》，北京，中国对外翻译出版公司，2002，第1版。

［298］玉声：《梁实秋在台湾最看重写作》，《扬子晚报》2008年7月8日。

［299］袁昌英：《沙斯比亚的幽默》，《山居散墨》，石家庄，河北教育出版社，1994，第1版。

［300］查明建：《译介学：渊源、性质、内容与方法——兼评比较文学论著、教材中有关"译介学"的论述》，《中国比较文学》2005年第1期。

［301］张胜友：《文学要书写大变革时代》，《光明日报》2011年3月8日。

［302］赵军峰：《翻译家研究的纵观性视角：梁实秋翻译活动个案研究》，《中国翻译》2007年第2期。

［303］郑树森专访：《国际学界看梁实秋》，《联合报》1987年11月18日。

［304］中国莎士比亚研究会编：《莎士比亚研究》，杭州，浙江人民出版社，1984，第1版。

［305］周思明：《文艺精品：拒绝低俗　彰显崇高》，《光明日报》2010 年 10 月 21 日。

［306］周晓明：《留学族群视域中的新月派》，《华中师范大学学报》(人文社会科学版)
　　　2000 年第 1 期。

［307］朱立元：《当代西方文艺理论》，上海，华东师范大学出版社，1997，第 1 版。

［308］朱双一：《当代台湾文学的人文主义脉流》，《厦门大学学报》(哲学社会科学版)
　　　1995 年第 3 期。

［309］朱双一：《中国新文学思潮脉络在当代台湾的延续》，《台湾研究集刊》2007 年
　　　第 2 期。

［310］朱涛、张德让：《论梁实秋莎剧翻译的充分性》，《宁波教育学院学报》2009 年
　　　第 2 期。

［311］子思原著：《中庸》，《大学·中庸》，王国轩译注，北京，中华书局，2006，第
　　　1 版。

后　记

　　本书是我获得的"2009 年国家社会科学基金后期资助项目——梁实秋的创作与翻译"（批准号：09FYY006）的研究成果，它也是我进行"翻译家梁实秋"研究的系列组成部分之一。我在前期成果《梁实秋中庸翻译观研究》（2008 年上海译文出版社出版）一书的基础上进行了后续研究，着重探讨梁实秋的创作与翻译的同步性与互动性这一文学现象。

　　本书以梁实秋的"雅舍"系列散文和汉译《莎士比亚全集》为研究对象，从"情""真""智"三方面勾勒了梁实秋的创作与翻译在宏观方向上的一致性以及在微观特征上的差异性，同时分析了形成这种异同之处的原因以及梁实秋著译的局限性等问题。本书的研究内容和方法可以用"三个相结合"来概括：文学研究与翻译研究相结合；宏观研究和微观研究相结合；中国文论和西方译论相结合。

　　在该项课题的研究过程中，我要衷心感谢我的导师——南京大学外国语学院博士生导师张柏然教授的悉心指导。我在南京大学读博期间，恩师对我的选题方向、科研方法和论文撰写等方面都倾注了一片心血。博士毕业后的这几年，张教授又一直鼓励我拓宽研究视野，寻找新的角度，对"翻译家梁实秋"进行深化研究。导师的指引激发了我的研究动力、信心和勇气。书稿完成以后，张教授又在百忙之中拨冗详细阅读，撰写了序言，并且几经修改。导师严谨治学、精益求精的态度深深地感染了我，他所提出的宝贵意见使我获益匪浅。师母谈继红老师一如既往地关注我的学习、工作和生活情况，她的亲切话语润泽着我的心灵。南京大学外国语学院的博士生导师杨金才教授和魏向清教授认真审阅了我的申报材料，并且撰写了专家推荐评语，在此深表谢忱。

　　非常感谢"国家社会科学基金后期资助项目"的各位评委的辛勤评审与中肯建议。在本书修改与定稿的过程中，我根据评审小组专家们所提出的改进意见，在原文撰写的基础上，充实了中国港台学者的研究成果，添加了国际学术界研究梁实秋的有关资料；增加了对梁实秋翻译《莎士比亚全集》典型译例的比较和分析；修正了原文中比较宽泛的概念，使描述和评论的内容更加恰当；规范了参考文献的相关条目和格式编排。在修改过程中，我还重点总结了研究梁实秋的创作与翻译对加强海峡两岸文化交流的现实意义；指出了著译作品在追求"艺术性"的同时，也不能回避时代的"主旋律"的原则。同时感谢全国哲学社会科学规划办公室和江苏省哲学社会科学规划办公室各位老师的辛劳工作。

美国麻省大学的 Jan Servaes 教授和 Patchanee Malikhao 教授也十分关注我的研究课题。去年我在该校访学期间，他们帮助我收集了美国学者研究白璧德的相关资料，加深了我对梁实秋是如何接受白璧德"新人文主义"思想以及该思想的当代意义等问题的理解，也加深了我对"同一个世界，多元文化"的认识。另外，追寻梁实秋当年在麻省等地区的留学足迹，使我切身感受到了以梁实秋等人为代表的 20 世纪初期中国"留美群体"当年的生存环境以及从事相关文化活动的实际情况，有助于我更加深入地发掘他们进行中外文化交流和传播的历史原貌，从而提高了课题研究的针对性、综合性、学术性。

感谢南通大学党委书记顾晓松教授、校长袁银男教授对我的关心和培养。著名楚辞研究专家、南通大学副校长周建忠教授在比较文学以及中国传统文论等方面给我诸多指点，使我对如何用中国传统文论的某些元素阐释翻译现象有了不少启示，也加深了我对中华传统文化的思想精髓与梁实秋著译思想源流关系的理解。感谢分管教学、科研等工作的副校长程纯教授、丁斐教授、彭怀祖教授、包志华教授、高建林研究员对我研究课题的鼓励和支持。同时感谢外国语学院院长吾文泉教授、施皓书记等领导以及人文社科处处长陈俊生教授、副处长张祝平教授。人文社科处的其他老师也为该项课题的申报和结项做了具体工作。

我的同窗好友——中南大学的辛红娟教授、扬州大学的刘天晴教授、鲁东大学的贾正传教授对我多方面的帮助使我感到暖意洋洋。家人的理解和支持也是我能够按时完成该项课题的保证。

北京师范大学出版社的领导、曾忆梦编辑和其他老师为本书的出版付出了辛勤劳动，在此谨向他们表示诚挚的谢意。

曾经关心和帮助我完成该项课题的领导和老师们，在此一并向他们表示由衷的感谢。

本书的错误与不当之处敬请各位专家、同行、读者批评与指正。

严晓江

2011 年 6 月于南通大学